Von Kai Meyer erschienen bei Bastei Lübbe:

14842-8 – Die Geisterseher
15067-8 – Die Winterprinzessin

Über den Autor:

Kai Meyer, geboren 1969 in Lübeck, studierte einige Semester Theater-, Film- und Fernsehwissenschaft in Bochum, arbeitete als Journalist für eine Tageszeitung und ist seit 1995 freier Schriftsteller. Er hat zahlreiche Romane und Jugendbücher veröffentlicht, die mittlerweile in vierzehn Sprachen übersetzt wurden. Mehrere seiner Bücher, darunter »Das Buch von Eden«, »Die Alchimistin« sowie die Trilogie um »Die fließende Königin«, wurden zu Bestsellern. Kai Meyer lebt mit seiner Familie und Hund Motte am Nordrand der Eifel.

Besuchen Sie ihn im Internet unter: www.kaimeyer.com

KAI MEYER

DER RATTENZAUBER

HISTORISCHER ROMAN

BASTEI LÜBBE TASCHENBUCH
Band 15 265

1. Auflage: Februar 2005
2. Auflage: März 2005

Vollständige Taschenbuchausgabe

Bastei Lübbe Taschenbücher in
der Verlagsgruppe Lübbe

© 1995 by Rütten & Loening Berlin GmbH
Lizenzausgabe: Verlagsgruppe Lübbe GmbH & Co. KG,
Bergisch Gladbach
Umschlaggestaltung: Guido Klütsch, Köln
Titelbild: AKG, Berlin
Satz: hanseatenSatz-bremen, Bremen
Druck und Verarbeitung: Ebner & Spiegel, Ulm
Printed in Germany
ISBN 3-404-15265-4

Sie finden uns im Internet unter
www.luebbe.de

Der Preis dieses Bandes versteht sich einschließlich
der gesetzlichen Mehrwertsteuer.

Heile heile Segen!
Drei Tage Regen,
vier Tage Schnee,
tut dem Kindlein nichts mehr weh.

Kinderreim

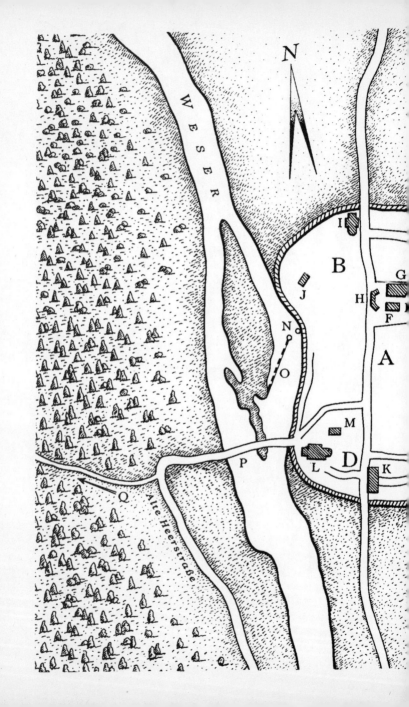

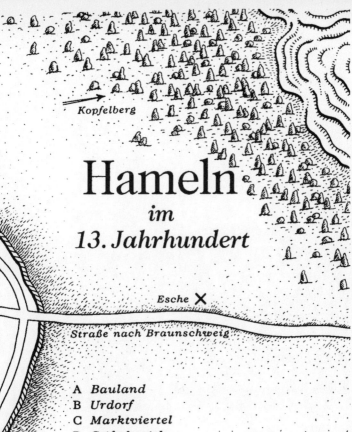

A Bauland
B Urdorf
C Marktviertel
D Stiftsbezirk
E Marktplatz
F Rathaus
G Marktkirche
H Mysterienbühne
I Klarissenkloster
J Herberge
K Haus des Grafen von Schwalenberg
L Stifts-Kirche St. Bonifatius
M Haus des Probstes
N Hamelner Loch
O Baumstämme
P Steinbrücke
Q Pfad zum Friedhof der Wodan-Jünger

VORBEMERKUNG

Am 26. Juni des Jahres 1284 verschwanden aus der Stadt Hameln am Weserufer hundertdreißig Kinder. Historiker streiten über die Gründe: Manche sprechen von Krieg oder Krankheit, andere von einem Unglück oder der Umsiedlung nach Schlesien. Keiner kennt die Wahrheit.

Der Volksmund hat seine eigene Deutung: Der Rattenfänger habe die Kinder geholt. Eine Legende, sagen die meisten. Eine Erklärung, so gut wie jede andere.

Das Rätsel bleibt weiterhin ungelöst.

Niemand weiß, was mit den Hamelner Kindern geschah.

K. M.

PROLOG

Und plötzlich fragte die Fremde:
»Kennt ihr die Geschichte von König Herodes und den Kindern Bethlehems?«

Ihre Stimme klang warm wie die Flammen der heimischen Feuer, süß wie das Backwerk der Händler aus dem Süden, und die Kinder Hamelns rückten in der Dunkelheit näher an die Frau heran, betörend und schön, wie sie dastand, den weiten Mantel zurückgeworfen, den Wanderstecken griffbereit zu ihren Füßen, wie ein Zauberstab, dessen sie in diesem Augenblick nicht bedurfte. Denn die Magie, die sie wirkte, war anderer Natur; ihre Worte woben ein Netz aus Geschichten, ein machtvolles Gespinst, unsichtbar und doch stärker als das Tuch der Weberinnen im Genitium am Fluss.

Einige der Kinder, die sich zu später Stunde am Fuß des östlichen Stadttors eingefunden hatten, murmelten Worte der Zustimmung, andere murrten gar: Sie waren nicht gekommen, um dieselben Geschichten zu hören, die der Priester allwöchentlich von der Kanzel predigte.

Ein kleiner Junge hob die Hand. »Die Weisen aus dem Morgenland kamen zum Hof des Königs Herodes und fragten ›Wo ist der neugeborene König der Juden?‹ Herodes erschrak und befragte seine Schriftgelehrten. ›Zu Bethlehem‹, sprachen diese. Der König fürchtete um sein Reich und sandte Krieger in die Stadt und ihre Umgebung, die alle Kinder hinschlachteten, die jünger waren als zwei Lenze. Nur Jesus entging diesem Schicksal, denn Gott war seinen Eltern im Traum erschienen und hatte sie nach Ägypten befohlen.«

Die Frau lächelte und fragte: »Ist es das, was euch der Pfaffe lehrt?«

Die Kinder murmelten, nickten. Vom wilden Hügelland im Osten wehte ein kühler Nachtwind heran, flüsternd, klagend, säuselnd in den Scharten der Stadtmauer. Sie hatten kein Feuer entzündet, als sie sich hier versammelten, und so herrschte tiefe Dunkelheit; die große Frau war kaum mehr als ein schwarzer Umriss vor den Sternen.

Wie aber konnten sie da heimlich ihre Schönheit preisen, wo doch niemand sie sah? Wie sich ihrer Warmherzigkeit erfreuen, wenn keiner sie kannte?

Die Fremde schien zu spüren, dass ihr Bann an Wirkung verlor. Mit einem gütigen Seufzen hob sie den Stab aus dem Gras, wandte seine knorpelige Spitze gen Süden und sagte: »Ich will euch berichten, was wirklich geschah, damals, im fernen Judenland, doch es ist keine schöne Geschichte.«

Niemand hatte Einwände. Die Kinder – es mochten mehrere Dutzend sein, die sich im Dunkeln aus den Häusern ihrer Familien gestohlen und durch schlammige Gassen herbeigeschlichen waren – gaben sich mit jedem Garn zufrieden, so es nur neu und voller Wunder war. Ihre Augen erglühten, ihre kleinen Hände zogen die Säume von Decken und Überwürfe enger, und sogleich herrschte atemlose Stille.

»Tatsächlich begab es sich«, sprach die Frau, »dass König Herodes, Herrscher über das Land der Juden, von der Geburt eines Kindes erfuhr, auf dass ihm angst und bange wurde. Ob es in der Tat die drei Weisen des Matthäus waren, die ihm die Kunde brachten, oder aber Späher, welche die Gerüchte und Legenden des einfachen Volkes auskundschafteten, das weiß ich nicht.«

»Wie kannst du eine Geschichte erzählen und doch nicht alles über sie wissen?«, fragte einer der älteren Jungen.

»Dies ist keine erfundene Geschichte«, wies ihn die Frau zurecht, und obgleich er ihre Antwort nicht verstand, fuhr sie fort:

»Herodes fühlte sich in seiner Macht bedroht, denn einen zweiten König, gleich ob neugeboren oder nicht, wollte er keinesfalls dulden. Nach Beratungen mit seinen Priestern und Hofgelehrten traf er jene Entscheidung, von der auch das Evangelium berichtet: Das Kind, welches vom Volk als neuer König verehrt wurde, musste sterben.«

»Du erzählst uns nichts Neues«, beschwerte sich ein Mädchen, doch sogleich brachten andere es mit Gesten und Knuffen zum Schweigen; sie ahnten sehr wohl, dass der eigentliche Kern der Geschichte noch folgen würde. Sie spürten seinen Atem, das Echo seiner Schritte, fühlten ihn nahen wie ein Unwetter am Horizont.

Die schwarze Frau rammte die Spitze ihres Wanderstabes in den Boden, als wollte sie damit die Welt in zwei Hälften spalten. Doch falls dies ein Zeichen ihres Zorns über die neuerliche Unterbrechung war, so vermochte man ihrer Stimme dergleichen nicht anzuhören. Sanft klangen ihre Worte, als sie weitersprach, weich und voller Wehmut.

»Die Kinder Bethlehems ahnten nicht, wie ihnen geschah, als eines Tages ein Fremder ihre Stadt betrat. Und doch sollte sich durch ihn ihr Schicksal erfüllen. Denn nicht Soldaten hatte Herodes gesandt, keine Krieger, wie es die Kirche predigt, nein, nur diesen einen Mann. Er kam in bunter, lustig anzuschauender Kleidung, ein Geck und Possenreißer mit herzlichem Lachen und allerlei schöner Gaukelei. Doch tief in seinen Augen, im Dämmerschatten seiner fröhlichen Mütze, loderte ein schwarzes Feuer. Vielleicht hätten es die Alten bemerkt, wären sie ihm nahe gekommen. Der Fremde aber spielte und scherzte nur mit den Kindern, sang und reimte mit ihnen. Er schlich sich nicht in ihre Herzen, o nein, er stürmte mit Fanfaren geradewegs in sie hinein, und er tat es nicht im Geheimen, sondern vor den Augen aller. Um den Hals des Fremden hing an einem Lederband eine hölzerne Flöte, und immer wieder baten und flehten die Kinder, er möge darauf spielen, doch immer wieder verwehrte er ihnen diesen Gefallen, so harmlos, so brav er auch scheinen mochte. Schließlich aber, nach einigen Tagen, tat er es doch, und er tat es bei Nacht, als die Erwachsenen schliefen, und seine Musik schlich sich in den schutzlosen Schlaf der Kleinen, fraß sich in ihren Geist und zwang ihnen den Willen des Fremden auf, seinen dunklen, bösen Willen. Unbemerkt folgten sie ihm aus der Stadt – und es waren wahrlich nicht nur jene, die zwei Jahre und jünger waren, sondern auch ältere, ganz so, wie ihr selbst es seid. Unbemerkt zogen sie fort aus Bethlehem und verschwanden aus der Welt, und niemand sah sie jemals wieder.«

Die Kinder Hamelns schauderten bei diesen Worten, einige der Jüngeren brachen in Tränen aus. Dies war eine hässliche Geschichte, und manch einer bereute bereits, hierher gekommen zu sein. Hände wurden ergriffen, Gesichter tiefer in die Wärme weiter Kapuzen gezogen.

»Und wirklich niemand kehrte heim?«, fragte ein Junge mit kahlem Schädel.

»Keiner kehrte zurück«, bestätigte die Frau. »Und doch entgingen zwei Kinder dem furchtbaren Auszug.«

»Wie das?«, fragte ein Stimmchen aus der Kindermenge.

Die Frau atmete tief durch und stützte sich auf ihren Stab. »Ein kleiner Junge zog mit seinen Eltern nur wenige Stunden zuvor fort aus Bethlehem. Ihr kennt ihn als Jesus von Nazareth.« Sie lächelte rätselhaft. »Noch ein zweites Kind blieb in der Stadt, ein kleines Mädchen mit lahmem Bein, das den anderen nicht schnell genug folgen konnte und so dem Bann des Flötenspielers entging.«

»Was geschah mit Herodes?«

»Er starb Jahre später, und seine Seele fuhr hinab in die tiefste aller Höllen, wo sie gemartert wird bis hin zum Jüngsten Tag.«

Nach diesen Worten schwieg die Fremde für eine Weile, sodass einige Kinder sich bereit zum Aufbruch machten, denn sie glaubten, die finstere Erzählung sei endlich beendet. Schon erhoben sich die ersten, als die Frau sagte:

»Eines habe ich euch noch verschwiegen, doch ihr sollt auch diesen Rest erfahren, wenn ihr mir einen Wunsch erfüllt.«

»Erzähle!«, rief ein Kind, doch ein anderes blieb misstrauisch und fragte: »Welchen Wunsch?«

Die Fremde schüttelte den Kopf. »Wollt ihr hören, was ich zu sagen habe, oder nicht?«

Die meisten der Kleinen bejahten.

»Nun«, sagte die Fremde und überwand den letzten Abstand zu den Kindern mit wenigen Schritten. Da bemerkten sie, dass die Frau hinkte; sie zog das linke Bein nach wie ein Ochse den Pflug. »Ich war einst das lahme Mädchen, das den anderen Kindern Bethlehems nicht folgen konnte.«

Ein paar der kleinen Zuhörer kicherten ungläubig, anderen aber stockte der Atem. »Unmöglich«, sagte ein Mädchen mit großem Ernst, »dann müsstest du Hunderte von Jahren alt sein. Und nur der Heiland ist unsterblich.«

Die Mundwinkel der Frau zuckten in den Schatten, doch sie gab keine Antwort.

Ein anderes Kind sagte zum ersten: »Jesus starb am Kreuz, er war nicht unsterblich.«

Ein Junge musterte die Fremde mit verkniffenem Blick. »Wenn Christus nicht unsterblich war, dann kann er nicht der Heiland gewesen sein, oder?«

»Aber er erhob sich von den Toten«, warf ein anderer ein.

»Tot ist tot. Niemand kann von den Toten auferstehen.«

»Aber wenn er doch der Heiland –«

»Hast du denn nicht zugehört?«, fuhr einer der Ältesten dazwischen. »Er starb, also war er keiner.«

Die Frau hatte all dem schweigend und mit schmunzelnder Belustigung zugehört. Jetzt aber, während die Kinder weiter darüber stritten, wer von ihnen im Recht sei und die Lügen des Evangeliums durchschaut habe, wandte sie sich wortlos um und humpelte stadtauswärts davon, hinaus ins schwarze Hügelland.

Sie hatte bereits ein erhebliches Stück mit beschwerlichen Schritten zurückgelegt, da verstummte der Streit in ihrem Rücken, und ein Mädchen rief ihr hinterher: »Dein Wunsch! Du hast deinen Wunsch vergessen!«

Die unheimliche Fremde drehte sich nicht um, ging einfach weiter und verschwand in der Nacht. Und doch war keines unter den Kindern, das ihre letzten Worte nicht vernahm, als wispere sie leise in jedes Ohr:

»Wenn ihr ihn trefft, dann tauft Herodes.«

— 16 —

ERSTER TEIL

Das Rattennest

1. KAPITEL

Manche sagen, Eltern träumen die Sünden ihrer Kinder. Doch wessen Sünden träume dann ich?

Damals, in der letzten Nacht vor meiner Ankunft in Hameln, erwachte ich nass von Schweiß, frierend in einem harten, fremden Bett voll von knisterndem, wimmelndem Leben. Ich träumte oft in jenen Jahren, doch nicht so häufig wie heute, und mochten damals die nächtlichen Bilder Vorboten der kommenden Ereignisse sein, hämische Krähen des Schlafs, so sind es heute die Erinnerungen, die mich martern, mich zurückzerren in die Vergangenheit, zurück an jenen Ort, in den Schlamm und in die Nässe. Zurück zu den Kindern.

Der letzte Tag meiner Reise begann früh, denn ich fand keinen Schlaf mehr, nachdem mich die Albdrücke zurück ins Wachsein entließen. Ich schnürte mein Bündel, stieg hinab in den finsteren Schankraum des Gasthofs und legte dem Wirt einige Münzen vor die Küchentür. Draußen traf ich den Stallknecht, der gleichfalls früh auf den Beinen war. Auch ihn entlohnte ich reichlich, sodass er eilte, mir mein Pferd zu satteln.

Die Nacht lag noch schwarz und schwer auf dem Land, als ich das Gasthaus hinter mir ließ und entlang eines schmalen Hohlwegs gen Hameln ritt. Die Luft war kühl und atemlos, die Erinnerung an den steten Regen der vergangenen Tage wogte als herber Duft zwischen den Fichten. Kein Stern stand am Himmel, noch immer mussten die schweren, satten Wolken über den Septemberwäldern schweben, und der Weg vor mir schien wie ein seltsamer Gang durch leblose Finsternis. Kein Luftzug wehte, kein Zweig rieb sich am Holz anderer Äste, allein ein dürres Rinnsal rauschte in der Tiefe eines Talgrundes. Ihm folgte ich eine Weile, geführt allein vom Instinkt des Pferdes, denn meine müden Augen waren nutzlos im dräuenden Nachtdunkel. Es war, als schwebte ich auf dem Rücken des Tieres durch ein geheimnisvolles Nichts, und doch machte mir die scheinbare Leere, die Lautlosigkeit der Hügel und Täler keine Angst. Ich war froh, mich im Sattel einem dumpfen Halbschlaf hingeben zu können, ungestört von allem, was außerhalb meiner Gedanken geschah.

So ritt ich träumend dahin, wohl einige Stunden lang, mal in, mal außerhalb der Wälder, bis der Morgen graute – und das tat er ganz wortwörtlich, denn nichts als ein fahles Grau war es, das sich träge um die Herbstgerippe der Eichen auf öden Hügelkuppen legte. Tatsächlich sollte das knochenfarbene Zwielicht auch den Tag über nicht weichen, und ganz wie ich es vorhergesehen hatte, stellte sich bald von neuem der Regen ein und ließ die Hufe meines Rappen tief in schwarzem Schlamm versinken. Ich traf nicht eine Menschenseele während der letzten Stunden meines Ritts, nicht, bis meine trüben Augen gegen Mittag auf die Weserauen blickten und die Stadt aus dem Dämmerlicht kroch wie ein todgeweihtes Tier.

Aus der Ferne schien mir Hameln stumm und schweigend, ein merkwürdiger, kauernder Ort unter einem Himmel wie aus Blei gegossen. Hinter den Dächern zog sich das farblose Band des Flusses von Norden nach Süden, und mir, der ich von Osten kam, schien es zur Rechten wie zur Linken in weiter Biegung hinter den Hügelflanken zu verschwinden. Regen trieb in wogenden Schüben über das Land, ließ mal mehr, mal weniger von der Stadt erkennen. Kurz waren die Giebel in all ihrer kantigen Klarheit zu sehen, dann wieder verschwanden sie hinter Wolken aus eisiger Nässe.

Mein Weg führte entlang einer alten Handelsstraße zwischen zwei aufstrebenden Hängen einher, jener links nicht allzu hoch und nur mit starrem Gras bewachsen, der rechte von schwarzem, dichtem Wald bedeckt. Schnurgerade verlief die Straße zur Stadt hinunter, und als ich meinen Blick noch einmal auf den Berg zur Rechten wandte, erkannte ich in einiger Entfernung an seiner Flanke einen Richtplatz, ein kahler Erdhügel, auf dessen Kuppe sich ein Holzgerüst erhob wie ein hoher Tisch. Keine Menschenseele war zu sehen.

Weiter ritt ich, die Stadt kam näher, und schon verloren ihre Häuser und Stadtmauern die Winzigkeit des ersten Anblicks. Weite Wiesen legten sich im wilden Treiben des Regens hier in diese, dort in jene Richtung; sie waren alles, was die Ortschaft umgab bis hin zum Fuß der Hügelflanken. Hinter der Stadt, auf der anderen Seite des Flusses, erkannte ich hohe Felsen, gekrönt von mehr und noch mehr Wald, drohend und düster über den Dächern.

Während ich dem Ort nun näher kam, hob sich aus dem Dunkel der Stadtmauer etwas hervor, das ich mit blinzelnden Augen als hohe, mächtige Esche erkannte, der einzige Baum entlang der Flussaue, dafür umso kräftiger gewachsen und weit gefächert. An seinem Fuß hatte sich eine kleine Menschengruppe versammelt, zehn oder fünfzehn Gestalten. Etwas schien sie in große Aufregung zu versetzen, denn sie alle hatten die Blicke hinaufgewandt zu den knorrigen Ästen. Ab und an drang ein zorniger Ruf durch die wirbelnden Regenschwaden bis an mein Ohr.

Da plötzlich wandelte sich das Dämmerlicht, der tintige Regenhimmel wurde hoch über der Stadt zerrissen, und ein feuerroter Schein brach durch die Wolkentürme. Wie ein gleißendes Auge hing die Öffnung inmitten des Unwetters. Feueröfen schienen sich aufzutun, Wiesen und Hügelflanken wurden für einen kurzen Moment in entsetzliche Glut getaucht, der Wind brüllte wie ein zorniges Biest hinab aus den Wäldern, und ganz kurz schien es, als rase ein Dämonenheer mit glühender Wucht über die Mauern und Dächer. Flammenteufel schienen auf den Giebeln zu tanzen, als die Sonnenstrahlen ein letztes Mal über die Häuser sengten. Dann schloss sich das lodernde Maul am Himmel, und Zwielicht löschte die fauchenden Lohen. Alles war wieder wie zuvor, von Brand und Feuer keine Spur, nur Regen und Wind und wässriges Grau.

Mir war, als erwachte ich aus einem neuerlichen Traum; ganz unwohl und zittrig waren meine Glieder. Doch nun war ich den Menschen am Fuß der Esche nahe genug, um einen einzigen, brausenden Ruf zu vernehmen:

»Ein Zeichen!«, schrie eine Stimme aus dem Gewimmel. »Gott will, dass er brennt.«

»Ja, brennen soll er!«, rief auch ein anderer. Im ersten Augenblick dachte ich, man meine den Baum, doch während meine Verwirrung sich mehrte, erkannte ich, dass ein Mann hoch oben in den Ästen saß, und ich begriff, dass allein er es war, dem man die Flammen zugedachte.

Ich erwog, den Rappen zu schnellerem Schritt voranzutreiben, doch dann beließ ich es bei sanftem Trab. Es schien mir nicht ratsam, gleich bei meiner Ankunft in die Oblie-

— 22 —

genheiten der hiesigen Bürger einzugreifen; zudem erkannte ich unter den Männern am Fuß der Esche einige in Lederpanzern mit dem Wappen des Bischofs von Minden.

Als mich nur noch eine kurze Entfernung von dem Auflauf trennte, sah ich, dass der Mann im Baum keineswegs aus freien Stücken dort kauerte. Tatsächlich war er mit groben Stricken ins Geäst gefesselt, an Füßen wie an Händen, in höchst misslicher Stellung. Mich wunderte daher umso mehr das wilde Brüllen und Drohen der Menschen, er möge umgehend herunterkommen. Sahen sie denn nicht, dass er nicht freiwillig dort oben festsaß?

Der Mann im Baum war ein grober, schmutziger Kerl mit wirrem Haar und vollem, dunklem Bart. Seine Kleidung war befleckt, der Stoff an manchen Stellen aufgerissen, das vermochte ich selbst durch Regen und Zweige zu erkennen. Barfuß war er wie ein Bettler. Sein Blick zuckte irre von einem zum anderen, und während seine Lage immer leidiger zu werden drohte, begegnete er der Wut der Bürger allein mit leerem Grinsen. War er vom Teufel besessen? Wollte man deshalb seinen Tod?

Einer der Schergen des Bischofs legte jetzt seinen Knüppel ab und schob sich einen Dolch zwischen die Zähne. Unter dem Jubel der Umstehenden machte er sich daran, die Esche zu besteigen. Der schmutzige Kerl in der Baumkrone spuckte vor ihm aus und lachte.

»Das wird dir noch vergehen«, brüllte ein anderer der Kirchendiener voller Abscheu hinauf. »Dein Scheiterhaufen steht bereit.«

Der Zerlumpte antwortete mit neuerlichem Spucken, diesmal in die Richtung des Sprechers.

»Sagt, was geht hier vor?«, fragte ich den Bischöflichen, der zuletzt gerufen hatte.

Er wandte sich erstaunt zu mir um, auch einige andere Köpfe drehten sich. Der Mann musterte mich einen Augenblick, dann bemerkte er das Wappen des Herzogs an meinem Sattel. Trotzdem fragte er dreist: »Wer will das wissen?«

Ich schenkte ihm einen eisigen Blick. »Mein Name ist Robert von Thalstein, Ritter im Auftrag des Herzogs Heinrich von Braunschweig. Und nun«, sagte ich, wobei ich meiner Stimme einen schärferen Ton verlieh, »gib mir gefälligst Antwort, Knecht.«

Das letzte Wort ließ ihn zusammenfahren, und seine Augen verengten sich vor Wut. Wiewohl, zu seinem eigenen Besten blieb er ruhig und entgegnete gehorsam: »Der Mann dort oben ist ein Ketzer, ein Jünger des heidnischen Wodan. Der Vogt gab Befehl, ihn zum Marktplatz zu bringen. Dort soll er brennen, wie es ihm und den Seinen gebührt.«

Ich sah erneut hinauf in den Baum, wo der Scherge den Mann fast erreicht hatte.

»Wer hat ihn dort oben gefesselt?«, fragte ich.

»Er selbst war es, der die Schlingen anlegte«, erwiderte der Bischöfliche, ohne mich dabei anzusehen, denn das Geschehen im Baum schien ihm wichtiger als meine Anwesenheit.

Ich schluckte die Zurechtweisung, die mir auf der Zunge lag, und fragte stattdessen: »Weshalb sollte er das getan haben?«

»Bin ich ein Ketzer? Wie soll ich das wissen?«

»Wenn Ihr es nicht wisst, wie könnt Ihr dann so sicher sein?«

Ungeduldig fuhr der Mann erneut herum. »Was mischt Ihr Euch in diese Angelegenheit, Ritter? Dies ist eine Sache des Vogts und unseres Herrn, des Bischofs. Reitet weiter

— 24 —

oder tut, was Euch beliebt, aber lasst uns unsere Arbeit verrichten.«

Fast hätte ich ihn mein Schwert spüren lassen – nichts lieber als das! –, doch gelang es mir im letzten Moment, mich zu zügeln. Erstmals besah ich mir den bischöflichen Schergen genauer. Ein raues Gesicht, umrahmt von einem blonden Bart. Eine Narbe quer über der Stirn.

»Nennt mir Euren Namen«, verlangte ich gefasst.

»Einhard«, erwiderte der Mann beinahe gleichgültig. »Und falls Ihr gedenkt, Euch beim Vogt oder Dechant über mich zu beschweren, so tut das, wenn Ihr wünscht. Aber bedenkt: Euer Wort wiegt in dieser Stadt nicht mehr als das meine.«

Das also war es, wovor man mich gewarnt hatte. Hameln unterstand dem Bischof von Minden ebenso wie meinem Herrn, dem Herzog von Braunschweig. Ein erbärmlicher Vertrag, entstanden aufgrund von missratenem, politischem Kalkül, hatte vor fast zwei Jahrzehnten für diese missliche Lage gesorgt, und da Braunschweig fern, die Macht des Bischofs aber allgegenwärtig war, schien mein Stand in dieser Sache nicht der beste.

»Wir werden sehen«, war daher das Einzige, was mir als Erwiderung einfiel, und es klang selbst in meinen eigenen Ohren wie das Eingeständnis einer Niederlage. Trotzdem gedachte ich keinesfalls, die Sache damit auf sich beruhen zu lassen.

Ein lautes Schreien und tosender Beifall der Menge befreite mich vorerst von meinen Sorgen. Ich sah eben noch, wie der Scherge des Bischofs den letzten Strick am Handgelenk des strampelnden Ketzers durchschnitt, dann stürzte der Unglückliche wie ein gefallener Engel in die Tiefe. Mit einem weiteren Aufschrei schlug er auf, Schlamm bespritzte die Umstehenden. Alles Weitere ging unter im Gröhlen der Menge, die sich sogleich auf den Mann stürzte und ihn gewaltsam auf die Füße riss. Im Hintergrund sprang der Kirchenknecht sicher zu Boden.

Der schmutzige Kerl lachte nicht mehr, doch er protestierte auch nicht, als zwei Bischöfliche ihn grob an den Armen fassten. Einhard, offenbar der Ranghöchste unter den Männern, beachtete mich nicht weiter, ging auf den Gefangenen zu und versetzte ihm einen grausamen Hieb in den Magen. Ein zweiter Schlag traf die Nase des Ketzers. Krachend barst der Knochen. Blut schoss über das verschmutzte Gesicht. Wieder johlten die Zuschauer, einige verlangten nach mehr.

Einhard gab seinen Männern einen Wink, auf dass sie den Verletzten in Richtung des Stadttors abführten. Der Ketzer ließ es ohne Gegenwehr geschehen, ja, er ging erhobenen Hauptes voran, als führe er die Gruppe der Soldaten und Bürger an wie ein Priester seine Lämmer. An das Blut, das ihm vom Kinn auf die Kleidung tropfte, wie auch an den Schmerz schien er keinen Gedanken zu verschwenden. Ich kam nicht umhin, ihm Achtung zu zollen, obgleich ich ihn für seinen Götzendienst verdammte. Ich zweifelte nicht, dass er den Feuertod verdiente.

Ich verharrte einen Augenblick, beobachtete mit Gleichmut, wie einer der Schergen zurückblieb und das Gras am Fuß des Baumes nach irgendetwas absuchte, dann trieb ich mein Pferd voran und folgte der aufgebrachten Gruppe in einigem Abstand durch den peitschenden Regen zur Stadt.

Die Wehrmauer, die Hameln umgab, war nicht allzu mächtig, vielleicht drei Mannslängen hoch; einem Sturm entschlossener Gegner würde sie kaum etwas entgegenzusetzen haben. Die Planer der Stadt hatten wenig für ihre

Verteidigung aufgewandt, und als ich durch das Osttor ritt, begriff ich sogleich den Grund.

Nachdem sich eine weitaus größere Menge Schaulustiger, die den Soldaten und ihrem Gefangenen am Tor entgegengefiebert hatten, der kleineren Gruppe angeschlossen hatte und unter allerlei Geschrei und Gefluche mit ihr weiter gen Markt gezogen war, bot sich mir ein merkwürdiger Anblick. Erst glaubte ich, die Stadt liege in Ruinen, dann erst wurde mir klar, dass Hameln alles andere als eine vollendete Siedlung war. Im Süden gab es einen sichelförmigen, innen an die Stadtmauer geschmiegten Bereich bewohnter Häuser, und auch weiter oben im Norden entdeckte ich alte, gebückte Gebäude; das mussten die Dächer und Giebel gewesen sein, die ich aus der Ferne gesehen hatte – Häuser, an die ich mich aus meiner Kindheit erinnerte. Zwischen den beiden Ansiedlungen im Norden und im Süden aber befand sich wüstes, totes Bauland. Vor mir erstreckte sich ein gewaltiges Labyrinth aus Gruben, halbfertigen Mauern, Holzgerüsten und einigen ungedeckten Dachstühlen. Regentropfen wühlten den dünnflüssigen, schwarzen Schlamm auf, der den wenigen Tagelöhnern, die ich sah, bis zu den Waden reichte. In der Mitte dieser unwirtlichen Ödnis ragte ein bereits vollendeter Kirchturm in den grauen Himmel (im südlichen Bezirk gab es einen zweiten, kleineren), daneben stand ein gleichfalls fertig gestelltes Gebäude von beachtlicher Größe, zweifellos das Rathaus. Die Menschenmenge zog entlang einer Straße zum Kirchturm, an dessen Fuß sich der Marktplatz befand.

Hameln war meine Heimat gewesen, doch während der langen Jahre meiner Abwesenheit hatte sich vieles, ja beinahe alles verändert. Das mir vertraute Hameln war ein armseliges Dorf am Flussufer gewesen, ohne Stadtmauer, ohne

— 27 —

die Wohnhäuser der Reichen im Süden und ganz sicher ohne jene Wüstenei aus Mauern und Pfählen, die wie dunkle Zahnstümpfe aus dem kohlenschwarzen Erdreich ragten. Das Dorf, in dem einst meine Familie lebte, existierte noch, denn nichts anderes waren die kauernden Hütten und Häuser im Norden, doch die Stadtplaner des Herzogs und des Bischofs hatten es durch ihr Vorhaben, den Ort auf einen Schlag um ein Vielfaches zu erweitern, gnadenlos in die Enge getrieben.

Doch klingen meine Worte, als trauerte ich um das Hameln meiner Erinnerung? Das sollen sie nicht, keinesfalls. Ich ging fort, als ich gerade acht Lenze zählte, und nun, bei meiner Rückkehr, war ich zweiundzwanzig (und, nebenbei bemerkt, einer der jüngsten Ritter am Hofe des Herzogs). Meine Verbindung zu diesem entlegenen Ort war beendet, wäre es auf immer geblieben, hätte mich mein Herr nicht in persönlichem Auftrag entsandt. Aber ich schweife ab.

Noch einmal besah ich mir das halbfertige Häusergewirr mit seinem Wald aus Pfählen, Steinhaufen und unvollendeten Mauerkronen. Das schneidende Klirren einer Schmiede drang von irgendwo aus dem Ruinenfeld – denn so will ich es wohl nennen, mochte hier auch geschaffen statt vernichtet werden. Die Arbeiten schienen nur schwerlich voranzugehen, was zu einem guten Teil am nimmer endenden Regen der vergangenen Wochen liegen mochte. Außer der Hauptstraße gab es in dem Grubengelände keine sichtbaren Wege, wohl aber erkannte ich ein weitläufiges Netz aus Balken und Bohlen, die man in dem vergeblichen Ansinnen über den Schlamm geworfen hatte, trockenen Fußes von einem Ort zum anderen zu gelangen. Ich sah einen Ochsenkarren, der am Rand der Straße stand und von zwei Tagelöhnern, über und über mit schwarzem Dreck beschmutzt, entladen wurde. Sie mussten die schwere Steinfracht an die hundert Schritt weit tragen, da der Karren im Gelände unweigerlich eingesunken wäre. Wen konnte es da wundern, dass die Bauarbeiten hier die doppelte Zeit in Anspruch nahmen als anderswo.

Die Arbeiter sahen der aufgebrachten Menschenmenge missmutig nach, als diese mit dem Ketzer und den Schergen des Bischofs an der Spitze vorüberzog. Zweifellos wären auch sie gerne Zeugen des bevorstehenden Schauspiels geworden. Hinrichtungen auf dem Scheiterhaufen waren in jenen Zeiten noch nicht so verbreitet, wie sie es heute sind, nur wenige Jahrzehnte später. Sowohl den freien Bürgern der Städte als auch den Leibeigenen in den Dörfern galten sie stets als großes Spektakulum, das niemand gerne missen mochte.

Auch ich lenkte mein Pferd im Schatten der Menge entlang der Hauptstraße, geradewegs durch das hässliche Ödland. Und während ich so mit einigem Abscheu in den Pfuhl der Baugruben blickte, der rechts und links vorüberzog, bemerkte ich erstmals die gewaltigen Ratten. Pechschwarze, glänzende Kreaturen mit tückischen Augen, manche lang und schwer wie kleine Hunde, die in Rudeln durch das kniehohe Wasser am Grunde der Gruben schnellten. Nicht einige wenige sah ich, nicht Dutzende, sondern – ja, ich schwöre es bei Gott – *Hunderte* von ihnen. Und je länger ich in den Schlick starrte, desto mehr Tiere hoben sich vom dunklen Boden ab. Ratten über Ratten, so weit das Auge reichte. Ich schauderte vor abgrundtiefem Ekel.

Die Menschenmenge ergoss sich vor mir auf den Marktplatz wie wildes Wasser durch rissige Mauern. Der Platz selbst war wie eine steinerne Insel inmitten schwarzen

Sumpfes. Die schlanke Spitze der Marktkirche ragte hoch über den Platz und das zweistöckige Rathaus hinaus. Beide waren zweifellos als erste Wahrzeichen der Stadthoheit errichtet worden, doch wirkten sie in dieser Umgebung eher wie Mast und Aufbauten eines sinkenden Schiffes. In Gedanken sah ich beides bereits vom Schlamm verschluckt.

Mein Blick fiel auf zwei weitere markante Merkmale dieser ungemütlichen Örtlichkeit. Zum einen war da der Scheiterhaufen, den einige Männer soeben mit brennbarer Flüssigkeit begossen, damit er trotz des Regens Feuer fangen möge; man hatte das Holz rund um einen aufrechten Pfahl angehäuft, an dem man den Ketzer nun mit Hilfe eiserner Schellen verkettete.

Das Zweite aber, was meine Aufmerksamkeit erregte, war in der Tat der auffälligste aller Anblicke. Eine enorme Bühne nahm die Westseite des Marktplatzes ein, aufgestellt in einem leichten Halbrund, sodass bei einer Aufführung die Zuschauer in vorderer Reihe beinahe von dem Geschehen umgeben waren. Hinzu kam, dass diese Bühne, gezimmert aus mächtigen Balken, drei übereinander liegende Stockwerke besaß und damit gar das Rathaus an Höhe überragte. Nie zuvor hatte ich eine so gigantische Konstruktion zum Zwecke eines Schauspiels gesehen, wenngleich ich gehört hatte, dass es dergleichen in Frankreich geben sollte. Daher erkannte ich auch sogleich den Zweck des ungeheuren Aufwands: Die Hamelner Bürger befanden sich inmitten der Vorbereitungen eines großen Mysterienspiels. Unter Einsatz aller Bewohner wurden Passagen aus der Heiligen Schrift nachgespielt, zumeist der Leidensweg des Heilands. Dabei standen die drei Stockwerke der Bühne für die drei Schichten unserer Welt – oben der Himmel, unten die Hölle, dazwischen die Länder der Men-

— 30 —

schen. Auf diese Weise vermochte man ein jedes Kapitel der Bibel, ganz gleich, an welchem Ort es sich begab, nachzustellen. Derlei Aufführungen nahmen meist Tage, oft gar viele Wochen in Anspruch, während derer mit Unterbrechungen gespielt wurde.

Während ich noch beeindruckt auf die Mysterienbühne blickte, hatte mich mein Pferd in einem weiten Bogen bis ganz in die Nähe des Scheiterhaufens getragen. Ohne meine Absicht stand ich plötzlich erneut neben Einhard, dem Obersten der bischöflichen Schergen. Er schenkte mir ein spöttisches Grinsen, das mich von neuem gegen ihn aufbrachte, dann sah er hinauf zu einem Fenster des Rathauses. Ich folgte seinem Blick und erkannte dort mehrere Männer und Frauen, die hinab zur Menge lächelten. Zweifellos handelte es sich dabei um den Bürgermeister, den Stiftsvogt und andere Würdenträger mit ihren Weibern. Einer von ihnen machte Einhard ein Zeichen; jener wiederum gab zwei Männern am Fuß des Scheiterhaufens Befehl, mit ihren lodernden Fackeln Feuer ans Holz zu legen.

Der Ketzer schwieg weiter und blickte aufrecht, fast hämisch mitten in die Menschenmenge, als wolle er sie selbst in seinen letzten Augenblicken verhöhnen. Viele Gesichter waren zu zornigen Grimassen verzerrt, Fäuste wurden geschwungen und Flüche gebrüllt. Der Mann auf dem Scheiterhaufen nahm all das mit einem überlegenen Lächeln zur Kenntnis, voller Stolz und Würde.

Die ersten Flammen züngelten über das getränkte Holz, und bald schon umgab den Ketzer ein Ring aus prasselndem Feuer. Dunkler Rauch und Gluthitze wehten mit dem Regen in unsere Gesichter.

Einhard wandte sich zu mir um und wollte wohl etwas sagen, als hinter uns plötzlich ein Ruf ertönte. Wir fuhren gleichzeitig herum und sahen einen von Einhards Männern, der aufgeregt auf seinen Anführer zueilte und einen kleinen Lederbeutel schwenkte. Er hatte Mühe, sich durch die fiebernde Menge zu drängen, die sich durch nichts von der feurigen Hinrichtung ablenken ließ. Ich erkannte den Mann; es war jener, der am Baum vor der Stadt zurückgeblieben war und im Gras nach etwas gesucht hatte.

Schließlich gelang es ihm, sich zu uns durchzuschieben. »Seht, Meister Einhard, was am Fuß der Esche lag«, stieß er atemlos hervor.

Der Scheiterhaufen brannte nun stärker, einige Zuschauer drängten ein, zwei Schritte zurück, um den Hitzewogen zu entgehen. Der Unglückliche an seinem Pfahl verzog nun gequält das Gesicht, doch löste sich kein Laut aus seiner Kehle. Der Schmerz musste kaum noch zu ertragen sein, wenngleich seine Kleidung noch kein Feuer fing und selbst sein Haar bislang unversehrt geblieben war. Man hatte das Holz so aufgeschichtet, dass Pfahl und Opfer zuletzt verbrannten.

Einhard nahm den Lederbeutel mit gerunzelter Stirn entgegen. Der Beutel war kaum größer als seine Hand und schien der schlaffen Form nach leer zu sein. Einhard drehte ihn um und schüttelte den vermeintlichen Inhalt auf seine Handfläche. Zwei helle Kugeln rollten hervor, kaum größer als Kirschen. Er nahm eine zwischen Daumen und Zeigefinger und drückte sie leicht. Sie ließ sich ohne weiteres verformen.

»Was ist das?«, fragte er seinen Helfershelfer.

Der Mann hob die Schultern.

»Verzeiht«, sagte ich, nicht ganz sicher, ob das Wort so hämisch klang, wie ich es meinte, »doch wenn Ihr mir einen Blick erlaubt, vermag ich Euch vielleicht eine Antwort zu geben.« Mir war mit einem Mal eine üble Ahnung gekommen, eine diffuse Erinnerung an etwas, das ich während meiner Zeit an der Klosterschule gehört hatte. Plötzlich spürte ich den unbestimmten Drang, mein Pferd herumzureißen und so weit wie möglich zu fliehen. Stattdessen aber sprang ich aus dem Sattel und machte einen Schritt auf Einhard zu.

Vor uns fingen Bart und Haar des Ketzers Feuer. Er schüttelte sich wie in einem irren Tanz zu Ehren seiner Götzen. Sein Gesicht verschwand hinter einer gleißenden Wolke aus Glut.

Kein Schrei, nicht ein einziger.

Nur die Menge brüllte vor Begeisterung.

Einhard zögerte einen Augenblick, dann reichte er mir mit zweifelndem Blick eine der beiden Kugeln. Möglicherweise hatte ihn meine Unruhe angesteckt; vielleicht aber hoffte er auch nur auf mein Scheitern.

Die Kugel bestand aus Wachs oder Talg. In ihrem Inneren schien es einen dunklen Kern zu geben. Mit einem Fingernagel ritzte ich die weiche Masse, bis ein paar Körner eines grauen Pulvers aus der Öffnung rieselten. Ich roch daran, wagte aber nicht, es mit der Zungenspitze zu berühren, aus Angst, es sei ein Gift.

»Nun?«, fragte Einhard und grinste überheblich.

Ich zögerte mit einer Antwort, dann sagte ich: »Ich bin nicht sicher ...«

Einhard schüttelte den Kopf, dann schleuderte er den leeren Beutel und die zweite Kugel achtlos in den knisternden Scheiterhaufen.

Nur einen Moment später zerriss ein gleißender Blitz an jener Stelle das Zwielicht, wo die Kugel ins Feuer gefallen war. Ein Donnern übertönte die jubelnde Menge, Funken stoben wild in alle Richtungen, und Flammen griffen wie höllische Arme nach den Umstehenden.

»Lauft!«, schrie ich so laut ich konnte, sprang selbst auf den Rücken meines Pferdes und hatte alle Mühe, das aufgebrachte Tier zu bändigen.

Ungläubiges Entsetzen war Einhard ins Gesicht geschrieben. Er stand da wie versteinert und starrte ins Feuer, während die Erregung der Menschen um uns herum mit einem Mal in Angst umschlug. Sie begriffen nicht, was geschehen war. Einige dachten wohl an ein Zeichen des Herren, andere fürchteten die Strafe der Hölle. Sie alle jedoch ahnten, dass ihnen eine Gefahr drohte, wenn sie noch länger hier stehen blieben. Panik brach aus, als sich die vorderen Reihen nach hinten wälzten.

Da, endlich, begann der brennende Ketzer zu schreien.

Einhards Männer schlossen sich den Flüchtenden an, die nun in alle Richtungen davonstürzten. Allein er selbst blieb stehen und blickte fassungslos auf den lodernden Mann, der hohe, schrille Töne ausstieß wie ein Kalb, wenn es geschlachtet wird. Der Körper des Ketzers war eine einzige, zuckende Fackel, und noch immer lebte er.

»Er hat sie geschluckt!«, schrie ich Einhard über den tosenden Lärm hinweg zu. »Er hat die verfluchten Kugeln geschluckt, wer weiß, wie viele.«

Der Oberste der bischöflichen Schergen drehte sich zu mir um, und plötzlich schien neue Klarheit in sein Denken zu fließen. Er geriet in Bewegung und rannte los. Ich selbst stieß dem Pferd meine Fersen in die Flanken. Aufgescheucht sprengte es vorwärts.

Hinter uns übertönte ein Krachen die Schreie der Menschen, ein Donnern und Grollen wie beim Fall der Mauern zu Jericho. Ein Schwall glühender Hitze hieb in meinen

— 34 —

Rücken, und sogleich schossen scharfe Holzsplitter an mir vorüber wie Pfeilhagel einer feindlichen Armee. Ein spitzes Etwas streifte meinen Nacken und hinterließ eine Spur glühender Pein. Ich wagte nicht, mich umzuschauen, legte mich nur enger an den Hals des Pferdes, schloss die Augen und ließ mich von dem braven Tier in Sicherheit tragen. Überall um mich her waren Schreie, ein Ozean von Schmerz und Verzweiflung, als Zuschauer, die nicht schnell genug fortgekommen waren, von brennenden Trümmern des Scheiterhaufens zu Boden gerissen wurden. Das Schreien des Ketzers war verstummt, kurz bevor die Explosion seinen Körper zerriss, doch das Brüllen der Männer und Frauen schien es noch lange über seinen Tod hinaus fortzusetzen.

Mein Pferd galoppierte über den Marktplatz hinaus in den Schlamm, schwarze Fontänen spritzten gleich teuflischen Geysiren auf, und hier endlich brachte ich das panische Tier zum Stehen. Unter einigem Wiehern und leichtem Aufbäumen gab es schließlich Ruhe. Ich ließ es umdrehen und blickte nun direkt in das Inferno, das den östlichen Teil des Marktplatzes überzogen hatte wie der Glutregen eines Feuer speienden Berges. Vom Scheiterhaufen und dem Ketzer war nichts übrig geblieben. Überall lagen brennende Holzteile, durch die verstörte Bürger in rauchender Kleidung irrten, auf der Suche nach Freunden und Verwandten oder einfach nur nach einem Ausweg. Hier und da lagen Menschen am Boden, doch soweit ich sehen konnten, regten sich alle; keiner schien tödlich verletzt.

Mit einer Ausnahme. Einhard war es nicht gelungen, rechtzeitig vom Scheiterhaufen fortzukommen. Er war der Letzte gewesen, der sich von dem sterbenden Ketzer abgewandt hatte, und die feurige Eruption hatte ihn mit aller

— 35 —

Macht erfasst. Sein Körper lag verdreht wie ein altes Laken inmitten des Flammensees, Glut zuckte über seine verkohlte Kleidung, und fingerlange Holzspäne ragten ihm aus Gesicht und Oberkörper.

Zwei seiner Männer eilten auf ihn zu und beugten sich über ihn, doch war ihrem Mienenspiel zu entnehmen, dass kein Leben mehr im Körper ihres Anführers war. Vorsichtig hoben sie ihn auf und trugen ihn hinüber zum Eingang des Rathauses, wo sich einige der Stadtoberen nun zögernd ins Freie wagten.

Wie durch ein Wunder (und zweifellos würde man es später als solches bezeichnen) war die hölzerne Mysterienbühne von den Flammen unversehrt geblieben. Der Bereich, in dem die verstreuten Reste des Scheiterhaufens lagen, endete wenige Schritte vor dem gewaltigen Bauwerk. Auch bestand keine Gefahr, dass das Feuer auf andere Teile Hamelns übergreifen konnte, denn um den Platz herum war schließlich nichts als sumpfiges Ödland. Kirche und Rathaus hatte man aus massivem Stein errichtet, lediglich zwei Fenster waren von fliegenden Trümmern zerschmettert worden. In den leeren Rahmen steckten noch Splitter des dicken, gelben Glases wie faulige Fangzähne.

Ich wusste, dass ich niemandem helfen konnte, und verspürte auch keinerlei Drang dazu. Ich hatte von ähnlichen Begebenheiten aus anderen Städten munkeln hören, Menschen, die selbst in den Flammen ihrer Scheiterhaufen nicht aufgaben und ihre Henker mit in die Hölle rissen. Das graue Pulver aus dem Inneren der Wachskugeln war eine neue Errungenschaft, und niemand, den ich kannte, hatte es zuvor mit eigenen Augen gesehen oder gar seine furchtbare Wirkung studiert. Sicher, Gerüchte kursierten an den Höfen, doch taten sie das über allerlei Zauberzeug, und keiner wusste, was wahr und was erlogen war. Das Feuerpulver jedenfalls schien höchst wirklich zu sein, und viel mehr als das Leid des dummen Pöbels beschäftigte mich die Frage, wie ein zerlumpter Ketzer gerade hier, an diesem Außenposten höfischer Macht, in seinen Besitz gelangen konnte.

Während ich über die Hauptstraße zurück zum Osttor und von dort aus entlang der Stadtmauer zu den Häusern der Reichen im Süden ritt, kam mir ein Gedanke, der mir zuvor gänzlich entgangen war.

Zwar hatten sich zahlreiche Zuschauer zur Hinrichtung des Ketzers versammelt, doch etwas hatte an dem Bild nicht gestimmt, das sich mir bei meiner Ankunft auf dem Marktplatz bot. Dies war nicht der erste Feuertod eines Unglücklichen, dem ich beigewohnt hatte, doch bei allen Übrigen hatten vor allem die Kinder Begeisterung für das erregende Schauspiel gezeigt.

Nicht so in Hameln. Kein einziges Kind war um die Flammen gesprungen, keine Jungen und Mädchen hatten sich zum Reigen am Feuer getroffen.

Und so erwies sich ein zweites Gerücht vom Hofe Heinrichs als seltsame Wahrheit: Es gab keine Kinder in Hameln.

Sie waren alle verschwunden.

Eine schmale Marktstraße führte in weitem Schwung an der südöstlichen Stadtmauer entlang. Rechts und links standen Fachwerkbauten aus Holz, vor deren Türen und Fenstern Händler ihre Stände aufgeschlagen hatten. Hatte man den neuen Marktplatz in der Stadtmitte zweifellos eher als Versammlungsort geplant, war diese Straße der

— 37 —

Ort, wo Handwerk und Gewerbe ihren Sitz hatten. Hameln mochte abgelegen sein, fern der großen Siedlungen, doch war die Stadt im Besitz der einzigen Weserbrücke weit und breit, sodass es eine Vielzahl fahrender Kaufleute gab, die hier Rast machten und für einige Tage ihre Ware feilboten. Das Angebot an Stoffen und Gebäck, an Weinen, Waffen und tönernen Gefäßen war reichhaltig, hinzu kamen allerlei Utensilien für den Gebrauch in Küche, Werkstatt und Wohnraum, von Kisten über Felle bis hin zu Gewürzen aus dem Orient – zumindest bestanden die Verkäufer auf derlei exotischer Herkunft.

Die enge Gasse war voll von Menschen, die aufgeregt aus ihren Häusern geeilt waren. Die Kunde vom Unglück auf dem Marktplatz verbreitete sich schneller als der Wind, der den Odem von Feuer und verkohltem Fleisch über die Stadt wehte. Der Donner musste weit über Hameln hinaus zu hören gewesen sein, und nun machten sich die Männer und Frauen auf, um herauszufinden, was geschehen war. Der Regen presste den schwarzen Qualm des Feuers als graue Dunstwolke auf die Gassen nieder, so war es unmöglich, weiter als zehn, fünfzehn Schritte zu sehen. Alles redete aufgebracht durcheinander, und manch einer deutete auf mich und meine rußbefleckte Kleidung.

»Was ist geschehen?«, sprach mich eine Vettel an.

Ich blickte vom Pferd auf sie herab und erwog für einen Augenblick, zu antworten. Schließlich aber schien mir dies zu Zeit raubend. Ich wollte nicht länger als nötig in der Stadt bleiben und hoffte, dass mir der Statthalter des Herzogs all meine Fragen beantworten konnte. Vielleicht würde es nicht einmal nötig sein, ein Nachtquartier zu suchen. So also ließ ich die Alte unbeachtet stehen und trieb mein Pferd zur Eile an.

— 38 —

Schließlich hatte ich das Menschenvolk hinter mir gelassen. Die Gasse machte einen Knick nach rechts von der Stadtmauer fort, ich aber ritt weiter entlang des Befestigungswalls.

Das Haus des Statthalters Graf Albert von Schwalenberg war nicht zu übersehen, so man einmal der engen Gasse bis zu ihrem Ende gefolgt war. Linkerhand wuchs hinter einem schmalen Streifen versumpfter Wiese die dunkelbraune Stadtmauer in die Höhe, rechts beugten sich schmale Fachwerkhäuser unter der Last des ewigen Regens. Der Boden war aus gelbem Lehm, zweifellos einst festgestampft, nun aber wie alles andere von schwerer Feuchtigkeit durchtränkt. Die Hufe des Pferdes sanken einige Fingerbreit ein, und jedem Schritt folgte ein widerlich schmatzender Laut.

Der Sitz des Grafen war eines der wenigen fertig gestellten Steinhäuser in der Stadt. Es besaß zwei Stockwerke, wobei sich das obere einen halben Schritt über das Erdgeschoss hinausschob. Obenauf saß ein hohes Dach, aus dem dort, wo die Außenwand an die Stadtmauer stieß, ein kleiner Turm mit Zinnenkrone ragte wie ein zu groß geratener Kamin. Die Fassade war mit farbigen Malereien bedeckt, fantastischen Darstellungen alter Sagen und Legenden, denen eines gemeinsam war: Stets ging es um den Traum vom Fliegen. Ich erkannte den König des Zweistromlandes auf dem Rücken seines Riesenadlers, den er zuvor aus einer Schlangengrube befreit hatte; da war der orientalische Herrscher, der über seinem Thron ein hohes Gerüst voll mit Fleischstücken errichten ließ und hungrige Adler über seinem Kopf fesselte, sodass sie beim verzweifelten Bemühen, zum Fleische aufzusteigen, den Thron mit in die Lüfte hoben; auch der große Alexander schwebte mit einem

Greifengespann über die Fassade des Hauses, gleichfalls Herzog Ernst, dem Ähnliches im vorigen Jahrhundert gelungen sein sollte; selbst Ikarus raste aufwärts zur Sonne. Mich erschütterte, dass auch unser Herr Jesus seinen Platz auf der Mauer gefunden hatte – seine Himmelfahrt war in prallen, hässlichen Farben gleich über dem Eingang festgehalten. In solch schaurigem Sammelsurium erschien mir dies nur wie die schamlose Spitze aller Blasphemie. Welch ein Mensch konnte hinter solchen Wänden wohnen, durchsetzt vom Kampf gegen Gottes Gesetz?

Ich stieg vom Pferd und band es an einem Gestänge vor dem Haus an. Dann trat ich zur Tür und pochte laut. Nichts regte sich. Konnte es sein, dass der Graf mit den übrigen Stadtoberen im Rathaus weilte, um den Tod des Ketzers zu verfolgen? Plötzlich schien mir dies ganz selbstverständlich, und ich fluchte auf meine eigene Dummheit.

Im selben Augenblick aber erklang von oben die Stimme eines Mannes. »Was wollt Ihr?«, fragte er grob.

Ich trat einige Schritte zurück, stürzte fast, als ich knöcheltief im Dreck versank, und blickte hinauf zum Dach. Auf dem Turm war eine Gestalt erschienen, deren Züge ich durch Regen und Rauch nicht erkennen konnte. Ich hoffte inständig, dass es sich bei dem unflätigen Kerl um einen Diener handeln mochte, wenngleich mir die grässliche Ahnung kam, dass es durchaus der Graf höchstpersönlich war, der dort oben finster vorm Himmelgrau dräute.

»Seid gegrüßt«, rief ich mit gebührender Höflichkeit. Es fiel mir schwer, länger hinaufzublicken. Der Regen brannte in meinen Augen.

»Wer seid Ihr?«, fragte der Mann, bevor ich mich erklären konnte.

»Robert von Thalstein, Ritter des Herzogs Heinrich und

von ihm entsandt. Ist dies das Haus des Grafen von Schwalenberg?«

»In der Tat«, entgegnete der Mann. Rauchschwaden schoben sich für einen Augenblick um den Turm und umhüllten seine Spitze wie ein schwarzer Blütenkelch. Ein raues Husten drang hinab auf die Gasse. Ich konnte nicht umhin, eine gewisse Genugtuung zu verspüren.

»Warum seid Ihr hier?«, fragte der andere schließlich.

Ärger über so viel Misstrauen lag in meiner Stimme, als ich antwortete: »Ich bin nicht befugt, meine Order durch ganz Hameln zu schreien. Ich bitte daher höflichst, mich einzulassen. Als treuer Diener des Herzogs droht Euch von mir keine Gefahr.«

»Keine Gefahr?« Dies schien den Mann zu belustigen.

Als mein Blick erneut dem Regen trotzte, war die Gestalt vom Turm verschwunden. Kurz darauf hörte ich, wie die Haustür von innen entriegelt wurde. Graue, eingefallene Züge erschienen im Türspalt. Statt mich endlich hereinzubitten, sagte der Mann: »Und Ihr seid ein Ritter des Herzogs?«

»Das erwähnte ich schon.« Dann erst wurde mir klar, dass mein Gegenüber sich offenbar lustig machte. Sein Blick glitt über meine triefende Kleidung und das arme Pferd, von dem das Wasser in glitzernden Rinnsalen strömte. Mein Bündel, obgleich mit Leder umschlungen, war zweifellos ebenso durchdrungen von der scheußlichen Nässe wie alles andere in dieser elenden Gegend.

»So tretet denn ein«, bat der Mann und fügte hinzu: »Ich bin Graf Albert von Schwalenberg, Statthalter des Herzogs zu Braunschweig und Ritter seiner Majestät König Rudolfs – wenn das noch etwas bedeutet, in diesen Tagen.«

Er machte einen Schritt zur Seite, und ich betrat einen

schmalen Gang, von dem nach beiden Seiten Türen in weitere Kammern führten. An seinem Ende öffnete er sich zu einem Kaminzimmer. Heiße Flammen züngelten in der Feuerstelle, und sogleich umfing mich behagliche Wärme.

»Habt Dank«, sagte ich, als mir der Graf ein Tuch reichte.

Er musste meinen zweifelnden Blick bemerkt haben, denn er sagte: »Ihr wundert Euch sicher, dass keiner meiner Diener für Euer Wohlergehen sorgt und ich selbst Euch empfange.«

»Nun, ich –«

»Streitet es nicht ab, Ritter«, fiel er mir ins Wort. »Ich kann Unehrlichkeit nicht ertragen. Deshalb will ich Euch auch gleich die Wahrheit sagen: Es gibt keine Diener mehr in diesem Haus, nicht mal einen Knecht im Stall. Man weigert sich, in meine Dienste zu treten. Die Macht des Bischofs ist groß in Hameln.«

Ich legte das Tuch beiseite, nachdem ich es notdürftig auf meine nasse Kleidung gepresst hatte. Zumindest tropfte ich nicht mehr wie ein Wassergeist. »Wollt Ihr damit sagen, der Bischof verbietet den Bürgern, für Euch zu arbeiten?«, fragte ich zweifelnd.

»Nicht der Bischof persönlich, er sitzt feist und schwer im fernen Minden. Doch seine Stellvertreter in der Stadt, der Stiftsvogt, sein Probst und der Dechant wissen mich jedweder Annehmlichkeit zu berauben.«

Über eine Treppe stiegen wir hinauf ins Obergeschoss. Es wurde von einem einzigen, mit Holz ausgeschlagenen Saal eingenommen, an dessen einer Seite eine lange Tafel stand. Auch hier loderte ein warmes Kaminfeuer. Zur Einrichtung gehörten einige Felle und eine ganze Reihe mächtiger Truhen. Das einstmals blank polierte Holz wie auch

— 42 —

die eisernen Beschläge waren durch fehlende Pflege matt geworden. Auf Stühlen vor dem Feuer nahmen wir Platz.

Das Haupt des Grafen war lang und schmal, die fein geschnittene Nase unzweifelhaftes Zeichen seines Adels. Der weißgelbe Haarschopf wuchs in ungezähmter Dichte, trotz seines ehrwürdigen Alters; die leuchtende Wirrnis gab ihm die Aura eines stolzen Gelehrten. Doch wer in seine Augen blickte, der erkannte den Betrug seines Äußeren: Schwalenbergs Blick war trüb und gebrochen, jeder Funke seines früheren Stolzes längst gewichen. Der Graf hatte mehrere Jahrzehnte in Hameln verbracht, und ich erschrak bei der Erkenntnis, dass der Widerstreit mit den Getreuen des Bischofs ihn seiner Lebensglut beraubt hatte. Er war nicht ohne Würde, keineswegs, und was ihm auf dem Turm an Höflichkeit gemangelt, machte er nun durch Gastfreundschaft wett. Trotzdem blieb der Eindruck, dass ich hier nur mit dem Schatten seines einstigen Selbst am Feuer saß.

»Ihr tragt eine Tonsur«, sagte er tonlos und deutete auf meinen Hinterkopf.

»In der Tat erhielt ich die erste Weihe«, erklärte ich. »Doch seid versichert, ich bin dem Herzog treu ergeben und stehe in diesem Zwist mit ganzem Herzen auf Eurer Seite.«

Er nickte bedächtig, als habe er nichts anderes erwartet. »Zu meiner Zeit trugen wir Ritter glänzende Rüstungen und die Trophäen besiegter Feinde, keine Abzeichen elender Pfaffen.«

»Wollt Ihr mich beleidigen?«, fuhr ich auf und sprang empört vom Stuhl.

Er kicherte und hielt mich mit einer Geste zurück. Sogleich bedauerte ich mein ungestümes Wesen. Was hatte ich

— 43 —

tun wollen? Ihn zum Kampf fordern? Einen alten Mann wie ihn?

»Verzeiht«, bat ich und setzte mich wieder.

»In meiner Jugend war ich ebenso wie Ihr, Robert von Thalstein. Aufbrausend, stets bereit, meine Kraft mit dem Schwert zu messen. Doch das ist lange her. Die Zeit der hohen Ritterschule ist längst vorbei. Wir kämpften einst um die Gunst der Damen, um Ehre und Ansehen, um die Liebe unseres Königs. Doch was ist davon geblieben? Sagt, wie wurdet Ihr in Hameln empfangen?«

Ich zögerte, ihm die Wahrheit zu sagen, besann mich aber dann eines Besseren. »Ein Knecht des Bischofs erdreistete sich, mich zu maßregeln.«

»Und, habt Ihr ihn erschlagen?«

»Das war nicht nötig. Sicher hätte ich ihn –«

Wieder unterbrach er mich. »Ja, ganz sicher. Ihr tatet es aber nicht. Glaubt mir, zu meiner Zeit wäre der Kopf des Narren gefallen wie das Laub im Herbst, noch ehe er begriffe, was mit ihm geschähe. Doch Ihr jungen Recken denkt, bevor Ihr handelt, und das ist recht so. Viel Leid bleibt dem Volk dadurch erspart. Doch mit der Unberechenbarkeit und Willkür der ritterlichen Macht ist auch ihr Ansehen geschwunden. Hinter vorgehaltener Hand spottet das Volk über Euch, im Geheimen treibt es Späße auf Eure Kosten – und auf die meinen, natürlich. Doch Ihr seid nicht gekommen, um einen alten Mann über Vergangenes faseln zu hören.«

Seine Offenheit hatte mich überrascht, und nun tat es wiederum die Abruptheit, mit der er den Gegenstand seiner Rede wechselte. Ich räusperte mich und griff unter mein Wams. Aus dem Futter zog ich das Schreiben hervor, das man mir für den Grafen gegeben hatte. Es trug das Siegel des Herzogs und sollte ihn von Anstand und Ehre meines Trachtens überzeugen.

Er zerbrach das Siegel und las den Brief langsam, schweigend und sehr genau. Seine Miene änderte sich nicht, sie blieb beinahe ausdruckslos; nur ein schwaches Flimmern wie von Erstaunen oder auch Ablehnung spielte um seine Augen.

Schließlich lehnte er sich zurück, steckte den Brief ein und musterte mich mit verblüffender Schärfe. »Ihr wollt also wissen, was mit den Kindern geschah.«

»So ist es.«

»Ich glaube nicht, dass ich Euch dabei helfen kann.«

»Ihr verwirrt mich«, sagte ich erstaunt, nur um gleich hinzuzufügen: »Es ist der ausdrückliche Wunsch des Herzogs, dass Ihr mich bei der Wahrheitsfindung unterstützt.«

Der Graf erhob sich von seinem Stuhl. »Folgt mir.«

Ich fürchtete, er wolle mich hinauswerfen, doch stattdessen trat er vor eine niedrige Holztür an der Südseite des Saales und öffnete sie. Dahinter waren in der Dunkelheit Stufen zu erkennen. Der Turm, dachte ich.

Ich ging hinter ihm her, während er schweigend die schmale Wendeltreppe hinaufstieg. Das kühle Innere des Turms war stockfinster. Erst als der Graf oben eine weitere Tür öffnete, strömte graues Herbstlicht in die Schatten. Wir traten ins Freie.

Sogleich umfingen uns wieder Regen und der Brandgeruch vom Marktplatz. Das Feuer musste längst gelöscht sein, und auch der Rauch löste sich allmählich auf, trotzdem klebte der rußige Gestank an den Dächern wie verbrannter Zuckerguss. Ein durchdringender Wind pfiff um die Zinnen. Nach Norden hin sah ich die weit hingestreckte Bauwüste, die von hier aus noch gewaltiger wirkte. Sie

— 45 —

nahm in der Tat weit mehr als die Hälfte der ummauerten Stadt ein. Auch Marktkirche und Rathaus waren zu erkennen. Neben ihnen ragte die Mysterienbühne aus dem Dunst wie das Gerippe eines Ungeheuers. Die Dächer des Urdorfes lagen verborgen hinter Schwaden.

Nach Westen hin blickten wir direkt auf den Stiftsbezirk. Eine klotzige Kirche hockte in seiner Mitte, um sie herum standen die Häuser der Stiftsherren, allen voran die Anwesen des Vogts und seiner Lakaien. Auch das Händlerviertel mit seiner geschwungenen Marktstraße bot sich meinen Blicken dar wie eine lockende Hure, prahlend mit billigem Tand.

Gleich vor uns, im Zentrum der Plattform, stand eine merkwürdige Konstruktion aus hölzernem Gestänge, von der sich rechts und links lederne Schwingen abspreizten. In der Mitte befand sich ein Sitz.

»Gütiger Himmel«, entfuhr es mir in plötzlicher Erkenntnis, »Ihr wollt doch nicht etwa versuchen, damit zu fliegen?«

»Warum nicht?«, erwiderte der Graf fast trotzig.

»Ihr seid der Statthalter des Herzogs«, entgegnete ich mit bebender Stimme. Bei Gott, wen mochte es wundern, dass niemand in die Dienste dieses Irren trat. »Euer Vorhaben ist das Tun eines Ketzers. Ist dies die Art und Weise, wie Ihr das Ansehen des Herzogs wahrt? Mit gottloser Blasphemie?«

Da erschien brodelnder Zorn im Blick des Grafen. »Mein Junge, Ihr verkennt die Lage. Niemand hat hier in Hameln das Sagen außer dem Vogt.« Dabei fuhr seine Hand in einem ungelenken Wink über den Stiftsbezirk. »Meine Anwesenheit ist ein schlechter Witz, über den keiner mehr lacht. Die Stadt ist für den Herzog längst verloren, nur weiß er es noch nicht. Außer mir, einem schwachsinnigen Henker und zwei, drei Getreuen gibt es niemanden in Hameln, der auch nur einen Gedanken an den edlen Herzog im fernen Braunschweig verschwendet. Das solltet Ihr wissen, bevor Ihr Euch daranmacht, in dieser Stadt herumzuschnüffeln.«

Ich erkannte, dass es keinen Sinn hatte, mit ihm zu streiten. Sein Geist war verwirrt, nichts würde ihn von seinem Irrsinn abhalten. So besann ich mich auf den eigentlichen Grund meines Kommens.

»Was geschah mit den Kinder?«, fragte ich und stemmte mich gegen den Regen. Der Wind riss mir die Worte von den Lippen. »In Braunschweig hört man Gerüchte über hundertdreißig Jungen und Mädchen, die vor drei Monaten spurlos aus Hameln verschwanden. Sagt Ihr mir, wohin!«

Der Graf blinzelte mich einen Augenblick lang an, dann wandte er sich wortlos um und stieg hinab in den Turm. Ich folgte ihm aufgebracht. »Ihr müsst es mir sagen, nur deshalb bin ich hier.«

Graf Schwalenberg durchschritt den Saal im ersten Stock, eilte hinab ins Erdgeschoss und erwartete mich mit steinernem Gesicht an der Haustür. »Geht!«, sagte er, und es war viel mehr als eine Bitte. »Geht, und lauft in Euer Unglück. Oder reitet zurück zu Eurem Herrn und sagt ihm, Ihr hättet nichts erfahren können.«

Ich bebte vor Entrüstung. »Er ist auch Euer Herr. Und seid versichert, dass er erfahren wird, wie Eure Antwort aussah.«

Der Graf schnaubte gleichgültig. »Wie Ihr wollt, edler Ritter. Hameln hält mich längst gefangen, und wenn Ihr nicht eilt, wird es Euch bald ebenso ergehen.« Damit riss er die Tür auf und drängte mich ins Freie. »Reitet fort und fragt nicht mehr nach den Kindern. Vor allem aber kehrt niemals zu mir zurück. Ich werde Euch nicht einlassen.«

Damit schlug er die Tür zu, und wieder stand ich im Regen. Doch diesmal spürte ich die Nässe nicht. Mein Körper loderte vor Hitze. Noch einmal fuhr mein Blick über die widernatürlichen Bildnisse auf der Vorderseite des Hauses, dann schritt ich erhobenen Hauptes zu meinem Pferd und stieg auf.

Ein letztes Mal drehte ich mich um. »So handelt kein Ritter, Herr Graf. Hört Ihr? Ihr seid kein Ritter mehr!«

Doch meine Wut wurde niedergedrückt vom Regendunkel, und jedes Wort verhallte ungehört.

2. KAPITEL

Das alte Dorf, jetzt fester Bestandteil der ummauerten Stadt, glitt mir durch Schleier aus Halblicht entgegen, als ich entlang des Weserufers nach Norden ritt. Ein einsamer Kahn schien herrenlos über den fahlen Spiegel des Flusses zu treiben. Weiter südlich sah ich die mächtige Steinbrücke, die das Wasser überspannte und hinüber zu den buckligen Wäldern auf der anderen Seite führte. Genau auf Höhe der Stadt teilte sich der Fluss und umschloss ein schmales, lang gestrecktes Eiland, öde und leer, wie der Kadaver eines Lindwurms, dessen aufgeblähter Rücken leblos auf den Wellen trieb. Zwischen Insel und Stadt hatten die Bürger Hamelns eine Reihe mächtiger Baumstämme in den Grund der Weser getrieben, um den Fluss aufzustauen und Boote aufzuhalten, die ohne Wegezoll vorüberfahren wollten. Nur durch einen schmalen Durchlass am der Stadt zugewandten Ufer durften die Schiffer gegen ein Entgelt passieren. Hamelner Loch nannte man hier diese Enge, und als ich an ihr vorüberritt, blickten mir die schweigenden Tagelöhner finster hinterher.

Die zusammengewürfelten Häuser des Dorfes hielten keinem Vergleich mit den Bauten der reichen Händler und Stadtoberen im Süden stand. Vielmehr drängten sie sich eng und gebeugt aneinander wie ein Haufen klagender Weiber. Jedes Dach, jede Wand, ja selbst die Menschen schienen vom

— 49 —

grauen Schmutz des Ödlands wie von Raureif überzogen. Kaum eines der Häuser hatte mehr als ein Stockwerk, alles war aus Holz gezimmert und hier und da mit Lehm verputzt. Die meisten Fenster hatte man mit Häuten bespannt, die übrigen durch hölzerne Läden verschlossen; auch das Glas war den Reichen vorbehalten. Die Gassen waren so schmal, dass kaum drei Menschen nebeneinander gehen konnten, ohne mit den Schultern zusammenzustoßen. Die fetten schwarzen Ratten beherrschten die Schatten und wieselten dreist zwischen den Hufen des Pferdes einher.

Männer und Frauen, die ich traf, beäugten mich voller Misstrauen. Trotz der Nässe und des Schlamms, der über mich und das Pferd gespritzt war, sah man mir an, dass ich nicht in diesen Pfuhl aus Armut und Elend gehörte. Dabei war dies doch meine Heimat, wenngleich ich die Wege breiter, die Häuser viel höher und die Menschen freundlicher in Erinnerung hatte. Alles schien mir merkwürdig fremd, als kehrte ich nicht zurück an den Ort meiner Kindheit, sondern ritte vielmehr durch eine ferne, feindselige Gegend, für die ich nichts als Verachtung spürte.

Ich war nicht sicher, was ich eigentlich in diesem Teil Hamelns suchte. Ebenso gut hätte ich mit meinen Nachforschungen über das Schicksal der Kinder im reichen Süden beginnen mögen, und doch trieb mich ein unbestimmtes Gefühl hierher. Hier drängten sich die meisten Bewohner der Stadt auf engem Raum; zweifellos war ein Großteil der verschwundenen Kinder unter diesen armseligen Dächern geboren. Nirgends war einer zu sehen, der weniger als fünfzehn, sechzehn Lenze zählte, was mich in meinem Entschluss bestätigte – wenngleich die stumme Ablehnung in den verhärmten Gesichtern wenig Bereitschaft zeigte, mit mir über das Geschehene zu sprechen.

Ich stieg vom Pferd und führte das Tier an den Zügeln. Sogleich sanken meine Füße in den schlammigen Boden, doch schien mir mein Sitz auf dem Rücken des Rappen zu stolz und überheblich inmitten solch karger Bedürftigkeit. Eine Weile lang erwog ich, das Haus meiner Kindheit zu suchen, doch dann entschied ich mich fürs Erste dagegen. Meine Familie war nicht mehr, nichts zog mich zurück zu meinen Wurzeln.

Vor einem der wenigen Häuser, welche die übrigen durch ein zweites Stockwerk überragten, machte ich halt. Ein hölzernes Schild wies es als Herberge aus, und obgleich es im Süden zweifellos ein einladenderes Gasthaus geben mochte, beschloss ich, hier um Aufnahme für die Nacht zu bitten.

Ein buckliger Knecht führte mein Pferd in einen Stall an der Rückseite. Die Fensterläden waren bis auf schmale Spalten geschlossen, auch dieses Haus starrte von außen vor Schmutz. Wie erstaunt war ich allerdings, als ich den Schankraum in unverhofft reinlichem Zustand vorfand. Bis auf den Boden, der durch zahllose Fußtritte schlammverkrustet war, glänzte alles vor polierter Sauberkeit. An langen Tischen standen Bänke, die um diese Tageszeit allesamt leer waren. Eine hölzerne Treppe führte hinauf ins Obergeschoss.

Aus einer Tür, hinter der wohl die Küche lag, trat ein junges Mädchen, siebzehn vielleicht, kaum älter. Es trug ein Kleid aus grob gewebtem Stoff und eine fleckige Schürze. Sein schmales Gesicht war hübsch anzuschauen und von belebender Frische. Langes, strohfarbenes Haar wuchs als wilde Mähne bis hinab auf seinen Rücken. Seine Wangen erröteten schlagartig, als es meiner ansichtig wurde, es fuhr auf der Stelle herum und lief dorthin zurück, von wo es gekommen war.

»Großmutter«, hörte ich seine Rufe im Hinterzimmer. »Großmutter, komm schnell! Ein Gast ist da.«

Wenig später stürmte ein Schlachtross von Weib in die Stube, grauhaarig und gewaltig, mit Bauch und Busen wie Berge. Sobald sie mich sah, verwandelte sie sich in ein wild grimassierendes und mit den Armen ruderndes Bündel aus Demut und Beflissenheit.

»Hoher Herr, welche Ehre, welche Ehre«, rief sie, riss mir mein bleischweres Bündel aus der Hand und stemmte es mit mannhafter Kraft auf den nächstbesten Tisch. Ich wehrte ab, als sie auch nach meinem Schwert greifen wollte, das ich in seiner Scheide in der Linken trug.

»Verzeiht«, sagte sie sogleich unter merkwürdigen Zuckungen, die zweifelsohne Verbeugungen sein sollten, nur dass ihr dabei die Titanenbrust und die Wülste ihres Leibes arg im Wege waren. »Wie kann ich Euch zu Diensten sein?«, fragte sie.

»Mit einem Zimmer für die Nacht und einer deftigen Mahlzeit.« Ich wusste nicht, ob mich ihre hündische Ergebenheit abstoßen oder erfreuen sollte. Dann aber beschloss ich, ihr Benehmen als raue Liebenswürdigkeit zu deuten; der erste Mensch in dieser elenden Stadt, der mir mehr als Ablehnung oder gar Feindschaft entgegenbrachte. Mochte es ihr dabei ruhig allein um die Barschaft in meinem Beutel gehen.

»Sofort, mein Herr, sofort«, sagte sie, drehte sich um und brüllte: »Maria! Wo bist du, Nichtsnutz? Komm her und trag die Sachen des edlen Herrn nach oben.«

Das Mädchen eilte herbei, schlug die Augen nieder und mühte sich mit beiden Händen, das Bündel vom Tisch zu heben. Sie war zierlich, ganz anders als ihre fette Großmutter, und offenbar weit weniger kräftig.

— 52 —

Ich trat neben sie, ergriff das Bündel und drückte ihr nach kurzem Zögern das Schwert in die Hand. »Hier, trag das.«

Die Waffe war halb so groß wie sie selbst und gleichfalls von einigem Gewicht, doch sie nahm sie mit großen Augen entgegen und sah mich erstmals offen an. »Ihr seid ein Ritter, mein Herr?«

»Maria!«, fuhr ihr die Alte barsch über den Mund. »Was geht dich das an?«

Ich schüttelte beschwichtigend den Kopf. »Mein Name ist Robert von Thalstein, Ritter des Herzogs. Seid versichert, ihr werdet gut entlohnt, wenn ich alles zu meiner Zufriedenheit finde.«

»Oh, das werdet Ihr, edler Ritter, ganz zweifellos«, beeilte sich die Alte zu sagen. Augenscheinlich tat es ihr schon wieder Leid, Maria zum Tragen meiner Sachen gerufen zu haben, denn so mochte ihr selbst eine Münze entgehen, die ich dafür geben mochte. Wiewohl lag dergleichen nicht in meiner Absicht.

Maria ging voran und stieg vor mir die knarrende Treppe hinauf. Das Schwert hielt sie so ehrfürchtig, als sei es ihr eigener kostbarster Schatz. Oben traten wir in einen engen, beinahe stockdunklen Flur, an den eine Hand voll Zimmer grenzte. Maria lief an der ersten Tür vorbei – offenbar war der Raum schon belegt – und öffnete die zweite.

»Hier, mein edler Ritter«, sagte sie und trat zur Seite, um mich einzulassen. Das Zimmer war so karg, wie es die Umgebung erwarten ließ, allerdings schien es mir achtsam gepflegt. Es gab eine einfache Liege mit strohgefülltem Belag, einen dreibeinigen Schemel und, auf einem schmalen Tisch, eine tönerne Schüssel. Über dem Bett hing ein schlichtes Kruzifix. Die Fensterläden waren geschlossen, um den Regen auszusperren.

Ich dankte Maria, nahm ihr das Schwert ab und blickte ihr nach, als sie ging. Bis zuletzt hielt sie den Blick gesenkt, dann schenkte sie mir doch noch ein flüchtiges Lächeln, bevor sie von außen die Tür zuzog. Ich legte den Riegel vor, wusch mich und wechselte Beinkleid und Wams. Damit war mein Vorrat an frischer Kleidung aufgebraucht; ich würde Maria auftragen, die schmutzige zu säubern.

Schließlich zog ich ein Geschenk aus dem Bündel, das man mir vor meiner Abreise mit auf den Weg gegeben hatte: eine fingerlange, getrocknete Hasenpfote, befestigt an einem Lederriemen. Ein Talisman, der vor Gefahr bewahrte. Ich sah mich kurz um und befestigte ihn schließlich an einem losen Span im Gebälk über dem Bett. Dort hing er eine Weile, ehe ich mich besann, ihn wieder herunternahm und unter dem Flachsärmel meines Hemdes um den linken Oberarm band. Nah am Körper mochte er von größerem Nutzen sein.

Sodann legte ich mich für eine Weile aufs Bett. Der Graf huschte mir wieder ins Gedächtnis, und mir schauderte bei der Vorstellung, dass ein Mann wie er, ein Besessener von teuflischen Ideen, die Macht und Güte meines ehrwürdigen Herzogs vertreten sollte. Wen mochte es da wundern, dass die Bürger der Stadt sich von ihm abwandten und auf die Seite des feisten Bischofs Volkwin überliefen. Und schlimmer noch: Wie konnte ich Freundschaft und Hilfe bei meinem Bemühen erwarten, wenn ich doch für das gemeine Volk zu Schwalenbergs Gefolge zählte – denn das tat ich zweifellos; der Graf war der Vertreter meines Herrn und damit befugt, mir Befehle zu geben.

Doch war seine Aufforderung, aus Hameln zu verschwinden, ein Befehl gewesen? Keineswegs, denn er hatte mir die Wahl gelassen. Daher beschloss ich, meine Nachforschungen ungebrochen weiter zu betreiben und dem Grafen dabei aus dem Weg zu gehen. So mochte ich den Willen des Herzogs erfüllen und mehr über das Verschwinden der Kinder erfahren, ohne mich den Anordnungen seines wirrköpfigen Statthalters auszuliefern.

Von so klugem Entschluss erleichtert, machte ich mich auf, in der Schankstube eine Mahlzeit einzunehmen. Ich hatte seit dem Abend des vergangenen Tages nichts mehr gegessen, und mein Magen meldete sich mit allerlei Getöse.

Ein einziger weiterer Gast saß an einem der langen Tische, ein junger Mann in der feinen Kleidung eines Höflings oder Ehrenmannes. Seine Anwesenheit überraschte mich, und ich konnte meine Neugier kaum bezähmen.

»Verzeiht«, sagte ich, »ist es erlaubt, sich zu Euch zu setzen, mein Herr?«

Er blickte erstaunt von seinem Bierkrug auf. Sein Gesicht war schmal, die Stirn auffallend hoch. Inmitten dieser Züge prangte eine scharf geschnittene Nase wie der Schnabel eines Raubvogels. Darüber blickten mir dunkle Augen aus tiefen Höhlen entgegen. Er war kein schöner Mann, nicht im Entferntesten, zumal sein Unterkiefer um einiges vorstand, gekrönt von einer wulstigen Unterlippe. Als er lächelte, machte ihn dies nicht hübscher, wenngleich höfliche Wärme aus seinem Mienenspiel sprach.

»Natürlich«, sagt er, »setzt Euch nur.« Er sprach mit einem schweren südländischen Akzent, anders als Althea, die arabische Astrologin meines Herzogs, und dennoch vertraut in seinem merkwürdigen Klang. Da fiel es mir ein: Ein Schneider aus dem fernen Mailand hatte einst zu Hofe Halt gemacht und für einige der älteren, wohlhabenderen Ritter neue Gewänder angefertigt; seine Aussprache hatte ganz ähnlich geklungen.

— 55 —

Ich stellte mich in aller Form vor, erwähnte auch, dass ich in einer Mission des Herzogs zugegen sei, und setzte mich ihm gegenüber auf eine der Bänke.

Er sprang auf, verneigte sich tief und sagte mit gewinnendem Lächeln »Gestattet, Dante da Alighiero di Bellincione d'Alighiero. Ein langer Weg hat mich aus meiner Heimat Florenz hierher geführt.«

»Dann seid Ihr ein Händler?«, fragte ich.

Er schüttelte geschwind den Kopf. »Keineswegs. Nur ein Student und gelegentlicher Dichter.«

»Ein Minnesänger«, entfuhr es mir erfreut.

»Nicht ganz, edler Ritter. Meine Verse eignen sich schlecht zu melodischem Vortrag, und ein Instrument habe ich nie spielen gelernt.«

Ehe ich etwas entgegnen konnte, trat Maria an unseren Tisch. Sie hatte die schmutzige Schürze abgelegt und das Kleid mit einem Band über den schlanken Hüften zusammengezurrt. Mehr noch als mir selbst schien dem jungen Florentiner ihr lieblicher Wuchs zu gefallen, denn er schenkte ihr ein Lächeln wie einer, dem die Freuden des holden Geschlechts nicht unbekannt waren.

»Was darf ich Euch bringen, edler Herr?«, fragte sie an mich gewandt, den Blick fest auf die Tischplatte gerichtet.

»Auch für mich ein Bier und eine Speise, die mich stärkt.«

Sie nickte beflissen und wirbelte herum. Dabei streiften die Spitzen ihres langen Haars meinen Nacken. Eilig verschwand sie in der Küche.

»Ein hübsches Ding«, bemerkte Dante.

Ich zuckte mit den Schultern. »Es gibt viele wie sie.«

»Schenken sie Euch alle so viel Aufmerksamkeit wie diese hier?«

»Wie meint Ihr das?«

Dante lächelte. »Ihr wollt behaupten, Ihr habt nicht bemerkt, wie sie Euch anschaut?«

»Da müsst Ihr Euch irren, denn sie meidet es, mich anzusehen, wo sie nur kann.«

»Natürlich, wenn Ihr es bemerken könntet. Doch hinter Eurem Rücken hängt sie mit feurigen Blicken an Euch.«

Dies verstimmte mich ein wenig. »Ihr treibt Eure Scherze mit mir, Herr Dante.«

»Weshalb sollte ich? Ihr seid ein Ritter des Herzogs, und einen besseren Verbündeten mag man sich an einem Ort wie diesem nicht wünschen.«

Ich schüttelte unwirsch den Kopf. »Verratet mir lieber, was Euch an diesen Ort verschlug.«

Maria brachte mein Bier, und ich gab mir alle Mühe, so gleichgültig wie nur möglich zu erscheinen. Dante bemerkte es sofort und schien sich ein Lachen zu verkneifen. Dann, nachdem das Mädchen fort war, sagte er vage: »Ich bin hier, um im Rahmen meiner Studien einige Forschungen zu betreiben. Und Ihr selbst?«

Ich zögerte einen Augenblick und überlegte, ob es ratsam sei, ihm die Wahrheit zu sagen. Doch bei irgendwem musste ich mit meinen Fragen beginnen, und da war Dante so gut wie jeder andere. Zumal er nicht von hier war und ihm Dinge auffallen mochten, die Einheimischen entgingen.

»Wie schon erwähnt, bin ich im Auftrag des Herzogs von Braunschweig hier«, begann ich. »Meinem Herrn kam ein Gerücht zu Ohren, dass in dieser Stadt vor drei Monaten, am 26. Tag des sechsten Monats, eine große Anzahl Kinder spurlos verschwunden sei.«

»Einhundertunddreißig«, sagte Dante.

»Ihr wisst davon?«, fragte ich verblüfft.

»Die Gerüchte sind nicht nur bis an Euren Hof gedrungen. Doch sprecht erst zu Ende, dann werde ich mich erklären.«

Trotz aller Verwunderung fuhr ich fort: »Nun, man spricht wirklich von hundertdreißig Kindern, die sich an einem einzigen Tag schier in Luft auflösten. Und mein bisheriger Weg durch die Stadt scheint das Gerücht zu bestätigen. Ich sah nicht ein einziges Kind in Hameln.«

»Und Euer Herzog sandte Euch hierher, um herauszufinden, was mit diesen Mädchen und Jungen geschah?«

»Allerdings«, entgegnete ich nicht ohne Stolz, »was mit ihnen geschah, und warum niemand eine Meldung darüber machte.« Denn so war es in der Tat: Nicht einmal der Graf von Schwalenberg als Statthalter des Herzogs hatte eine entsprechende Botschaft gesandt – worüber ich mich freilich nach der Begegnung mit ihm kaum noch wunderte.

Dante nahm einen Schluck aus seinem Krug, ich tat es ihm gleich. »Dann wisst Ihr auch, was man sich über die Kinder erzählt?«, fragte er.

»Ihr meint diesen Unfug über den Spielmann?«

»Kein Spielmann«, verbesserte er mich. »Ein Rattenfänger. Die Hamelner Stadtväter beauftragten ihn, sie von der Rattenseuche zu befreien, welche die Stadt vor geraumer Zeit befiel. Mit seinem Flötenspiel führte er die Tiere in den Fluss, wo sie ertranken. Doch als er zurückkehrte, um seinen Lohn zu verlangen, jagten die Hamelner ihn davon. Im Schutz der Nacht aber kam er ein zweites Mal zurück, und diesmal lockte er die Kinder mit seinem Spiel aus den Häusern und führte sie durch einen Schlund im Kopfelberg, östlich der Stadt, direkt hinab in den Schlund der Hölle.«

Ich konnte mich eines Lachens nicht erwehren. »Kein

Wunder, dass man ihm die Bezahlung verweigerte. Fielen Euch nicht die zahllosen Ratten auf, die sich noch immer in den Gassen tummeln? Er kann seine Arbeit schwerlich gut gemacht haben.«

Dante blieb zu meinem Erstaunen völlig ernst. »Ich bin nicht sicher, was von der Sache zu halten ist.«

»Aber, guter Mann, wie könnt Ihr eine Mär wie diese ernsthaft in Betracht ziehen? Ich meine, das Volk ist schneller mit solchen Schauergeschichten zur Hand als mancher Räuber mit dem Messer.«

»Sicher. Doch bedenkt, es ist kaum drei Monde her, dass die Kinder verschwanden. Weshalb sollte man in so kurzer Zeit ein solches Ammenmärchen erfinden? Weshalb sagt einem keiner die Wahrheit, falls es eine gibt?«

»Ihr habt es versucht?«

»Natürlich. Deshalb bin ich hier.«

Meine Verwirrung mehrte sich mit jedem seiner Worte. »Ich fürchte, Herr Dante, Ihr müsst mir nun doch ein wenig mehr über Euch selbst berichten.«

Dante lachte. »Ich bin nur ein Student, nicht mehr.«

»Ihr scheut Euch, mir die Wahrheit zu sagen.«

»Weil Ihr mich dann unzweifelhaft für verrückt halten werdet.«

»So aber muss ich annehmen, dass Ihr in die Sache verstrickt seid.«

»Wollt Ihr mir drohen, Meister Robert?«

»Ich will nur die Wahrheit hören, sonst nichts.«

»Um jeden Preis?«

»Sorgt Euch nicht um Euer Ansehen.«

Dante seufzte, strich mit einer blitzschnellen Bewegung eine Haarsträhne aus seiner hohen Stirn und sagte dann: »Ihr habt gefragt, und ich will Euch die Antwort geben, die

Ihr nicht hören wollt: Ich bin ein Reisender auf den Spuren der Hölle.«

Ich glaubte, meinen Ohren nicht trauen zu dürfen. »Ihr scherzt.«

»Das würde ich nicht wagen«, entgegnete Dante und wehrte den Vorwurf in einer übertriebenen Geste mit beiden Händen ab. »Ihr wollt wissen, was mich nach Hameln führte, und Eure Neugier will ich stillen. Gleich als ich das Gerücht vom Rattenfänger hörte, machte ich mich auf den Weg hierher, und, glaubt mir, es war ein Weg nicht ohne Mühen und für einen beachtlichen Preis. Seit einigen Jahren schon studiere ich das Wesen der Hölle und jener, die darin hausen. Ich habe zahllose Reiseberichte gläubiger Mönche gelesen, Reisen tief in den Abgrund von Sünde und Pein. Ich trage die entsetzlichen Visionen des Alberich von Settefrati ebenso tief in meinem Herzen wie jene des Thurchill und des Zisterziensers von Saltrey, dazu noch viele andere mehr, Schriften, die ich Wort für Wort zitieren kann, wenn Ihr es verlangt. Längst schon brennt der Wunsch in mir, selbst die unterirdischen Täler und furchtbaren Berge, die Flammenseen und Satansheere zu schauen, und so folge ich jeder Spur, jedem Hinweis auf ein Tor zum Reich des Leibhaftigen. Als ich nun hörte, dass der dämonische Rattenfänger die Kinder Hamelns durch eine Grotte im Kopfelberg in die Hölle geführt haben soll, hielt mich nichts mehr in meiner Heimat. Ich machte mich sogleich auf, und nun bin ich hier – seit zwei Tagen, um genau zu sein.«

Während Dante sprach, hatte Maria mein Essen aufgetragen, doch so gebannt war ich vom Wahn hinter seinen Worten, dass ich weder sie selbst noch den verlockenden Duft der Speisen wahrnahm. Ich hatte meinen Blick nicht ein einziges Mal von ihm abgewandt. Ein verzehrendes Feuer loderte in seinen Augen, das jeden Zweifel zerstreute. Dante glaubte an das, was er sagte.

Als mir das ganze Ausmaß seiner Besessenheit klar wurde, sprang ich auf, so heftig, dass der Tisch erzitterte und das Bier aus den Tonkrügen spritzte.

»Edler Ritter«, begann er beschwichtigend, »Ihr habt gefragt, und so –«

»Schweigt!«, fuhr ich ihm ins Wort. »Schweigt und versündigt Euch nicht weiter! Ist denn jeder in dieser Stadt vom Teufel besessen?«

Mit diesen Worten fuhr ich herum und stürmte die Treppe hinauf in mein Zimmer. Aller Hunger war vergangen, und mit ihm meine Geduld. Plötzlich begriff ich, dass nicht allein der Herzog seine Macht über Hameln verloren hatte; auch Gottvater schien mir ferner als jemals zuvor.

Es war dunkel. Ich stand am Fenster meiner Kammer und blickte hinaus über die buckligen Dächer der Hütten. Ich hatte geschlafen, wohl einige Stunden lang, bis mich die Träume durchgeschwitzt und wirr zurück ins Wachsein warfen. Die Fensterläden waren weit geöffnet, feiner Regen sprühte mir kühl ins Gesicht. Aus dem Labyrinth der Gassen stieg träge Stille auf wie Nebel. Ein feiner Geruch von Kaminfeuern hing in der Luft. Einmal hörte ich das Geräusch leiser Schritte im Schlamm, doch in der Finsternis war niemand zu sehen. Sonst war da nichts, nur Schweigen und Dunkel, ganz wie der Schlaf, nur ohne Träume.

Ich war nackt bis auf das Band mit der Hasenpfote an meinem Arm. Ich nahm sie, presste sie an meine Lippen und an meine Nase. Sie roch nach nichts, auch nicht nach

Althea. Die schöne Astrologin des Herzogs hatte mir den Talisman bei unserem letzten geheimen Treffen anvertraut. Leg ihn nie ab, hatte sie geflüstert. Niemals.

Ein Geräusch auf dem Gang vor meiner Kammer ließ mich aufhorchen. Lautlos huschte ich zum Tisch, ergriff meinen Dolch. Presste dann ein Ohr an das Holz der Tür. Nichts war zu hören.

Ganz langsam schob ich den Riegel hoch, öffnete und spähte hinaus ins Dunkel.

Da war niemand. Der Flur war vollkommen leer.

Aus dem Nebenzimmer drang Dantes leises Schnarchen.

Ich schob die Tür wieder zu und lehnte mich mit dem Rücken dagegen. Hielt die Augen geschlossen und den Dolch umklammert. Mein Körper glänzte vor Nässe; vielleicht von Schweiß, vielleicht vom Regenwasser.

Ich wandte meinen Blick auf die Wand über dem Bett. Das Kruzifix hing inmitten des Schattengewebes, umsponnen von seidiger, kraftvoller Schwärze.

Am Morgen erkundigte ich mich bei der Wirtin nach dem Weg zum Genitium, der Tuchweberwerkstatt am Weserufer. Ich würde den alten Dorfbezirk durchqueren und ein Stück am Fluss entlang nach Süden gehen müssen. Im Genitium arbeiteten nur Frauen, woben wollene Mäntel und Hemden. Ich hoffte, dort einige Mütter der verschwundenen Kinder zu treffen.

Nach einem Frühstück aus Brot und fetter Milch – weder Maria noch Dante zeigten sich – machte ich mich auf den Weg. Der Himmel war unverändert düster und schwer. Regen fiel ohne Unterlass und setzte die Gassen noch tiefer unter Wasser. Abfälle und stinkende Ausscheidungen, sorglos aus Fenstern und Türen gekippt, trieben in Pfützen und Rinnsalen dahin. Mit ihnen schwamm klebriger Fäulnisgeruch durch die Straßen.

Ich trug kein Zeichen meiner Ritterwürde am Leib, nur ein einfaches Hemd und Beinkleid, außerdem den Dolch. Alles andere hatte ich im Gasthaus zurückgelassen, mit dem Befehl an die Wirtin, sorgsam darauf Acht zu geben. Doch trotz aller Schlichtheit hob ich mich allzu deutlich ab vom einfachen Volk in seinen zerlumpten, knielangen Tuniken über stoffumwickelten Beinen. Immer wieder trafen mich finstere Blicke. Eisige Ablehnung schlug mir entgegen. Zweifellos hatte sich meine Ankunft längst herumgesprochen.

In den engen Gassen traten die Menschen zur Seite, wenn sie meiner gewahr wurden, doch war dies kein Zeichen von Ehrerbietung. Man mied mich, darüber konnte kein Zweifel bestehen, und mir fiel ein, was Graf von Schwalenberg gesagt hatte: »Hinter vorgehaltener Hand spottet das Volk über Euch.« Niemand lachte, aber mir war klar, was der Alte meinte. Glanz und Glorie des Rittertums waren dahin.

Gelegentlich versuchte ich, einen Blick in eines der armseligen Häuser zu werfen, doch die meisten Fensterläden waren wegen des Regens geschlossen. Als ich scheinbar beiläufig an eine offene Tür trat, um hineinzusehen, vertrat mir ein schmutziger Kerl mit wildem Bart den Weg. Er stützte sich auf einen rohen Holzknüppel und sah mich herausfordernd an. Ich verstand die stumme Drohung und wandte mich ab; nicht, weil ich den Streit mit ihm fürchtete, sondern vielmehr, um mir nicht noch mehr Feinde zu schaffen, als dies meine Herkunft allein für mich tat.

Am Flussufer wurde ich Zeuge einer Urteilsvollstreckung. Einem Dieb sollte die rechte Hand abgeschlagen werden. Einmal mehr offenbarten sich die seltsamen Herrschaftsverhältnisse in Hameln. Zwei Männer drückten den jammernden Verbrecher auf die Knie und hielten seinen Arm über einen Holzblock. Daneben stand ein alter Mann mit einem Beil, dessen Schneide er auf den Handknöchel des Diebes drückte. Zweifelsohne war dies der verrückte, herzogstreue Henker, den Schwalenberg erwähnt hatte. Ein weiterer Mann in der Kleidung eines bischöflichen Schergen holte in diesem Augenblick mit einem schweren Holzhammer aus und ließ ihn auf die stumpfe Seite des Beiles krachen. Dadurch trieb er die Schneide mit einem entsetzlichen Bersten durch den Knöchel des schreienden Diebes. Mit zuckenden Fingern stürzte die Hand in den Schlamm. Ein groteskes, grausames Schauspiel. Beide Seiten, Herzog wie Bischof, hatten das Urteil gemeinsam vollstreckt.

Ich ging weiter, passierte zum zweiten Mal unter den misstrauischen Blicken der Arbeiter das Hamelner Loch und gelangte schließlich zum Genitium.

Das Gebäude war ein lang gestreckter Fachwerkbau, dessen Hinterwand an den Fluss grenzte. Riesige Wasserräder drehten sich knarrend mit der Strömung. Über dem Eingang bemerkte ich ein Kreuz, an dem man fünf Borretschblüten befestigt hatte – schlichte Hausmannsmagie, die es Ehebrecherinnen unmöglich machen sollte, das Gebäude zu verlassen. Ich bezweifelte, dass die Tagelöhnerinnen Kreuz und Blüten aus freiem Willen angebracht hatten.

Ich trat ein und sah mich zwei langen Reihen von Webstühlen gegenüber, an denen Frauen lautstark damit beschäftigt waren, grobe Wolle zu Kleidung zu verarbeiten. Der Lärm zahlloser Gespräche war ohrenbetäubend. Die

Frauen, vielleicht drei Dutzend, trugen einfache Kleider und hatten die Haare mit Tüchern hochgebunden. Die Luft war gesättigt von Feuchtigkeit und Schweiß.

Während ich mich noch umsah, übertönte plötzlich ein Ruf alle Gespräche und ließ sie verstummen:

»Seht!«

Im selben Moment wandten sich sämtliche Blicke in meine Richtung. Für endlose Herzschläge sagte niemand ein Wort. Alle starrten mich an, manche ausdruckslos, einige ablehnend. Das Surren der Webstühle brach ab, als alle Frauen auf einen Schlag ihre Arbeit ruhen ließen. Nur das Rauschen der Wasserräder an der Rückseite zerstörte die Vollkommenheit des Schweigens.

Etwas Merkwürdiges war mit diesen Augen, die mich aus allen Richtungen ansahen, als wollten sie mich kraft ihrer Blicke an die Tür nageln. Es dauerte eine Weile, bis ich begriff, was es war. Sie wirkten seltsam leblos, wie Perlen aus glasiertem Ton, unheimlich und leer. Die meisten dieser Frauen hätten ebenso gut tot sein mögen, seelenlose Körper, von den Wasserrädern in Bewegung gehalten, ihr Dasein allein von harter Arbeit bestimmt. Es war mehr als Unbehagen, das mich dastehen ließ wie versteinert, unfähig, mich zu regen; für einen Augenblick war es nackte, frostige Angst.

Schließlich gab ich mir selbst einen Ruck, suchte mir eine jener Frauen heraus, die mir am nächsten saßen, und sprach sie direkt an. Ich nannte meinen Namen und den meines Herrn – und wurde sogleich unterbrochen.

»Wir kennen dich, der du dich nun Robert von Thalstein nennst«, sagte eine der Arbeiterinnen und erhob sich von ihrem Platz. Es war nicht jene, die ich angesprochen hatte, sondern eine hagere, hoch gewachsene Frau mit spindeldürren Händen und knochigem Hals. Ihr Gesicht sah aus wie ein Stück alte Baumrinde, obgleich sie ihr dreißigstes Jahr schwerlich überschritten hatte.

»Wir kennen dich«, sagte sie noch einmal, »und wir wollen dich nicht in Hameln sehen. Geh zurück zum Hof deines Herzogs. Geh und komm nie wieder.«

Die Kälte in ihrer Stimme und die eisige Entschlossenheit ihrer Worte ließen mich für einen kurzen Moment in meiner Entscheidung schwanken. Wie sollte ich die Mission meines Herrn erfüllen, wenn mich schon einige Weiber schreckten? Ich tat also, als kümmerte mich nicht, was sie sagte, und entgegnete: »Ich bin wegen eurer Kinder hier. Es heißt, sie seien fort.«

Die Frau kam näher. »Du warst selbst einst ein Kind in Hameln, doch sieh dich nun an. Sieh, was aus dir geworden ist! Robert von Thalstein war nicht immer dein Name, nicht wahr?«

Da war etwas in ihren Bewegungen, das mich warnte. Eine unausgesprochene Drohung. Was würde geschehen, wenn sich all diese Frauen plötzlich auf mich stürzten?

»Wie ist dein Name, Weib?«, fragte ich mit betonter Ruhe.

»Ich bin Imma, die Frau des Hufschmieds. Ich spreche für diese Frauen, und ich sage dir: Wir wollen deine Fragen hier nicht, Ritter.« Das letzte Wort spie sie mir voller Verachtung entgegen.

»Was geschah mit euren Kindern, Imma?« Ich hätte Zorn spüren müssen über die Weise, wie sie mit mir sprach, doch zu meinem eigenen Erstaunen war da nichts als bohrende Unruhe.

Das Knochenweib hielt es noch immer nicht für nötig, mir Antwort zu geben, und ein Blick in die Runde versicherte mir, dass dies auch für die übrigen Frauen galt. Im Gegenteil – die Gleichgültigkeit in ihren Gesichtern wandelte sich mehr und mehr in Zorn. Ich begriff nicht, womit ich sie gegen mich aufgebracht hatte. War es wirklich nur mein Stand als Ritter im Gegensatz zu ihrer erbärmlichen Armut?

Imma stand jetzt nur noch zwei Schritte von mir entfernt, die Arme leicht angewinkelt, die dürren Finger zu Klauen gespreizt. »Erinnerst du dich noch an deine Kindheit in diesen Gassen?«

»Meine Kindheit hat nichts mit meiner Mission zu tun«, erwiderte ich mit aller Härte, zu der ich noch fähig war. »Ich habe einen Auftrag, und ich gedenke, ihn zu erfüllen. Hundertdreißig eurer Kinder sind verschwunden, alle auf einen Schlag. Wie viele sind übrig geblieben? Zehn oder fünf? Vielleicht keines?«

Einen kurzen Augenblick lang sah es aus, als rege sich etwas in diesen Gesichtern aus erstarrtem Hass und trotziger Wut. Doch falls da wirklich etwas gewesen war, so verschwand es binnen eines einzigen Herzschlages.

»Der Rattenfänger nahm unsere Kinder mit sich, und sie sind nun an einem besseren Ort als diesem dunklen Loch.« Immas Augen verengten sich; Zorn loderte in ihnen. »Keine hier wird dir eine andere Antwort geben. Sie können es nicht, denn was ich sage, ist die Wahrheit. Und nun geh! Geh endlich!«

Ein Raunen ging durch die Menge, als sei jedes ihrer Worte eine geheime Losung, eine Aufforderung zum Angriff. Einige der Frauen erhoben sich langsam von ihren Hockern. Ihre Gebärde unterstrich die Drohung in Immas Worten, stärker als eine gezogene Klinge es vermocht hätte. Entgegen meines Vorsatzes verspürte ich Angst.

Noch einmal machte ich den Versuch, die Lage zu entspannen: »Ich bin hier, um euch zu helfen und die Schuldigen ihrer gerechten Strafe zuzuführen.«

Imma lachte auf, ein hoher, grauenvoll schriller Laut, der die Luft durchschnitt wie ein Pfeil. »Gerechtigkeit, Ritter Robert? Was ist mit deiner eigenen gerechten Strafe?«

Ich blickte ihr direkt in die Augen und sah Wissen darin, ein Wissen viel schlimmer als jede Waffe. Vor Fäusten und Krallen mochte mich mein Dolch bewahren, doch nichts konnte die entsetzliche Macht der Vergangenheit zerschlagen, die aus diesen Augen über mich kam wie eine Heerschar vergessener Geister. Die Erinnerung übermannte mich mit all ihrer Macht, ich fuhr herum wie vom Blitz getroffen, riss die Tür auf und rannte ins Freie. Panik trieb mich voran, rasend schnell durch fremde Gassen, fort von diesen Augen, fort von dem, was sie wussten.

Ich erreichte die Grenze der kargen Bauwüste, fast blind vor Grauen, stolperte vorwärts über Stege aus Balken und Brettern, schwankend auf zähem Morast. Eine Wand aus Holz und Stein wuchs vor mir in den grauen Himmel, ich umrundete sie und sank in den trügerischen Schutz ihres Schattens. Hingehockt, die Knie fest an die Brust gezogen, blieb ich sitzen, lauschte dem Grollen fernen Donners und dem Flüstern des Regens auf tiefschwarzen Pfützen.

Eine rohe Stimme riss mich schließlich aus traumloser Gleichgültigkeit.

»He, du! Verschwinde!«

Vor mir stand, aufgestiegen aus der Tiefe eines Moors, ein riesiger Mann, über und über mit Schlamm bedeckt. In einer Hand hielt er einen schweren Hammer. Seine Stimme war kraftvoll und bestimmt. Ich blinzelte zu ihm auf und erkannte, dass es sich um einen Steinmetz handeln musste.

»Was hast du hier zu suchen?«, fragte er.

Hinter ihm erschienen weitere Männer, vier an der Zahl. Sie wirkten mir kaum weniger kräftig als der erste.

Ich stemmte mich rücklings an der Mauer auf die Beine und bemühte mich, so gelassen wie möglich zu wirken. Falls mir dies gelang, schien es die Tagelöhner nicht zu beeindrucken.

»Er hat dich was gefragt«, brüllte einer aus dem Hintergrund.

»Du bist nicht von hier«, stellte ein anderer fest.

»Seht euch den Dolch an«, rief ein dritter.

Der Steinmetz beugte sich vor und starrte mir ins Gesicht. »Wer bist du?«, fragte er.

»Robert von Thalstein«, erwiderte ich wahrheitsgemäß, ehe mir schlagartig die Erkenntnis kam, dass dies ein Fehler sein mochte. Wahrscheinlich war auch mein Name – mein neuer Name – längst allseits bekannt.

Zu meiner Erleichterung schienen die fünf Männer ihn jedoch zum ersten Mal zu hören. »Was tust du hier?«, fragte der Steinmetz, offenbar Wortführer des kleinen Bautrupps. »Niemand darf die Baustellen betreten, solange hier gearbeitet wird. Anweisung des Vogts.«

»Das wusste ich nicht.« Einen Augenblick lang erwog ich, mich als Ritter des Herzogs zu erkennen zu geben, dann aber verwarf ich den Gedanken. Im Genitium hatte wenig gefehlt, und die Frauen hätten sich mit bloßen Händen auf mich gestürzt. Nicht auszudenken, was diese Kerle mit ihren Werkzeugen anstellen mochten.

»Du hast meine Frage noch nicht beantwortet, Kerl«, donnerte der Steinmetz. »Was hast du hier zu suchen?«

»Ich habe mich ... verirrt«, erwiderte ich matt. »Lasst mich gehen, und ich will euch nicht weiter von Eurem Tagwerk abhalten.«

»Unsere Arbeit ist für heute getan«, sagte der Anführer. »Es dämmert schon.«

Großer Gott, wenn das die Wahrheit war, dann musste ich mehr als den halben Tag hier verschlafen haben.

Der Himmel hatte die Farbe verschimmelten Brotes angenommen, ein schillerndes Graugrün. Der Regen fiel ohne Unterlass. Plötzlich hatte ich nur noch den brennenden Wunsch, mich auf den Weg zurück zur Herberge zu machen.

»Wie kann man sich hierher verirren?«, fragte einer der Tagelöhner zu Recht. Hameln war nicht groß, und von hier aus waren die Hütten des Dorfes im Norden wie auch die Häuser der Reichen im Süden nicht zu übersehen. Ganz zu schweigen vom Turm der Marktkirche und den Holzzinnen der Mysterienbühne.

»Gib du ihm die Antwort«, sagte der Steinmetz und wies mit dem Hammer auf meine Brust.

Da traf ich eine Entscheidung.

Mit gehöriger Schnelligkeit packte ich den Hammer mit beiden Händen, doch statt ihn dem Mann zu entreißen, stieß ich das Werkzeug nach hinten – dem anderen in den Magen. Mit einem Aufschrei krümmte er sich zusammen und stieß einen Schwall wilder Flüche aus. Die übrigen vier sprangen nach vorne und griffen nach mir, doch ich entging ihren zupackenden Händen mit einem gewagten Sprung aus dem Schatten der Mauer, mitten in eine gewaltige Schlammpfütze abseits der Holzstege. Verwünschungen brüllend setzten sie mir nach, einer nach dem anderen landete unter peitschenden Schlammfontänen im Dreck. Der

— 70 —

Morast saugte an meinen Stiefeln, trotzdem gelang es mir, nach vorn zu springen. Links und rechts von mir schossen fette Ratten aus den Fluten und brachten sich vor Füßen und Schreien in Sicherheit. Ich erreichte ein Brett und balancierte darauf entlang eines schmalen Erdwalls zwischen zwei mit Wasser gefüllten Baugruben. Als die Männer es mir gleichtaten, rutschte prompt einer von ihnen ab und landete mit ausgebreiteten Armen im Brackwasser.

»Jetzt erkenne ich ihn«, brüllte einer. »Es ist der Ritter. Der Ritter des Herzogs.«

Darauf verdoppelten sie ihre Anstrengungen, meiner habhaft zu werden. In einigen Bauruinen zu beiden Seiten des wirren Netzes aus Fußbrettern reckten sich weitere Köpfe aus Fenstern und Gruben. Einige Männer ließen von ihrer Arbeit ab und nahmen gleichfalls die Verfolgung auf. Sie alle schrien Flüche und Drohungen, und nur ein Wunder mochte verhindern, dass andere Tagelöhner, die sich noch irgendwo vor mir befanden, meinen Weg versperrten.

Tatsächlich gelang es mir, trockenen Boden zu erreichen. Eine schmale Schotterstraße führte am Ufer entlang und verband den Stiftsbezirk mit dem Dorf. Zweihundert Schritte weiter nördlich erkannte ich das Genitium. Genau vor mir lag der Fluss.

Es blieb keine Zeit zu zögern. Schritte und Rufe in meinem Rücken kamen immer näher und mehrten sich auf Besorgnis erregende Weise. Ich hatte vor der Hinrichtung des Ketzers erlebt, zu welcher Grausamkeit das Volk fähig war, und hegte keinesfalls den Wunsch, das erbärmliche Schicksal des Mannes zu teilen.

So sprang ich mutig voran in den Fluss und versank. Die wilde Jagd hatte mir den Atem genommen, und schon nach Augenblicken musste ich erneut auftauchen, um Luft zu holen. Da sah ich sie am Ufer stehen, zehn, fünfzehn Mann, mit grimmigen Mienen, Hämmer und Hacken in Händen haltend, bereit, mir sofort den Garaus zu machen. Zu meinem Glück verbargen mich Wellen und die anbrechende Dunkelheit vor ihrem Zorn. Ich tauchte sogleich wieder unter und schwamm unter Wasser nach Norden.

Immer wieder nach Luft schnappend, gelang es mir, die Bootsdurchfahrt zu passieren und dahinter unbemerkt an Land zu gehen. Triefend und zutiefst in meinem Stolz getroffen, schlich ich mich durch die engen Gassen zurück zur Herberge. Niemand schien mich auf dem Weg dorthin zu bemerken. Die meisten Menschen wärmten sich nach der feuchten Kälte des Tages in ihren Hütten. Vor den wenigen, die mir begegneten, verbarg ich mich in Torbögen und Eingängen.

Schon von weitem hörte ich, dass der Schankraum der Herberge voller Menschen war. Sie lärmten und sangen, tranken und lallten, sodass es mir als ein zu großes Wagnis erschien, mich durch ihre Mitte zu bewegen. Ich umrundete das Haus und fand an seiner Rückseite eine schmale Holztreppe, die an der Außenwand hinauf ins obere Stockwerk führte. Sie endete vor einer morschen, niedrigen Tür, die schon auf einen leichten Druck hin nachgab und nach innen schwang. Gebückt trat ich ein und schob die Tür hinter mir zu.

Der Gang, auf dem ich mich wiederfand, war dunkel. Unzweifelhaft handelte es sich um jenen Flur, an dem auch mein Zimmer lag, denn an seinem Ende erkannte ich im Boden das helle Rechteck, durch das es hinab in den Schankraum ging.

Ich unterdrückte den Drang, vor Erleichterung aufzuatmen, als hinter mir die Schatten in Wallung gerieten. Aus dem Augenwinkel sah ich noch, wie eine Gestalt auf mich zuschoss und mit einem langen Gegenstand nach mir ausholte. Ehe ich herumwirbeln und den Schlag abwehren konnte, traf er mich schon an der Schulter, nicht fest, auch nicht schmerzhaft, aber doch vollkommen unerwartet.

Ich griff blind ins Dunkel und bekam einen Arm zu fassen, ein schmales Handgelenk. Mit der anderen Hand packte ich den dünnen Stock, mit dem man auf mich eingeschlagen hatte. Mein Gegner strampelte wild, und ich wollte eben ausholen und meinerseits zuschlagen, als sich meine Augen soweit an die Finsternis gewöhnten, dass ich erkannte, mit wem ich rang.

Es war Maria. Ihr langes Haar war zerzaust, das hübsche Gesicht verzerrt, sei es von Schmerz oder Scham.

Überrascht ließ ich sie los, sie stolperte vom eigenen Schwung getragen nach hinten und fiel auf ihr Hinterteil. Wie ein Tier in der Enge kroch sie in eine dunkle Ecke und blieb dort mit gesenktem Haupt sitzen, das Gesicht zwischen den Knien vergraben.

»Um Himmels willen, was tust du?«, fragte ich erregt, wenn auch leise genug, um kein Aufsehen in der Schänke zu erregen.

Maria gab keine Antwort, nur ihr jagender Atem drang aus den Schatten. Ich hielt den dürren Haselnussstecken ins fahle Licht des Treppenaufgangs. Mehrere Schriftzeichen waren in seine Rinde geschnitzt, offenbar von jemandem, der des Schreibens nicht kundig war und die Buchstaben verzerrt von einer Vorlage kopiert hatte.

PAX + PIX + ABYRA + SYNTH + SAMASIC las ich, und wenngleich diese Worte wie Latein klangen, so ergaben sie doch keinen Sinn. Trotzdem begriff ich. Die merkwürdigen Zeichen, der Haselnusszweig, der Angriff aus dem Verborgenen – alles Teile eines bäuerlichen Liebeszaubers, von dem ich einst an anderem Ort gehört hatte.

Maria schien zu ahnen, dass ich ihr Ansinnen durchschaut hatte, denn plötzlich sprang sie auf, drängte sich an mir vorbei und verschwand am Ende des Gangs in einer Tür. Von innen schob sie den Riegel vor. Ich stand da, völlig durchnässt, den Zweig in der Hand, und wusste nicht recht, was ich denken sollte.

Schließlich raffte ich alle Sinne beisammen und betrat meine Kammer. Gleich als Erstes entdeckte ich meine Kleidung, die Maria gesäubert und sorgfältig auf dem Bett zusammengelegt hatte. Sie musste sie über einem Feuer erwärmt haben, um sie bei diesem Wetter in so kurzer Zeit zu trocknen.

Ich legte den Haselnussstecken beiseite, verriegelte die Tür und entkleidete mich. Mit frischem Wasser aus der Schüssel wusch ich mir den Schmutz vom Leib und schlüpfte in die trockene Kleidung. Auf dem Tisch lag die Kugel des Ketzers, die ich vor dem Inferno auf dem Marktplatz eingesteckt hatte. Maria musste sie in der Tasche meines Wams gefunden und vor dem Waschen beiseite gelegt haben.

Einen Moment lang erwog ich, das Mädchen für das Geschehene zur Rede zu stellen, dann aber legte ich mich einfach aufs Bett, ließ meine Gedanken treiben und muss wohl wiederum eingeschlafen sein, denn ...

... ich erwachte von Stimmen vor meiner Zimmertür.

Ob Stunden vergangen waren, vermag ich nicht zu sagen. Draußen, im Spalt zwischen den angelehnten Fensterläden, herrschte tiefschwarze Nacht.

Und wieder vernahm ich leises Flüstern und Murmeln.

Augenblicklich war ich auf den Beinen, hielt den Dolch in der Hand und lauschte atemlos ins Dunkel.

Da waren sie wieder. Leise Worte, ganz nah.

Sollten mich einige der aufgebrachten Tagelöhner bis hierher verfolgt haben? Oder hatten andere Meuchelpläne gegen mich geschmiedet? Man wusste zweifellos, wo ich wohnte, und sicher war es ein leichtes, die gierige Wirtin mit einigen Münzen von der Notwendigkeit meines Ablebens zu überzeugen. Vielleicht hatte ich den Zorn des Volkes unterschätzt. Meist glätteten sich die Wogen, sobald sich die Meute zerstreute, und alle Gedanken ans Aufknüpfen und Töten wurden verworfen. Möglicherweise aber war die Lage hier eine andere. Vielleicht war es tatsächlich Hass, mit dem sie mich verfolgten. Vielleicht wollten sie wirklich meinen Tod.

Ich trat an die Tür und horchte. Das Flüstern war noch da, wenngleich es nun aus größerer Entfernung erklang. Konnte es Maria sein, die einen neuen Versuch ausheckte, sich mir zu nähern?

Ich öffnete den Riegel und spähte einmal mehr in die Finsternis. Die gemurmelten Worte waren nun deutlicher zu hören, obgleich sich niemand vor der Tür oder auf dem Gang befand. Meine Kleidung trug ich noch am Körper, sodass es nicht unschicklich war, die Kammer zu verlassen und nach dem Rechten zu sehen.

Ich hatte kaum den ersten Schritt getan, als mir klar wurde, dass das Flüstern aus dem Nebenzimmer kam. Aus Dantes Unterkunft.

Leises Lachen erscholl hinter der Holztür. Durch zahlreiche Fugen drang der flackernde Schein einer Kerze. Gut möglich, dass sich der sündige Italiener ein junges Weibsbild von der Straße mit aufs Zimmer genommen hatte. In einem Haus wie diesem, in solcher Umgebung, musste das ganz alltäglich sein. Ich ließ den Dolch sinken und wandte mich zurück zu meiner Kammer, als Dante mit einem Ruck die Tür öffnete.

»Sieh da«, sagte er keck, »der edle Ritter lauscht an fremden Türen. Zudem zu solch später Stunde. Ich muss mich wundern.«

Ich blieb wie vom Schlag getroffen stehen. Schließlich drehte ich mich zu ihm um. »Ich weiß nicht, was Ihr meint, werter Dante.«

Sein Blick fiel auf den Dolch in meiner Hand. »Ich hoffe, es waren keine Mordgelüste, die Euch an meine Schwelle trieben.«

Ich fühlte mich ertappt, gedemütigt durch jedes seiner Worte. »Verzeiht, wenn ich mich nun zurückziehe«, entgegnete ich knapp. »Und Ihr, mein Herr, solltet Euren Besuch nicht ungebührlich warten lassen.«

»Meinen Besuch?« Einen Augenblick lang schien er verwirrt, dann entfuhr ihm ein herzliches Lachen. »Ihr meint sicher Albertus.«

Keine Frau, also – ein Mann. Umso schlimmer.

»Gute Nacht«, empfahl ich mich und wollte endlich in mein Zimmer treten, als er sagte:

»Bitte, edler Ritter, wartet einen Augenblick. Ich weiß, Ihr denkt schlecht über mich, wegen der Dinge, die ich zu Euch beim Essen sagte. Doch zumindest Euren letzten Verdacht will ich zerstreuen.«

»Nicht nötig«, erwiderte ich kühl, doch da war er bereits in seiner Kammer verschwunden und rief: »Tretet doch einen Moment lang ein.«

»Ich wüsste nicht, weswegen«, sagte ich.

— 76 —

Dante erschien wieder im Türrahmen. »Deswegen«, sagte er und hielt mir mit beiden Händen einen Kopf entgegen. »Wegen Albertus.«

Nun war dies kein gewöhnlicher Kopf, wie es im ersten Augenblick erschien. Er hatte Größe und Form eines menschlichen Schädels, mit kurzem, eng anliegendem Haar und scharf geschnittenen Zügen. Seine Miene strahlte ehrwürdige Strenge aus, die Lippen waren schmal, kaum mehr als dünne Striche. Die Wangenknochen wetteiferten beinahe mit der Nase, so spitz standen sie hervor. Beide Augenbrauen waren zusammengezogen, was dem ganzen Gesicht einen übellaunigen, unzufriedenen Ausdruck verschaffte.

Der Kopf war aus Metall, aus Bronze, nahm ich an. Der Künstler, der ihn geschaffen hatte, musste große Mühe darauf verwandt haben, ihm möglichst große Lebensnähe zu verleihen. Selbst das Innere der Augen war wirklichkeitstreu nachgebildet.

»Sehr schön«, sagte ich ehrlich beeindruckt, wenngleich mir der Sinn dieser Vorführung entging.

Dante lächelte noch immer. »Dies ist Albertus. Zumindest nenne ich ihn so. Er war es, mit dem ich mich vorhin unterhielt.«

»Ihr sprecht mit einem Bronzekopf?«, fragte ich zweifelnd.

Dante zog belustigt die Augenbrauen in die Höhe. »Ich kann mir denken, was Ihr von mir haltet. Erst mein Reden über die Hölle, und nun dies.«

Tatsächlich war mir ein wenig flau im Magen. Nicht etwa aus Furcht; vielmehr berührten mich seine wirren Worte aufs Peinlichste. Gewiss war es am besten, wenn ich mich endlich zurückzog.

»Meine Einladung gilt noch«, sagte Dante. »Kommt einen Moment zu mir herüber. Ich mag in Euren Augen ein bemitleidenswerter Verrückter sein, doch, glaubt mir, gefährlich bin ich nicht.«

Ich bin heute nicht mehr sicher, was es war, das mich umstimmte. Vielleicht war es eine gewisse Ehrlichkeit, die aus seiner Stimme sprach, oder auch nur die beruhigende Erwartung, mit einem Menschen ein paar freundliche Worte zu wechseln.

Wie auch immer – ehe ich mich versah, saß ich in Dantes Kammer auf einem Holzschemel, blickte unsicher zwischen dem Italiener und seinem Bronzekopf einher und hörte mich fragen: »Wie weit seid Ihr mit Euren Nachforschungen gekommen?«

Er setzte sich mir gegenüber auf die Bettkante und stellte den Schädel sanft mit dem Halsstumpf auf die Decke. »Das Tor zur Hölle habe ich nicht gefunden, soweit kann ich Euch beruhigen. Ich hege langsam Zweifel, ob sich die Reise hierher für mich auszahlen wird.«

»Ist Euch jemals der Gedanke gekommen, dass Euer Streben sündig sein könnte?«, fragte ich.

»Nicht nach meinem Verständnis von Sünde.«

»Und welches wäre das?«

Dante holte tief Luft und lehnte sich gegen die Wand. »Die Antwort gibt uns Aristoteles: zügelloser Appetit, mangelnde Beherrschung im Benehmen, tierisches Verhalten und krankhafter Geschmack, lasterhaftes und böses Tun, also eine schlechte Anwendung der menschlichen Vernunft. Oh, und vergessen sollten wir nicht Cicero, der Verrat und Gewalt verurteilte.«

»Ihr überseht dabei die zehn Gebote des Herrn.«

Dante schüttelte entschieden den Kopf. »Denkt nach, und Ihr werdet feststellen, dass sie alle im eben genannten enthalten sind. Allerdings bin ich bereit, der Kirche ein Zugeständnis zu machen und Ketzerei und Unglauben mit ins menschliche Sündenregister aufzunehmen.«

»Und, glaubt Ihr nicht, Euer Streben nach einem Abstieg zur Hölle sei Ketzerei?«

»Keineswegs. Viele fromme Menschen haben von ihren Erlebnissen im Reich des Leibhaftigen berichtet, und sie alle waren danach ebenso treue Diener ihres Schöpfers wie zuvor.« Er zog beide Beine zum Schneidersitz an. »Ich bin vollkommen sicher, dass mir das Heil des Herrn, auch bei einem Erfolg meiner Suche, nicht versagt bleiben wird. Denn wie anders als unter seinem Schutz, könnte ich mich jemals hinab in die Hölle wagen und auf eine glückliche Rückkehr hoffen?«

»Wem sollte dann überhaupt das Heil versagt bleiben, wenn nicht einmal demjenigen, der die Nähe des Teufels sucht?«, fragte ich zweifelnd.

Dante hob die Schultern. »Sicher wird es jener nicht erlangen, der niemals getauft wurde.«

»Damit schließt Ihr all diejenigen aus, die vor der Offenbarung und den Lehren Christi lebten.«

»Ganz gewiss.«

»Was aber ist mit Platon, Sokrates und – Ihr nanntet ihn selbst – mit Aristoteles? Mit Aeneas, Homer und Heraklit? Was ist mit Horaz und Ovid?«

Dieser Einwand ließ Dante fast väterlich lächeln. »Sie haben schlichtweg Pech gehabt.«

Ich runzelte die Stirn. »Damit erhebt Ihr Euch über die Kirche. Noch nie hat sie einen Menschen zur Hölle verdammt. Nicht einmal Judas Ischariot.«

»In der Tat. Und warum ist das so?«

»Sagt Ihr es mir.« Zu meinem eigenen Erstaunen musste

ich feststellen, dass ich am Gespräch mit Dante Gefallen fand.

Der Florentiner räusperte sich. »Einerseits mag die Kirche so handeln, weil sie nie den Glauben an die göttliche Gnade verlieren darf, denn damit widerspräche sie ihrer eigenen Berechtigung. Doch wichtiger ist in meinen Augen, dass die Entscheidung, einen Menschen zu verdammen, höchst gefährlich sein könnte. Jemandem das Paradies zu versprechen verpflichtet zu nichts; falls er nach den Regeln Gottes und der Kirche lebt, wird er sich eines Tages dort wiederfinden. Andererseits: Einen Menschen zur Hölle zu verdammen könnte sich im Falle eines Irrtums als fatal erweisen, denn eine solche Verkündung ist unwiderruflich. Träfe man den Unglücklichen – oder eben Glücklichen – stattdessen im Himmel an, müssten die Pfaffen ihren Fehler eingestehen. Und die Kirche lebt davon, dass sie keine Fehler gesteht.«

»Das aber würde bedeuten, die Hölle wäre leer«, sagte ich. »Warum wollt Ihr sie dann finden?«

»Leer ist sie nicht. Nur weiß niemand zu Lebzeiten eines Menschen, ob es ihn dorthin verschlagen wird. Glaubt man den alten Berichten, so ist Satans Reich gar übervoll mit armen Seelen.«

Mein Blick fiel erneut auf den Bronzeschädel an Dantes Seite. »Bevor Ihr weitersprecht, erlaubt mir eine Frage. Hat Euch ... Albertus, so war doch sein Name? Hat er Euch je geantwortet?«

Ich hatte die Worte nicht ganz ernst gemeint, was Dante kaum zu bemerken schien, denn er erwiderte aufrichtig: »Gelegentlich gibt er Antwort. Doch vielleicht sollten wir beim alten Gegenstand unseres Gespräches bleiben, denn ich fürchte, Ihr mögt mir ohnehin nicht glauben.«

»Woher habt Ihr den Kopf?«, fragte ich, ohne seine letzten Worte zu beachten.

Dante lächelte verlegen. »Er gehörte einst Albertus von Bollstädt, darum gab ich ihm seinen Namen. Auch er führte Zwiegespräche mit ihm. Es heißt, Thomas von Aquin habe ihn zerschlagen, als er und Albertus sich trafen.« Er schmunzelte. »Thomas hielt ihn für Teufelswerk, was man einem großen Geist wie dem seinen wohl nachsehen muss. Es mag wahr sein, dass ihn der Schädel entsetzte, doch dass er ihn zerstörte, ist eine Lüge. Tatsächlich stahl er ihn von Albertus und nahm ihn mit in seine Heimat. Ich stieß darauf, als ich Thomas' Werk vor Ort studierte.«

»Wie das?«, fragte ich erstaunt.

Dante wurde offenbar unbehaglich zu Mute, denn er wandte den Blick ab und ließ ihn fahrig durchs Zimmer schweifen. »Nun, sagen wir, ich fand ihn.«

Ich lachte laut auf. »Dann habt Ihr ihn gestohlen.«

»Wie könnt Ihr es wagen?«, fuhr er auf, nur um sogleich hinzuzufügen »Nun ist er jedenfalls mein. Lasst uns über etwas anderes sprechen. Sagt mir, wie es mit Euren eigenen Ermittlungen im Fall der verschwundenen Kinder steht.«

Ich zögerte einen Augenblick, dann fasste ich endgültig Vertrauen zu dem Kauz und berichtete ihm von meinen Erlebnissen und Niederlagen. Nur über Marias Liebeszauber schwieg ich.

Nachdem ich geendet hatte, sagte Dante lange Zeit kein Wort. Dann, nach einer ganzen Weile, die mir beinahe endlos schien, meinte er: »Die Hamelner sind gottesfürchtige Menschen, die sich völlig ihrem Schicksal ergeben. Offenbar mögen sie es nicht, wenn man sich in ihre Obliegenheiten mischt.«

»Nennt Ihr es gottesfürchtig, wenn man einen Ritter des Herzogs grundlos ermorden will?«

Statt einer Antwort fragte Dante: »Habt Ihr die Mysterienbühne auf dem Marktplatz gesehen?«

Ich nickte, und er fuhr fort »Dann wisst Ihr auch, dass nur Menschen, in denen der Glaube an Gott und seine Gnade tief verwurzelt ist, solch einen Aufwand betreiben, um ihm gefällig zu sein. Ganz Hameln ist seit Wochen wegen dieses Spiels auf den Beinen. In wenigen Tagen findet die Aufführung mit der Kreuzigung Christi ihren Höhepunkt. Es heißt, der Herzog persönlich, wie auch der Bischof von Minden, werden anwesend sein.«

Diese Nachricht traf mich unerwartet. »Beide kommen nach Hameln?«, fragte ich verblüfft.

»So sagte man mir. Ihr wusstet nichts davon?«

»Am Hof hat man mir nichts davon erzählt.«

Dante lachte. »Nun fürchtet Ihr, Euer Herr wird einen Bericht über den Stand Eurer Nachforschungen verlangen. Ihr fürchtet, Euer Gesicht zu verlieren.«

Ich muss eingestehen, dass Dante mich durchschaute. »In der Tat.«

»Ich will Euch mit einem Hinweis behilflich sein, denn wenngleich ich auch hoffe, den Aufenthaltsort der Kinder zu kennen – eben die Hölle, wie Ihr wisst –, habe ich doch ein, zwei Dinge erfahren.«

»So sprecht«, bat ich hoffnungsvoll.

Dante veränderte seine Haltung und brauchte eine Weile, bis er wieder angenehm saß. Die Wartezeit stellte meine Geduld auf eine harte Probe. Dann aber sagte er: »Unter den hundertdreißig Verschwundenen war eine, die viel älter war als alle anderen.«

»Bislang hieß es, nur Kinder seien abhanden gekommen.«

»Allerdings. Und doch war eine dabei, die bereits ihr siebzehntes Jahr vollendet hatte.«

»Wer?«

Dante hob beide Augenbrauen. »Die einzige Tochter des Bürgermeisters, Margarete Gruelhot. Sie stand kurz vor ihrer Vermählung.«

Ich dachte eine Weile nach, ob dies eine Bedeutung haben mochte, kam aber zu keinem rechten Ergebnis. Daher fragte ich: »Was war es noch, das Ihr erfuhrt?«

»Eine Magd soll den nächtlichen Auszug der Kinder aus der Stadt in Richtung Kopfelberg beobachtet haben.«

»Wo finde ich sie?«

Dante seufzte. »Dies eben ist das große Hindernis. Die junge Frau ist gleich danach ins Klarissenkloster am Rande der Stadt eingetreten.«

»Dann werde ich sie dort aufsuchen.«

Er schüttelte den Kopf. »Die Klarissen geloben bei ihrer Aufnahme strenges Schweigen. Nur alle zwei Wochen dürfen sie einen Besucher empfangen und mit ihm durch ein enges Gitter einige Worte wechseln. Das Gitter ist undurchsichtig, man kann nie sicher sein, wer einem auf der anderen Seite gegenübersitzt. Ein einziges Mal im Jahr ist es ihnen erlaubt, einem Besucher von Antlitz zu Antlitz zu begegnen, doch bis dahin müssen noch neun Monde vergehen.«

»Ich muss sie nicht sehen, um mit ihr zu sprechen«, sagte ich. »Gleich morgen will ich ins Kloster gehen und sie aufsuchen.«

»Nun«, sagte Dante, »dann wünsche ich Euch viel Glück. Ich selbst werde meine Forschungen auf dem Kopfelberg weiterführen. Vielleicht können wir am Abend unsere Ergebnisse austauschen.«

»Mit dem größten Vergnügen«, erwiderte ich. Dies war ein guter Moment, das Gespräch für die Nacht zu beenden, daher erhob ich mich. Auch Dante stand auf und reichte mir die Hand. »Ein Verbündeter kann uns beiden schwerlich schaden, oder?«

Ich lächelte erfreut über dieses Angebot seiner Freundschaft und schlug ein. Als ich zur Tür ging, fiel mein Blick auf Dantes Kapuzenmantel, der in einer Ecke lag.

»Sagt, mögt Ihr mir Euren Mantel borgen?«, fragte ich. »Mir scheint es besser, fortan unerkannt durch die Straßen zu gehen.«

»Sicher«, erwiderte Dante. »Nehmt ihn mit.«

Damit verließ ich ihn und trat frohgemut zurück in meine Kammer. Der Abend hatte eine Wende zum Guten genommen, die erste, seit ich die Stadt betreten hatte. Ein Freund war in Umständen wie diesen ein Geschenk des Himmels, und ich blickte dem morgigen Abend mit Ungeduld entgegen.

Das Schicksal freilich hielt anderes bereit.

3. KAPITEL

Von Dantes weinrotem Mantel dicht umhüllt und die Kapuze hochgeschlagen, trat ich am Morgen aus der Hintertür der Herberge, als mir plötzlich ein kleiner Junge über den Weg lief. Das heißt, er lief nicht wirklich; der Kleine zog das linke Bein nach, als sei es gänzlich abgestorben, und sein Gang war mehr das lahme, schwerfällige Schwanken eines dümpelnden Seglers im Hafenbecken. Sein linker Fuß baumelte verquer am Ende des toten Körperteils und zog eine tiefe Furche in den Schlamm, die sich hinter ihm sogleich mit Wasser füllte.

Der Kleine schwankte an mir vorüber, ohne mich zu beachten, denn zu beschäftigt war er mit dem kraftraubenden Akt seiner Fortbewegung. Sein Gesicht glänzte vor Nässe. Er trug die einfache Kleidung der Armen, ein knielanges Hemd und wollene Beinwickel, und sein Gesicht war von Entbehrungen gezeichnet. Dunkles Haar wuchs ihm lang bis über die Schulter.

Gerade wollte ich ihn ansprechen, als eine Frau am Fenster der nächstliegenden Hütte erschien und den Jungen zu sich rief – nicht, ohne mir zuvor einen Blick voller Misstrauen zuzuwerfen. Quälend langsam schleppte sich der Kleine zur Tür der Hütte, wo seine Mutter ihn sogleich in Empfang nahm und eilig ins Innere zog.

Ich stand noch eine Weile lang da und blickte ihm gedan-

— 85 —

kenvertieft hinterher. Dies war das erste Kind, dem ich in Hameln begegnet war. Demnach waren doch nicht alle verschwunden; einige mussten ihrem Schicksal entgangen sein.

Einen Herzschlag lang war ich versucht, zur Hütte hinüberzugehen und ein Gespräch mit dem Jungen zu erzwingen, doch dann besann ich mich meines eigentlichen Vorhabens und verschob alles Weitere auf später.

Das Kloster der Klarissenschwestern lag gleich neben dem nördlichen Stadttor und grenzte mit einer Seite an das Hamelner Urdorf, mit der anderen an das Ödland der Baustellen. Das zweistöckige Haupthaus war ein rechteckiger Klotz aus grobem Stein, schmucklos bis auf einen niedrigen Glockenturm an der Dorfseite. Zwei Nebenflügel aus Fachwerk und Lehm gaben der Anlage die Form eines Kreuzes.

Der Orden war sieben Jahrzehnte zuvor vom heiligen Franziskus von Assisi und der heiligen Klara in Italien gegründet worden und hatte sich seither mit beachtlicher Geschwindigkeit über das ganze Festland ausgebreitet. Novizinnen bekannten sich beim Eintritt neben der Schweigepflicht auch zum Privileg demütiger Armut.

Äbtissin Waldrada empfing mich in einem schlichten Raum im oberen Stockwerk des Haupthauses. Die rohen Steinwände waren mit Teppichen behangen, es gab einen Tisch, zwei Holzschemel und einen kleinen Altar, auf dem eine einsame Kerze brannte. Das klamme Gemäuer dünstete einen strengen Geruch von Feuchtigkeit und Schimmel aus. Die Kammer war ungemein düster, nur ein Lichtstrahl spannte sich wie ein Spinnenfaden vom einzigen Fenster bis zu einem Punkt an einem der Tischbeine. Selbst der Staub schien sich dem freudlosen Klosterleben anzupassen;

graue Flocken schwebten träge durch den fahlen Schein wie schlafende Fische.

Waldrada trug dunkle, fließende Gewänder, die jeden Fingerbreit ihres Körpers bedeckten. Allein ihr uraltes Gesicht schimmerte kalkweiß in den finsteren Stoffbergen wie ein Mond zwischen Abendwolken. Es erforderte einiges Überredungsgeschick und verhaltene Drohungen mit der Macht des Herzogs, bis sie mir ein Treffen mit der jungen Novizin gestattete.

»Ihr werdet mit Schwester Julia sprechen können, Ritter, doch sehen dürft Ihr sie nicht«, gebot sie mit spröder, knarrender Stimme. Man hörte ihr an, dass sie selten benutzt wurde. »Versucht nicht, dieses Verbot zu umgehen. Und ich muss Euch um Eile bitten, denn die Sprechzeit, die ich Euch gewähre, verstößt gegen die Regeln unseres Ordens und wird daher knapp bemessen sein.«

Dergestalt eingewiesen, folgte ich ihr eine steinerne Wendeltreppe hinab in die ungewisse Tiefe eines Kellergewölbes. Entlang eines engen, unterirdischen Flurs durcheilten wir die Dunkelheit. Vor einer niedrigen Holztür hieß sie mich schließlich anzuhalten.

»Tretet ein und setzt Euch auf den Hocker«, wies sie mich an. Ihr Gesicht schwebte knöchern im Nichts. »Nach einer Weile wird Julia durch ein Gitter in der Nordwand zu Euch sprechen. Auf dem Boden steht eine Sanduhr. Dreht sie, sobald sich Euch die Schwester zu erkennen gibt – Ihr erkennt daran, wie viel Zeit Euch noch bleibt.«

Waldrada wartete nicht auf eine Erwiderung, sondern fuhr mit rauschenden Gewändern herum und entschwand.

Ich öffnete die Tür und trat mit gebückten Schultern hindurch. Dahinter lag eine Kammer von allerhöchstens zwei Schritten Durchmesser. Durch eine kreuzförmige, kaum handgroße Öffnung in der Decke stach trübes Zwielicht auf einen Hocker vor der gegenüberliegenden Wand. Ich setzte mich, wie es die Äbtissin verlangt hatte, und suchte im Schatten neben meinen Füßen nach der Sanduhr. Ich fand sie und hielt sie bereit. Ein wertvolles Stück, zweifelsohne.

Auf Höhe meines Gesichts befand sich in der Mauer ein viereckiges, kopfgroßes Eisennetz, engmaschig wie feines Gewebe. Ich selbst wurde durch das spärliche Licht von oben beschienen und war somit für mein Gegenüber auf der anderen Seite zu erkennen. Solange aber die Schwester im Dunkel blieb, würde ich ihr Gesicht nicht einmal erahnen können.

Nach einer Weile vernahm ich in der Schwärze zarte Schritte, dann leise Atemzüge.

»Schwester Julia?«, fragte ich sanft.

»Ja«, hauchte eine Stimme. Nur dieses eine, vorsichtige Wort.

»Schwester Julia, ich muss mit Euch sprechen.«

»Tut Ihr das nicht bereits?« Sie klang sehr jung, sehr verletzlich. Jede Silbe wie aus edler Seide, zerbrechlich wie venezianisches Glas. Daher erstaunte mich die Forschheit ihrer Antwort.

Ich setzte an, ihr eine Frage zu stellen, doch sie kam mir zuvor: »Habt Ihr nicht etwas vergessen, edler Herr?«

»Was meint Ihr?«

»Die Sanduhr.«

»Oh, ja.« Ich blinzelte angestrengt. Mein Gesicht mochte sie sehen können – doch die Uhr in meinen Händen? Unmöglich. Erstmals verspürte ich einen Anflug von Unsicherheit.

Sie wartete, bis der Sand durch die Gläser rieselte, dann fragte sie: »Wie sieht die Stadt aus?«

— 88 —

»Ich glaubte, Ihr seid erst vor drei Monaten in dieses Kloster eingetreten.«

»Hameln verändert sich von Tag zu Tag. Häuser wachsen in wenigen Wochen aus dem Morast, Straßen entstehen, wo vorher nur Schmutz war. Wie also sieht die Stadt heute aus?«

»Mir fehlt der Vergleich«, erwiderte ich.

»Aber Ihr stammt doch aus Hameln, edler Ritter.«

»Woher wisst Ihr das?«

Sie kicherte leise, fast schelmisch. »Ist das wirklich Eure erste Frage? Denkt daran, die Zeit ist knapp bemessen.«

»Ja, sicher.« Bebte meine Stimme etwa? »Nun, Schwester Julia, bevor Ihr Euch entschiedet, dem Orden der Klarissen beizutreten, da wart Ihr eine Kinderfrau.«

»Wer sagt das?«

»Ist das nicht gleichgültig?«

»Keineswegs. Denn ich war keine Kinderfrau. Wer das behauptet, ist ein Lügner.«

»Was wart Ihr dann?«

»Oh«, sagte sie nur und lachte leise. Nach einer Pause fügte sie hinzu: »Wenn ich Euch die Wahrheit sage, werdet Ihr mir Glauben schenken?«

»Sonst wäre ich nicht hergekommen.«

»Julia ist nicht mein wirklicher Name. Tatsächlich bin ich eine andere.«

»Ihr sprecht in Rätseln, Schwester. Dazu ist, mit Verlaub, jetzt keine Zeit.«

»Gut – dann sagt mir, was Ihr wollt.«

»Ob Kinderfrau oder nicht: Es heißt, Ihr hättet beobachtet, wie die Kinder Hamelns die Stadt verließen.«

Ihre Antwort kam nach kurzem Zögern: »Und wieder muss ich Euch ernüchtern. Nichts dergleichen habe ich gesehen.«

Allmählich begann ich, an Dantes Worten zu zweifeln. Ich hatte mich nicht einmal erkundigt, wie er von Schwester Julia erfahren hatte.

»Wollt Ihr behaupten, dass Ihr nichts über das Verschwinden der Kinder wisst?«

»In der Tat.«

»Und Ihr seid völlig sicher?«

»Höre ich Enttäuschung in Eurer Stimme, edler Ritter?«

Ich warf einen Blick auf die Sanduhr; knapp die Hälfte der Zeit war abgelaufen. »Ja, um ehrlich zu sein.«

»Das tut mir Leid. Vielleicht kann ich Euch mit einem anderen Hinweis helfen.«

»Versucht es.«

»Beantwortet mir erst eine Frage.«

Darauf schwieg ich, und Julia fuhr fort:

»Wie kam Eure Familie ums Leben?«

Die Frage leerte meinen Kopf auf einen Schlag von sämtlichen Gedanken. Fort waren die Kinder und das Rätsel um sie; fort waren Dante, Maria, die Herberge; und fort war auch die stete Bedrohung durch den mordlüsternen Pöbel. Jetzt waren da nur noch diese sechs Worte, und sie glühten wie Brandzeichen in der Dunkelheit: *Wie kam Eure Familie ums Leben?*

»Eine Pilzvergiftung«, hörte ich mich sagen, scheinbar ganz ohne mein Zutun.

»Könnt Ihr die Folgen genauer beschreiben?«

»Schwester Julia, ich weiß nicht, ob –«

Sie fiel mir ungeduldig ins Wort. »Ihr wollt mein Wissen, oder? Doch erst will ich das Eure. Beschreibt mir die Folgen!«

»Mein Vater und meine Mutter lagen am Boden, wanden sich in Krämpfen. Meine jüngere Schwester war von ihrem

Hocker auf den Tisch gekrochen, strampelte mit Armen und Beinen. Krüge und Schalen fielen herunter, zerbrachen.«

»Genauer!«

»Sie schnappten nach Luft, Schaum quoll aus ihren Mündern. Es dauerte nicht lange, dann rührte sich keiner mehr.«

»Aber sie waren nicht tot.«

»Nein, das stimmt. Aber wie könnt Ihr –«

»Erst Eure Antworten, dann die meinen. Wie also starben sie wirklich?«

Ich holte tief Luft. »Am Tag darauf wurden sie begraben. Ich wachte den ganzen Tag und die ganze Nacht an ihren Gräbern.«

»Wie alt wart Ihr?«

»Acht Jahre.«

»Weiter«, verlangte sie.

»In der Nacht vernahm ich plötzlich Geräusche. Erst glaubte ich, sie kämen aus dem Gebüsch. Ich dachte, man sei gekommen, um mich zurück ins Dorf zu holen. Doch dann begriff ich, dass sie von unten drangen. Direkt aus der Erde.«

»Eure Familie war lebendig begraben worden.«

»Ja. Das Gift hatte nur zu einem Scheintod geführt. Niemand hatte es bemerkt. Ich begann, mit bloßen Händen zu graben. Ich schrie und weinte und stieß schließlich auf den ersten hölzernen Sargdeckel. Es war das Grab meiner Schwester, und von innen hörte ich das Schaben ihrer Fingernägel an den Brettern. Mit einem Stein rammte ich ein Loch in das Holz, sodass sie atmen konnte, dann machte ich mich ans nächste Grab.«

»Doch ihr kamt zu spät.«

»Meine Mutter und mein Vater waren schon tot. Erstickt. Im Todeskampf hatten sie ihre Fingerkuppen an dem groben Holz bis auf die Knochen abgeschabt.«

»Und was geschah mit Eurer Schwester?«

»Auch sie starb, nur wenige Stunden später. Ich lief zurück ins Dorf, und mein Schreien riss die Menschen aus ihrem Schlaf. Männer kehrten mit mir zurück auf den Friedhof und zogen meine Schwester aus dem Grab. Da atmete sie noch. Man trennte mich von ihr und brachte sie in eine Hütte. Kurz darauf überbrachte man mir die Nachricht, dass ihr Geist sich durch das Entsetzen und die Angst verwirrt habe, dass der Tod sie bereits fest im Griff gehabt und sie nun endgültig heimgeholt habe.«

»Und in derselben Nacht ranntet Ihr aus Hameln fort und wolltet niemals wiederkehren.«

Ich nickte schwach. »Man nahm mich am herzoglichen Hofe auf, bemerkte meine Gelehrsamkeit, ermöglichte mir das Studium an der Klosterschule und schlug mich nach meiner Zeit als Knappe zum Ritter.«

»Nun aber seid Ihr zurück.«

Plötzlich war mir, als erwachte ich aus einem furchtbaren Traum. Hatte ich ihr das wirklich alles erzählt? Was war es, das sie mit mir getan hatte? Ein Zauber? Hexerei?

»Wie war der Name Eurer Schwester?«, fragte sie.

»Juliane«, entgegnete ich, noch immer verwirrt.

Und da plötzlich überkam mich die Ahnung. Juliane. Und Julia. *Schwester* Julia!

Nein, unmöglich. Juliane war tot.

»Seid Ihr –?«, fragte ich, doch sie unterbrach mich.

»Mein Name ist nicht Julia und nicht Juliane«, sagte sie mit leisem Spott. »Ich bin Margarete Gruelhot, die Tochter des Bürgermeisters von Hameln, Heinrich Gruelhot.«

Die Dunkelheit begann sich zu drehen, immer schneller und schneller. Mir schwindelte. Ich begriff nichts mehr.

Margarete Gruelhot. Auch von ihr hatte Dante gesprochen.

»Man sagte mir, die Tochter des Bürgermeisters sei gemeinsam mit den Kindern aus der Stadt verschwunden«, sagte ich schwach. Großer Gott, meine Stimme war kaum mehr als ein heiseres Flüstern.

»Und doch bin ich hier«, entgegnete das Mädchen hinter dem Gitter.

»Ist dies der Hinweis, den Ihr mir geben wolltet?«

»Vielleicht.« Lachte sie etwa?

»Woher wusstet Ihr all diese Dinge über meine Kindheit?«

»Habt nicht Ihr selbst sie mir soeben erzählt?«

»Aber Ihr kanntet sie schon.«

»Mag sein.«

Wutentbrannt sprang ich auf und schlug mit der Faust gegen das Gitter. Dabei fiel die Sanduhr zu Boden und zerbrach mit schrillem Klirren. »Ich warne Euch, Schwester Julia oder wer immer Ihr seid. Treibt keine Scherze mit mir.«

»Nichts läge mir ferner, edler Ritter.«

Ehe ich noch etwas sagen konnte, meinte sie sanft: »Ich fürchte, unsere Zeit ist abgelaufen. Ich muss nun gehen.«

»Nein, wartet!«, rief ich. »Wartet noch! Wer seid Ihr wirklich? Margarete Gruelhot? Oder meine Schwester?«

Ihre Stimme war nur ein Hauch. »Ach, mein Ritter ...«

Dann entfernten sich ihre Samtschritte leise vom Gitter.

»Schwester Julia!«, schrie ich. »Schwester Julia!«

Doch die einzige Antwort war das Schweigen der schwarzen Kellergewölbe, der eisige Atem der Stille.

Vor der Kammertür warteten zwei grobe Kerle, Stallburschen der Klarissenschwestern. Ein jeder überragte mich um Haupteslänge. Kein Protest, keine Drohung half. Höflich, aber bestimmt wurde ich zum Tor des Klosters gedrängt.

Zuletzt übermittelten mir die beiden eine Botschaft der Äbtissin: Ich sollte niemals wiederkehren.

Dann ließen sie mich im Regen stehen und verriegelten von innen das Tor.

Ich war erschöpft, meine Verwirrung grenzenlos. Müde und in einem seltsamen geistigen Taumel gefangen, raffte ich den Mantel zusammen und schlug die Kapuze hoch. War Julia Juliane? Oder Margarete? Vielleicht keine von beiden.

Ich war entsetzt, wie leicht sie mir die Ereignisse meiner Kindheit entlockt hatte; entsetzt weniger über sie als über mich selbst. Seit Jahren hatte ich keinem davon erzählt. Warum jetzt diesem fremden Mädchen, einer Nonne im feuchten Keller eines Klosters?

Und woher hatte sie ihr Wissen über mich?

Möglich, dass der Bürgermeister darüber Bescheid wusste. Der Tod meiner Familie lag kaum anderthalb Jahrzehnte zurück, und Geschehnisse wie diese überdauern beim Volk sehr viel längere Zeiten. Falls Julia also in Wahrheit Margarete Gruelhot war, mochte sie durch ihren Vater von mir gehört haben.

Mein erster Weg musste mich demnach zu ihm führen. Ohnehin war es längst an der Zeit, den Stadtoberen einen Besuch abzustatten, und Gruelhot mochte ein guter Anfang sein.

Ich ging auf der Straße, die Nordtor und Marktplatz miteinander verband, nach Süden. Rechts von mir lagen die äußeren Hütten und Ställe des Dorfes, links die Holz- und Steingerippe der Baustellen. Tagelöhner schwirrten in Scharen über die Mauern, einige holten mit Eimern das Wasser aus den Gruben und verfluchten die Sinnlosigkeit ihres Tuns. Ochsenkarren kamen mir auf ihrem Weg zu den Feldern entgegen. Niemand schenkte mir Beachtung. Falls man mich trotzdem erkannte, hieß das wohl, dass die Mordlust des vergangenen Tages vorerst verflogen war. Dies mochte ein Grund zur Erleichterung sein, nicht aber für Leichtsinn. Ich zog mich tiefer in den Schatten der Kapuze zurück, und erstmals kam mir der Regen zugute. Bei diesem Wetter erregte der Mantel kein Aufsehen, denn auch andere verbargen sich unter Hauben und Überwürfen.

Auf dem Marktplatz erinnerte nichts mehr an die Feuerkatastrophe des vorgestrigen Tages. Die Trümmer des Scheiterhaufens waren weggeräumt, Asche und Blut davongespült. Der Kirchturm warf seinen langen Schatten über den Platz, und ihm gegenüber stand die imposante Mysterienbühne, groß wie drei Häuser, und erwartete den Fortgang des Spiels. Auch hier waren einige Arbeiter am Werk; sie seilten sich an den drei Stockwerken der Bühne auf und ab, sägten Wolkenkulissen für den Himmel und hölzerne Flammen für die Hölle. Im Mittelteil, der die Welt der Menschen symbolisierte, hatte man drei Kreuze aufgestellt: ein großes, doppelt mannshohes in der Mitte, zwei kleinere rechts und links davon. Die Kreuzigung Christi rückte näher.

Vor dem Eingang des Rathauses standen zwei Soldaten der Stadtwache und versperrten mir mit gekreuzten Hellebarden den Weg.

»Wohin wollt Ihr, Herr?«, fragte der eine.

Ich nannte ihnen meinen Namen; dabei hatte ich den Eindruck, dass sie ihn längst kannten.

»Dann begehrt Ihr den Bürgermeister zu sprechen«, stellte der zweite Wächter fest.

»So ist es.«

»Tragt Ihr einen Beweis bei Euch, der uns versichert, dass Ihr wirklich ein Ritter des Herzogs seid?«

Aufgebracht straffte ich meine Haltung und sah dem dreisten Kerl offen in die Augen. »Was wagt Ihr?«

»Befehl des Stadtrats«, verteidigte er sich ungerührt. »Wir dürfen nur Bittsteller einlassen, die sich ausweisen können.«

»Bittsteller?«, zischte ich mit schneidender Stimme. Meine Rechte zuckte unter dem Mantel zum Dolch.

Die Bewegung ließ ihn seine Worte bereuen, und er verbesserte sich eiligst: »Ratsuchende, Händler und Botschafter.«

Ich hätte ihn erschlagen mögen, jetzt und auf der Stelle. Ich war sicher, es mit beiden aufnehmen zu können, doch noch behielt ich mich eisern im Griff. Es war eine ungute Vorstellung, dem Bürgermeister über den Leichen seiner Knechte gegenüberzutreten. Ich verfluchte mich für die Leichtfertigkeit, mit der ich das Schreiben des Herzogs beim Graf von Schwalenberg zurückgelassen hatte. Es war der nötige Nachweis, der mir nun fehlte.

»Ihr werdet umgehend den Weg freimachen«, befahl ich grob, »sonst werden Eure Meister von diesem Vorfall erfahren.«

»Aber, teurer Ritter, sie waren es doch, die uns die Order gaben.«

»Etwa die Order, mir, einem Diener des Herzogs von Braunschweig, den Eintritt zu verwehren?« Mein Zorn drohte mich zu übermannen.

»Nur so lange Ihr nicht beweisen könnt, dass Ihr wirklich ein Ritter seid, edler Herr.«

— 96 —

Einige Herzschläge lang schien ein handfester Streit unausweichlich. Dann besann ich mich eines Besseren. Der Herzog sollte in wenigen Tagen eintreffen; was würde er denken, wenn man ihn als Erstes mit der Nachricht überfiele, sein Ritter habe zwei Stadtwachen bei der Ausübung ihrer Pflicht erschlagen?

Wutentbrannt wirbelte ich herum und zog von dannen. Es gab andere Gelegenheiten, mit Gruelhot zu sprechen. Es würde nicht schwer sein, zu erfahren, wo er wohnte, und ihn später vor seinem Haus abzupassen.

Als mein Blick auf die Marktkirche fiel, kam mir ein ungleich klügerer Gedanke. Morgen war Sonntag, und alles, was Rang und Namen hatte, würde sich zur Feiertagsliturgie versammeln. Ein Kirchendiener, der mit dem Scheuern des Tors zugange war, bestätigte mir, dass der Gottesdienst hier und nicht in der Stiftskirche stattfinden würde.

Nicht besänftigt, wohl aber gewiss, dass nichts mich in der Erfüllung meiner Pflichten aufhalten würde, machte ich mich auf den Weg zurück ins Dorf. Dante war mir einige Antworten schuldig, etwa, was es mit Schwester Julia auf sich hatte. Ich wollte ihn bei seiner Rückkehr im Gasthof erwarten und zuvor eine Mahlzeit zu mir nehmen.

Ich betrat die Herberge erneut durch die Hintertür. In der Küche lärmte die Wirtin und rief nach Maria. Obwohl es erst Nachmittag war und Dante fraglos noch durch die Wälder des Kopfelbergs streifte, pochte ich an seiner Tür.

Ich hätte kaum erstaunter sein können, als sogleich geöffnet wurde – und ein Gesicht erschien, das nicht dem Florentiner gehörte.

Ein Mann stand im Türrahmen, schwer wie ein Bär, rotwangig und mit ebensolcher Haarfarbe. Seine Nase schien mir breit wie ein Pferderücken, zu ihren Seiten wölbten sich Tränensäcke wie Satteltaschen. Es war ein Kerl von wahrlich übermenschlichen Maßen, mit einer Trommel von Bauch und muskelbepackten Oberarmen.

»Ja?«, fragte er rau. Seine Stimme war kraftvoll, aber nicht laut.

»Verzeiht«, sagte ich und fasste mich sogleich. »Ich glaubte, in dieser Kammer jemand anderen vorzufinden.«

»Ihr meint den Florentiner?«

»Eben den.«

»Wie ist Euer Name?«, grollte er.

»Robert von Thalstein.«

Er nickte, als habe er dies erwartet, und zog sich mit einem mürrischen Knurren zurück ins Zimmer. »Wartet«, sagte er.

Einen Augenblick später stand er erneut vor mir und hielt mir einen braunen Beutel aus edlem Stoff entgegen, ganz so, wie ich ihn in Dantes Gepäck vermutet hätte. »Für Euch. Euer Freund gab ihn mir vor seiner Abreise.«

»Abreise?«, fragte ich erstaunt und vergaß darüber ganz, den Beutel entgegenzunehmen.

Der Mann fuchtelte daraufhin wild mit dem Ding vor meinem Gesicht, sodass ich eilig danach griff und das schwere Bündel an mich zog.

»Er ist heute Mittag fort«, sagte der Mann. »Und bevor Ihr fragt: Ich weiß nicht wohin. Hab nur seine Kammer übernommen, mehr nicht.«

Dante war fort? Gestern Abend erst hatte er noch davon gesprochen, seine Erkenntnisse gegen die meinen auszutauschen. Und nun war er abgereist. Zweifel stiegen in mir auf, doch ich verwarf sie schleunigst. Wir waren keine engen Freunde gewesen, ich wusste nichts über ihn. In Anbetracht dessen war es nicht weiter verwunderlich, dass er ab-

— 98 —

reiste, ohne Abschied zu nehmen. Wenngleich mich sein Verschwinden, ich muss es gestehen, durchaus bekümmerte.

Vielleicht würde der Inhalt des Beutels Aufschluss über die unerwartete Änderung seiner Pläne geben.

Bevor ich mich jedoch abwandte, um in mein Zimmer zu eilen und das Geheimnis zu lüften, fragte ich noch: »Herr, Ihr wisst nun, wer ich bin. Seid so freundlich und nennt auch Euren Namen.«

Der Mann blinzelte zweifelnd, dann nickte er erneut. »Nikolaus Meister, Bauherr der Mysterienbühne auf dem Marktplatz.« Damit verabschiedete er sich, schloss die Tür und schob den Riegel vor.

Ich verwarf jeden Gedanken an den seltsamen Kerl, sobald ich in meiner Kammer war, Dantes Beutel geöffnet und seinen Inhalt erblickt hatte. Ich mochte kaum glauben, was ich da entdeckte. Mit beiden Händen griff ich hinein – halb erfreut, halb verwundert –, um den Bronzeschädel des Albertus ans Licht zu heben.

Ehrfurchtsvoll hielt ich mir das wertvolle Haupt vors Gesicht und schaute direkt in seine geheimnisvoll schimmernden Augen, als wäre der Schlüssel zu diesem und jedem anderen Rätsel dort nachzulesen. Mit einer Hand hielt ich den Kopf, mit der anderen strich ich bedächtig über die markanten, knöchernen Züge, fuhr die Linien der Wangenknochen und Lippen nach. Plötzlich aber schien mir die Art, wie ich ihn am Hals gepackt hatte, höchst anmaßend, und so stellte ich ihn geschwind auf dem kleinen Holztisch ab.

Ich sah noch einmal in den offenen Beutel und erkannte ohne Erstaunen auf seinem Grund ein gefaltetes Schriftstück, daneben eine schwere Papierrolle. Ich zog beides hervor, vergewisserte mich, dass nichts Weiteres in dem Beutel lag, und schlug als Erstes das gefaltete Schreiben auf; denn um ein solches handelte es sich, verfasst in feiner, kantiger Handschrift.

Verehrter Ritter und Zweifler,
erlaubt mir zu gestehen, dass mir nicht wohl ist beim Verfassen dieses Briefes. Dies liegt nicht an Euch, Gott bewahre. Auch nicht daran, dass ich ungeübt wäre im Umgang mit der Feder, denn ich berichtete Euch ja, dass ich mir so manche Stunde durch bescheidenes Dichten versüße.

Nein, unwohl ist mir aus anderem Grunde.

Ihr müsst wissen, dass ich am heutigen Mittag Besuch empfing, ungeladenen Besuch. Zwei Männer, die sich nicht vorstellten, nach Sprache und Auftritt aber keineswegs zu den Ärmsten Hamelns gehörten, befragten mich nach dem Anlass meines Hierseins. Ich gab ihnen ehrliche Auskunft, denn zweifellos wussten sie die Antwort lange vorher – warum sonst wären sie zu mir gekommen? Ich berichtete ihnen also, wie mir im fernen Florenz die Gerüchte über den Rattenfänger zu Ohren gekommen waren und ich ohne Zögern aufgebrochen war, um seiner Spur hinab in die Hölle zu folgen. Ihr, edler Ritter, vermögt Euch aus eigener Erfahrung vorzustellen, mit welchen Blicken die beiden mich bedachten. Nun, was auch immer sie über mich und mein Anliegen denken mochten, alles in allem schien ihnen meine Anwesenheit in der Stadt wenig zu behagen, denn sie legten mir nahe, Hameln umgehend zu verlassen. Es sei schwer, so sagten sie, in diesen Tagen die Sicherheit Reisender zu gewährleisten, und man wisse nie, welche Schurken in Durchgängen und Höfen auf einen lauern mögen. Daher hielten sie es für besser, wenn ich noch in derselben Stunde aufbräche, denn nur so sei gesichert, dass ich an Leib und Seele keinen Schaden nähme.

Nun frage ich Euch, edler Ritter, was soll man von solchen Sitten halten?

Freilich bin ich nicht dumm genug, die Warnung zu verpönen. Oh, ich bin ganz sicher, dass mich, würde ich länger in Hameln bleiben, schon in nuce ein Dolch aus dem Hinterhalt treffen würde. Ihr wisst, die Schatten sind in dieser Stadt dunkel und tief, und in jedem mag sich ein gedungener Mörder verbergen. Ich bin nur ein Student, liebe das Leben (und, nebenbei bemerkt, die Frauen) und mag mich mit einem frühen Ableben keineswegs abfinden. Ihr wisst, dass ich noch einiges vorhabe und meinen Abstieg in die Gefilde des Leibhaftigen nicht durch eine Klinge im Rücken, sondern lieber in aller Gemütlichkeit, vielleicht auf dem Rücken eines Pferdes, antreten möchte. Gestattet also, dass ich mich früher als erwartet und ohne den Euch gebührenden Abschied aus Hameln zurückziehe.

Dies nur, um Euch meine Beweggründe klarzumachen – und um Euch zu warnen! Zweifellos wird man an Euch nicht mit einer ähnlich plumpen Drohung herantreten. Immerhin seid Ihr ein Ritter des Herzogs und kein reisender Studiosus. Trotzdem glaube ich fest daran, dass man auch jeden Eurer Schritte beobachtet. Ich bin sicher: Solltet Ihr dem Geheimnis Hamelns zu nahe kommen, wird man versuchen, Euch loszuwerden. Und beinahe hege ich die Befürchtung, dass man in Eurem Falle auf eine vorherige Warnung verzichten wird. Eine Klinge im Dunkeln, ein Gift im Wein – das werden die Mittel sein, mit denen man sich Eurer entledigt. Gebt also Acht, wohin Euer Weg Euch führt, und vor allem, wem Ihr vertraut.

*Doch wer bin ich schon, dies einem wie Euch zu raten.
Immerhin seid Ihr der Ritter, nicht ich.*

*Neben dieser Warnung überlasse ich Euch den Schädel
des Albertus. Um ehrlich zu sein, er war mir nie sonderlich
geheuer. Man beginnt, in ihm ein lebendiges Wesen zu sehen. Zudem glaube ich, dass Ihr bei Eurer Mission einen
treuen Gefährten besser gebrauchen könnt als ich auf meiner Rückreise. Nehmt den Schädel also als Geschenk – möge
er Euch alles Glück bringen, dessen Ihr bedürft.*

*Und, gepriesen sei meine elende Großherzigkeit, ein wei-
teres Geschenk will ich Euch machen. Mit Brief und Schädel erhaltet Ihr einige gerollte Blätter. Dabei handelt es sich
um Abschriften frommer Reiseberichte. Ihr könnt Euch
denken, wohin diese Reisen führten, nicht wahr? Nun, Ihr
müsst wissen, dass ich auf meinen eigenen Wegen stets solche
Abschriften bei mir führe, dienen sie mir doch als Inspira-
tion und geistiger Antrieb. Da ich diese Texte in Florenz
gleich in mehrfacher Ausführung besitze, bereitet es mir
keinen Verlust, Euch diese hier zu überlassen. Lest sie – und
lernt daraus! Es handelt sich um die Predigten des Julian
von Vezelay, außerdem um die Niederschriften des Alberich von Settefrati, des Tungdal, Roger von Wendover und
weiterer gelehrter Geister. Zudem finden sich in der Rolle
einige Auszüge aus dem Werk des Thomas von Aquin be-
treffs seiner Ansichten der Hölle. Und zuletzt, denn ohne
sie wäre diese kleine Sammlung unvollständig, liegen auch
einige Zeichnungen bei, die ich während der vergangenen
beiden Jahre von Fresken, Figuren und Reliefen an gewissen Kathedralen anfertigte. Sie illustrieren die Schriften
aufs trefflichste.*

*Sicherlich seid Ihr meines Gefasels schon überdrüssig
(wenngleich ich mir die allergrößte Mühe gebe, Eure Spra-*

che ohne Fehler zu benutzen). Dabei fällt mir ein: Die beiliegenden Abschriften sind naturgemäß in lateinischer Sprache verfasst. Da Ihr eine Hohe Schule besuchet und zudem eine Tonsur tragt, vertraue ich darauf, dass Ihr des Lateinischen mächtig seid.

Auf die Gefahr hin, Eure Aufmerksamkeit mit jedem weiteren Wort zu verlieren, muss ich Euch trotzdem bitten, diesen Brief bis zum Ende zu lesen. Denn was nun folgt, könnte ein wichtiger Hinweis für Eure weiteren Nachforschungen sein.

Wie Ihr wisst, durchstreifte ich während meiner vier Tage in Hameln die tiefen, schwer zugänglichen Wälder auf und jenseits des Kopfelberges. Es gibt dort manch finsteren Tannengrund und viele verborgene Schluchten, verwunschene Haine, in denen es spuken mag oder auch nicht, außerdem zahllose Öffnungen im Gestein, die sich unter der Erde zu Höhlen ausweiten und deren Verlauf ich nicht bis zum Ende hätte folgen können, ohne meinen gesamten Hausstand hierher zu verlegen, so lang und ausgedehnt sind diese gewachsenen Grüfte. Mag sein, dass ich hier, mit sehr viel mehr Zeit und Geduld, gefunden hätte, wonach ich suchte – wenngleich ich es allmählich bezweifle. Müsste ein Ort wie die Hölle nicht eine gewisse Aura verbreiten, ein Gefühl des spürbar Bösen und Verdammten? Nun, obwohl ich das eine oder andere Mal durchaus Angst in der Schwärze jener Wälder und Kavernen verspürte, so bemerkte ich doch nie etwas derartig Schlechtes oder wahrhaft Höllisches, wie man es nahe den feurigen Klüften vermuten sollte.

Kurzum: Den Teufel fand ich nicht, wohl aber jemanden anderes. Denn in den Wäldern auf der anderen Seite des Berges haust ein alter Einsiedler, ein höchst wunderlicher Mensch. Er sagt von sich selbst, er sei ein Nigromant, ein christlicher Geistlicher also, der sich auf die Anwendung von Magie und Zauberei versteht. Den Beweis dafür blieb er mir schuldig, doch werde ich die seltsame Ahnung nicht los, dass er mehr über die verschwundenen Kinder weiß, als manch anderer in der Stadt.

Wie ich zu dieser Ansicht gelangte? Nun, Ihr sollt wissen, dass ich in einem dunklen Tannenhain, unweit der Höhle des Nigromanten, eine große Anzahl merkwürdiger Pflanzen entdeckte. Dem Wuchs nach handelte es sich zweifelsfrei um seltene Alraunen, Gewächse, deren Wurzeln die Form winziger Menschen haben. Es heißt, ihnen wohnen magische Kräfte inne. Ich zählte sie, und siehe da, es waren genau einhundertdreißig – eine für jedes verschwundene Kind!

Der Weg zur Höhle des Einsiedlers ist nicht ohne Tücken, und ich vermag nicht, ihn Euch wiederzugeben, denn ich stieß selbst nur darauf, als ich mich dorthin verirrte. Ihr werdet also suchen müssen, wobei ich nicht weiß, ob Euch am Ende ein Erfolg beschieden ist (mir selbst verriet der Alte nichts). Dennoch glaube ich, dass Ihr es versuchen solltet. Es könnte die Mühe wert sein.

Ich selbst werde mich nun auf die Reise begeben – leider nicht an mein erhofftes Ziel, stattdessen zurück in die Heimat. Zurück nach Florenz, in die Stadt der hohen, fensterlosen Türme, wo jeder vor jedem auf der Hut sein muss. Ein wenig vermisse ich trotz alledem den Battistero San Giovanni, den prächtigen Palazzo Vecchio, den Bargello und das Or San Michele. Besucht mich, wenn Ihr mögt, und Ihr werdet verstehen, was ich meine. Fragt in den Gassen nach Dante Alighieri.

Erlaubt mir, Euch in Gedanken zu umarmen.

In aller Freundschaft und Liebe

Dante da Alighiero di Bellincione d'Alighiero

Man vermag sich vorzustellen, in welche Wallung der Gefühle und Gedanken mich diese Zeilen stürzten. Die unerhörte Drohung, mit der man den Freund aus Hameln vertrieben hatte, vermochte mich nicht weniger zu erschüttern als seine Entdeckung auf dem Kopfelberg.

Hundertdreißig Alraunen, für jedes Kind eine.

Ich las den Brief ein zweites, dann ein drittes Mal. Danach erst öffnete ich die Papierrolle und warf einen kurzen Blick auf die lateinischen Schriften. Ich würde sie später lesen und die Zeichnungen, etwa ein Dutzend, genauer betrachten.

Nachdenklich legte ich die Papiere beiseite und streckte mich auf dem Bett aus.

Als ich den Blick zur Seite drehte, sah ich direkt ins Gesicht des Bronzeschädels.

War da ein Funkeln in seinen metallenen Augen?

»Sag du mir, was ich denken soll«, flüsterte ich leise.

Doch der Kopf gab keine Antwort.

Hunderte Kerzen warfen ihren zuckenden Schein über die Kirchenwände. Die Spiegelungen ihrer Flammen tanzten als schillernde Funken über hohe Spitzbogenfenster. Welch ein Lichterspiel sie schufen, welch ein Funkeln und Blitzen, Flackern, Lodern und Gleißen, welch Flirren, Glühen und Leuchten – ein eigenes Firmament aus zahllosen Sternen, mal hell und strahlend, mal zitternd und vergänglich. Tagsüber mochte dies prachtvolle Schauspiel einem anderen weichen: Sonnenlicht, das in farbigen Kaskaden durch die Fenster floss, Säulen aus flitternden Staubkörnern, die sich neben jene aus Stein gesellten. Jetzt aber herrschte draußen Dunkelheit; nicht die Regenfinsternis der Hamelner Tage, sondern die pure, makellose Schwärze der Nacht.

Es war kurz vor Mitternacht, und das Gotteshaus füllte sich mit Dutzenden von Menschen, Armen wie Reichen, Jungen und Alten. Allein Kinder waren nirgends zu sehen.

Ich war bereits eine ganze Weile zuvor eingetroffen und hatte von dem alten, krummbeinigen Kirchendiener die Sitzplätze der wichtigsten Stadtoberen erfahren. Und nun, da sich allmählich auch die letzten freien Sitze auf den harten Eichenbänken füllten, sah ich von meinem Platz aus die mächtigsten Männer Hamelns aufmarschieren wie Darsteller einer griechischen Tragödie.

Da war allen voran Graf Ludwig von Everstein, Vogt des Hamelner Kirchenstifts und Statthalter des Mindener Bischofs. Er saß mit seinem Gefolge aus Stiftsherren in der ersten Reihe, ein großer, hagerer Mann mit hellgrauen Augen wie Eiskristalle. Er trug prächtige Kleidung, farbenfroh und besetzt mit allerlei Stickereien und Broschen, was die Farblosigkeit seiner Haut und den eisigen Blick noch stärker hervortreten ließ. Er vermittelte wenig vom Eindruck kirchlicher Demut, vielmehr war sein Auftritt der eines überheblichen Edelmanns, dem Willkür und Grausamkeit voraneilten wie die Vögel einem Orkan.

Anders als der Vogt war sein Stellvertreter Gunthar von Wetterau, der Probst und Vorsteher des Stifts, von erstaunlicher Jugend. Er schien mir allerhöchstens zehn Jahre älter zu sein als ich selbst, zweiunddreißig demnach. Auch er trug teure Stoffe, allerdings ohne die verspielten Ornamente und Verzierungen, wie sie dem Grafen von Everstein zu zweifelhafter Zierde gereichten. Gunthar von Wetterau musste die Stufen der kirchlichen Hierarchie im Sturm genommen haben, und wahrlich erschien er mir mit seiner schlanken, kraftvollen Gestalt und den entschlossenen Zügen eher wie ein Kämpfer denn wie ein Mann des christlichen Glaubens. So wie ihn hatte ich mir an langen Winterabenden voller Geschichten am Feuer die tapferen Recken vorgestellt, die dereinst gen Osten zogen, um die Heiligen Stätten von der arabischen Heidenpest zu säubern. War Ludwig von Everstein der Mann, der die politischen Geschicke des Kirchenstifts – und damit wohl ganz Hamelns – bestimmte, so oblag es Gunthar von Wetterau als Probst, diese Entscheidungen in die Tat umzusetzen.

Dem dritten Mann dieses Dreigestirns war somit allein die geistliche Leitung des Stifts unterstellt: Johann von Lüde, der Dechant, kümmerte sich allein um die vergleichsweise geringen Anliegen einzelner Gläubiger, um die Vorbereitung von Messen und alltäglichen Entscheidungen. Seiner farblosen Stellung entsprach auch sein Äußeres. Grauhaarig, blass und ohne ersichtliche Charakterzüge, blieb er an körperlicher Ausstrahlung weit hinter Graf von Everstein und Gunthar von Wetterau zurück. Alle drei trugen Tonsuren am Hinterkopf.

Der vierte wichtige Mann, den ich im Gottesdienst zu treffen gehofft hatte, war der Bürgermeister von Hameln, Heinrich Gruelhot. Mit seiner Familie – einer erstaunlich schönen Frau und zwei kleinen Töchtern – saß er in der zweiten Reihe. Er mochte auf sein fünfzigstes Jahr zugehen und hatte während seiner zweijährigen Amtszeit einiges an Gewicht zugesetzt. Sein Haar war feuerrot, jedoch so dicht wie das eines Knaben und von loderndem Glanz, um den ihn wohl manche Frau beneiden mochte. Ein spitzer Bart zierte sein Kinn, glutrot wie eine erstarrte Kerzenflamme.

Gruelhots Gattin war deutlich jünger als er selbst, vielleicht dreißig. Falls Schwester Julia wirklich die Tochter des Bürgermeisters war, so konnte diese Frau schwerlich ihre leibliche Mutter sein. Dazu war sie schlichtweg zu jung.

Nachdem alle Besucher Platz genommen hatten, versank die Gemeinde in stillem Gebet. Mit gefalteten Händen und gesenkten Köpfen blickten sie hinab in ihre Schöße, als sei dort der Schlüssel zum Heil verborgen (und sicherlich waren nicht wenige unter den Versammelten, die im Geheimen tatsächlich dieser Ansicht waren).

Da öffneten sich plötzlich, unter dem Klang schwerer Glocken, die Türen neben dem Altar. Der Presbyter trat in die Halle, ein Rauchfass schwingend, und mit ihm legte sich der Geruch von Weihrauch und Thymian über die Betenden. Ein Diakon folgte ihm mit einer brennenden Kerze und deklamierte die Worte des Schöpfungsaktes, als Gott sprach: »Es werde Licht!« Die Gemeinde verfiel in den Gesang des 104. Psalms, während die Priester aufs Erste in ihr Heiligtum zurückkehrten und die Türen hinter sich schlossen.

Gemäß dem Ablauf der Sonntagsliturgie wiederholte sich dieser Vorgang mit gleichem Hergang und anderen Gesängen noch einmal, dann blieben die Priester für Stunden verschwunden. Die Gemeinde sang derweil eine Vielzahl von Buß- und Klageliedern und bat mit wiederholtem »Kyrie eleison!« den Schöpfer um Erbarmen.

Immer wieder sah ich während der Gebete auf und beobachtete die Stiftsherren und den Bürgermeister. Sie alle schienen in Reue versunken, nicht einer sprach ein Wort mit dem anderen, keiner blickte öfter auf als nötig oder unterbrach gar seine frommen Pflichten. Während nicht wenige der übrigen Anwesenden zeitweilig in Schlaf verfielen, wussten die hohen Würdenträger genau, was ihnen ihr Stand abverlangte.

Im Morgengrauen, als die Kerzen niederbrannten und von flinken Kirchendienern erneuert wurden, ertönte aus dem Heiligtum der Priester ein gedämpftes »Ehre sei Gott in der Höhe«. Sogleich verstummten die Gläubigen in ihren Gebeten, die Geistlichen traten unter lobsingenden Chören hinter den Altar, und ein Priester begann die Predigt.

Alle lauschten gebannt seinen Worten, ich aber hatte anderes im Sinn. Während meiner Ritterweihe hatte ich an zahlreichen Sonntagsliturgien teilgenommen, und stets hatte mich diese Pflicht mit Freude erfüllt. Jetzt aber schien mir jede Stunde verschenkt, denn die Ankunft des Herzogs rückte unaufhaltsam näher. Es galt, endlich Ergebnisse zu erzielen und die Nachforschungen einem Abschluss entgegenzutreiben.

Ungeduldig und von Müdigkeit ergriffen, sah ich zu, wie die Priester die Opfergaben der Gläubigen einsammelten. Wein und Brot wurden dargereicht und das Abendmahl vollzogen. Als draußen die unsichtbare Sonne über der Wolkendecke ihre Mittagshöhe erreichte, fand der Gottesdienst endlich ein Ende. Nach zwölf Stunden frommer Versprechen, bereuter Sünden und froher Unterwerfung erhoben sich die Gläubigen, streckten ihre verkrampften Glieder und strömten aus dem düsteren Gotteshaus in das noch dunklere Grau eines neuerlichen Regentages.

Vor der Kirche zerstreute sich die Menge in aller Eile, und da man Stiftsherren und Stadtrat den Vortritt gewährte, kam ich um einiges später als jene hinaus auf den Marktplatz. Eben noch sah ich, wie Gruelhot und seine Familie auf einen Pferdewagen stiegen und davonfuhren. Zornig

— 109 —

blickte ich mich um, ob noch einer der Stiftsherren zugegen war, doch auch die Kutschen des Vogts und des Dechanten preschten durch eine Schneise zwischen den Menschen davon.

Im selben Augenblick legte sich von hinten eine Hand auf meine Schulter. Als ich herumfuhr, meine Finger unter dem Kapuzenmantel schon am Dolch, blickte ich in das Gesicht Gunthar von Wetteraus. Der Probst verbeugte sich höflich.

»Verzeiht, edler Ritter, wenn ich Euch erschreckte«, sagte er. »Seid versichert, dass dies keineswegs in meiner Absicht lag.«

Ich nickte unwirsch und wollte etwas entgegnen, doch er kam mir zuvor und nannte seinen Namen. »Wenn meine Beobachtung richtig war, wolltet Ihr mit dem Bürgermeister sprechen, nicht wahr? Nun, wenn Ihr statt seiner mit mir vorlieb nehmen wollt, mögt Ihr mich gern in mein Haus begleiten.«

Die wenigen Menschen, die noch vor dem offenen Kirchentor standen, schenkten uns keine Beachtung. So bestand keine Gefahr, mich zu erkennen zu geben.

»Habt Dank«, erwiderte ich salbungsvoll. »Gerne nehme ich Euer Angebot an, edler Probst.«

Von Wetterau lächelte. »Nennt mich nicht edel, ich bitte Euch.«

Ich erwiderte das Lächeln und folgte ihm dann zu seinem Gespann. Nachdem wir Platz genommen hatten und der Kutscher den Pferden die Peitsche gab, fragte ich: »Woher wusstet Ihr, dass ich es war?«

»Oh, Ihr meint, wegen der Kapuze?« Er lachte, was meine Laune erheblich drückte. »Verzeiht noch einmal, aber ich muss Euch leider sagen, dass ein jeder in Hameln Euch kennt. Euer … nennen wir es Zusammenstoß mit den Tagelöhnern hat sich herumgesprochen, und der Vogt hat jede Feindseligkeit Euch gegenüber strengstens verboten. Es gibt demnach längst keinen Grund mehr, Euch unter einem Umhang zu verbergen.«

Seine Worte ließen mich dastehen wie ein dummes Kind, und ich spürte in der Tat, wie mir die Röte ins Gesicht schoss; ich hoffte inständig, dass von Wetterau es im Zwielicht nicht bemerken würde. Aber so sehr mich seine Worte auch demütigten, so wenig Schuld daran traf doch den Probst. Alle Schande hatte ich mir selbst zuzuschreiben. Hatte ich wirklich geglaubt, mich vor einer ganzen Stadt unter einem Stück Stoff verstecken zu können?

»Seid nicht gekränkt«, bat er, und es klang ehrlich. »Ich hätte in Eurer Lage genauso gehandelt.«

Das gab mir die sehnlichst erhoffte Gelegenheit, das Gespräch von mir selbst auf ihn zu lenken. Anders als in der Kirche konnte ich seine Züge nun aus der Nähe betrachten, und sie gaben mir einige Fragen auf. Vom Haaransatz bis hinab zum rechten Unterkiefer zog sich eine lange Narbe schräg durch sein Gesicht. Mehr noch als zuvor erschien er mir nun wie ein Mann des Schwertes, nicht wie einer, der den Kampf mit dem Kreuz und Gottes Worten führt.

»Wie lange seit Ihr schon als Probst in der Stadt?«, fragte ich.

Er schien nicht überrascht. »Vor vier Jahren erhielt ich die Würde dieses Amtes. Zuvor war ich ein Ritter wie Ihr. Aber das ahntet Ihr doch längst, nicht wahr?«

Ich nickte verhalten.

Bevor er weitersprechen konnte, kam die Kutsche mit einem Ruck zum Stehen. Wir stiegen aus, und ich bemerkte, dass wir uns wie erwartet im Stiftsbezirk am Südrand der

Stadt befanden. Vor uns wuchs die sandfarbene Stiftskirche Sankt Bonifatius in die Höhe, eine mächtige Anlage aus Kreuzbasilika mit aufgesetztem, achteckigem Turm und einem Langhaus an der Westseite.

Das Wohnhaus des Probstes lag gegenüber der Kirche im Norden des kleinen Platzes, welcher das Gotteshaus umgab. Es war zweigeschossig, natürlich aus Stein erbaut, ansonsten jedoch eher unauffällig, sah man von dem Wappen derer von Wetterau ab, das über dem Eingang prangte. Gleich daneben hatte man, wohl um die Familienehre nicht über jene des Herrn zu stellen, ein eisernes Kruzifix angebracht. Das Wappen zeigte gleichfalls ein Kreuz, um das sich von hinten die Schwingen eines Adlers legten.

Rechts und links des Gebäudes reihten sich lückenlos weitere Häuser aneinander, die den Platz im Norden und Osten einfassten, während er im Süden an die Stadtmauer und im Westen an die Uferstraße grenzte. Hier wohnten die übrigen Würdenträger des Stifts, ebenso Mönche, Bedienstete und Wachleute. Auch der Vogt musste in einem der Häuser leben, wenngleich von hier aus nicht zu erkennen war, in welchem.

Ein Diener von Wetteraus öffnete die Tür und ließ uns ein. Ähnlich wie das Haus des Grafen von Schwalenberg war auch dieser Bau auf ebener Erde in mehrere Kammern unterteilt. Das Obergeschoss hingegen wurde von einer einzigen großen Halle beherrscht. Hierher führte mich der Probst und bat mich, auf einem Stuhl mit hoher Lehne Platz zu nehmen. Der Diener entfachte das Kaminfeuer, und von Wetterau gab Anweisung, Speisen und Getränke aufzutragen.

Schon beim Eintreten waren mir die unzähligen Gegenstände aufgefallen, die sich an allen vier Wänden der Halle

— 112 —

drängten. Jetzt erst kam ich dazu, sie näher zu betrachten – und was ich sah, das raubte mir den Atem.

Auf Brettern, die man waagerecht an den Mauern angebracht hatte, standen Schädel. Menschliche Schädel.

Nun muss ich erwähnen, dass es nicht allein Köpfe waren, die ich dort entdeckte (tatsächlich war ihre Anzahl im Vergleich zu den übrigen Gegenständen eher gering), doch waren sie es, die mir als Erstes ins Auge stachen, und ihr Anblick ist mir bis heute am nachhaltigsten in Erinnerung geblieben.

Etwa ein halbes Dutzend Totenschädel glotzte mir mit leeren Augenhöhlen entgegen, gelblich verfärbte Knochenkugeln, davon mindestens zwei, deren Schädel kantige Löcher aufwiesen, als habe man sie eingeschlagen. Als ich meinen Blick ein wenig hob, erkannte ich, dass von den Balken des mächtigen Dachstuhls weitere Totenaugen auf uns niederstarrten.

Ich sprang vom Stuhl und trat eilig einen Schritt in die Richtung der Treppe, als könne ich dadurch dem grauenvollen Anblick entgehen.

Von Wetterau lachte erneut, doch es war nicht das dämonische Lachen eines Mörders, das man hätte erwarten mögen. Stattdessen klang es fröhlich und ausgelassen, beinahe ein wenig schadenfroh.

»Ich fürchte, ich habe Euch erneut erschreckt«, sagte er. »Doch habt keine Befürchtungen. Diese Schädel sind sehr viel älter als wir beide, und keiner von ihnen verlor sein Leben durch meine Hand.«

»Woher habt Ihr sie?«, fragte ich, nun wieder gefasster.

»Einige von ihnen stammen aus dem gefallenen Konstantinopel, die übrigen aus anderen Orten des Orients. Sie alle gehörten einst heiligen Männern, die ihr Leben allein zu

— 113 —

Ehren Gottes lebten. Die Schädel sind christliche Reliquien, nichts weiter. Ebenso wie alles andere, das Ihr hier seht.«

Nun betrachtete ich auch die übrigen Gegenstände, und auf den ersten Blick erschienen sie mir zum größten Teil wie Abfall. Da gab es Äste und lange Holzspäne, einen rostigen Dolch, mehrere Stofffetzen, die einst Kutten gewesen sein mochten; ich sah Haarbüschel und kleine weiße Steine, die sich bei genauerem Hinsehen als Fingerknochen entpuppten; ein schweres Buch lag da, zweifellos eine Heilige Schrift, auf deren ledernem Deckel braune Blutspritzer klebten; gleich daneben stand ein Helm mit kreuzförmigen Gesichtsschlitzen, ein Paar eiserner Handschuhe, ein verbogenes Kreuz, ein zerbrochener Wanderstab, lederne Sandalen, einige bis zur Unkenntlichkeit vergilbte Schriftstücke; hinzu kamen kleine und große Tonschalen, die meisten durch Deckel verschlossen, einige wenige geöffnet. In einer entdeckte ich drei menschliche Zähne, in einer anderen einen bräunlichen Fingernagel.

»Alles Überreste von Heiligen«, sagte der Probst noch einmal und nahm in einem der hohen Stühle Platz.

»Dann wart Ihr selbst im Heiligen Land?«, fragte ich beeindruckt.

Von Wetterau schüttelte bedauernd den Kopf. »Nicht wirklich, leider. Ich war dabei, als Ludwig IX. vor vierzehn Jahren zu seinem zweiten Kreuzzug aufbrach, doch unser Weg endete bereits, als wir in Tunis von Bord gingen. Ein Großteil meiner Gefährten wurde von einer Seuche dahingerafft, der schließlich auch Ludwig selbst zum Opfer fiel. Wir übrigen stachen mit wenigen Schiffen in See und fuhren zurück in die Heimat. Ein wahrlich beschämendes Kapitel der Christengeschichte.«

»Zumindest bliebt Ihr am Leben.«

Von Wetteraus Narbengesicht verzog sich zu einer Grimasse. »Ich habe stets für die Ehre meines Schöpfers gekämpft, doch die letzte Gnade verwehrte er mir: die Zinnen Jerusalems zu stürmen und die Heidenbrut aus den Augen Gottes zu tilgen. Dafür hätte es gelohnt, ein freudloses Leben auf Erden zu opfern, denn was ist dies schon im Vergleich zur Glückseligkeit im Reich des Herrn?«

»In der Tat«, pflichtete ich bei.

»Mit Hilfe des Vermögens meiner Familie beschloss ich, so viele Reliquien wie nur möglich in meinen Besitz zu bringen«, fuhr der Probst fort, »denn durch ihre Bewahrung will ich Gottes Ehre mehren und um gnädigste Verzeihung flehen.«

»Verzeihung?«, fragte ich.

»Für mein Versagen an den Gestaden des Orients. Für meine Flucht vor der Seuche, die der Herr nicht grundlos über uns brachte.«

»Vielleicht war es sein Wille, dass Euer Feldzug dort endete.«

Erstmals bemerkte ich verhaltene Wut in von Wetteraus Blick. »Wie kann es sein Wille sein, die Heiligen Stätten in den Händen der Ungläubigen zu belassen? Wie kann er wünschen, dass tapfere Ritter tatenlos umkehren?«

Der Diener kam die Treppe herauf. »Eminenz, das Essen«, meldete er.

Von Wetterau nickte gefällig, worauf der Diener und eine Magd Schüsseln und Krüge auf einer langen Tafel abstellten. Das polierte Holz der Tischplatte beschlug, wo die heißen Schalen es berührten. Der herrliche Geruch von Gebratenem wogte herüber, und in den Krügen funkelte der Wein.

— 115 —

»Ihr erweist mir doch die Ehre?«, fragte der Probst.

»Habt Dank«, erwiderte ich und nickte erfreut.

An den gegenüberliegenden Enden der Tafel nahmen wir Platz. Zwischen uns häuften sich Kostbarkeiten vom Schwein und vom Rind, vielerlei Gemüse, Obst und Brot. Außer dem Bier stand für jeden ein randvoller Weinkrug bereit.

Von Wetterau prostete mir zu, und auch ich hob den Krug, als mir plötzlich Dantes Worte ins Gedächtnis schnitten, siedend heiß wie ein glühendes Schwert:

Eine Klinge im Dunklen, ein Gift im Wein – das werden die Mittel sein, mit denen man sich Eurer entledigt.

Und sogleich verging mir jeder Appetit.

Von Wetterau bemerkte mein Zögern. »Stimmt etwas nicht?«, fragte er.

War das echte Besorgnis, die aus seiner Stimme sprach? Oder heuchelte er, um mich zum Trinken zu bewegen?

Ich warf einen unauffälligen Blick in den Krug in meiner Hand. Der Wein erstrahlte in herrlichem Rot, wie frisches, glitzerndes Blut. Fast schien es mir wie ein Omen, ein böses Zeichen, um mich vor dem Schlimmsten zu bewahren.

»Werter Ritter, wie ist Euch?«, fragte von Wetterau noch einmal.

Meine Kehle war wie zugeschnürt. Der schreckliche Verdacht betäubte mir Stimme und Verstand, als zeige das Gift schon Wirkung, bevor ich es überhaupt zu mir genommen hatte. Mir war, als bliebe die Zeit stehen. Mein Denken überschlug sich, kein klarer Gedanke entspross dieser Wirrnis.

»Es ist ... nichts«, presste ich schließlich hervor.

»Nun denn, so lasst uns trinken«, sagte der Probst scheinbar unbefangen, doch der Zweifel in seinen Blicken blieb. Er setzte seinen Krug an die Lippen und nahm einen tiefen Zug. Dabei musterten mich seine Augen misstrauisch über den Rand hinweg.

Mir blieben nur wenige Herzschläge zum Handeln – und so traf ich eine Entscheidung.

Ich hob den Krug vollends und nahm einen langen, verzweifelten Schluck. Der Wein sprudelte in meinen Mund, eiskalt die Kehle hinab, tief hinein in mein Innerstes.

Einen Augenblick lang packte mich ein kräftiger Schwindel. Mir war, als verschleierte sich mein Blick, als dehne sich die Tafel mit einem Schlag in die Länge, als entferne sich von Wetterau von mir, ohne sich selbst zu bewegen.

Dann war es vorbei. Alles war wieder wie zuvor.

Der Probst lächelte unsicher. »Zu stark?«, fragte er.

Ich stellte den Krug ab, schüttelte den Kopf. »Nein«, erwiderte ich langsam, »köstlich.«

Von Wetteraus Misstrauen war wie weggeblasen. Nachdem er einen Bissen von einer Hasenkeule genommen hatte, sagte er kauend: »Aber mein Essen und mein Wein sind nicht die eigentlichen Gründe, weshalb Ihr mich sprechen wolltet, nicht wahr?«

»In der Tat«, entgegnete ich gefasst und nahm mir gleichfalls eine Keule. »Ich bin im Auftrag des Herzogs in Hameln.«

Der Probst lachte unvermittelt auf. »Dann habt Ihr sicherlich bereits seinen Statthalter getroffen, den Grafen von Schwalenberg.«

»Allerdings.«

»Wie ist Euer Eindruck?«

»Das klingt, als wolltet Ihr die Antwort vorwegnehmen.«

Von Wetterau wischte sich mit dem Handrücken Fett von den Lippen. »Ich verstehe. Ihr seid ein Ehrenmann und mögt nicht schlecht über einen Getreuen Eures Herrn sprechen. Sehr löblich! Doch verzeiht, wenn ich selbst meine Zunge weniger im Zaum halte.«

Ich nickte ihm auffordernd zu.

»Schwalenberg ist ein alter Wirrkopf«, fuhr der Probst fort. »Habt Ihr die Malereien auf seiner Hauswand bemerkt? Und das merkwürdige Fluggerät auf seinem Turm? Es ist nicht das erste dieser Art, müsst Ihr wissen. Mit zwei weiteren erlitt er bereits böse Stürze.« Bei diesen Worten konnte von Wetterau nicht mehr länger an sich halten und lachte schallend. »Einmal brach er sich ein Bein, beim zweiten Versuch kam er mit kleineren Blessuren davon. Zweifelsohne wird er sich eines Tages in den Tod stürzen.«

Ich dachte bei mir, dass dies vielleicht das Beste wäre. »Er sagte, er werde in Hameln gefangen gehalten«, wandte ich vorsichtig ein.

Von Wetteraus Gelächter verstummte, schlagartig verfinsterte sich seine Miene. »Welch ein Unsinn! Wer sollte ihn davon abhalten, von hier fortzugehen? Ich will ehrlich mit Euch sein: Niemand in Hameln legt großen Wert auf seine Anwesenheit. Wenn er die Stadt verlassen will – bitte, dann soll er gehen, lieber heute als morgen.«

Ich nickte vorsichtig, zog es aber vor, nichts darauf zu erwidern.

Von Wetterau griff nach einer weiteren Keule. »Doch zurück zu Eurer Mission. Ihr seid in Hameln wegen der Kinder?«

»So ist es.« Ich war überrascht, dass er von sich aus darauf zu sprechen kam.

— 118 —

Er spuckte das Fleisch, auf dem er eben noch gekaut hatte, in eine Schale und legte die Keule ab. »Hundertdreißig Jungen und Mädchen, von keinem gibt es eine Spur. Ich selbst habe die Nachforschungen geleitet, doch nach zwei Wochen gaben wir auf. Niemand konnte uns sagen, was tatsächlich geschehen war. Sie verschwanden über Nacht aus den Häusern ihrer Eltern und wurden nie mehr gesehen.«

»Mehr konntet Ihr nicht erfahren?«

Von Wetterau schüttelte den Kopf. »Nichts von Bedeutung. Manche behaupten, sie hätten in der Nacht leises Flötenspiel gehört.«

»Der Rattenfänger«, sagte ich leise.

»Ein Gerücht, nicht mehr. Es gab vor einigen Monaten einen Rattenfänger hier in Hameln. Mit seiner Flöte versuchte er, die Rudel aus der Stadt zu locken, doch sicher habt Ihr selbst bemerkt, dass ihm kein Erfolg beschieden war. Man blieb ihm daher den Lohn schuldig, und er zog fluchend von dannen. Seither hat man ihn nicht mehr in dieser Gegend gesehen. Dass er zurückgekommen sei, um sich an den Bürgern Hamelns zu rächen, ist eine Mär. Ich frage Euch: Wie sollten Kinder willenlos seiner Melodie folgen, wenn nicht einmal Ratten – mindere Kreaturen! – ihr gehorchten?«

»Ich bin froh, dass nicht jedermann dieser Wahnidee Glauben schenkt.« Wahrlich hätte meine Erleichterung kaum größer sein mögen.

»Wenn Ihr mich fragt, steckt jemand anderes hinter dem Verschwinden der Kinder«, sagte der Probst.

»Ihr habt also einen Verdacht?«

»Natürlich. Und doch bin ich machtlos.«

»So redet doch. Wen meint Ihr?«

Von Wetterau beugte sich mit finsterer Miene vor und verschränkte beide Arme auf der Tischkante. »Habt Ihr jemals vom Kult der Wodan-Jünger gehört?«

»Ich wurde Zeuge einer Hinrichtung, vor drei Tagen auf –«

»Himmel!«, fiel er mir aufgebracht ins Wort. »Ihr müsst einen schönen Eindruck von unserer Stadt haben. Ihr wart dabei, als der Scheiterhaufen zerbarst? Viele Menschen wurden durch die Tücke des Ketzers verletzt.« Plötzlich sprach aus seiner Stimme purer Hass. »Einer meiner besten Männer kam dabei ums Leben.«

»Einhard«, sagte ich, schaudernd bei der Erinnerung an den geschundenen Körper des Hauptmanns.

Erstaunen wischte den Zorn aus den Zügen des Probstes. »Auch ihn kennt Ihr? Ich muss sagen, Ihr seid ein aufmerksamer Mann.«

Ich gab mir Mühe, durch nichts zu verraten, wie sehr mir seine Worte schmeichelten. »Ich traf ihn, kurz bevor das Unglück geschah.«

»Nun, dann wisst Ihr, was für Bestien diese Ketzer sind. Ihnen allein ist so viel Heimtücke und Grausamkeit zuzutrauen, sich an unschuldigen Kindern zu vergreifen. Noch dazu hätten sie einen Grund.«

»Erzählt mir mehr über sie.«

Von Wetterau nickte grimmig. »Sie leben auf einem alten Friedhof, auf der anderen Seite des Flusses. Vielleicht zwei oder drei Dutzend Männer und Frauen. Sie haben sich von Gott, dem Allmächtigen, abgewandt und verehren den Heidengötzen Wodan. Man munkelt von grausamen Ritualen in dunklen Grüften, von Menschenopfern und entsetzlichen Akten fleischlicher Sünde. Wir verfolgen sie, wo wir nur können, und schon mancher ist uns ins Netz gegangen, denn sie verehren die alte Esche vor den Stadttoren als Heiligtum.«

»Einen Baum?«, entfuhr es mir erstaunt.

»Sie glauben an die Allmacht der Weltenesche, irgendeine Blasphemie ihrer heidnischen Legenden. Gelegentlich kam einer von ihnen dorthin, um sich hoch oben in den Ästen anzubinden und seinen Gott um Allwissenheit anzuflehen. Sie behaupten, Wodan habe dereinst das Gleiche getan und habe so Macht über die magischen Runen erlangt. Gotteslästerliche Hirngespinste! Ich bin ganz sicher, dass sie die Kinder entführt und – Gott bewahre! – ermordet haben, als Rache für diejenigen von ihnen, deren erbärmlichen Leben wir ein Ende setzten.«

»Wenn Ihr aber wisst, wo diese Ketzer zu finden sind, und so fest an ihre Schuld glaubt, warum in Gottes Namen habt Ihr sie nicht längst gestellt?«

Wutentbrannt schlug der Probst mit der Faust auf den Tisch. Schüsseln und Krüge erbebten. »Wenn es nur so einfach wäre! Wie Ihr sicher wisst, haben wir kein Recht – jawohl, nicht einmal die Kirche – auf einem Friedhof Gesetz zu sprechen. Jegliches Gesindel, das sich dort einnistet, genießt Immunität von allerhöchster Stelle. Von alters her gilt: Wer zwischen den Gräbern haust, lebt jenseits aller Richtbarkeit, ganz gleich ob Hure, Mörder oder Ketzer.«

Tatsächlich sprach er die Wahrheit. Mich selbst hatte man dieses Gesetz gelehrt, und es hat bis heute, da ich diese Zeilen niederschreibe, seine Gültigkeit bewahrt.

In der Hitze meiner Wut und Erregung fasste ich einen Entschluss: »Dann werde ich dorthin gehen und sehen, ob diese Ketzer die Schuldigen sind. Und falls es so ist, woran ich wie Ihr kaum zweifle, wird der Herzog davon erfahren. Dann Gnade ihnen Gott!«

Von Wetterau schüttelte den Kopf. »Nicht einmal Herzog Heinrich besitzt die Macht, sich über die päpstlichen Regeln hinwegzusetzen.«

»Wir werden sehen«, entgegnete ich. »Sagt, ist es wahr, dass der Herzog bald nach Hameln kommt?«

»Allerdings, ebenso wie Bischof Volkwin. Sie wurden geladen, Zeugen des großen Mysteriums zu werden.« Einen Augenblick lang schien es, als wollte er noch etwas hinzufügen, doch dann verstummte er. Wenn es etwas gab, das er hatte sagen wollen, so behielt er es nun lieber für sich.

Wir speisten noch bis zum späten Nachmittag und sprachen über dieses und jenes, das keiner Erwähnung wert ist. Allein eine Bemerkung des Probstes blieb mir deutlich im Gedächtnis. Wir kamen aus einem Anlass, der mir entfallen ist, auf die Großzügigkeit der Hamelner Händler gegenüber der Kirche zu sprechen. Da sagte von Wetterau: »Viele reiche Kaufleute verspüren irgendwann die Angst, wegen ihrer Habgier der Verdammnis anheim zu fallen. Deshalb entschließen sie sich, alle weltlichen Reichtümer aufzugeben und ihr Leben allein ihrem Schöpfer zu widmen. Sie machen großzügige Schenkungen, lassen Messen lesen, ja gehen sogar ins Kloster und vermachen uns ihren Besitz. Doch ist es deshalb ungerecht, wenn der Klerus über alle Mittel verfügt, die Armen aber über keine? Nirgendwo ist der Unterschied größer als hier in Hameln, und die Vorwürfe sind zahlreich. Doch bedenkt auch, was der Schenkende für seine schnöden Schätze erhält – die Gnade Gottes, manchmal gar die Heiligsprechung. Und nun sagt mir: Kann es ein größeres Glück auf Erden geben?«

Der Geruch von Schweiß und schalem Bier schlug mir entgegen, als ich die Herberge betrat. Ich ging durch die Vordertür, doch obgleich mich manch böser Blick aus hasserfüllten Augen traf, so wagte doch niemand, die Hand gegen mich zu erheben. Der Befehl des Vogts tat seine Wirkung.

Ich hatte gerade die Treppe erklommen, als Maria vor mir aus den Schatten huschte, mich umarmte und mir mit gespitzten Lippen einen Kuss gab. Erst war ich so entsetzt ob ihrer neuen Annäherung, dass ich den unsittlichen Angriff geschehen ließ, dann aber schüttelte ich sie ab wie einen bettelnden Straßenköter. Der plötzliche Ruck ließ sie zurücktaumeln und heftig schlucken. Ihr Gesicht wurde kalkweiß, sie schlug beide Hände vor den Magen und krümmte sich, als müsse sie ihre letzte Mahlzeit wieder von sich geben. Verzweifelt schnappte sie nach Luft, was sie nur noch heftiger würgen ließ.

Schon befürchtete ich, mein Stoß sei zu heftig gewesen und hätte sie verletzt. Geschwind sprang ich vorwärts und packte sie an den Schultern.

»Verzeih«, stammelte ich hilflos und von Reue ergriffen, als sie sich plötzlich noch weiter vornüberbeugte und unter heftigem Husten etwas vor meine Füße spie.

Es war ein Stück Brot, nichts weiter. Doch warum, so fragte ich mich, aß sie Brot, während sie mich küsste?

Da dämmerte mir die Antwort, und beinahe hätte ich lauthals aufgelacht. Das Brot war eine Hostie, aufgespart von der morgendlichen Eucharistie, und ihr Kuss ein weiterer Versuch, mich magisch zu betören.

»Noch ein Liebeszauber?«, fragte ich streng, während Maria sich unter meinen Blicken wand wie eine Schlange.

Sie nickte beschämt, ohne mich anzusehen. »Ein Freund

hat ihn mir verraten, Herr. Küss' ihn mit dem Leib des Erlösers zwischen den Lippen, hat er gesagt.«

»So sag deinem Freund, er möge sich seine Ratschläge für einen anderen Reisenden aufheben, für einen Burschen, der die Muße hat, deinen Reizen die gebührende Achtung zu zollen.«

Sie streifte mich mit einem verstohlenen Blick aus großen Augen. »Gefalle ich Euch so wenig, mein edler Herr?«, fragte sie kleinlaut.

Nun tat sie mir beinahe Leid. »Du bist wunderschön, Maria, das sieht jeder auf den ersten Blick. Doch ich bin ein Ritter des Herzogs und allein ihm zur Treue verpflichtet. Mein Handwerk ist der Kampf, nicht die Liebe.« Sogar in meinen eigenen Ohren klangen diese Worte aufgeblasen und schal.

»Ich könnte Euch die Liebe lernen, Herr.«

»Lehren«, verbesserte ich.

Sie musterte mich überrascht. »Was meint Ihr?«

»Es heißt: Die Liebe lehren, nicht lernen.« War ich vielleicht eben dabei, einen Narren aus mir zu machen?

»Lehren«, wiederholte sie gehorsam. »Wollt Ihr das, Herr?«

Ich schüttelte den Kopf, halb abgestoßen, halb angezogen von dem unzüchtigen Angebot. Doch obgleich ich trotz der ersten Weihe keinem Zölibat unterlag, stand mir der Sinn nicht nach den fleischlichen Lüsten. Ich hatte wahrlich andere Sorgen als eine liebestolle Dienstmagd.

»Nein«, brachte ich mit bebender Stimme hervor. Warum nur verunsicherte mich dieses Mädchen so sehr?

Ich ließ sie im Dunkel vor meiner Zimmertür stehen und schob von innen eilig den Riegel vor. Meine Hände zitterten, meine Beine fühlten sich an wie taub, als hätte ich stundenlang im Sattel gesessen. Ein seltsames Prickeln hatte Besitz von meinem ganzen Körper ergriffen.

Um meinen Geist von aller Sünde reinzuwaschen, tauchte ich das Gesicht tief in die Wasserschüssel auf dem Tisch und hielt den Atem an, so lange es nur ging. Als ich den Kopf schließlich prustend zurückriss und nach Luft schnappte, war das fremdartige Gefühl vollends gewichen. Erleichtert spürte ich, wie ich die Gewalt über meinen Körper zurückgewann.

Somit gegen alle teuflischen Einflüsterungen gerüstet, ließ ich mich auf dem Bett nieder, brachte meine Glieder in eine angenehme Lage und griff nach Dantes Schriftrolle. Wenige Augenblicke später hatte ich die lateinischen Texte um mich auf der Decke verteilt und hielt nur noch das gute Dutzend Zeichnungen des Florentiners in Händen.

Ihr Anblick erschrak mich zutiefst. Nie zuvor hatte ich dergleichen gesehen, denn die Bilder zeigten entsetzliche Kreaturen, augenscheinlich den Schlünden der Hölle entstiegen. Dante hatte sie mit feiner Feder und großem Talent auf Papier festgehalten, auf dass sie dem Betrachter mit tückischem Blick entgegengrinsten. Ich sah verschlagene Fratzen, halb Tier, halb Mensch, von vielfach gewundenen Hörnern entstellt; ich sah wölfische Lefzen, die messerscharfe Hornkämme entblößten, tödlicher als jedes Gebiss; da waren Klauen wie Dolche und grauenvolle Rüssel, die mehr dem Geschlecht eines Mannes denn tierischen Organen glichen. Aus breiten, geifernden Mäulern ragten Arme und Beine unglücklicher Opfer, blutend und zerfetzt. Bei einem Wesen schien der Mund gar das Gesicht von oben nach unten zu spalten wie ein aufgeschlagenes Buch, im Inneren verjüngt zu einem schwarzen Schlund. Da waren vielfach gewinkelte Arme wie die einer Spinne; gebuckelte, verknöcherte Rücken, manche geschuppt, andere behaart. Aus einer Grimasse erwuchs ein Geschwür, wie eine Blüte aus rohem Fleisch.

Angeekelt zog ich noch einmal den Brief zu Rate. Und in der Tat: Dante behauptete, er habe die Zeichnungen als Kopien von Wasserspeiern und Fresken angefertigt. War es möglich, dass christliche Kirchen sich mit solchem Unrat schmückten?

Ich warf die Blätter beiseite und nahm stattdessen eine der lateinischen Schriften zur Hand. Als ich die Worte überflog, erkannte ich, dass sie von einem italienischen Benediktinermönch stammten, einem gewissen Alberich. Er hatte die Texte offenbar vor anderthalb Jahrhunderten niedergeschrieben. Wie nicht anders zu erwarten, schilderte er seine Vision der Hölle, durch die ihn im zarten Alter von zehn Jahren der heilige Petrus und zwei Engel geleitet hatten. Demnach lag das Reich des Satans in einem Tal, wo die Verdammten unmenschliche Foltern erlitten. Frauen, die ihre Kinder nicht stillten, wurden an den Brustwarzen aufgehängt, Ehebrecherinnen an den Haaren gezogen. Ihre sündigen Leiber standen in Flammen. Männer, die vom Pfade ehelicher Tugend abgewichen waren, mussten über Leitern aus glühendem Eisen in kochende Pechkessel steigen. Selbstmörder trieben in einem See aus Blut. Bischöfe und Pfaffen, die ihre Messen von schlechten Priestern lesen ließen, schwammen in geschmolzenem Wachs. Alle Seelen zogen über einen Steg, der einen brennenden Fluss überbrückte; für die Gerechten bot der Steg genügend Platz, für die Bösen aber zog er sich zusammen, sodass sie in die Fluten fielen und bei lebendigem Leibe zerkochten.

So und ähnlich ging es weiter, eine Marter grauenvoller als die andere.

Auch die nächste Schrift geizte nicht mit Einzelheiten. Ein irischer Mönch berichtete von einer Hölle aus tiefen Felsentälern, ausgekleidet mit glühenden Kohlen, abgedeckt von einer Art Deckel. Sünder stürzten aus unserer Welt hinab auf diesen Deckel, zerflossen und tropften auf die heißen Kohlen. Dadurch wurden sie zu Dampf, stiegen auf, erhielten ihre alte Gestalt zurück und fielen erneut – ein qualvoller Kreislauf ohne Ende. Ein Dämon folterte die Unglücklichen mit Zangen und Hämmern. In einem Vulkan erhitzte er ihre Körper zur Weißglut, dann schmiedete er sie zusammen und schaffte so grässliche Spottgeburten mit zahllosen Armen, Beinen und Köpfen, während ihre Seelen am Leben blieben und die Schmerzen bis ans Ende aller Tage ertragen mussten.

Jede der Schriften wusste von eigenen, höllischen Qualen zu berichten, von Schmerzen jenseits des Todes, von Folter in den Krallen hämischer Bestien.

Beinahe gegen meinen Willen zogen mich die Schilderungen tiefer und tiefer in dieses Reich der Schreie und der Furcht, ich verbrachte den Rest des Nachmittages mit der Lektüre, angewidert, doch zugleich berauscht von ihrer peinvollen Pracht.

So nahm es kaum wunder, dass ich, als ich einschlief, selbst hinabstieg und mutig die Klüfte des Teufels durchschritt, wie einer, dem kein Schrecken zu groß, kein Grauen zu gewaltig ist. Ich sah mich selbst, ganz nackt, ganz schutzlos, in Tälern aus feurigem Stein, auf Bergkämmen, die in Wahrheit die Rücken von Drachen waren. Ich zwängte mich durch Zähne, hoch und spitz wie Tannenbäume, und schwamm durch geschmolzenes Eisen, als wäre es Wasser. Auf einem glühenden Rost wurde ich angekettet, später von zahllosen Nägeln durchbohrt. Man kippte Salz in meine

Wunden, riss mir Zähne und Haare aus. Ein Dämon fraß meine Augen, ein anderer Zunge und Herz. Sie schälten meine Haut vom Leib, schabten das Fleisch von den Knochen. Die Reste wurden zu Pulver zerstoßen, mit meinem Blut vermengt und einer höllischen Hure eingeflößt. Sie gebar mich wie ein Kind, und alle Qual begann von neuem.

So mochte es zehn- oder zwanzigmal gegangen sein, als der Traum eine neue Richtung nahm. Auf einem hohen, spitzen Felsen über einem See aus Pech sah ich in der Ferne eine Gestalt, verschwommen in der flirrenden Hitze. Sie war kaum mehr als ein weißer Strich vor roter Wolkenglut. Zu Fuß vermochte ich sie nicht zu erreichen, so ließ ich Lederschwingen aus meinem Rücken bersten, die mich geschwind über den See in ihre Richtung trugen.

Als ich näher kam, enthüllten die Flammen ihr Gesicht.

Es war meine Schwester. Die schöne, tote Juliane. Sie lachte mir entgegen, betörend und grässlich zugleich.

Sie trug die schneeweiße Tracht einer Nonne.

Da fingen meine Schwingen Feuer, ich taumelte, stürzte und verbrannte im Pech zu fettiger Asche.

ZWEITER TEIL
Der Rattenkönig

4. KAPITEL

Ein unirdisches Gefühl von Trägheit lag über dem Land, als ich am Morgen die steinerne Brücke zum Westufer der Weser betrat. Der Regen fiel noch immer in dichten, grauen Schleiern, doch der stechende Nordwind, der seit Tagen durch die Gassen gepfiffen war, hatte sich gelegt. Statt seiner schien nun eine Glocke über der Gegend zu liegen, ein Anschein von Wärme, der diese Beschreibung allerdings nur im Vergleich zur schneidenden Kühle der Vortage verdiente. Gemeinsam mit der allgegenwärtigen Nässe verlieh er der Stadt und dem Umland ein fremdartiges Gefühl der Abgeschlossenheit. Geräusche klangen anders als zuvor, als sei jeglicher Nachhall aus dieser Gegend verbannt. Alle Bewegungen wirkten träger und schienen mir kraftraubender als üblich. Es war, als hätte man Hameln mit einem göttlichen Handgriff aus dem Diesseits entfernt und wie einen jungen Baum an einen fremden, merkwürdigen Ort verpflanzt.

Die Brücke war aus mächtigen Steinblöcken errichtet worden, was einiges über ihre Bedeutung für die Stadt und die Häufigkeit ihrer Benutzung verriet. Hätten nicht laufend Händler aus allen Teilen des Landes an dieser Stelle den Fluss überquert, so hätte man sicher mit einer Holzbrücke vorlieb genommen; da dies aber der einzige Übergang weit und breit war und den Stadtvätern hohe Zölle

— 131 —

einbrachte, hatte man sie gleich aus beständigem Stein erbaut.

Sie führte, wohl aus Gründen der Festigkeit, über den Südzipfel der schmalen Flussinsel hinweg und endete an einem breiten Wiesenstreifen. Dahinter erhob sich ein bewaldeter Steilhang, die Flanke eines massigen Berges. Der Friedhof, den von Wetterau erwähnt hatte, lag unter dem rotgoldenen Herbstdach der Bäume verborgen. Wer immer ihn einst angelegt hatte, musste seltsame Gründe gehabt haben, die Gräber in den Berghang hineinzutreiben.

Eine alte Heerstraße führte von der Brücke aus in scharfem Schwung nach links und verschwand irgendwo im Süden hinter den Bäumen. Ich verließ sie bereits nach wenigen Schritten und folgte einem schmalen Pfad den Hang hinauf zum Waldrand. Laubbäume und Fichten bildeten wild durchmischt eine dunkle Wand. Unter ihren Kronen herrschte grünes, wässriges Zwielicht, und als mich die weitfächernden Äste in ihr Reich zogen, da war mir, als triebe ich unter der Oberfläche eines stillen Tümpels.

Der alte Gottesacker lag weiter voraus, jenseits des dichten Unterholzes. Es war nicht jener, wo meine Eltern und Juliane lebendig begraben worden waren; man hatte sie in der Erde des Armenfriedhofs, nördlich der Stadt, beigesetzt, während dies dereinst die letzte Ruhestätte der Reichen und Mächtigen gewesen war. Meine Erinnerungen daran waren kaum mehr als verblasste Bilder laubbedeckter Grabbauten.

Der Pfad schnitt tiefer in das verwobene Geäst. Ich muss wohl eine ganze Weile steil bergauf gestiegen sein, ehe ich auf den ersten, efeuüberwucherten Eingang zu einer Gruft stieß und schlagartig bemerkte, dass ich den Friedhof längst betreten hatte. Denn als ich mich genauer umsah und auch einen langen Blick zurück auf meinen Weg warf, entdeckte ich überall, halb verborgen im Unterholz, die verfallenen Torbögen der alten Beinhäuser und Grüfte. Wie die Köpfe steinerner Fabelwesen reckten sie ihre moosbewachsenen Kuppeln und grauen Säulen aus dem Dickicht. Viele besaßen keine Türen mehr, sodass im alles beherrschenden Grün immer wieder schwarze Mäuler klafften, hinter denen unsichtbare Treppen hinab ins Innere des Berges führten. Manche Gruft mochte man an günstigen Stellen ins Erdreich gegraben haben, doch die meisten waren fraglos mit Hammer und Meißel in den Fels getrieben worden. Das, was an der Oberfläche von ihnen zu sehen war – die Bögen, Leichenkammern und überdachten Einstiege –, hatte sich der Wald längst zu Eigen gemacht. Jemand, der nichts davon wusste, hätte hier entlanggehen können, ohne überhaupt zu bemerken, dass unter ihm die Gebeine Hunderter von Leichen lagen.

Ich ging weiter, in der Hoffnung, früher oder später auf einen der Friedhofsbewohner zu stoßen. Ich hatte keine Furcht vor den Menschen, die sich hierher verkrochen hatten; ich war allein, unbewaffnet bis auf meinen Dolch und bedeutete für niemanden eine Gefahr. Zudem trug ich meine Reisekleidung, an der jeder erkennen konnte, dass ich nicht aus Hameln stammte.

Es dauerte nicht lange, da bemerkte ich, dass sie um mich waren. Hastige Bewegungen am Rande meines Blickfeldes, leises Rascheln im Unterholz, gelegentlich ein Tierschrei, der klang, als habe ihn ein Mensch als Signal ausgestoßen – dies alles verriet mir ihre Anwesenheit. Erstmals fühlte ich ein eisiges Ziehen in meinem Rücken, ein unangenehmes Frösteln auf der Haut. Warum zeigten sie sich nicht? Planten sie trotz allem einen Hinterhalt?

Vor mir öffnete sich das Labyrinth der Bäume und Bauten zu einer von Menschenhand geschaffenen Lichtung. In einem Umkreis von zehn Schritten hatte man Stämme gefällt und Buschwerk entwurzelt und so eine kreisförmige Wunde im Wald geschaffen.

In der Mitte dieser Lichtung wuchs ein einzelner Sprössling. Er war etwa so groß wie ich selbst und würde in zwei oder drei Jahrzehnten einmal ein mächtiger Baum sein. Jetzt aber stand dort nur ein dürrer Stamm mit ein paar kümmerlichen Ästen, dünner als mein Daumen.

Ich verharrte kurz, sah mich um, dann machte ich einen Schritt auf das Pflänzchen zu – und augenblicklich kam Leben in die Stätte der Toten!

Mindestens drei Dutzend Gestalten schoben sich aus dem Dickicht. Die Männer hielten Knüppel, Messer, sogar Kurzschwerter in Händen, die Frauen drohten mir mit Stöcken. Während ich dastand und mein Erschrecken mit einer Miene der Gleichgültigkeit zu überspielen suchte, füllte sich die Lichtung mit den Bewohnern des Friedhofs. Es gab solche, die aussahen wie normale Bürger oder Bauern, einige sogar in edler, wenn auch schmutziger Kleidung; da waren Huren in einstmals aufreizenden Gewändern, jetzt verdreckt und zerrissen, das Haar filzig und grau; ich sah Männer mit langen Barten und Holzkreuzen in den Händen, vielleicht gläubige Einsiedler, die hier Schutz gesucht hatten. Andere waren da, denen Mord und Raub in den Augen glänzten und denen die Furcht vorm Henker den Weg hierher gewiesen hatte. Vor allem aber sah ich Kinder – gesunde, schmutzige Kinder.

Niemand sprach ein Wort. Stumm drängte sich die Menge zwischen mich und den jungen Baum, als sei er ein Schatz, den es zu schützen galt. Da fiel mir ein, was von

— 134 —

Wetterau über die Esche vor Hamelns Tor gesagt hatte; ein Heiligtum sei sie den Wodan-Jüngern, ein Abbild der göttlichen Welteneiche. Offenbar hatten die Heiden aus den Hinrichtungen ihrer Brüder gelernt und zogen sich nun auf dem Friedhof, geschützt vor den Schergen des Bischofs, eine eigene Esche heran.

»Was willst du?«, fragte eine dicke Frau in einem Kleid, das einst farbig gewesen sein mochte. Jetzt war es nur noch braun vor Dreck, und um ihr feistes Gesicht stand es nicht besser. Jedes Merkmal ihres Alters lag verborgen unter einer Maske aus Staub und Schmutz. Sie sah aus wie eine Dirne, an der sich früher die Männer erfreut haben mochten, die nun aber niedergesunken war in einen Pfuhl schlimmer als jedes Sündenhaus.

»Ich bin ein Gesandter des Herzogs«, erklärte ich kühn.

»Ein guter Grund, dich aufzufressen«, schrie ein Mann und fletschte bedrohlich die Zähne. Eine Vielzahl seiner Kumpanen brach in raues Gelächter aus.

Die fette Hure, offenbar die Wortführerin des Haufens, brachte die Männer mit einer barschen Handbewegung zum Schweigen. Sie gehorchten ohne Murren.

»Wenn dich der Herzog schickt, was will dann er von uns?«, fragte sie.

Eine Weile lang hatte ich erwogen, mich nicht zu erkennen zu geben und unerkannt Nachforschungen im Lager der Wodan-Jünger anzustellen. Doch schließlich war mir ein solches Vorhaben in Anbetracht der baldigen Ankunft des Herzogs als zu langwierig erschienen, sodass ich mich für den direkten, ehrlichen Weg entschlossen hatte. Mochte sein, dass sich dies nun als Fehler erwies.

Statt einer Antwort fragte ich: »Bist du die Anführerin dieser Leute?«

Die Frau nickte und trat einen Schritt auf mich zu. Die Bewegung ließ ihren Wanst in Wellen erbeben. »Ich bin die Priesterin dieser Gemeinschaft«, sagte sie. »Man nennt mich Liutbirg. Wie ist dein Name, Fremder?«

»Robert von Thalstein«, entgegnete ich.

War da plötzlich ein Funkeln in ihren Augen? Der Hauch eines Wiedererkennens? Nein, unmöglich.

»Lass mich unter vier Augen mit dir sprechen«, fügte ich hinzu, wenngleich mir bei dem Gedanken an ein Alleinsein mit diesem Koloss von Frau übel wurde.

Ein Mann trat neben Liutbirg und legte den Mund an ihr schmutziges Ohr. »Vielleicht hat ihn der Vogt mit dem Auftrag gesandt, dich zu töten.«

Als Dank für die Warnung scheuchte sie den Kerl mit einem heftigen Stoß davon. »Glaubst du, auf den Gedanken sei ich nicht selbst gekommen?«

Der Mann kuschte und drängte sich zurück in die stumme Menge.

An mich gewandt, sagte sie: »Leg deinen Dolch ab und folge mir.«

Ich trug den Dolch unter dem Wams versteckt, Liutbirg hatte ihn unmöglich sehen können. Ich verdrängte jedoch alle unliebsamen Erklärungen, wie sie ihn trotzdem hatte entdecken können, zog die Waffe unter dem Stoff hervor und reichte sie ihr. Die selbst ernannte Priesterin nahm den Dolch beinahe verächtlich entgegen und drückte ihn einem ihrer Getreuen in die Hand. »Bewahre ihn gut«, befahl sie.

Mein Herz schlug schneller, als sie voranging, dabei jedoch einen weiten Bogen um den jungen Baum in der Mitte der Lichtung machte. Offenbar wollte sie mich nicht zu nahe an ihr Heiligtum heranlassen. Durch eine Schneise in der Menge folgte ich ihr bis zum Waldrand und dann bergauf

— 136 —

durch dichtes Unterholz, bis wir eine Felswand erreichten, in die man Stufen gemeißelt hatte. Wir stiegen diese Treppe hinauf und gelangten schließlich auf eine Felsplattform. Bei besserem Wetter musste man von hier aus die gesamte umliegende Landschaft überblicken können; nun allerdings verschleierte der Regen jede Sicht in weitere Fernen. Unten im Tal, gar nicht weit von hier, sah ich Hameln liegen. Von oben bot sich die Stadt als eine Art Kreis dar, deren südliche und nördliche Ränder mit Häusern bebaut waren. Dazwischen dräute der schwarze Sumpf. Hinter der Stadt erhob sich der Kopfelberg mit seinen Wäldern und Höhlen, wo Dante den Einstieg zur Hölle gesucht hatte.

»Sprich«, verlangte Liutbirg barsch. »Was will der Herzog von uns? Ich bin sicher, er weiß, dass wir auch für ihn auf diesem Friedhof unantastbar sind.«

»Sicher«, erwiderte ich eilig und dachte bei mir: Warte ab, bis ich weiß, was ihr den Kindern angetan habt. Dann wird euch kein Schutzheiliger vor eurer gerechten Strafe bewahren können.

Ich wollte eben weitersprechen, als mein Blick auf einen rechteckigen Steinklotz fiel, den Liutbirg selbst mit ihrer beachtlichen Körpermasse nur halb vor mir verbergen konnte. Es handelte sich offenbar um eine Art primitiven Altar, der einige Schritte hinter der Priesterin stand, dort, wo das Felsplateau an den Waldrand grenzte. Braune Flecken bedeckten die Oberfläche des Steins. Erst glaubte ich, es seien Flechten, dann aber begriff ich, dass es Blut war. Braunes, getrocknetes Blut. Hier brachte der Kult dem Götzen seine Opfer dar.

Es konnte unmöglich Zufall sein, dass Liutbirg mich ausgerechnet hierher geführt hatte. Doch welche Absicht lag darin, mir die Blutopfer der Wodan-Jünger zu gestehen? Musste dies meinen Verdacht gegen sie nicht bestärken? Oder wollte sie durch ihre Ehrlichkeit mein Vertrauen gewinnen? Welch plumpes Unterfangen!

Ich versuchte, meine Gedanken für mich zu behalten, und berichtete der fetten Priesterin stattdessen aufrichtig, was mich nach Hameln geführt hatte. Dabei verschwieg ich den Verdacht gegen ihren Kult, sodass es mich umso mehr erstaunte, als sie sagte:

»Und du glaubst, wir hätten diese Kinder entführt?« Ein herzhaftes Lachen entfuhr ihren wulstigen Lippen. Kein schöner Anblick, kein angenehmer Laut. »Weshalb hätten wir das tun sollen?«

»Um euch an den Menschen aus Hameln zu rächen«, entgegnete ich scharf, des Versteckspiels überdrüssig. Ich war Ritter des Herzogs; sie würde nicht wagen, ihre Männer auf mich zu hetzen.

»Rache ist etwas für Götter, nicht für uns Sterbliche«, sagte sie voller Überzeugung und deutete mit einer Hand hinauf in den tiefgrauen Himmel. »Dereinst wird Wodan den Sturm über diese Stadt bringen. An der Spitze seiner wilden Jagd wird er durch die Gassen preschen und die Schuldigen mit sich nehmen. Und glaube mir, Robert von Thalstein, dieser Tag steht eher bevor, als manch einer dort unten denken mag. Spürst du, wie sich die Luft verändert, wie der Wind verstummt? Kannst du es fühlen? Natürlich – jeder hier kann es. Wodan versammelt die Winde um sich, und mit ihnen die Seelen der Toten. Dies ist die Ruhe vor dem Sturm – vor Wodans Sturm!«

Ich wollte etwas darauf erwidern, wollte ihr sagen, was ich von ihrem heidnischen Geschwafel hielt, sogar auf die Gefahr hin, selbst auf dem Altar der Ketzer zu landen. Doch Liutbirg kam mir erneut zuvor:

»Oh, ich weiß genau, wer diesen Verdacht in dein Herz gesät hat, ich kenne unsere Feinde. Der Probst hat mit dir gesprochen, nicht wahr? Gunthar von Wetterau ist es, der uns anklagt, nicht du und nicht dein Herzog.«

Erneut war es ihr gelungen, mich in gelindes Erstaunen zu versetzen. Diese Frau wusste Dinge, die sie nach den Gesetzen der Vernunft nicht wissen konnte.

»Das Blut, das du dort siehst«, fuhr sie aufgebracht fort, »ist das Blut von Tieren. Kein Mensch ist auf diesem Altar gestorben, und keiner wird es je. Es ist wahr: Wir verehren Wodan, den Herrn aller Götter. Wir leben auf einem Friedhof, und viele von uns werden vom Gesetz verfolgt, wegen Kuppelei und Raub, wegen Entführung und sogar wegen Mordes. Doch glaube mir, wir haben keinem dieser Kinder etwas zu Leide getan, noch kennt einer von uns den Ort ihres Aufenthalts. Irgendetwas ist dort unten in Hameln geschehen, etwas, für das man uns die Schuld geben will, und ich weiß nicht einmal, was es ist. Wenn dir wirklich etwas an deiner Aufgabe liegt, dann finde die Wahrheit heraus und vertraue nicht aufs Geratewohl einem Sklaven eurer Kirchenfürsten. Sag, Ritter Robert, was weißt du über Gunthar von Wetterau?«

»Nicht er ist es, um den es geht«, warf ich ein, erzürnt durch ihre schamlosen Worte.

Sie schien den Einwurf nicht wahrzunehmen. »Dieser Mann ist besessen«, fuhr sie fort. »Er ist besessen von der Macht der Kirche, ebenso wie sein Herr, der Vogt Ludwig von Everstein – und wie dessen Herr, der Bischof von Minden. Einer ist nicht besser als der andere, und doch ist Gunthar von Wetterau der gefährlichste von allen. Hast du die Mysterienbühne auf Hamelns Marktplatz gesehen?«

Ihr ausgestreckter Zeigefinger deutete hinab in die Tiefe,

— 139 —

und, tatsächlich, dort ragten die Aufbauten der Bühne aus dem Stadtrund wie Knochen aus einem offenen Grab.

»Gunthar von Wetterau ließ sie errichten«, sagte die Priesterin. »Er überzeugte die Bürger der Stadt, arm wie reich, von der Notwendigkeit der Mysterienspiele zu Ehren eures Judengottes. Hah! Nur einem gereichen sie zur Ehre, und das ist von Wetterau selbst. Er hat einen Pakt mit dem Papst geschlossen: Bringt er die Spiele ohne Zwischenfall zu ihrem glorreichen Ende, so wird ihn Roms oberster Pfaffe nach seinem Tode heilig sprechen. Begreifst du? Gunthar ist dann selbst ein Heiliger, und er verfolgt dieses Ziel mit aller Macht, die ihm im Namen von Kreuz und Schwert verliehen wurde. Er selbst wird am letzten Tag der Spiele die Rolle des Gottessohnes übernehmen und sich ans Kreuz binden lassen. Gleichzeitig wird ihn ein Gesandter des Papstes segnen, um den Bund mit dem Heiligen Stuhl zu besiegeln – so lautet die Abmachung.« Sie lachte schrill auf. »Und dieser Mann wirft *uns* vor, in gläubigem Wahn zu handeln!«

Ich muss gestehen, dass ihre Worte mich verwirrten. Was sie sagte, passte auf eigentümliche Weise in jenes Bild, das ich selbst mir von Gunthar von Wetterau gemacht hatte. Seine Besessenheit von den Kreuzzügen, seine bizarre Reliquien-Sammlung, Dinge, die seine seltsame Frömmigkeit belegten. Aber was sollte das Gerede von einer Heiligsprechung? Von einem Pakt mit dem ehrwürdigen Papst?

»Woher weißt du all diese Dinge?«, fragte ich.

Liutbirg lachte wieder, doch diesmal klang es verächtlich, beinahe schmerzvoll. »Davon hat er dir nichts erzählt? Ja, er redet nur von seinem Hass, verschweigt alles andere.«

Ich musterte sie zweifelnd. »Was verschweigt er?«

Einen Herzschlag lang schien es, als würde eine unsagbare Traurigkeit sie überwältigen. Dunkel waren ihre Augen. Dann, von einem Augenblick zum nächsten, erlangte sie ihre Beherrschung zurück.

»Gunthar von Wetterau ist mein Bruder«, sagte sie leise.

Fassungslos starrte ich sie an. Dieses Weib – fett, schmutzig, im Gewand einer Dirne – war die Schwester eines Kreuzritters? Des ehrwürdigen Probstes zu Hameln?

Ehe ich etwas erwidern konnte, fuhr sie fort: »Du glaubst, dass ich lüge? Dass ich all dies erfinde, um dich von unserer Unschuld zu überzeugen?« Sie straffte ihren schweren Körper, ein eisiger Hauch schien ihre Züge einzufrieren, und plötzlich lag um ihre Erscheinung in der Tat etwas wie die Aura einer Priesterin. »So höre denn, was ich zu sagen habe, Ritter Robert von Thalstein. Selbst wenn wir für den Tod der Kinder verantwortlich wären, könntest weder du noch der Herzog noch die Kirche uns auf diesem Friedhof etwas anhaben. Bevor es aber so weit ist, sollst du noch einmal erfahren, dass wir nichts über diese Jungen und Mädchen wissen. Hüte dich, uns allein aufgrund der Worte meines Bruders zu verurteilen. Wenn du wirklich von unserer Schuld überzeugt bist, so beweise sie.« Mit einem Ruck wandte sie sich ab und ging zur Treppe. »Das ist alles, was ich zu sagen habe.«

Ich rief ihren Namen, doch sie drehte sich nicht um. Stattdessen stieg sie die Stufen hinunter und ließ mich einfach stehen. Ich folgte ihr eilig, doch als ich sie am Fuß der Treppe einholte, wusste ich nicht, was ich noch hätte sagen können. Ich gestand mir schweigend ein, dass ich nicht für Aufträge wie diesen geschaffen war. Die Ehre meines Herzogs mit dem Schwert zu verteidigen, ja, das vermochte ich sehr wohl; doch Schuld und Unschuld in einem Fall wie diesem abzuwägen überstieg meine Kraft und Erfahrung. Zum ersten Mal fragte ich mich, warum der Herzog gerade mich auf diese Mission entsandt hatte. Warum keinen älteren, bewährten Recken? Die Antwort blieb ich mir schuldig.

Schweigend stiegen wir durch den Wald hinab zur Lichtung. Mir brannte die Frage auf den Lippen, wie es zum Zwist zwischen ihr und dem Probst gekommen war. Allerdings: Genügte nicht ein Blick auf ihre Erscheinung, um die Lösung dieses Rätsels zu erkennen? Oder war auch das wieder ein vorschnelles, allzu leicht gefasstes Urteil?

Zu meinem Erstaunen hatte sich die Menge auf der Lichtung zerstreut. Einige Frauen legten am Fuß der jungen Esche Körbe mit Obst und Gemüse ab. Aus dem Eingang einer Gruft drang der wohlige Duft frisch gebackenen Brotes herauf; offenbar hatten die Wodan-Jünger dort unten eine Backstube eingerichtet. Gefahr und Bedrohung, die bei meiner Ankunft im Lager fast greifbar gewesen waren, schienen auf einmal verschwunden.

Ein junges Mädchen lief auf mich zu und überreichte mir meinen Dolch. Dann hielt sie mir aufgeregt einen Tonkrug entgegen. »Trink, mein Ritter«, bat sie.

Ich blickte zu Liutbirg. »Wollt ihr mich vergiften?«

Sie schüttelte betrübt den Kopf. »Glaubst du das wirklich?«

Bereits ihren Bruder hatte ich zu Unrecht verdächtigt, mir Gift in Speise und Trank zu mischen. Nun auch sie? So schmählich und blasphemisch das Treiben der Wodan-Jünger sein mochte, so friedfertig schienen sie doch zu sein. Gewiss, Dante hatte mich gewarnt. Doch waren die Männer, die ihn bedroht hatten, nicht reich gekleidet gewesen? Zweifellos konnten sie dann nicht von diesem Friedhof stammen.

Ich setzte den Krug an die Lippen und nahm einen vor-

— 142 —

sichtigen Schluck. Ein herb-süßer Geschmack floss durch meinen Mund. Ein wahrhaft köstlicher Trunk.

»Was ist das?«, fragte ich.

Liutbirg lächelte milde, das erste Mal, dass ich sie so sah. »Met«, entgegnete sie, »ein Wein aus Bienenhonig. Er lässt uns die Wahrheit erkennen. Man trinkt wohl dergleichen nicht am Hofe des Herzogs?«

Ich verneinte und leerte der Krug mit einem Zug. Augenblicklich breitete sich Wärme in meinem Körper aus. Mir wurde zunehmend wohliger zu Mute.

»Hab Dank«, sagte ich zu dem Mädchen, das sofort mit dem leeren Krug in einem offenen Beinhaus verschwand. Zu Liutbirg sagte ich: »Wenn du die Wahrheit gesprochen hast, wird niemand euch mehr belästigen. Solltet ihr aber in das Schicksal der Kinder verwickelt sein, so glaube mir, dass –«

»Ja«, unterbrach sie mich barsch. »Geh jetzt und forsche weiter. Finde die Schuldigen und stelle sie vor ihren Richter. Wodans Zorn möge dich führen.«

Bei diesen Worten senkte sich aus dem Geäst über dem Friedhof ein Rabe herab und setzte sich vor ihrem Fuß auf den Boden. Aus pechschwarzen Augen blickte das Tier mich an. Auch am Himmel über der Lichtung kreiste ein halbes Dutzend schwarzer Vögel. Ich spürte, wie mein Geist sich mit ihnen zu drehen begann. Der Met tat seine Wirkung.

So wandte ich mich um und ging. Keiner versuchte mich aufzuhalten, ja, niemand schien mir auf meinem Weg mehr als flüchtige Beachtung zu schenken. Ich ließ den Friedhof hinter mir und folgte dem steilen Pfad bergab. Die Umgebung schien mit jedem meiner Schritte stärker zu verschwimmen, doch ich wusste nun, dass dies nicht die Folge eines tückischen Giftes war. Allein, ich war berauscht von des Weines süßer Wonne.

Ich hatte den Waldrand eben hinter mir gelassen und näherte mich durch die Wiesen der alten Heerstraße, als ich auf der Brücke nach Hameln Bewegung bemerkte. Die Sicht war schlecht, doch es war kein Nebel, der mir den Blick verschleierte. Über mir kreisten die Raben, und um mich kreiste die Welt, und mit einem Mal hatte ich Mühe, mich auf den Beinen zu halten. Während ich noch überlegte, ob es ratsam sei, mir im Gras einen weichen Platz zu suchen, näherten sich die Gestalten von der Brücke aus. Es waren viele, sicherlich zehn oder zwanzig, dunkle Umrisse auf mächtigen Rössern. Loderten ihre Augen nicht in unirdischem Feuer? Klang ihr Schnauben nicht wie das Trompeten höllischer Hörner?

Bei Gott – was war das, was sich da näherte?

Ich blieb stehen wie vom Blitz getroffen. Mir war, als sei mein Körper zu Stein erstarrt. Die finstere Masse kam näher und näher. Hufe schlugen Funken auf dem steinernen Pflaster, ihr Lärm dröhnte in meinen Ohren und hallte durch meinen Kopf wie in einer Felsenschlucht. Kälte kroch über meine Haut, die Haare in meinem Nacken richteten sich auf. Ich hörte das Flattern von Fahnen (war es nicht eben noch windstill gewesen?) und das Knarren lederner Sattel. Jetzt wurden auch verzerrte Stimmen laut, die in mein Denken schnitten wie giftige Klingen.

Ich stand da und konnte nur hilflos mit ansehen, wie sie näher kamen. Sie folgten der Straße, nahmen die Biegung hinter der Brücke und ritten nun direkt auf mich zu. Düster, dräuend, übles Schicksal in Menschengestalt.

Doch waren dies Menschen? Ich sah ihre Gesichter nicht, nur die Augen schienen zu glühen. Dunkelheit wand sich aus den Schatten ihrer Kapuzen und Helme gen Himmel, gleich schrecklichen Hörnern auf Teufelsstirnen. Fletschten sie nicht die scharfen Zähne, zeigten sie nicht mit Vogelkrallen auf mich?

Dann waren sie bei mir, ritten einfach vorüber, lachten über mein Schwanken, lästerten angesichts meiner Verwirrung. Die vorderen waren schon vorbei, als sich einer aus dem Sattel beugte. »Wie ist Euch, edler Ritter?«, fragte er spöttisch.

»Wohin?«, hörte ich mich stammeln.

»Gen Minden«, entgegnete der Mann und zügelte sein Ross. »Wir sind die Eskorte für den Bischof. Der Vogt selbst führt uns an.«

»Everstein?«, fragte ich und verstand mich kaum selbst.

»Er zieht mit uns fort. Erst zum großen Höhepunkt des Mysteriums werden wir wiederkehren. Viel Glück bei Eurem Streben, Ritter.« Unter schallendem Gelächter der Übrigen hieb der Mann seinem Pferd die Fersen in die Flanken und sprengte mit den anderen davon.

Und in der Tat, der Mann an ihrer Spitze war der Vogt, der ehrbare Ludwig von Everstein. Er lachte nicht, sah einfach stur geradeaus. Mit ihm und seinen Männern zog auch die Dunkelheit davon, eine verblassende Erinnerung, wie ein Albtraum in einer Winternacht.

Ich weiß nicht, wie ich zurück ins Gasthaus gelangte. Ob allein oder mit Hilfe eines unbekannten Samariters – ich habe es nie erfahren. Wahrscheinlich ist, dass ich die Strecke aus eigener Kraft bewältigte, mich hinauf in meine Kammer schleppte und so wie ich war – schmutzig, nass, in aller Kleidung – auf mein Lager fiel.

Gewiss aber ist eines: Die merkwürdigen Bilder, die ich an der Brücke gesehen hatte, nahmen auch hier noch kein Ende. In meinem Geist vermischten sich Dantes Höllenvisionen mit einer scheinbaren Wirklichkeit, die, wie ich heute weiß, gleichfalls meiner Traumwelt entstammte. Erneut sah ich mich durch brennende Felsentäler wandeln, auf der Flucht vor einer gestaltlosen Gefahr, doch obgleich ich rennen wollte, so schnell ich nur konnte, sah ich mich doch selbst mit träger Behäbigkeit einhergehen, als sei ich nicht länger Herr meines Körpers, meiner Sinne, meines Denkens.

Da erwachte ich – oder glaubte zu erwachen.

Ich fühlte mich seltsam wesenlos. Ich blickte zurück und versuchte mich zu erinnern, doch die Vergangenheit war wie eine Tür ins Nichts. Meine Erinnerung war ein kalter, leerer Raum in einem kalten, leeren Haus. Ich begriff, dass etwas mit mir geschah, doch was es war, das erkannte ich nicht. Alles schien vage, das Gestern, das Vorhin; nur das Jetzt hatte eine klar umrissene Schärfe.

Ich setzte mich aufrecht, blickte mich um. Die Schatten hatten das Kruzifix an der Wand noch stärker mit ihren Finsterfäden umwoben, die Schenkel des Kreuzes verschmolzen mit der Dunkelheit. Ich wusste, wo ich mich befand, und ich wusste auch, was ich hier wollte, wen ich suchte. Ich stand auf und horchte.

Da waren Laute. Mit angehaltenem Atem sah ich hinauf zur hölzernen Decke. Es klang, als liefe eine Vielzahl von Füßen über meiner Kammer umher, doch es waren leichte, keinesfalls menschliche Schritte. Jetzt schienen sie an den Wänden herabzukrabbeln, nicht nur außen an der Fassade, auch in den angrenzenden Zimmern. Als ergösse sich vom Dachstuhl eine Unzahl vielbeiniger Tiere über die Kam-

— 146 —

mer. Gleichzeitig packte mich ein eisiger Luftzug, und etwas schloss sich – wie eine gewaltige Tür. Dann war es vorbei.

Stille.

Mein Herzschlag beruhigte sich nur langsam. Ich stand immer noch da wie versteinert.

Die Ruhe war nur von kurzer Dauer. Erneute Geräusche ließen mich zusammenfahren. Sie drangen aus dem Nebenzimmer, dort, wo bis gestern Dante gewohnt hatte. Ein Hacken und Brechen und Klatschen. Ganz so, als zerteile jemand Fleisch mit einem Beil.

Auf Zehenspitzen schlich ich zur Tür. Ich öffnete sie und spähte furchtsam hinaus. Der Flur war derselbe wie immer, keine Spur von Tieren, die an Wänden krochen. Ich trat hinaus und überwand die wenigen Schritte bis zur Tür des Nebenraumes. Das abscheuliche Hacken war hier noch deutlicher zu hören. Mir fröstelte.

»He«, flüsterte ich ans Holz der Tür gepresst. »Meister Nikolaus, seid Ihr da?«

Keine Antwort.

Stattdessen brach das Hacken mit einem Mal ab.

Ich wich zurück, in der Befürchtung, die Tür würde aufgerissen, jemand könne herausspringen und –

Nichts tat sich. Kein Hacken, kein Atmen, keine Schritte, nur Stille.

Ich nahm all meinen Mut zusammen, trat vor und drückte gegen die Tür. Sie schwang ohne jeglichen Widerstand nach innen. Ohne einzutreten, blickte ich in die Kammer.

Nikolaus lag vor seinem Bett auf dem Boden, umrahmt von einer glitzernden Blutlache. Ein langes Messer stak neben ihm in den Dielen. Wo sein Kehlkopf gewesen war, klaffte eine breite, rote Öffnung. Noch immer sprudelte

— 147 —

das Leben aus der Wunde und vereinigte sich mit der beachtlichen Pfütze am Boden. Der widerlich warme Geruch nach Eisen war überwältigend.

Gefangen von dem grausamen Anblick, machte ich einen Schritt nach vorne, dann einen zweiten. Und plötzlich begriff ich, dass wer immer den Baumeister der Mysterienbühne ermordet hatte, noch in der Kammer sein musste! Ich wirbelte herum, bereit, mich dem Angreifer entgegenzustellen – doch da war niemand. Nicht hinter der Tür, nicht unterm Bett. Ich war das einzige lebende Wesen im Zimmer.

Die Augen des Leichnams waren weit geöffnet und starrten zur Decke. Hatte auch er die flinken Schritte hinter den Wänden gehört? Statt einer Antwort floss aus seinem Mund ein dunkler Blutfaden.

Ich griff nach dem Messer, wog es nachdenklich in der Hand. Nikolaus' Blut quoll zwischen meinen Fingern hervor. Angewidert öffnete ich die Faust. Die Klinge polterte zurück in die rote Lache.

Da schlugen plötzlich all meine Sinne Alarm. Etwas anderes verdrängte den metallischen Blutgeruch. Rauch, durchfuhr es mich. Feuer!

Ich sprang auf und hastete zurück in mein Zimmer. Schlug die Tür zu.

Und erwachte erneut.

Ich lag im Bett, und alles um mich war verschwommen. Dichte Rauchschwaden hingen in der Kammer, und vom Flur erklangen laute Rufe und Schritte. Kein Zweifel: Die Herberge brannte!

Ich sprang hoch und riss die Tür auf. Eine Wand aus dunklem Qualm schlug mir entgegen. Mein Atem stockte, als mir der Rauch in Mund und Nase drang. Augenblicklich schossen Tränen in meine Augen. Hustend und keuchend sprang ich auf den Flur.

Maria stand plötzlich vor mir, als hätten die Schwaden Gestalt angenommen. Sie drückte mir ein nasses Tuch in die Hand. »Haltet Euch das vors Gesicht, Herr!«, rief sie und tat das Gleiche mit einem zweiten Stück Leinen.

»Wir müssen hier weg«, schrie ich durch den Stoff hindurch, doch Maria schüttelte den Kopf.

»Das Feuer ist bereits gelöscht«, sagte sie. »Die Gefahr ist gebannt.«

»Was ist passiert?«, fragte ich, angesichts des dichten Qualms keineswegs beruhigt.

»In der Kammer neben der Euren ist ein Brand ausgebrochen«, erwiderte sie und deutete durch den Rauch zur Tür des Nebenzimmers.

Ich spürte, wie sich mein Magen verkrampfte. Meine Knie wurden weich wie Wachs. Ein unirdisches Gefühl, als hätte mich der Traum zurück in sein Zerrbild einer Wirklichkeit gerissen, bemächtigte sich meiner. Ohne Marias weitere Worte zu beachten, stürmte ich an ihr vorbei zu der offenen Tür. Die alte Wirtin stand im Zimmer und hatte soeben das Fenster geöffnet. Der Rauch trieb in grauen Wirbeln hinaus und gab den Blick frei auf das, was am Boden lag.

Die Leiche des Baumeisters war pechschwarz, seine Haut schälte sich verkohlt vom Fleisch. Sein Kopf war nur noch eine dunkle, glatte Kugel; die Flammen hatten in ihrer feurigen Wut Gesicht und Haare verzehrt. Auch der Boden um ihn herum hatte sich schwarz gefärbt.

In der Asche, gleich neben der Leiche, lag ein Messer.

Voller Entsetzen wandte ich mich ab und schloss für einige Herzschläge die Augen. Dann erst sah ich ein zweites

Mal hin. Ich vermochte nicht zu sagen, ob es dasselbe Messer war wie jenes, das ich im Traum gesehen hatte – so es denn ein Traum gewesen war.

Da sagte Maria: »Herr, Ihr habt Euch verletzt. Eure Hand ist voller Blut.«

Fassungslos starrte ich erst sie, dann meine Hand an. Maria hatte recht. Meine Finger waren blutgetränkt, doch es gab keine Wunde.

»Lasst mich sehen«, bat Maria und wollte nach meinem Unterarm greifen, doch ich schreckte fast panisch vor der Berührung zurück.

»Nicht!«, entfuhr es mir.

Maria zuckte erschrocken zusammen. »Herr, ich wollte nur –«

»Es ist nichts«, entgegnete ich eilig, zwang mich aber zugleich zu äußerer Ruhe. »Ein Holzsplitter an der Tür, nur ein kleiner Schnitt. Nichts weiter.« Ich atmete tief durch. Und wünschte sogleich, dass ich es nicht getan hätte: Noch immer waren Kammer und Flur voller Rauch. Beißend drang er in meinen Rachen, und ein Hustenanfall bemächtigte sich meiner.

»Es geht schon«, stöhnte ich schließlich, um weiterer Hilfe zuvorzukommen. Ich deutete auf den verkohlten Leichnam. »Wie konnte das passieren?«

Erstmals ergriff die dicke Wirtin das Wort: »Das sollen die Soldaten herausfinden. Der Knecht ist schon unterwegs, um Hilfe zu holen.«

»Ihr habt das Feuer selbst gelöscht?«, fragte ich. Es war schwer, einen klaren Gedanken zu fassen. Immer wieder stand das Bild des ermordeten Mannes vor meinen Augen. Meine Handfläche schwitzte, wo sie im Traum den Messergriff berührt hatte.

Maria nickte. »Es war kein großes Feuer. Nur der Herr brannte, sonst nichts.«

Ein Blick durch die Kammer bestätigte mir ihre Worte. Außer am Toten und jener Stelle auf dem Boden, wo er lag, hatten die Flammen keine Spuren hinterlassen. Offenbar waren die Frauen gerade noch rechtzeitig gekommen, um Schlimmeres zu verhindern. Wie aber konnte ein Mensch allein in Flammen aufgehen? Ich erinnerte mich an die brennbaren Öle, mit denen man das Holz des Scheiterhaufens auf dem Marktplatz getränkt hatte. War Nikolaus Meister vielleicht mit einer ähnlichen Flüssigkeit besprüht worden? Und war das geschehen, bevor oder nachdem man ihm die Kehle durchschnitten hatte?

Mein Blick fiel erneut auf das Blut an meiner Hand, und ein Gedanke bohrte sich mir wie ein Holzpflock ins Hirn: Was, wenn die Soldaten des Bürgermeisters kämen und das Blut an meinen Fingern sähen? Würden sie nicht sogleich die falschen Schlüsse ziehen? Ich musste die Hand so schnell wie möglich säubern.

Ich drängte mich an der verwirrten Maria vorbei, lief in mein Zimmer und tauchte die Hand in die Schüssel auf dem Tisch. Sofort zogen hellrote Schlieren durch das Wasser. Nachdem meine Finger sauber waren, nahm ich die Schüssel und kippte ihren Inhalt in eine Ecke des Zimmers. Das Wasser versickerte sogleich zwischen den Dielenbrettern.

Als ich mich umdrehte, stand Maria im Türrahmen und sah mich aus großen Augen an.

»Was tut Ihr da?«, fragte sie erstaunt.

»Nichts«, entgegnete ich knapp, schloss die Tür direkt vor ihrer Nase und öffnete stattdessen die Fensterläden. Mit bangen Gedanken legte ich mich zurück ins Bett und sah zu, wie der Rauch davontrieb in die Nacht.

Schlaf fand ich keinen mehr in den Stunden, die folgten. Ein Scherge des Bürgermeisters klopfte kurz darauf an meiner Tür und stellte ein paar harmlose Fragen. Offenbar hatte niemand Verdacht geschöpft, ich könne mehr über Nikolaus' Tod wissen, daher ließ man mir schon bald meine Ruhe. Wie es schien, gab es dringendere Verdächtige, denen man den Mord am Baumeister zutraute. Ich lag wach, bis der Morgen graute, den scharfen Geruch des Feuers in der Nase, den Kopf voll mit unheilvollen Rätseln. Wer hatte Meister Nikolaus getötet? Das Blut bewies, dass ich in der Tat in dem Zimmer gewesen war, bevor das Feuer ausbrach – doch nirgends war der Mörder zu sehen gewesen. Und hatte ich die Schritte hinter den Wänden wirklich gehört? Oder waren zumindest sie nur ein Traum gewesen?

Und die schlimmste aller Fragen: Verlor ich allmählich den Verstand?

Einmal blickte ich im Dunkeln auf und sah direkt in die eisigen Augen des Bronzeschädels. Er stand auf dem Tisch, das Gesicht in meine Richtung gewandt. Fast schien er auf etwas zu warten. Aber auf was? Dass ich ihn erneut um Hilfe bat?

Stunden später graute ein Morgen wie alle vorangegangenen über den Giebeln der Hütten, farblos und finster, eine matte Helligkeit hinter der schweren Wolkendecke. Ich war froh, das Haus verlassen zu können. Der Gestank von verbranntem Fleisch hatte sich in die Wände gekrallt, auch ich selbst roch danach. Ich wünschte mir ein Bad, doch dazu blieb keine Zeit. Es gab noch jemanden, den ich aufsuchen musste, und nach den Geschehnissen der vergangenen Nacht war ich weit williger, an seine Existenz zu glauben.

Die misstrauischen Blicke der Menschen in den Gassen folgten mir bei jedem meiner Schritte, ihr Argwohn war allgegenwärtig. Ich musste mich damit abfinden, gewöhnen aber würde ich mich nie daran. Ich spürte, wie mir zahllose Augenpaare nachstarrten, wie immer wieder Einzelne stehen blieben, mich beobachteten, mit anderen flüsterten. Es drängte mich, meine Wut herauszuschreien, sie anzubrüllen: »Welche Schuld habt ihr selbst auf euch geladen?« Doch ich zog den Kopf nur tiefer zwischen die Schultern und beeilte mich, die Stadt durchs Osttor zu verlassen.

Ich hätte die Strecke bis zum Kopfelberg zu Pferd zurücklegen können, doch laut Dantes Beschreibung waren die Wälder dicht und unwegsam, und der Rappe würde mir eher hinderlich als nützlich sein. So ging ich vorbei am Richtplatz an der Westflanke des Berges und verharrte einen Augenblick, um den schwarzen Holzblock zu betrachten, auf dem schon so manch Verurteilter sein Haupt hatte niederlegen müssen, in banger Erwartung des blitzenden Beils. Der Block thronte auf einer niedrigen Holzbühne. Der Boden war festgestampft von Generationen leidsüchtiger Zuschauer.

Der Hang stieg nicht allzu steil bergauf. Zu anderer Zeit, mit anderem Ziel hätte mein Weg einen feinen Spaziergang abgegeben; so aber war mir nicht wohl, als ich den Waldrand erreichte und mich seiner kühlen Umarmung ergab. Die hohen, schlanken Bäume vereinigten sich hoch über meinem Kopf zu einem grüngelben Dach. Säulengleich stützten die Baumstämme eine Kathedrale aus Laub. Eine schwere Stille verstärkte die ehrwürdige, fast sakrale Stimmung dieser Wälder. Es gab hier keinen Pfad, zumindest keinen, den ich fand, sodass ich mir selbst eine Schneise durch das wilde Gestrüpp bahnen musste. Am Fuße der Buchen, Eichen und vereinzelten Fichten wucherten Haselsträucher und wilde Erdbeeren, dazwischen dürre Büsche mit langen, nadelspitzen Dornen und Unmengen tückischer Nesseln, deren Berührung feurige Stöße durch meine Fingerspitzen sandte. Der Grund war weich und federnd, und mir kam der unangenehme Gedanke, dass jeder meiner Schritte den Waldboden erzittern ließ wie das Strampeln einer gefangenen Fliege im Spinnennetz. Plötzlich ahnte ich, nein, ich wusste, dass man mich erwarten würde.

Ich spürte, wie sich erneut ein merkwürdiges, längst bekanntes Gefühl des Unwirklichen meiner bemächtigte. Hatte ich mein finsteres Empfinden am Vortag auf die Wirkung des Honigweins geschoben, musste dessen Rausch heute längst verflogen sein. Und doch war mir, als schwebte mein Geist außerhalb seiner Hülle, als sähe ich hilflos aus der Ferne, wie sich etwas um mich zusammenzog, eine überirdische, jenseitige Bedrohung. Meine Wahrnehmung hatte sich verschoben, mir war, als erkannte ich Dinge, die ich zuvor nie bemerkt hatte – und es war kein erfreulicher Einblick. Mir schien es, als sei ich mein Leben lang, ja als sei ein jeder von einer zweiten, gänzlich verschiedenen Wirklichkeit umgeben, die sich gelegentlich öffnete und einen Blick auf ihre geisterhaften Schrecken gewährte. Es war ein seltsamer Taumel, der mich erfasste, und mir war, als könnte ich mich kaum mehr auf den Beinen halten.

Ich verspürte eine entsetzliche Einsamkeit, ein Gefühl jenseits schlichten Alleinseins, vielmehr eine Art kindliche Verlorenheit angesichts dieser Wälder, die sich weiter und weiter erstreckten, bis über den Gipfel hinweg, nur um sich dahinter mit einer noch ferneren, noch dunkleren Landschaft zu vereinen – ungenutzt, unbetreten, wild. Ich musste mich setzen, einen Augenblick verschnaufen, und als ich saß, da glaubte ich, mich legen zu müssen. Ich lag da, ausgestreckt zwischen Dornenbusch und Nessel, starrte hinauf zu hohen Blätterkuppeln und spürte, wie sich mein Geist von neuem auf eine Reise begab.

Ich begann, meinen Kopf zur Seite zu rollen, erst zur einen, dann zur anderen, und dabei blickte ich mich um, sah die mächtigen Baumstämme aus einer gänzlich anderen Sicht als sonst. Ich wunderte mich über ihre hässliche Rinde und über Wurzeln, die den Armen und Beinen verschlungener Körper glichen. Sie waren obszöne Nachahmungen menschlichen Lebens, mit überlangen Gliedern und Fingern, mit schwarzer Borkenhaut und Schlünden, die sie als Astlöcher tarnten. Da waren Fratzen wie geschnitzte Holzmasken, mit kleinen tückischen Augen. War da nicht Leben in diesen Zügen, den schnaubenden Nüstern, den bebenden Lippen? Schoben sich ihre verdrehten Schenkel nicht umeinander wie ein Nest geschmeidiger Würmer?

Licht brach als heller Strahl durch den Laubhimmel und ergoss sich über Holz und Haut und Erde, bestrich alles mit einem prächtigen Glanz, sodass helle Funken auf den Zweigen tanzten wie die perlende Flut eines Wasserfalls.

Später stellte ich fest, dass ich lange, viel zu lange dagelegen hatte, gebannt von den furchtbaren Wundern des Waldes, umkrallt von einem Zustand, den ich nicht begriff und der mir entsetzliche Angst einflößte. Als mich eine knochige Hand den Visionen entriss, war es düster und ein weiterer Tag erfolglos vertan – dies wenigstens war mein erster Gedanke, das peinvolle Schuldbewusstsein, dem Auftrag meines Herzogs nicht gewachsen zu sein.

»Sieh da«, sagte eine Stimme, »der edle Herr weilt wieder unter den Lebenden.«

Ich schaute mich um und erblickte ein Gesicht, das sich kaum von jenen unterschied, die ich eben erst an den Bäumen entdeckt zu haben glaubte. Waren jene aber Gaukelbilder meiner Sinne gewesen, so hatte dieses hier etwas geradezu Überwirkliches, denn es beugte sich über mich, und eine gewisse Besorgnis sprach aus seinen Augen. Es war nur ein alter Mann, kein Waldschrat, wie es seine dunkle, gegerbte Haut vortäuschen mochte. Wangen und Stirn waren zerfurcht wie Baumrinde, doch wurden sie nicht von Moos und Flechten, vielmehr von einem wilden Bartgestrüpp umrahmt. Die Faltenringe um seine Augen verscheuchten jeden Gedanken, er könne auch nur ein Jahr jünger als uralt sein.

Sein dichtes Haupthaar ähnelte bedenklich dem Bart, denn es war ebenso ungepflegt. Umso überraschter war ich, als ich bemerkte, dass dagegen seine Zähne nicht nur weiß, sondern auch vollkommen ebenmäßig zwischen den ausgedörrten Lippen glänzten. Kaum einer, den ich kannte, angefangen bei den ganz jungen Knappen zu Hofe, hatte noch ein so makelloses Gebiss.

Ich wusste, ich hatte mein Ziel erreicht.

»Ihr seid der Einsiedler, nicht wahr?«, fragte ich. »Der Nigromant vom Kopfelberg.«

Der Alte lachte, und es klang weder meckernd noch krächzend. »Johannes Hollbeck ist mein Name. Pfarrer Johannes Hollbeck.«

Ich setzte mich auf und deutete eine förmliche Verbeugung an. »Gepriesen sei Gott.«

Das schien ihn noch mehr zu belustigen. »Sagt Ihr das, weil ich ein Geistlicher bin oder weil Euch der Schädel nicht mehr schmerzt? – Nein, haltet ein, Ihr braucht keine Antwort zu geben. Sagt mir lieber, wer Ihr seid.«

Das tat ich und erwähnte sogleich, dass ich von einem guten Freund erfahren hätte, dass er hier zu finden sei.

Der Alte lachte noch immer, ohne erkennbaren Grund.

»Macht Ihr Euch über mich lustig?«, entfuhr es mir. Ich bereute die Frage noch im selben Atemzug. Offenbar hatte dieser Mann mich zurück in die Wirklichkeit geholt. Ein wenig Dankbarkeit war durchaus angebracht.

»Verzeiht mir«, bat er versöhnlicher. »Es kommt selten vor, dass sich ein Mensch hierher verirrt, und so neige ich dazu, jedes Quäntchen Fröhlichkeit aus einem solchen Ereignis zu ziehen. Aber ich will Euch nicht beleidigen, keineswegs.«

»Ich bin es, der um Verzeihung bitten muss«, entgegnete ich beschämt. »Ihr habt mich –«

»Gerettet?«, unterbrach er mich. »O nein, mein junger Freund. Ich habe Euch nur ein – zugegebenermaßen recht unangenehmes – Gebräu eingeflößt, dessen Rezeptur mir der Herr in einer Winternacht eingab. Es vertreibt böse Geister, Altersschwachsinn, die Folgen der Trunkenheit und Zahnfäule.« Er hielt einen Moment lang inne, dann fuhr er fort. »Aber sagt, der Freund, von dem Ihr spracht, war das der junge Florentiner?«

»In der Tat«, erwiderte ich und war dabei nicht ganz sicher, was von dem Alten zu halten war. Ich spürte, dass mein Kinn feucht war, und auch der widerlich bittere Geschmack in meinem Mund bezeugte, dass er mir tatsächlich etwas zu trinken gegeben hatte. Was immer es gewesen war, das mich vor Stunden befallen hatte, nun war es fort.

Ich sah mich um und bemerkte, dass wir uns in einer Senke im Wald befanden. Sie war annähernd rund und etwa zehn Schritte im Durchmesser, ganz so, als habe sie ein Riese mit einem gewaltigen Löffel ausgehoben. An einer Seite wurde diese Vertiefung von grauen Felsen begrenzt, zwischen denen ein schwarzer Spalt in ungewisse Bergtiefen führte. Da ich mich nicht erinnern konnte, den Weg aus eigener Kraft gefunden zu haben – tatsächlich erinnerte ich mich an gar nichts –, musste mich wohl der Alte hierher geschleppt haben. Sogleich besah ich mir verstohlen seinen Körper. Was unter seiner groben Kutte an Statur zu erahnen war, ließ auf eine einstmals kraftvolle Jugend schließen. Noch heute waren seine Schultern breit, die Arme muskulös. Ein Mann voller Widersprüche.

Er schien meine Blicke nicht zu bemerken und fragte unbekümmert: »Wenn Ihr ein Freund des Florentiners seid, so seid wohl auch Ihr auf der Suche nach den Kindern von Hameln?«

»Wisst Ihr etwas darüber?«

»Habt Ihr mich denn im Verdacht?«, entgegnete er schmunzelnd.

»Ihr müsst verstehen, dass ich jeder Spur folgen muss.«

»Und die Spur, die Euch zu mir führte, ist der Bericht Eures Freundes?«

Ich nickte. »Er sprach von merkwürdigen Pflanzen, die –«

Sein schallendes Gelächter schnitt mir das Wort ab. »Meine kleinen Lieblinge! Als hätte ich nicht geahnt, dass es ein Fehler war, den Florentiner laufen zu lassen.«

»Wie bitte?«, entfuhr es mir erregt.

Er schüttelte immer noch lachend den Kopf und machte eine wegwerfende Geste mit der Rechten. »Nur ein Scherz«, sagte er, »nur ein Scherz. Aber ich dachte mir, dass er seinen Mund nicht würde halten können. Wisst Ihr, ich jagte ihm ein wenig Angst ein, in der Hoffnung, er würde seine Entdeckung für sich behalten. Doch wie ich sehe, war dies vergebens. Er weiß es, Ihr wisst es, und wahrscheinlich schon halb Hameln.«

»Seid versichert, dass niemand außer ihm und mir eingeweiht ist.«

»Die Bürger Hamelns mögen Euch nicht.«

»Nein, das tun sie wohl nicht«, gab ich zu. »Doch, um ehrlich zu sein, das beruht auf Gegenseitigkeit.«

»Aber Ihr stammt doch aus Hameln.«

»In der Tat. Doch woher wisst Ihr das?«

»Oh«, sagte er nur und zuckte mit den Schultern, ließ sich aber schließlich doch zu einer Erklärung herab: »Gelegentlich gehe ich hinunter in die Stadt, meist ins Kloster der Klarissen. Die ehrwürdigen Schwestern versorgen mich mit jenen Dingen, auf die ich hier oben sonst verzichten müsste. Ein wenig Obst, ein paar Krüge Milch, selten einen Schluck Wein – und natürlich die neuesten Gerüchte. Eure Ankunft in Hameln hat sich innerhalb kürzester Zeit herumgesprochen, edler Ritter, und es gibt keinen in der Stadt, der nicht Eure Vergangenheit kennt.«

Ich nickte bekümmert. »Das war zu erwarten. Es ist kein angenehmes Gefühl, wenn ein jeder alles über einen zu wissen scheint.«

Hollbeck schüttelte den Kopf. »Ich bin sicher, niemand weiß alles über einen anderen. Auch Ihr habt noch ein Geheimnis, nicht wahr?«

Die Worte trafen mich wie Insektenstiche, stechend, schmerzhaft. »Ich weiß nicht, was Ihr meint.«

»Sei's drum«, sagte er gleichgültig. »Wollt Ihr nun meine Pflanzen sehen?«

Ich nickte, bemüht, mir meine Unsicherheit nicht anmerken zu lassen. Dabei hatte er mich sicher längst durchschaut.

»Folgt mir«, bat er und ging voraus zum Felsspalt.

»Dort hinein?«, fragte ich verwundert.

Er nickte. »Hinein – und auf der anderen Seite wieder hinaus. Habt keine Furcht. Ich bin ein alter Mann, der wahrlich anderes im Sinn hat, als Euch in der Dunkelheit zu erschlagen.«

Ich schob meine Zweifel beiseite und trat hinter ihm durch den Höhleneingang. Wir mussten uns seitlich durch die Felsen zwängen, so eng standen sie beieinander. Gleich dahinter weitete sich der Hohlraum zu einer natürlichen Kammer im Berg. Es schien sich nicht um den Wohnraum des Alten zu handeln, denn es gab weder Liegestatt noch sonstige Einrichtung. Hollbeck nahm eine brennende Fackel auf, die in einem Loch in der Wand steckte, und durchquerte die Höhle. An ihrer Rückseite trat er durch eine weitere Öffnung in eine große unterirdische Halle, an deren Grund sich Wasser zu einem kleinen See gesammelt hatte. Wir stiegen eine Geröllhalde hinab, gingen am Ufer entlang und erklommen auf der anderen Seite einige Stufen, die irgendjemand, vermutlich der Alte selbst, in den Stein gehauen hatte. Immer wieder bemerkte ich dunkle Öffnungen im Fels, wo weitere Höhlen abzweigten und tiefer hinab in die Erde führten. Dante hatte Recht gehabt: Es verbarg sich tatsächlich ein dunkles Labyrinth in diesem Berg, und wer mochte wissen, wohin es führte? Vielleicht hatte er mit seiner Vermutung doch noch ins Schwarze getroffen.

Ich schüttelte den Kopf, als könnte ich den Gedanken so vertreiben, und schalt mich selbst einen Narren. Ich lenkte all meine Aufmerksamkeit auf Hollbecks Fackel – und das war bitter nötig, denn wir überquerten jetzt ein tückisches

Feld aus losem Geröll. Der Alte wies mich an, gut auf jeden seiner Schritte zu achten, denn nur die Steine, auf die er seine Füße setzte, seien sicher.

So gelangten wir schließlich an einen Ausgang, durch den mattes Tageslicht in die Höhlen fiel. Hollbeck legte die Fackel beiseite, ließ die Flamme aber brennen. Gemeinsam traten wir ins Freie. Ich stellte ohne große Überraschung fest, dass sich an der Umgebung wenig verändert hatte. Wir befanden uns noch immer im Wald, nun offenbar auf der anderen Seite des Berges, und vor uns sah ich einen finsteren Tannenhain, zwischen dessen Stämmen nichts war als tiefste Schwärze. Es wunderte mich nicht, dass der Alte ausgerechnet diesen Weg einschlug und ohne Zögern in die schattige Dunkelheit tauchte. Sie währte nur wenige Schritte, dann erreichten wir eine Stelle, die durchaus als Lichtung gelten konnte, obgleich es auch hier noch schwer fiel, weiter als zwei, drei Schritte zu sehen. Der Boden senkte sich zu einer seichten Vertiefung, aus deren Mitte eine Reihe seltsamer Pflanzen mit breiten, ovalen Blättern sprossen. Für einen, der nicht in die Geheimnisse des Aberglaubens und der Magie eingeweiht war, hätte dies ein Haufen Unkraut, bestenfalls ein Gemüsebeet sein mögen. Ich aber schauderte beim Anblick der Alraunen.

Die Stimme des Nigromanten war plötzlich nah an meinem Ohr. In der Finsternis spürte ich seinen heißen Atem. »Es sind genau hundertdreißig«, flüsterte er, als könnte er die Pflanzen mit jedem Laut zum Leben erwecken. »Ich habe sie gesät, für jedes der verschwundenen Kinder eine Pflanze.«

Ich starrte immer noch wie gebannt hinab in die Senke. »Ist es wahr, ich meine, dass ...«

»Dass sie zum Ebenbild eines Menschen heranwachsen?«, flüsterte der Alte. »Natürlich. So sagen es die alten Schriftrollen und Zauberbücher unserer Väter. Wartet, ich will es Euch zeigen.«

Er ging im Dunkeln in die Knie und begann unendlich zärtlich, eine der Pflanzen auszugraben. Es schien eine Ewigkeit zu dauern, doch als er sie schließlich triumphierend in die Höhe hielt, überkamen mich Ekel und Bewunderung zu gleichen Teilen.

Die Blätter der Alraune endeten in einer blass schimmernden Wurzel, die entfernt an eine Rübe erinnerte – mit dem Unterschied, dass sie sich an ihrem unteren Ende zu zwei Beinen gabelte. Die Pflanze war noch weit davon entfernt, ausgewachsen zu sein – sie maß bislang kaum eine Handspanne –, doch war schon deutlich zu erkennen, was einmal zu Schenkeln und Oberkörper werden würde. Dort, wo sich bei einem Menschen die Schultern befanden, wuchsen leichte Beulen aus dem Wurzelfleisch. Irgendwann würden hier die Arme entspringen. Nie in meinem Leben habe ich einen grauenvolleren Anblick ertragen müssen. Kein Leichnam, kein Schlachtfeld hat mich mit solchem Entsetzen erfüllt wie diese Spottgeburt, halb Pflanze, halb Kind.

»Das ... das ist Teufelswerk!«, entfuhr es mir bebend. Meine Hand zuckte nach vorne, um dem Alten das widerliche Gebilde aus den Fingern zu schlagen, doch er kicherte nur, zog die Pflanze zurück und machte sich daran, sie an ihrem alten Platz einzugraben.

Ich wich fassungslos zurück, bis ich eine Berührung in meinem Rücken spürte. Keuchend fuhr ich herum und erkannte, dass es nur die Zweige einer Tanne waren. Wie aus Eisen geschmiedet stand ich da, reglos, stumm, und sah zu, wie Hollbeck sein furchtbares Werk beendete.

»Was hat das zu bedeuten?«, fragte ich stockend, nachdem er sich erhoben hatte.

»Später!«, zischte er nur und trat an mir vorüber. Ich spürte, wie der raue Stoff seiner Kutte meine Hand streifte und erschrak von neuem. »Wir müssen erst fort von hier. Folgt mir – dann können wir reden.«

Das Grauen über den Anblick der Alraunen saß mir tief in den Knochen, sodass ich beinahe froh war, eine Weile Zeit zu haben, um mich zu sammeln. Hollbeck ging voran, und wortlos liefen wir auf demselben Weg durch die Höhlen zurück, den wir zuvor gekommen waren. Dunkelheit und Kälte schienen mir plötzlich viel bedrohlicher, jedes Tropfen, jedes Rollen eines Steins ließ mich zusammenfahren. Erst als wir auf der anderen Seite des Kopfelberges wieder ins Freie traten, brach der Einsiedler sein Schweigen.

»Habe ich Euch entsetzt, edler Ritter? Seid Ihr nicht hergekommen, um die Alraunen zu sehen? Oder habt Ihr vielleicht nicht recht an ihre Existenz glauben mögen?«

Er ließ sich am Boden der Senke nieder. Ich selbst war viel zu erregt, um ruhig sitzen zu können. So blieb ich stehen und begann nach einer Weile, auf und ab zu gehen. Sein Blick folgte mir bei jedem Schritt. Meine Aufregung schien ihn zu erheitern.

»Ihr macht Euch der Ketzerei schuldig«, sagte ich schließlich. »Was, denkt Ihr, soll ich nun tun?«

»Mir einen Augenblick zuhören«, erwiderte er ruhig.

»Ich wüsste nicht, was Ihr –«

Unwirsch fiel er mir ins Wort. »Hört mir zu, ich bitte Euch. Und dann fällt Euer Urteil.«

Ich schloss einen Moment lang die Augen und nickte schließlich. »So sprecht.«

Hollbecks Stimme klang trocken wie das Herbstlaub, das unter meinen Füßen knirschte. »Ich bin ein gottesfürchtiger Mensch. Ich achte die Gesetze des Herrn seit meiner Geburt, daher erlaubt mir, Euch meine Geschichte zu erzählen. Habt keine Sorge, ich werde mich kurz fassen.« Er verstummte einige Herzschläge lang, dann fuhr er fort. »Im Jahre unseres Herrn 1212 trug der Aufruf Innozenz' III. zum Kreuzzug gegen die Heiden eine besondere Frucht. Im Rheinland und in Frankreich tauchten zwei halbwüchsige Jungen auf, Nikolaus und Stephan geheißen, die mit frommen Predigten Tausende von Kindern um sich scharten. Ihr Ziel war es, mit dieser Heerschar nach Palästina zu ziehen und das Heilige Grab mit friedlichen Mitteln zu befreien. Keine Schwerter sollten geschwungen, kein Blut vergossen werden! Unbewaffnete Kinder, in Körper und Geist von Unschuld erfüllt, sollten vollbringen, woran Könige und Kaiser gescheitert waren, allein durch die Reinheit ihrer Herzen. Anders als die Ritter der vorangegangenen Kreuzzüge würden sie nicht morden und brandschatzen, sich nicht an Frauen und Kindern versündigen. Nur ihnen, so glaubte man, konnte gelingen, woran ihre Väter und Vorfahren gescheitert waren. Denn wie hätte Gott dieser herrlichen Schar den Zugang zu den Heiligen Stätten verwehren können?«

Der Alte strich sich mit der Rechten über den Bart, räusperte sich und sprach dann weiter: »Ich war eines dieser Kinder, selbst erst neun Jahre alt, aber vom Geiste des Herrn erfüllt. Ich brannte darauf, Jerusalem und all die anderen Orte kennen zu lernen, von denen ich so viel gehört hatte. Ich wollte sehen, wo der Heiland gewirkt hatte, wollte das heidnische Gezücht mit der Macht der Heiligen Schrift vertreiben. So wie ich dachten auch all die anderen,

Tausende und Abertausende. Wir pilgerten nach Süden, überquerten unter ersten Verlusten die großen Gebirge und erreichten die Hafenstädte Frankreichs und Italiens. Männer, die sich als Mönche ausgaben, erwarteten uns und führten uns auf große Schiffe. Betend und die christlichen Lieder singend, zogen wir in unser Verderben – und ahnten es nicht einmal. Stürme und Wellen forderten weitere Leben, als ein Teil der Schiffe in die Meerestiefe gerissen wurde, doch wir anderen erreichten eine Küste. Bald aber begriffen wir, dass dies keineswegs das Gestade Palästinas war. Stattdessen hatte man uns in die schwarzen Küstenstädte verfrachtet, wo ganze Heerscharen von Sklavenhändlern bereits auf ihre Ware warteten. Auf uns!«

Atemlos lauschte ich seinen Worten. Ich hatte früher schon vom Kreuzzug der Kinder gehört, doch hatte ich stets angenommen, dass alle, die daran teilgenommen hatten, längst tot waren. Kaum einer war je zurückgekehrt, und so erstaunte es mich umso mehr, einem von ihnen hier in Hameln zu begegnen. Fast gegen meinen Willen zogen die Worte des Alten mich immer tiefer in ihren Bann.

Hollbeck fuhr fort: »Ich will Euer Herz nicht mit allen Abscheulichkeiten trüben, die wir über uns ergehen lassen mussten. Allen wurde Gewalt angetan. Jungen wie Mädchen wurden verschleppt, die meisten ermordet. Mir drohte das gleiche Schicksal, wäre mir nicht mit einer Hand voll anderer die Flucht geglückt. Man hatte uns weiter nach Süden gebracht, ehe wir uns befreien konnten, sodass uns nur ein einziger Rückweg offen stand. Wir mussten erneut durch die kochende Wüste, ungeschützt und mit wenigen Wasservorräten, Sonne, Hitze und Räubern hilflos ausgeliefert. Ich will das Weitere kurz machen. Ich war der Einzige, der überlebte, und nach einer Reise, die viele Jahre währte, gelangte ich schließlich ins Heilige Land. Ein christliches Kloster, errichtet auf den Trümmern einer Heidenfestung, nahm mich auf, und dort war es, wo ich die Weihen zum Priester erhielt. Ich blieb dort für zwei, drei Jahrzehnte, verabschiedete mich dann von meinen Brüdern und zog lange Zeit als Prediger durch die Städte des Orients. Erst viel später, vor etwa zwanzig Jahren, reiste ich mit einer geschlagenen Ritterschar zurück in die Heimat. Vieles habe ich auf meinem Weg durch jene fernen Länder gelernt, vieles, das man hier als Hexerei bezeichnet, als Magie und – wie Ihr selbst es nanntet – Teufelswerk. Die Kirche verstieß mich, und so suchte ich die Einsamkeit, um mich in ihr ganz dem Glauben an Gott und der Vollbringung seiner Wunder hinzugeben.«

Nach diesen Worten versank er in brütendes Schweigen. Auch ich selbst brauchte eine Weile, bis ich mich dem Sog seiner Erzählung entreißen konnte. Schließlich blieb ich vor ihm stehen, sah ihn an und fragte: »Ihr seid sicherlich ein weiser Mann, Vater Johannes, einer, der mehr für seinen Glauben gelitten hat als jeder andere, den ich kenne. Und doch – eine Antwort seid Ihr mir schuldig geblieben: Was hat es mit den Alraunen auf sich? Und in welcher Verbindung stehen sie zu den Hamelner Kindern?«

Er blickte auf, und in seinen Augen blitzten Tränen. »Haltet Ihr mich für wahnsinnig, Ritter Robert? Weil ich alt bin und von Geheimnissen gekostet habe, die Ihr und Euresgleichen nie kennen lernen werdet? Glaubt Ihr wirklich, ich könnte mich an Kindern vergreifen, nach all dem, was ich erleben musste?«

»Sagt mir, was Ihr mit den Alraunen bezweckt.«

Er atmete tief ein. »Wenn Ihr eine Möglichkeit wüsstet,

den Müttern dieser Stadt ihre Kinder zurückzugeben, würdet Ihr sie dann nicht ebenfalls nutzen?«

»Meint Ihr damit, Ihr wollt mit Hilfe Eurer ... Eurer Lehren diese Kinder neu erschaffen?«, rief ich atemlos. »Großer Gott, ist es das, was Ihr vorhabt?«

Sein Kopf fiel schwer vornüber. »Wenn es mir gelingt – ja!«

Ich starrte ihn mit aufgerissenen Augen an. In jenem Moment muss es ausgesehen haben, als sei ich der Wahnsinnige, nicht er. Der Alte wollte in der Tat eine neue Generation von Kindern züchten. Aus Pflanzen!

»Ich weiß nicht, ob es mir gelingen wird«, fuhr er leise fort. »Keiner, den ich kenne, hat je ein Alraunenwesen getroffen, geschweige denn geschaffen. Und doch muss es einen Weg geben, das Unrecht, das in Hameln geschehen ist, rückgängig zu machen.«

Ich fasste mich unter Mühen und fragte: »Von welchem Unrecht sprecht Ihr? Wisst Ihr, was mit den Kindern geschah?«

Eine Weile lang erwiderte er starr meinen Blick. Die dunkle Glut seiner Augen schien sich in meine Gedanken zu bohren wie ein Brandeisen. Für einen Moment schien es mir, als wäre ich dem Geheimnis nie näher gewesen, doch als er schließlich sprach, waren seine Worte eine herbe Enttäuschung: »Ich weiß es nicht«, sagte er müde. »Ich weiß nicht einmal, wer es weiß. Viele müssen die Lösung des Rätsels kennen, doch keiner bricht sein Schweigen. Nicht die Mütter, nicht die Väter, niemand. Ich versuche nur, den Schaden, der angerichtet wurde, gutzumachen, nicht die Schuldigen zu richten. Das obliegt allein Euch, edler Ritter.«

Der Alte musste den Verstand verloren haben. Sein Vorhaben, die Alraunen zu Kindern heranwachsen zu lassen, mochte gelingen oder scheitern – jemand würde sich später darum kümmern müssen. Es war nicht meine Aufgabe, einen alten, wirren Mann zu richten. Und ich war froh darüber.

Doch eine letzte Frage beschäftigte mich schon eine ganze Weile, und ich mochte ihn nicht verlassen, bevor ich sie ausgesprochen hatte: »Ihr sagtet, dass Ihr oft ins Klarissenkloster geht. Habt Ihr je eine Schwester Julia getroffen?«

Er überlegte einen Augenblick, dann schüttelte er den Kopf. »Nein. Ich habe meist mit der Äbtissin zu tun, öfter noch mit den Stallknechten. Das Schweigegelübde verbietet es den Schwestern, mit mir zu sprechen, und ich bringe sie nicht in Versuchung.«

»Dann habt Ihr nie von Julia gehört?«

»Niemals. Was bedeutet sie Euch?«

Ich seufzte. »Nichts, gar nichts. Habt trotzdem Dank, Vater Johannes. Ich werde niemandem von dem berichten, was ich hier oben gesehen habe. Doch seid versichert, falls die Kinder je wieder auftauchen und sich erweisen sollte, dass sie nicht jene sind, die verschwanden, sondern Eure Alraunengeschöpfe, wird die Welt davon erfahren.«

Er senkte den Blick. »Was ist Schlimmes daran, diesen Müttern und Vätern helfen zu wollen? Ist es nicht das, was auch Ihr wollt? Wer von uns beiden ist näher bei Gott – jener, der bestraft, oder jener, der erschafft?«

Ich hob die Schultern. »Gott vollbringt beides, Vater.«

»Ja, gewiss«, entgegnete er. »Aber liegt es nicht in der Hand eines jeden, zu strafen? Jeder Mensch kann Leben nehmen. Doch wer kann schon neues geben?«

»Seid Ihr denn sicher, dass Ihr das vermögt?«

Seine Stimme war jetzt so leise, dass ich sie kaum zu verstehen vermochte. »Wir werden sehen, Ritter Robert. Wir werden sehen.« Damit sank er in sich zusammen wie eine welke Blume und sagte kein weiteres Wort mehr.

Ich wandte mich schweigend um, stieg über den Kamm der Bodensenke und lief so schnell ich konnte talwärts.

Einmal glaubte ich zwischen den Bäumen eine Gestalt zu erkennen. Eine Frau in schwarzen Gewändern, das Gesicht hinter einem schwarzen Schleier verborgen. Wie ein Geist tauchte sie zwischen den Stämmen auf und war im selben Augenblick wieder verschwunden. Als ich die Stelle erreichte, war da niemand, nur ein verkohlter Baumstumpf mit annähernd menschlicher Form, verbrannt von einem Blitzschlag.

5. KAPITEL

Von jener Stunde an, in der ich erneut meine Kammer in der Herberge betrat, wurden die Tagträume schlimmer. Ich fragte mich, was Wirklichkeit, was Wahnsinn war. Mir war, als öffnete sich um meinen Verstand eine Reihe von Türen, durch die Dunkelheit in meine Gedanken wehte wie ein eisiger Frostwind. Es fällt mir schwer, einen Vergleich zu finden, für das, was geschah. Beinahe schien mir die Welt wie ein Spiegelbild im Wasser eines Tümpels, das ein leichter Lufthauch erzittern lässt. Alles war noch deutlich zu erkennen – die Häuser, die Menschen, die Stadt –, und doch war es, als verfälsche sich ihr Bild auf geheimnisvolle Weise, als gerate die Oberfläche der Dinge in Wallung wie die Spiegelung auf dem Wasser.

Ich fühlte den zwingenden Drang, meine Hände vor die Augen und Ohren zu schlagen, nur noch in mich hineinzuhorchen, die Schwärze meiner Lider zu erforschen und die Welt dorthin zu sperren, wohin sie gehörte – nach außen.

Es war in jenen wirren Stunden, als der Bronzekopf begann, mir Antwort auf meine Fragen zu geben.

Ich entdeckte an seiner Unterseite eine verborgene Klappe, die auf einen festen Druck mit dem Daumen aufsprang. Darin befand sich ein winziges Metallrad. Seine Kante war gezahnt, sodass es sich ohne Schwierigkeiten mehrfach bis zum Anschlag drehen ließ. Gleichzeitig drang aus dem Inneren des Schädels ein merkwürdiger Laut, der sich fortan in kurzen Abständen wiederholte. Ich kann es nur mit dem Hämmern eines Spechts am Baumstamm vergleichen, nur leiser, aus größerer Ferne, ein leises Ticken im Rhythmus meines Herzschlags. Da ahnte ich, dass der Bronzekopf zum Leben erwachte.

»Hilf mir, zu verstehen«, bat ich und setzte ihn vor mir auf das Bett. Ich selbst hatte am Kopfende Platz genommen. Der Gestank nach verbranntem Fleisch hing in den Wänden. Es würde Wochen dauern, ihn zu vertreiben.

Bebten die Lippen des Schädels? Blinzelte ein Auge?

»Hilf mir, zu verstehen«, sagte ich noch einmal.

Ich weiß nicht, ob sich sein Mund wirklich öffnete. Damals glaubte ich, eine leichte Regung zu erkennen, doch als ich meinen Finger auf die Bronze legte, war sie so hart und kalt wie Stein.

Trotzdem sagte der Kopf: »Die Seele vermag nur zu erkennen, was sie bereits in sich trägt. Suche das Prinzip in deinem Inneren.«

»Das habe ich«, erwiderte ich ohne Scheu. »Doch da ist nichts als Leere.«

»Wenn das die Wahrheit ist«, erklang die tiefe Stimme des Bronzeschädels, »dann wirst du die Antworten, nach denen du suchst, niemals erfahren.«

»Was soll ich tun?«

»Das Licht der menschlichen Vernunft reicht zur Erkenntnis der ganzen Wahrheit nicht aus. Die Mittel zur Lösung liegen längst in dir selbst. Du weißt, was du wissen musst. Ziehe deine Schlüsse. Suche das Prinzip in der ratio.«

»Vielleicht bin ich nicht bereit dazu. Vielleicht übersteigt all das meine Fähigkeiten.«

»Die Möglichkeiten eines jeden Denkenden sind allen gemeinsam. Es gibt keinen Unterschied. Aus dem, was gegeben ist, müssen sich die Antworten entwickeln. Die Materie bestimmt das Ziel.«

Ich schüttelte stumm den Kopf.

Der Bronzeschädel fuhr fort, als hätte er die Bewegung bemerkt: »Geh hin und erkenne die Wirklichkeit. Denn die Aufgabe des Erkennens ist allein die Auffassung des Wirklichen, um mit seiner Hilfe zur wahren Erkenntnis fortzuschreiten.«

Danach schwieg er. Nur das Ticken setzte sich fort, hallte in der stillen Kammer wider, die meinem eigenen Kopf immer ähnlicher wurde. Ein Rückzug in trügerische Sicherheit.

Ich legte mich im Bett zurück, verschränkte die Hände am Hinterkopf und blickte hinauf zur Decke. Die Schatten hatten sie längst in ihrem Griff. Ich ließ meinen Blick über die Wände schweifen und verharrte schließlich auf dem Kruzifix. Es war in der Finsternis kaum mehr zu sehen. Täuschte ich mich, oder wanderten die Schatten tatsächlich von Tag zu Tag ein Stück weiter? Wie zäher, schwarzer Sirup schienen sie ganz langsam an den Wänden herabzufließen, so träge, dass die Bewegung mit den Augen nicht zu erkennen war. Und doch war mir, als seien sie mir mit jedem Mal, da ich darauf achtete, ein wenig näher gekommen. Eine undurchdringliche, hungrige Lichtlosigkeit, die alles auf ihrem Weg verschlang.

Ich erhob mich, stieg mit den Füßen auf das Bett und griff zögernd nach dem Kruzifix. Ich hatte Angst, mit meinem Kopf in die oberen Schattenregionen der Kammer vorzustoßen, und hielt das Gesicht deshalb leicht vornübergebeugt. Ich sah nicht hin, als ich das Kreuz mit den

Fingern umschloss und vom Nagel hob. Geschwind ließ ich mich auf die Bettkante sinken und öffnete die Faust, um das Kruzifix näher zu betrachten.

Ich warf einen ersten Blick darauf – und schleuderte es augenblicklich von mir! Entsetzt und voller Widerwillen starrte ich auf meine Hand. Finger und Handteller waren dort, wo sie das Kreuz berührt hatten, schwarz verfärbt. Als hätte der Schatten in der Tat Gestalt angenommen und sich als ekelhafter Belag um das Kruzifix gelegt. Von Panik ergriffen, sprang ich auf, stürzte mit zwei Sätzen zur gegenüberliegenden, helleren Seite der Kammer und sah noch einmal dort hinauf, wo die Schatten sich zusammenballten wie Sturmwolken.

Der Bronzekopf tickte beständig vor sich hin. Klang das Geräusch jetzt nicht lauter? War es nicht durchdringender als zuvor? Ich verfluchte bereits, dass ich das geheime Rad je berührt hatte.

Wo das Kruzifix gehangen hatte, war ein heller Umriss an der sonst so dunklen Wand zurückgeblieben. Ich zweifelte nicht, dass auch er sich binnen Stunden schließen würde. Die Schatten beanspruchten für sich, was ihres war. Mit bebenden Knien sprang ich zum Fenster und stieß die Läden auf. Die trübe Abenddämmerung floss herein, konnte allerdings nur den unteren Teil der Kammer erhellen. Decke und Wände erschienen dadurch nur noch dunkler.

Ich hob noch einmal die schwarz gefärbte Hand vor Augen und zerrieb den Belag zwischen Daumen und Zeigefinger. Er fühlte sich fettig an und hinterließ abscheuliche Schmierspuren. Unter aller Überwindung hielt ich mir die Finger an die Nase und roch daran. Es war kein unbekannter Geruch, keineswegs; es roch nach Feuer, nach Rauch und nach den verkohlten Überresten des Baumeisters. Es war Ruß. Nichts als Ruß. Ich bebte vor Erleichterung.

Maria musste Boden und Einrichtung des Zimmers während meiner Abwesenheit gesäubert haben. Doch eine Reinigung der oberen Wände und des Kruzifixes hatte sie wohl nicht für nötig erachtet. Mir war ob dieser Entdeckung nicht nach Jubel zu Mute. Ich spürte, wie die Geheimnisse dieser Stadt meinen Geist zermürbten. Ich sah Dinge, wo keine waren, hörte Laute, die keiner sonst vernahm.

Das Ticken des Bronzekopfes. Es schien mir nun laut wie Donnergrollen. Unerträglich.

Langsam, immer noch ein wenig zögernd, ging ich auf das Kruzifix zu, das achtlos am Boden lag. Ich bückte mich, hob es auf. Betrachtete es eingehend. Der Ruß hatte sich in die Öffnungen und Ritzen des holzgeschnitzten Heilands gelegt. Seine Augenhöhlen waren schwarze Flecken, ebenso der Mund. Es sah aus, als säße ein Totenschädel auf seinen knochigen Schultern.

Ich ging mit dem Kreuz zum Tisch und tauchte es in die Wasserschüssel. Der Ruß löste sich nicht. Fettig klebte er am Holz wie eine zweite Haut, wie gestaltgewordener Schatten.

Meine Finger zitterten, als ich das Kruzifix, beschmutzt, wie es war, auf dem Tisch ablegte. Dann ergriff ich mit beiden Händen den Bronzekopf. Er machte nun keinerlei Anstalten mehr, zu mir zu sprechen. Nur das Ticken blieb. Ich hielt ihn ganz nah ans Ohr, lauschte in sein Inneres. Tief in ihm vernahm ich ein leises Surren und Schaben, als bewege sich etwas in seinem Bronzehirn. Etwas, das darin eingeschlossen war. Die Vorstellung eines großen, schwarzen Käfers, der mit dürren Fühlern am Gehäuse seiner Metallzelle kratzte, stieß sich tief in mein Denken. Angewidert stellte ich den Kopf neben Kreuz und Schüssel auf den Tisch, trat dann hastig einen Schritt zurück.

Das Ticken ging weiter. Immer weiter. Das Geräusch brachte mich um den Verstand. Ich presste meine Hände auf die Ohren, um den Laut auszusperren. Zwecklos. Er war längst auch in meinem eigenen Schädel.

Ich tat das Einzige, was mir in dieser Lage richtig erschien. Ich floh. Raus aus der Kammer, hinaus auf den Flur, hinunter in die Gaststube.

Niemand war da, nur Maria. Sie sah mich kommen und machte einen Schritt zur Seite. Sie hatte mehrere Schüsseln mit Fleisch und Gemüse auf einem der Tische aufgetragen.

»Herr«, sagte sie, »soeben wollte ich Euch rufen.«

Mir war nicht nach Essen zu Mute, und auch nicht nach Maria. Ich wollte Ruhe, endlich Ruhe. Und doch brachte ich es nicht über mich, die Speisen, die Maria mit sichtbarer Mühe zusammengestellt hatte, abzulehnen. Selbst dazu war ich zu schwach.

So nahm ich Platz, dankte ihr flüchtig und begann zu essen. Eine Weile lang sah sie mir schweigend zu und trat dabei nervös von einem Fuß auf den anderen. Vielleicht lag ihr ein neuer Liebesschwur auf den Lippen, daher war ich froh, als sie sich schließlich wortlos umdrehte und in der Küche verschwand.

In einer Schüssel waren Erbsen aufgehäuft, in einer anderen gekochte Apfelstücke. In der dritten fand ich wunderbar zartes Fleisch, hell und schon zerkleinert, so dass ich es mit dem großen Holzlöffel essen konnte. Das Mädchen meinte es gut mit mir.

Ich bemerkte den seltsamen Geschmack im Mund, als ich bereits mehr als die Hälfte von allem gegessen hatte. Es war, als sei zwischen die Erbsen ein Stück Eisen geraten, doch als ich tastend mit der Zunge durch den Mund fuhr, fand ich nichts dergleichen. Auch das Fleisch war stark durchgebraten, unmöglich, dass es noch nach Blut schmeckte. Doch der eigenartige Geschmack blieb. Ich begann nun, aus jeder Schüssel einzeln zu kosten, um die Ursache herauszufinden. Die Erbsen waren vorzüglich, ebenso das Fleisch.

Doch dann biss ich eines der Apfelstücke zur Hälfte durch und blickte hinein. Zäher, brauner Schleim quoll mir daraus entgegen, eine Ekel erregende Füllung, deren Geruch allein mich würgen ließ. Keuchend erbrach ich mich in die Fleischschüssel und fegte zugleich die beiden anderen vom Tisch. Scheppernd prallten sie auf, ihr Inhalt ergoss sich über den Boden. Es war Blut, das aus den Äpfeln quoll, ohne Zweifel. Dunkelbraunes, eingedicktes Blut.

War das der Irrsinn? Waren dies seine Boten? Geräusche, die einen quälen, und Blut, das aus Äpfeln fließt?

Ich schrie auf, voller Verzweiflung und Wut, sprang von der Bank und stieß dabei den Tisch um. Der Lärm musste bis hinaus auf die Gasse zu hören gewesen sein. Maria eilte aufgeregt herbei, doch ich bemerkte sie erst, als sie meinen Arm packte.

»Herr, wie ist Euch?«, rief sie, und sogleich standen Tränen in ihren Augen.

Tobend trat ich gegen eine der Schüsseln, dass sie bis zur anderen Seite der Schankstube flog und beim Aufprall an der Wand zerbrach. Ich griff grob nach Maria, zerrte sie zu Boden und ging neben ihr in die Knie. Wie von tausend Teufeln besessen packte ich eine Hand voll der Apfelstücke und hielt sie ihr vor das schöne Gesicht. Dann presste ich die Faust zusammen. Ströme von Blut quollen zwischen den Fingern hervor.

»Sag mir, dass auch du es siehst!«, schrie ich verzweifelt.

»Sag mir, dass ich nicht wahnsinnig bin! Das ist Blut, oder?«

Sie senkte den Blick. Einen Augenblick lang glaubte ich, sie würde es abstreiten, doch das tat sie nicht. Stattdessen flüsterte sie leise:

»Ja, Herr, ich sehe es.«

»Du siehst es?«, rief ich beinahe erstaunt. Wie konnte sie es sehen, wenn es nur meiner Einbildung entsprang?

»Ja, Herr«, wiederholte sie schüchtern. »Bitte, verzeiht mir.«

Ihre Worte trafen mich unerwartet. »Dir verzeihen, Maria? Warum?«

Sie riss ihren Arm los, den ich noch immer umklammert hatte, und taumelte auf Knien zwei Schritte zurück. Tränen rannen ihr übers Gesicht. Sie weinte bitterlich. »Es ist mein Blut, Herr«, brachte sie schluchzend hervor. »Ich selbst habe es in die Äpfel gegeben.«

»Dein Blut?« Ich begriff noch immer nicht.

»Ein Zauber«, erklärte sie und schüttelte zugleich den Kopf, dass ihre langen Haare in alle Richtungen wirbelten. »Nur ein Zauber. Um Eure Liebe zu gewinnen, Herr. Die Frau sammelt das Blut, das ihrem Körper entfließt, und gibt es dem Mann ins Essen. Der größte aller Liebeszauber, so heißt es.«

Ein bitterer Sud schoss erneut aus meinem Magen hinauf in den Mund. Noch einmal spie ich stinkendes Sekret auf den Boden. Wie von Sinnen stemmte ich mich auf die Beine und stützte mich kraftlos auf eine Tischkante.

»Verzeiht mir«, heulte Maria noch einmal, doch ich hörte es kaum. Ohne sie weiter zu beachten, blind vor Ekel und Abscheu, torkelte ich an ihr vorüber zur Treppe, die Stufen hinauf und in meine Kammer. Ich stürzte mich auf

— 177 —

die Wasserschüssel, spülte den Mund aus und spuckte das Wasser aus dem Fenster, immer und immer wieder, bis die Schüssel leer war. Schließlich sank ich entkräftet aufs Bett. Mein Körper glühte vor Hitze, doch der Schweiß, der meine Kleidung tränkte, war eisig. Fieber!, fuhr es mir durch den Kopf. Ich habe Fieber.

Ich lag da und versank in Träumen voller Unheil. Gelegentlich riss mich das Ticken des Bronzeschädels aus dem Schlaf, die Laute stachen wie Nadeln tief in mein Hirn. Mir war, als schlüge selbst mein Herz im furchtbaren Takt, den der Schädel ihm vorgab. Als richte sich meine ganze Existenz nach seinem Maß.

Einmal erwachte ich und tastete in der Dunkelheit nach Altheas Hasenpfote an meinem Oberarm. Ja, sie war noch da. Ein Geschenk, in Liebe gegeben. Es würde mich vor dem Schlimmsten bewahren.

Doch es schützte mich nicht vor weiterem Grauen, das sich im Schlaf in meinen Schädel schlich, Bilder von der Leiche des Baumeisters und viele bange Fragen: Wie konnte das Blut an meine Hand gelangen, wenn ich nicht wirklich in seiner Kammer gewesen war? Und wer hatte ihn ermordet, wenn ich der Einzige war, der das Zimmer betreten hatte? Wandelte ich im Schlaf? *Mordete* ich im Schlaf?

Ich spürte, wie das Fieber meinen ganzen Körper erhitzte. Meine Stirn und meine Glieder glühten. Trotzdem raffte ich mich auf, schleppte mich hinab in die nächtliche Küche und fand nach einigem Suchen eine Schale voll Mehl. Damit stieg ich wieder hinauf in mein Zimmer und bestreute zwischen Tür und Bett den Boden mit einer hauchdünnen Schicht. Am Morgen würde ich an möglichen Fußabdrücken erkennen können, ob ich durchs Zimmer gewandert war, ohne dabei zu erwachen.

Die bescheidene Vorsichtsmaßnahme schenkte mir ein wenig Ruhe, und ich schlief von neuem ein. Einmal war mir, als weckte mich eine seltsame Erscheinung vor meinem Bett. Es war der Tod, in Gestalt einer schwarz verschleierten Frau. Sie stand vollkommen reglos da, gleich neben mir, und blickte auf mich herab. Ihr Gesicht lag hinter dem dunklen Schleier verborgen. Es heißt, der Tod komme nachts, um einen zu besuchen, im Schlaf, wenn man ihm so nah ist wie niemals sonst. Er starrt einen aus seinen schwarzen Augen an, stundenlang, doch wenn man erwacht, dann ist er fort. So war es auch in jener Nacht.

Die Morgendämmerung brachte mich ein wenig zur Besinnung, obgleich ich spürte, dass das Fieber noch in jedem Winkel meines Körpers wütete. Man mag sich mein Entsetzen vorstellen, als mein erster Blick gleich auf Fußspuren im Mehl fiel. Sie führten von meinem Bett zur Tür und wieder zurück. Die Tür war geöffnet worden, denn auch ihr Schwung zeichnete sich in der weißen Schicht ab. Das bedeutete, ich war draußen gewesen, zumindest auf dem Flur.

Dann aber erinnerte ich mich an die Erscheinung. Was, wenn wirklich eine Frau in der Kammer gewesen war? Konnten es nicht ihre Fußabdrücke sein? Ich schenkte dem Hämmern in meinem Kopf keine Beachtung und bückte mich, um die Spuren einer genaueren Betrachtung zu unterziehen. Ebenso gut wie vom Bett zur Tür und zurück konnten sie in umgekehrter Reihenfolge entstanden sein – jemand war hereingekommen, an mein Bett getreten und schließlich wieder fortgegangen. Das hauchdünne Mehl war an jenen Stellen auseinander geweht, wo die Füße aufgetreten waren, so dass Länge und Breite des Abdrucks nicht mehr klar zu erkennen waren. Es hätten zarte Frauenfüße, aber auch meine eigenen gewesen sein können. Was mich allerdings in Erstaunen versetzte: Zehen und Ballen waren noch zu erkennen. Wäre aber eine nächtliche Besucherin barfuß gekommen? Vielleicht – wenn sie etwas ganz Bestimmtes im Sinn gehabt hätte. Maria war in diesem Fall eine nahe liegende Verdächtige. Doch hätte sie das gewagt, nach dem Vorfall vom Abend? Und außerdem: Wäre sie verschleiert, in einem schwarzen Kleid über meine Schwelle getreten? Nein, Maria konnte es nicht gewesen sein. Und der Einzige, der in dieser Kammer barfuß lief, war ich. Es gab nur diese eine Möglichkeit: Das Fieber hatte mir die Vision einer schwarzen Frau vorgegaukelt. Und wer mochte mir solche Wahnbilder verübeln, nachdem in dieser Sache immer mehr Weibsbilder an Bedeutung gewannen: Julia, Juliane, Margarete Gruelhot, Maria, Liutbirg, sogar die knöcherne Frau des Hufschmieds, Imma. Was aber die Fußabdrücke anging, so war ich in der Tat selbst aus dem Zimmer geschritten. Doch war ich deshalb ein Mörder? Der Gedanke schien so unbegreiflich, so fern aller Wirklichkeit, dass ich mich nicht damit befassen mochte. Natürlich hatte ich den Baumeister nicht ermordet.

Trotz meiner schlechten Verfassung beschloss ich, mich noch einmal zum Klarissenkloster zu begeben. Das Tageslicht half mir, meine Furcht im Zaum zu halten. Ich schwitzte, mir war heiß, jeder Blick schien mir wie durch Nebel verschleiert. Und doch gelang es mir, aufrecht auf die Straße zu treten und mich auf den Weg zum Kloster zu machen.

Am Ende einer Gasse entdeckte ich ein Kind. Der kleine, humpelnde Junge fiel mir wieder ein, doch dies hier war ein Mädchen mit schmutzigem blondem Haar. Die Kleine begann, kreischend zu lachen, als sie mich sah. Schaum stand vor ihrem Mund, sie wies mit der rechten Hand in meine Richtung. Dann fuhr sie plötzlich herum und rannte fort. Sie hatte einen verwirrten Geist, ohne Zweifel, doch sie war auch ungemein flink, und schon nach wenigen Schritten gab ich die Verfolgung auf. In meinen Ohren toste ein Sturm, und mein Kopf fühlte sich an, als müsste er platzen. Der kühle Regen tat wohl auf meiner fiebrigen Haut, und doch wusste ich, dass die Nässe meine Krankheit nur noch schlimmer machte. Ich verschwendete keine Zeit mehr darauf, im Labyrinth der engen Gassen nach dem Kind zu suchen. Nachdenklich eilte ich auf dem schnellsten Weg zum Kloster.

Zu meinem Erstaunen ließ man mich widerspruchslos ein und führte mich zur Äbtissin. Waldrada empfing mich im selben Raum wie bei meinem ersten Besuch, und auch an ihren schwarzen Gewändern hatte sich nichts geändert. Ihr faltiges Gesicht, umrahmt von Kleid und Haube, schien zu leuchten wie eine Münze auf einem dunklen Samtkissen. Mir war, als wäre seit meiner letzten Audienz kaum Zeit verflossen.

»Ich weiß, was Ihr wünscht«, sprach sie, bevor ich etwas sagen konnte. Ihre Stimme klang so trocken und brüchig, dass ich fürchtete, die Worte könnten auf ihrem Weg durch den Raum zu Staub zerfallen. »Ihr wisst, ich kann es Euch nicht gestatten.«

»Ich muss noch einmal mit Schwester Julia sprechen«, entgegnete ich bestimmt.

»Die Schwester hat ein Gelübde abgelegt. Ich habe sie bereits einmal vorzeitig davon entbunden, um Euch behilflich zu sein. Diesmal wird es keine Ausnahme geben.«

»Ihr versteht mich nicht«, widersprach ich. »Ich muss mit ihr reden.«

Die Falten auf ihrer Stirn vertieften sich zu finsteren Schluchten. »Falsch, Ritter, Ihr versteht *mich* nicht. Schwester Julia hat ihr Schweigen vor Gott geschworen. Vor Gott! Niemand darf sich dem entgegenstellen.«

»Ich –«, begann ich, doch im selben Augenblick überkam mich ein solches Schwindelgefühl, dass ich beinahe zusammenbrach. Ich taumelte einen Schritt vorwärts und suchte Halt an der Kante von Waldradas Tisch.

»Ihr seid krank«, stellte sie ohne jedes Mitgefühl fest. »Ihr solltet etwas dagegen tun.«

Schwerfällig gelang es mir, den Kopf zu schütteln. Ich versuchte zu sprechen, doch kein Wort drang über meine Lippen. Der Schwindel machte keinerlei Anstalten, sich zu legen. Die Kammer schien sich um mich zu drehen, Waldradas Gesicht wurde immer mehr zu einem weißen Fleck in der Dunkelheit. Es schwebte vor mir wie ein Gespenst, ein Irrlicht in stockfinsterer Nacht.

Ich hörte, wie Waldrada einen Namen rief, dann ergriffen mich von hinten sanfte Hände und führten mich aus dem Raum. Widerstandslos ließ ich es geschehen, unfähig, mich zu wehren oder nur einen Einwand zu erheben. Eine Weile lang wurde mir gänzlich schwarz vor Augen, und als sich meine Sicht wieder klärte, fand ich mich in einer düsteren Kammer ohne Fenster, hingestreckt auf eine Liege. Ein Kerker!, schrie es in mir, doch ein zweiter Blick zerstörte die Illusion meiner Gefangenschaft. Die Tür der Kammer stand weit offen.

Im selben Moment betraten zwei Klarissenschwestern in weißer Tracht den Raum. Die eine bot mir wortlos eine Schale mit dampfendem Kräutersud an. Ich trank einen Schluck und sagte dann: »Ich will aufstehen. Ich fühle mich wohl.« Das war eine Lüge.

Die jüngere der beiden Schwestern schüttelte entschieden den Kopf, sagte aber kein Wort. Das Gelübde verbot ihnen zu sprechen, selbst mit einem Kranken. Es war gespenstisch, wie sie in ihren langen weißen Gewändern dastanden und mich stumm betrachteten. Ihr Anblick erinnerte mich allzu sehr an die Todesvision der vergangenen Nacht. Die verschleierte Frau hatte mich ebenso angesehen – schweigend, reglos, unheimlich.

»Ich muss jetzt gehen«, sagte ich und machte Anstalten, mich von der Liege zu erheben.

Eine schmale, helle Hand legte sich geschwind auf meine Schulter und drückte mich sanft zurück. Es war nicht mehr als eine Geste, ihre Kraft hätte kaum ausgereicht, mich festzuhalten. Und doch hielt ich inne und sah die Schwester an. Sie war nicht hübsch, besaß aber wunderschöne, ungemein blaue Augen. Die Tatsache, dass sie nahezu das Einzige waren, was unter der weiten Schwesternkluft von der jungen Frau zu erkennen war, vervielfachte ihre betörende Wirkung.

»Ich möchte Schwester Julia sehen«, bat ich.

Ein drittes Kopfschütteln. Kein Wort.

Da konnte ich ihre stummen Blicke nicht länger ertragen, achtete nicht weiter auf ihren stillen Protest und stand auf. Meine Beine waren schwach, mein ganzer Körper schien zu beben, doch es gelang mir, mich auf den Füßen zu halten. Ich trug noch all meine Kleidung am Körper, sodass es nichts gab, das mich hier länger hätte halten können. Eilig schritt ich an den beiden Schwestern vorüber und trat hinaus auf einen steinernen Flur. Die Kammer, in der ich gelegen hatte, befand sich unweit des Hauptportals.

Ehe ich das Gebäude verließ, warf ich noch einen Blick zurück zu den beiden Schwestern. Sie standen kerzengerade nebeneinander, die gefalteten Hände in den weiten Ärmeln ihrer Gewänder verborgen. Zwei blasse Geister, hinter denen die Mauern im Schatten ertranken. Schweigend und reglos starrten sie mir nach.

Ich löste mich von ihrem schaurigen Anblick und trat hinaus ins Freie. Doch als ich das große Tor durchqueren wollte, spürte ich den Blick eines weiteren Augenpaares im Rücken. Julia, durchzuckte es mich. Ich fuhr herum.

Doch es war nicht Julia. Es war die Äbtissin. Waldrada stand halb verborgen im Dunkel eines Fensters, ein schwarzer Schemen vor noch tieferer Finsternis. Sie schien mir nachzusehen, als ich ging, und ihr Blick war kalt wie die Berührung einer Toten.

Erst später begriff ich, dass nicht ich es war, den sie beobachtete. Sie blickte über mich und über die Stadt hinweg zum Kopfelberg, und ihre Augen maßen seine bucklige Masse wie ein Heerführer die feindlichen Horden.

Der Bronzekopf empfing mich mit tickendem Getöse. Ich hätte schwören mögen, dass die Geräusche abermals lauter geworden waren, lauter, immer lauter, und nun schien mir auch das Schaben und Surren in seinem Inneren deutlicher vernehmbar. Plötzlich überkam mich die Gewissheit, dass der Kopf mich in den Wahnsinn treiben würde, wenn ich dem Ticken nicht sogleich ein Ende setzte. Ich hob ihn mit beiden Händen vom Tisch und schüttelte ihn, bis meine Arme schmerzten. Die Laute blieben gleich, ja, nun schien es mir gar, als steigere sich das Spektakel zu hämischen Höhen, als erfreue sich der Schädel an meiner Pein. Kühl und schwer lag er zwischen meinen Händen. Der gestrenge Ausdruck seiner Züge änderte sich nicht, und doch war mir, als leuchte da ein spöttisches Funkeln in seinen Augen. Einbildung? Wirklichkeit? Die Begriffe verschoben sich von Mal zu Mal, überlagerten sich, zogen wieder auseinander. Was immer mit mir geschah, es veränderte auch die Umgebung. Oder war auch das nur ein Trugbild in meinem Kopf?

Ich schleuderte den Schädel von mir. Polternd krachte er zu Boden und rollte unters Bett.

»Warum tust du mir das an?«, erklang seine Stimme dumpf aus den Schatten.

Ich entschied, die Worte zu überhören. Nicht länger sollten Hirngespinste mein Tun bestimmen.

Der Schädel ließ sich nicht beirren. »Du solltest dir hier unten etwas ansehen«, fügte er hinzu.

Ich beachtete ihn nicht, und so schwieg er schließlich.

Geraume Zeit später musste ich mir eingestehen, dass ich meine Neugier nicht länger im Zaum zu halten vermochte. Ich ging vorm Bett in die Knie und beugte mein Gesicht herunter, bis ich mit einem Ohr am Boden lag. Der Schädel schimmerte matt im Dunkel und starrte mir in die Augen. Er sagt kein Wort. Er tickte.

Maria hatte das Mehl vom Boden gefegt, doch hier unten lagen noch einige Reste, vermischt mit Staub und Schmutz. Es war so dunkel unter dem Bett, dass ich kaum bis zur rückwärtigen Wand sehen konnte. Ich packte den Schädel, zog ihn hervor und legte ihn achtlos auf die Liege. Er sprach noch immer nicht. Ohne mir weitere Gedanken über ihn zu machen, blickte ich angestrengt in die Schatten. Was hatte der verfluchte Kopf gemeint, als er sagte, ich müsse mir etwas ansehen?

Ich entdeckte es erst, als ich die Suche schon fast aufgegeben hatte. Es war ein kleiner brauner Lederbeutel, so groß wie meine Hand und ebenso flach. Er war rundherum zugenäht und mit einem Nagel unter das Bett geschlagen worden. Dort hing er, stocksteif, und niemand hätte ihn je bemerkt, wäre nicht der Bronzekopf darauf gestoßen.

Ich griff danach, musste aber feststellen, dass der Nagel tief im Holz saß und sich mit bloßer Hand nicht lösen ließ. Also holte ich meinen Dolch herbei und begann, damit den Nagel hervorzuhebeln. Schließlich hielt ich den Lederbeutel in der Hand. Er fühlte sich hart an, war aber achtlos verarbeitet, denn die Nähte an seinen Rändern waren grob und in weiten Abständen angebracht, als habe jemand sein Werk in höchster Eile verrichten müssen. Ich wog ihn unentschlossen in der Hand, roch daran – und sogleich überkam mich Abscheu. Was immer sich in dem Beutel befinden mochte, es stank entsetzlich.

Ich stand auf, legte den Beutel auf den Tisch und begann dann, mit der Dolchspitze die Nähte zu lösen. Ganz langsam, eine nach der anderen. Der Faden war straff gespannt und schnellte jedes Mal mit einem dumpfen Laut auseinander, wenn ich ihn zerschnitt. Schließlich war es vollbracht, und ich klappte die obere Hälfte des Beutels mit dem Dolch nach hinten. Da endlich sah ich, was sich in seinem Inneren befand.

In der Mitte lagen zwei winzige Kadaver, von jungen Mäusen oder Ratten. Die kleinen Körper waren längst blättriger Fäulnis anheim gefallen, doch es war deutlich zu erkennen, dass sie miteinander verwachsen waren. Missgeburten, die sogleich nach dem Wurf gestorben waren. Es gab ein Wort dafür, und nach einigem Grübeln fiel es mir ein: Rattenkönig. Zwei neugeborene Ratten, von der Natur aneinander geschmiedet, kaum lebensfähig, weil sie stets mit dem anderen verbunden sind.

Ich erinnerte mich, wie ein Stallknecht am Hofe des Herzogs ein solches Paar im Stroh entdeckt hatte, lebendig und leise wimmernd. Der alte Mann war ehrfürchtig davor zurückgewichen. »Ein Rattenkönig«, hatte er geflüstert, mit starrem Gesicht und fahler Haut, »da liegt ein Rattenkönig.« Damals hatte ich gelacht – wohl um meinen Ekel zu überspielen –, doch der Alte warnte mich: »Es gibt Rattenkönige auch unter uns Menschen, Männer und Frauen, die so eng mit ihrem Schicksal verbunden sind, dass sie sich nie davon zu lösen vermögen und schließlich daran zu Grunde gehen.« Daraufhin hatte ich die wimmernde Spottgeburt voller Abscheu unter meinem Stiefel zertreten.

All das sprang mir beim Anblick der schwarzen Kadaver wieder ins Gedächtnis. Gänsehaut kroch über meine Arme.

Doch der Rattenkönig war nicht das Einzige, was sich in dem Beutel befand. Seine Überreste vermischten sich mit einer spröden, übel riechenden Masse; ich hatte keinen Zweifel, dass es sich um menschliche Ausscheidungen handelte. Darüber hatte man helles Pulver gestreut, zweifellos ein Gift. Ein Rätsel gab mir allein der fingerlange Holzspan auf, der sich unter den anderen entsetzlichen Zutaten befand. Doch auch seine Herkunft blieb mir nicht lange verborgen. Es war der Splitter eines Galgens oder Richtblocks, nichts lag in diesem Falle näher. Je mehr Menschen ihr Leben daran verloren hatten, desto stärker die böse Zauberkraft des Spans. Denn diese war fraglos allem Inhalt des Beutels gemeinsam: Jedes Teil diente übler Hexerei. Man wollte mich mit einem Fluch belegen, und wenn ich die Träume und Visionen der vergangenen Tage bedachte, so schien dies längst gelungen.

Mit dieser Erkenntnis überkam mich solches Grauen, solche Furcht, dass ich glaubte, mein Körper sei zu Eis geworden. Ich war ein Mann des Glaubens, christlich bis ins Mark, doch gab es zweifellos auch in mir eine Furcht, die stärker war als jene vor Gott: die Angst vor der Macht der schwarzen Magie.

Ist es nicht eigenartig, wie berechenbar wir Menschen sind? Wie leicht zu verunsichern? Hätte der Zauber einem anderen gegolten, so hätte ich gelacht, ihn keinesfalls für ernst genommen. Doch nun, wo er mich selbst verhexte, war ich von seiner teuflischen Kraft überzeugt.

Panik regierte mein Denken und Handeln. Ich holte aus, um den Beutel samt seines Inhalts vom Tisch zu fegen. Im letzten Moment gelang es mir, die Bewegung aufzuhalten. Es lag nichts Gutes darin, die Zutaten des Zaubers im ganzen Zimmer zu verstreuen. Und zugleich mit dieser Einsicht bemächtigte sich meiner ein unerhörter Zorn. Denn ich ahnte, wem ich den Zauber zu verdanken hatte.

Wie besessen (und war ich das nicht in der Tat?) hastete ich hinaus auf den Gang. Schrie Marias Namen. Einmal, zweimal. Immer wieder. Schritte polterten auf der Treppe, als die fette Wirtin heraufstürmte.

»Edler Herr, was ist geschehen? Wie –«

Ich ließ sie nicht ausreden. Keine Zeit für ihr Gestammel.

»Maria!«, brüllte ich erneut. »Wo ist das Weib?«

»Unten, Herr«, entgegnete die Alte angstvoll. »Aber was –«

Ich drängte sie zur Seite und eilte die Stufen hinunter. Maria stand im leeren Schankraum, die Augen weit aufgerissen, Schultern und Körper zusammengesunken wie ein Gehängter am Galgen. Das weiße Tuch, mit dem sie die Tische abgewischt hatte, war ihr vor Angst aus der Hand gefallen. Es lag vor ihren Füßen wie eine tote Taube mit gespreizten Flügeln.

»Du!«, entfuhr es mir. Ich stürmte auf sie zu und versetzte ihr eine schallende Ohrfeige. Sie stolperte zur Seite, brach in die Knie und schlug dabei mit dem Kopf auf die Tischkante. Plötzlich war Blut auf ihrem Gesicht.

Sie sagte kein Wort. Weinte nicht einmal. Hockte einfach nur da, blutend und verstört. Aus ihren großen braunen Augen blickte sie zu mir auf.

»Was habe ich Euch getan, Herr?«, fragte sie mit bebender Stimme.

»*Was du mir getan hast?*«, schrie ich. »Du bist des Teufels, Weib. Des Teufels!« Hinter mir hörte ich die Schritte der Wirtin, doch sie wagte nicht, einzugreifen.

»Ich habe den Boden gewischt und das Bett gemacht«, flüsterte sie. »Ich goss frisches Wasser in Eure Schüssel und –«

»Wasser!«, brüllte ich spöttisch. »Du brachtest mir Wasser, in der Tat – und einen Fluch.«

»Einen Fluch, Herr?«

Ich wollte sie erneut schlagen, doch trotz all meiner Wut krallte sich Mitleid um mein Herz. Sie hockte da wie ein Hund, der nicht begriff, was er angerichtet hatte. Das Blut legte ein eigentümliches Muster auf ihre Züge, wie fremdartige Schriftzeichen. »Willst du verleugnen, dass du den Beutel unter mein Bett genagelt hast?«

Sie legte den Kopf leicht schräg. Der Vorwurf traf sie unerwartet. »Einen Beutel, Herr?«

»Ja, verdammt!«

»Ich weiß nichts von einem Beutel.«

»Verstell dich nur, Hexe. Doch ich warne dich. Diesmal bist du zu weit gegangen.«

»Herr, ich verstehe Euch nicht. Ich weiß nicht, wovon Ihr sprecht.« Nun traten doch noch Tränen in ihre wunderschönen Augen. Ich kämpfte gegen mein Mitgefühl an. Es fiel mir nicht schwer.

»Streitest du ab, dich der Zauberei schuldig gemacht zu haben?«, fragte ich laut.

»Edler Herr«, meldete sich da erstmals die Wirtin zu Wort. »Habt Erbarmen. Nicht den Scheiterhaufen für das Kind. Wer soll mir dann zur Hand gehen?«

Ich beachtete sie nicht. »Streitest du deine Schuld ab?«, fragte ich noch einmal.

Maria senkte ihren Blick und schüttelte den Kopf. Blut hatte ihr Haar verklebt. »Ihr wisst, dass ich versuchte, Euch mit Liebeszaubern zu betören.« Plötzlich aber ruckte ihr Gesicht in die Höhe, und Wut sprach aus ihrem Blick. »Ich habe dies nie abgestritten, denn ich liebe Euch, mein Ritter. Doch von einem Beutel weiß ich nichts!«

Die Heftigkeit ihrer Worte und der feste Klang, der plötzlich in ihrer Stimme lag, trafen mich unvorbereitet. Leiser Zweifel schlich sich in mein Wissen um ihre Schuld, eben noch unerschütterlich, jetzt plötzlich wankend.

»Ich glaube dir kein Wort«, stieß ich hervor.

»Nun«, entgegnete sie fest, »dann lasst es eben.« Damit zog sie sich am Tisch in die Höhe. Noch immer machte sie keine Anstalten, das Blut aus ihrem Gesicht zu wischen. Sie stand da, kraftlos auf den Tisch gestützt, mit Trauer und Wut in den Augen. Die Wunde an ihrer Schläfe musste schmerzen, und ihr schien heftig zu schwindeln. Da erst begriff ich, was ich getan hatte. Nie zuvor war ich einer Frau mit Gewalt begegnet, erst recht keinem jungen Mädchen wie Maria. Einem Kind, das keinen Hehl daraus machte, was es für mich empfand.

War meine Grausamkeit eine Folge des Fluchs? Und falls ja – mochte dann nicht auch der Mord am Baumeister hier seine Wurzeln haben? Im Hexenbeutel unter meinem Bett – und längst auch im Inneren meines Schädels?

Plötzlich wusste ich, was zu tun war.

Ich fuhr herum, ließ Maria stehen, eilte an der verwirrten Alten vorüber und sprang die Treppe hinauf. In meiner Kammer verriegelte ich von innen die Tür, ergriff mein Bündel und kippte seinen Inhalt aufs Bett. Neben einem zweiten Dolch befanden sich darin ein gefaltetes Wappen meines Herzogs, Handschuhe mit Eisenbesatz, Feuersteine und meine Bibel, die man mir beim Ritterschlag überreicht hatte. Sie war überaus wertvoll, von Kopisten eines herzoglichen Klosters hergestellt und in reich verziertes Leder gebunden. Nur wenige nannten einen solchen Schatz ihr eigen.

Jedoch, was ich in diesem Augenblick suchte, war keines der genannten Dinge. Was ich benötigte, befand sich in einer Hand voll kleiner Metallgefäße, unzerbrechlich und mit Wachs verschlossen. In einem bewahrte ich Weihwasser, in einem anderen Weihrauch. Ein drittes, viertes und fünftes war gefüllt mit anderen geweihten Substanzen. Es gibt Worte, sie zu beschreiben, Geruch, Geschmack und Aussehen festzuhalten, doch nichts davon wird ihrem wahren, ihrem heiligen Wert gerecht.

Bis zur ersten Weihe hatte man mich vieles gelehrt, das sich nun, so hoffte ich verzweifelt, als hilfreich erweisen würde. Es galt, den Fluch von mir zu heben, und ich will nicht vorenthalten, dass der Versuch mich fast das Leben kostete.

Es ist ungemein schwierig, eine Teufelsaustreibung an einem anderen zu vollbringen – sie aber an sich selbst vorzunehmen bedeutet unausweichlichen Untergang.

Heute weiß ich das. Damals nicht.

— 191 —

Das beruhigende Gefühl von absolutem Schmerz umgab mich wie eine träge, warme Flüssigkeit. Beruhigend, weil es mir sagte, dass ich lebte. Auf meiner entblößten Brust saß der Rattenkönig und fraß sich schmatzend in mein Fleisch. Ich sah ihm eine Weile zu, erst aufmerksam, allmählich gelangweilt. Er tat nur das eine: Er fraß und fraß und fraß. Mit beiden Mäulern. Abscheulich – und schmerzhaft.

Jemand schlug mir ins Gesicht, und ich öffnete die Augen. Der Rattenkönig war verschwunden. Nur die Wunde blieb, wenngleich sie nicht aussah, als hätten Zähne sie geschlagen. Ihre Ränder waren schwarz und schorfig. Sie hatte die Form eines Kruzifixes. Der Schmerz wurde jetzt unerträglich.

Ich schrie auf, und wieder klatschte mir eine Hand ins Gesicht, noch einmal, bis meine Schreie verstummten. Irrsinnig vor Pein, wohl aber schweigend, blickte ich in ein Gesicht, das sich über mich beugte. Dahinter befand sich ein zweites, verschwommen wie durch Nebelschleier. Niemand sprach.

Das hintere Gesicht, so viel erkannte ich nun, gehörte Maria. Sorge floss wie Tränen aus ihren herrlichen Augen. Und dann setzten sich auch die Teile der anderen Gestalt vor meinem Auge zusammen.

»Er wird leben«, sagte Hollbeck, obgleich mir nicht klar war, ob er mit mir oder Maria sprach. Die Züge des alten Einsiedlers schienen aus solcher Nähe betrachtet noch faltiger, ein Irrgarten aus zerklüfteten Graten und Schluchten. Wieder erstaunten mich seine weißen Zähne – als gäbe es nichts Wichtigeres.

Ich wollte sprechen, doch meine Kiefer gehorchten mir nicht. Sie lösten sich kein Haarbreit voneinander.

Die kreuzförmige Wunde auf meiner Brust schien in

— 192 —

Flammen zu stehen. Ich begriff, dass dies der Wahrheit äußerst nahe kam. Da war Feuer in meiner Erinnerung, Feuer auf meiner Brust. Ich selbst hatte es entzündet.

Der Alte sagte noch etwas, doch ich hörte die Worte kaum. Stattdessen drang etwas anderes an meine Ohren. Ein leiser, rhythmischer Laut. Das Ticken des Bronzeschädels. Ich versuchte vergeblich, den Kopf in seine Richtung zu drehen. Erneut verlor ich das Bewusstsein, doch war mir, als begleiteten mich die Geräusche des Schädels auf meiner Reise durch die Dunkelheit.

Als ich erneut erwachte, hatte sich wenig an dem Bild geändert, das sich meinen müden Augen bot. Der Einsiedler blickte noch immer mit zerfurchter Stirn auf mich herab, Maria stand hinter ihm. Wahrscheinlich war ich nur für wenige Herzschläge ohne Besinnung gewesen.

»Sorge dafür, dass er wach bleibt«, sagte Hollbeck zu Maria. Er selbst wandte sich ab und verschwand, während das Mädchen seine Stelle einnahm. Sanft glitt ihre Hand über meine Stirn.

»Was habt Ihr nur getan, mein Ritter?«, fragte sie leise.

Ich öffnete stockend den Mund. Diesmal gelang es mir, Worte zu formen. »Sag du es mir«, flüsterte ich schwach.

Sie schüttelte den Kopf. »Später.«

»Nein«, brachte ich krächzend hervor, »bitte!«

Maria zögerte noch einen Moment, dann gab sie nach. »Wir fanden Euch am Boden, ohne Eure Kleidung.« Hierbei senkte sie schamvoll den Blick – als ob meine Nacktheit in dieser Lage von Bedeutung wäre. »Ihr hattet das Kruzifix, das einst an der Wand hing, auf Eure Brust gelegt und angezündet. Dabei schriet Ihr die Verse eines langen Gebetes, das ich nie zuvor gehört hatte. In der Wasserschale brannte Weihrauch, und um Euch herum am Boden hattet ihr mit verschiedenen Pulvern Zeichen geformt. Runenzauber.«

Ich erinnerte mich wieder. Allerdings hatten die Zeichen mit Runen nichts gemein; vielmehr waren es Buchstaben aus dem Hebräischen. Das Gebet freilich konnte Maria in der Tat nicht kennen. Nur der Teufelsaustreiber weiß um seine wahre Macht.

»Bin ich schwer verletzt?«, fragte ich stockend.

Sie schüttelte den Kopf. »Vater Johannes sagt, er sei gerade noch rechtzeitig hergekommen. Er weiß, was Ihr vorhattet. Nachdem wir Euch fanden, bin ich gleich hoch zum Wald geritten und habe ihn gerufen. Ohne ihn wärt Ihr wohl tot.«

»Du kennst ihn gut?«

»O ja. Er hat uns schon oft bei Krankheiten beigestanden. Er kennt gute Mittel gegen alles.«

»War er es, der dir die Liebeszauber verriet?«

Maria sah beschämt zu Boden. »Ja, Herr. Aber Ihr müsst mir glauben, mit jenem Beutel, von dem Ihr sprracht, habe ich nichts zu tun.«

Ich nickte, denn ich zweifelte nicht mehr an ihren Worten. »Hast du den Beutel gesehen?«

»Nein, Herr. Wo ist er?«

Ich wies zum Tisch. »Er muss noch dort liegen.«

Maria blickte hinüber und musterte mich dann zweifelnd. »Dort liegt nichts, mein Herr. Nur der Kopf aus Eisen. Er gefällt mir nicht, er ist so –«

»Er ist fort?«, fiel ich ihr erregt ins Wort. Mühsam hob ich den Oberkörper und schaute gleichfalls zum Tisch. Maria hatte recht, dort war nichts außer Schüssel und Schädel. Der Beutel und sein abscheulicher Inhalt waren verschwunden.

»Hat ihn jemand genommen?«, fragte ich erregt.

»Dort lag nichts«, erwiderte sie und verfiel sogleich in den Tonfall einer Verteidigung.

Ich gemahnte mich selbst zur Ruhe, um das Mädchen nicht von neuem zu erschrecken. »Schon gut«, sagte ich sanft. »Es ist nicht wichtig. Vielleicht habe ich ihn verbrannt. Oder fortgeworfen.«

Hollbeck, der das Zimmer für einen Moment verlassen hatte, trat wieder ein. Er betrachtete mich ernst. »Ihr seid ein Dummkopf«, sagte er.

»Vater Johannes!«, entfuhr es Maria erschrocken.

Ich griff besänftigend nach ihrer Hand. »Lass ihn, er hat Recht.«

Aus den Augen des Alten sprach blanker Zorn. »Ihr solltet Euch nicht an Dingen versuchen, die Ihr nicht versteht, Ritter. Ihr seid kein Geistlicher, mögt Ihr auch eine Tonsur tragen. Nicht einmal ich selbst würde mich an eine Austreibung wagen. Nicht einmal ich«, wiederholte er lauter.

Ich bemühte mich, zu lächeln. Es schien zu einer Grimasse des Schmerzes zu geraten, denn Maria packte meine Hand fester. »Das glaube ich Euch nicht«, sagte ich. »Wollt Ihr mir wirklich erzählen, Ihr habt Euch nie an Teufelsspuk versucht, Vater Johannes?«

Er tat meine Worte mit einem Kopfschütteln ab. »Und wenn, wäre es nun nicht von Bedeutung.«

Ich sah ihn fest an. »Ich muss den Dämon in meinem Inneren bezwingen, Vater.«

»Euer Dämon ist nicht mit den Mitteln der Kirche zu bekämpfen«, entgegnete er vage, griff dann in seine Kutte und zog ein Fläschchen hervor. »Ich werde Eure Wunde hiermit bestreichen. Danach wird der Schmerz nachlassen, doch es kann lange dauern, bis sie verheilt. Ihr werdet eine Narbe zurückbehalten.«

Ich wusste, warum er dies erwähnte. Die Narbe würde die Form eines Kreuzes haben.

»Ihr solltet Hameln verlassen«, fügte er hinzu. »Eure Verletzung macht die Aufgabe, die Ihr Euch gestellt habt, nicht leichter. Man flüstert in den Gassen über Euch.«

»Unmöglich«, erwiderte ich. »Der Herzog kommt in wenigen Tagen hierher. Es ist meine Pflicht, seine Mission zu erfüllen.«

»Weshalb überlasst Ihr das nicht seinem Statthalter, dem Graf von Schwalenberg?«

»Wollt Ihr mich verhöhnen, Vater? Schwalenberg ist ein Narr. Ich bin sicher, das wisst Ihr selbst.«

Statt einer Antwort sagte er: »Wie Ihr wünscht, edler Ritter. Ich an Eurer Stelle würde über diese Entscheidung nachdenken.«

»Wollt nun auch Ihr mir drohen wie all die anderen?«, fuhr ich auf.

Er schüttelte betrübt den Kopf. »Wenn Ihr das wirklich glaubt, so seid Ihr tatsächlich der Falsche für Eure Aufgabe. Denkt nach, bevor Ihr redet, Ritter. Vielleicht wird vieles Euch dann leichter fallen.«

Er beschämte mich. Eben erst hatte er mir das Leben gerettet. Vielleicht hatte er Recht.

»Was habt Ihr gemeint, als Ihr sagtet, den Dämon in mir könne man nicht mit den Mitteln der Kirche bezwingen?«, fragte ich.

»Ihr seid nicht vom Teufel besessen.«

»Was macht Euch da so sicher?«

Er lachte leise. »Ich habe Menschen gesehen, die unter den Bann der höllischen Mächte gerieten, Verhexte, Verteufelte, Verfluchte. Doch glaubt mir, wenn es etwas in Eurem Inneren gibt, das Euch quält, so ist es keine überirdische Macht.«

»Was wollt Ihr damit sagen?«

Er öffnete die kleine Flasche und strich eine klare Flüssigkeit auf meine Wunde. Sie kühlte ein wenig, doch der Schmerz blieb. »Ich fürchte, dass Ihr krank seid, Ritter. Vielleicht ernster, als Ihr glaubt.«

»Ihr glaubt ... krank im Geiste?«, fragte ich matt.

Maria ließ meine Hand los und trat einen Schritt zurück, als hätte sie Angst, sich anzustecken.

»Ich weiß es nicht«, erwiderte der Alte. Es klang ehrlich.

Bilder traten vor meine Augen, Szenen aus meinen Träumen und aus der Wirklichkeit. Und immer wieder die Leiche des Baumeisters. Das Blut an meinen Händen.

Ich schwieg. Was hätte ich auch sagen können?

Maria warf mir ein letztes scheues Lächeln zu, dann verließ sie die Kammer. Ich hörte, wie ihre Schritte vor der Tür verhielten. Sie wartete auf den Alten.

»Wenn Ihr wollt, könnt Ihr nun ein wenig schlafen«, sagte Hollbeck.

Ich schüttelte langsam den Kopf. »Wie könnte ich schlafen, nach dem, was Ihr mir gesagt habt. Wann kann ich aufstehen?«

»Wann Ihr mögt«, erwiderte er beinahe gleichgültig. »Ihr müsst selbst am besten wissen, was gut für Euch ist. Wenn Ihr den Schmerz ertragt, steht auf. Oder ruht aus, bis es Euch besser geht. Ich bin nicht hier, Euch Vorschriften zu machen.«

Er wollte gehen, doch ich hielt ihn zurück. »Wann, glaubt Ihr, werde ich wieder gesund sein – wirklich gesund?«

Der Alte sah mich an. Der Blick seiner Augen wirkte müde. »Wenn ich wüsste, wie krank Ihr tatsächlich seid, könnte ich Euch vielleicht eine Antwort geben. Aber so – nein, ich weiß es nicht. Ich habe Euch meinen Ratschlag gegeben. Kehrt zurück nach Braunschweig, lasst Euch von den Ärzten des Herzogs kurieren.«

Damit wandte er sich um und verließ die Kammer. Die Tür wurde zugezogen, ich war allein. Mit dem Schmerz, mit meiner Angst.

Es war spät in der Nacht, als das Schreien begann. Mag sein, dass ich wach lag, mag sein, dass ich schlief; sicher ist, dass mich ein Heulen wie dieses selbst aus tiefstem Schlaf gerissen hätte. Es war ein Laut voller Menschlichkeit und Trauer, ein peinvoller Singsang, der anhob und absank wie die Brust eines Sterbenden. Er klang nach Grauen und Verlust, nach Wahn und schwindender Erinnerung.

Das Schreien kam von draußen, von der Gasse oder aus einem der angrenzenden Häuser. Ehe ich mich versah, saß ich aufrecht im Bett, schwang die Beine über die Kante. Der Schmerz war noch da, aber die Medizin des Einsiedlers unterdrückte ihn. Das dumpfe Pochen in meiner Brust fühlte sich an, als sei mir ein zweites Herz gewachsen. Vielleicht hatte ich eines nötig.

Ich stand auf und brauchte eine Weile, ehe ich schwankend auf beiden Füßen Halt fand. Vorsichtig machte ich einige Schritte vorwärts und bemerkte zu meinem Erstaunen, dass es besser ging als erwartet.

Nackt trat ich ans Fenster und stieß die Läden auf. Zum ersten Mal seit meiner Ankunft in Hameln war die Wolkendecke aufgerissen, und der Mond hing wie ein blindes

Auge in der Schwärze des Himmels. Sein Licht floss als silbriger Schimmer über die Giebel und Dächer, doch immer noch schien es, als seien die Schatten stärker als der Mondenschein. Dunkelheit kauerte in jedem Winkel wie ein schlafendes Tier.

Die Schreie verstummten für einen Augenblick, nur um gleich darauf von neuem zu beginnen – noch lauter, noch verzweifelter. Überall erschienen nun fahle Gesichter in den Fenstern, hier und da flackerte eine Kerze auf. Unten in der Gasse erwachten die Schatten aus ihrem Schlaf, als die ersten Menschen aus den Häusern liefen und zum Quell des Gejammers eilten. Ich reckte mich weit über die Fensterkante hinaus, wie eine Galionsfigur am Bug eines Seglers, und wollte sehen, wohin sie liefen. Schon nach wenigen Schritten bogen die Männer und Frauen nach rechts und verschwanden hinter der Ecke des Gasthofs. Die Schreie mussten aus einem Haus an seiner Rückseite kommen. Ungeachtet meiner Verletzung und des erbärmlichen Zustands, in dem ich mich befand, beschloss ich, der Sache nachzugehen.

Ich zog mir die Kleidung über, eine langwierige, äußerst mühsame Prozedur, verbunden mit neuerlichem Schmerz. Meine größte Sorge war, dass die Wunde abermals aufbrechen würde, doch das verbrannte Fleisch nässte nur ein wenig. Hollbecks Tinktur verdankte ich, dass mir vor Pein nicht die Sinne schwanden. Im Hintergrund tickte der Schädel. Ich schenkte ihm keine Beachtung.

Benommen trat ich hinaus auf den Flur und öffnete die Hintertür, die zur Treppe an der Rückseite des Hauses führte. Sogleich schlugen mir Lärm und das Flackern von Fackeln entgegen. Rund ein Dutzend Gestalten stand vor einer ärmlichen Hütte. Ich kannte sie, ich wusste, wer dort lebte.

Ich beschleunigte meine Schritte, stieg geschwind die knarrende Holztreppe hinab. Das Licht der Fackeln badete mich in Helligkeit. Blutspritzer waren auf meiner Kleidung. Ich entdeckte sie, als ich den Fuß der Treppe erreichte und vorsichtig an mir herabsah, um nicht über die unterste Stufe zu stolpern. Blut auf meiner Hose und auf meinem Wams. Zahllose kleine Tropfen, kaum zu sehen. Hatte ich mich während der misslungenen Austreibung nicht nur verbrannt, sondern auch geschnitten? Ich hatte keine weiteren Wunden an meinem Körper bemerkt. Ein seltsames Gefühl beschlich mich, ähnlich wie ich es im Zimmer des toten Baumeisters gespürt hatte. Da waren Unsicherheit und Zweifel. Zweifel an mir selbst.

Die Menschen vor der erleuchteten Hütte wandten mir die Rücken zu. Kurz bevor ich sie erreichte, änderte ich meinen Entschluss. So schnell ich es vermochte und dabei so unauffällig wie möglich, lief ich zurück zum Haus, die Treppe hinauf, in meine Kammer. Dort griff ich nach Dantes Mantel und warf ihn mir über die Schultern. Niemand durfte das Blut auf meinen Kleidern sehen.

Erneut stieg ich hinab und ging hinüber zur Hütte. Die Leute machten bereitwillig Platz, als sie meiner gewahr wurden. Ohne sie eines Blickes zu würdigen, ging ich durch ihre Mitte und trat durch die offene Tür der Hütte. Die Hitze blakender Fackeln schlug mir entgegen, als ich den engen Innenraum betrat. Der Boden war aus festgestampftem Lehm, die Einrichtung schlicht. Sechs Menschen standen zur Rückseite der Hütte gewandt und verdeckten mit ihren Körpern, auf was sie herabblickten. Das Heulen war verstummt, und zwei schluchzende Frauen hielten sich gegenseitig im Arm. Eine von ihnen musste die Schreie ausgestoßen haben. Die übrigen waren Männer. Einer bemerkte mich und stieß sogleich die anderen an. »Seht!«, flüsterte er ihnen zu. Alle drehten sich zu mir um.

Ihre Augen lagen im Dunkeln, doch ich ahnte das Misstrauen und die Ablehnung, die aus ihren Blicken sprachen. Feindseligkeit hing in der Luft, schlimmer als an den Tagen zuvor. Noch immer konnte ich nicht sehen, was hinter ihnen am Boden lag, nur an der Wand nahm ich ein riesiges Muster wahr. Die hohen, schwarzen Schatten der Männer verbargen seine Form. Es war unmöglich zu erkennen, was es darstellen sollte.

»Tretet zur Seite!«, befahl ich. Das Beben in meiner Stimme war kaum zu überhören.

Sie gehorchten nur zögernd. Wut sprach aus jeder Bewegung, doch niemand wagte, mich anzugreifen.

Jemand hatte den Umriss eines mannsgroßen Vogels an die Wand gemalt, mit weit gespannten Schwingen und einem scharfen Schnabel wie eine Säbelklinge. Die Striche, offenbar mit Händen grob gezogen, waren dunkelrot, fast braun. Sie glitzerten feucht. Die Krallen des Vogels endeten am Boden, und dort lag, in einer sternförmigen Lache aus Blut, ein totes Kind. Es war der lahme Junge, dem ich wenige Tage zuvor begegnet war. Sein Mörder hatte ihm die Kehle durchgeschnitten. In seiner Stirn steckte ein Dolch.

Der monströse Blutvogel war ein Zerrbild des herzoglichen Wappentieres.

Der Dolch aber war mein eigener.

DRITTER TEIL

Die Rattengruft

6. KAPITEL

Die Welt der Sarazenen ist der unseren so unendlich überlegen«, stellte von Wetterau nachdenklich fest. Er saß am Ende der langen Tafel in seinem Haus und spielte mit einem gelben Fingerknochen; wie ein Jahrmarktszauberer ließ er ihn über die Fingerkuppen tanzen, dann zwischen den Knöcheln entlang, hin und wieder zurück, hin und zurück. Ob der Heilige, dem das spröde Glied gehört hatte, in all seiner Weisheit hätte ahnen können, wo es einmal landen würde? Dass ein Probst im fernen Hameln damit seine Spiele treiben würde, als könne er mit diesem merkwürdigen Ritual seine Denkkraft fördern?

»In den Augen der Sarazenen sind alle Menschen gleich«, fuhr von Wetterau fort, ganz vertieft in den tanzenden Knochen. »Allein die letzte und höchste Offenbarung sprechen sie Andersgläubigen ab – die des Propheten Mohammed. Doch ungeachtet dessen entsteht aus dieser Gleichheit vor Gott ein enger Zusammenhalt der sarazenischen Völkerschar, er zwingt sie, einander zu achten und zu vertrauen. Das macht sie so stark, und nur deshalb haben unsere Heere sie niemals besiegen können.«

Nachdem er geendet hatte, blieb sein Blick gesenkt. Man konnte ihm ansehen, wie ratlos er angesichts der Lage war.

Ich selbst saß am anderen Ende der Tafel, wie schon bei unserem ersten Treffen, mit dem einen Unterschied, dass zwei Bewaffnete nur zwei Schritte hinter mir standen und auf jede meiner Bewegungen Acht gaben.

»Ist das der Grund, weshalb Ihr die Heiden so hasst?«, fragte ich.

Der Probst zuckte mit den Schultern. »Vielleicht. Ihre Überlegenheit macht mir zu schaffen. So oft schlugen sie unsere Heere, töteten Männer, für die es in unserem Land keinen würdigen Gegner gab. Die Sarazenen schickten Kinder in den Krieg, und ihre Kinder kämpfen tapfer und kühn. Nicht die Unschuld dieser Jungen und Mädchen besiegte unsere Ritter, nicht ihre Reinheit vor Allah und Mohammed – allein ihr Umgang mit Messer und Bogen warf unsere Heerscharen nieder.«

»Solche Zweifel habe ich von einem wie Euch nicht erwartet.«

Erstmals hob er den Kopf und sah mich direkt an. Seine Augen funkelten wie dunkle Edelsteine. »Zweifelt Ihr nie, edler Ritter? Seid Ihr so befangen von der Überzeugung, dass all Euer Wirken und Tun bestimmt ist von Gottes Hand?«

»Wollt Ihr das denn abstreiten?«

Er sank wieder in sich zusammen wie ein Wasserschlauch, in den jemand ein Loch gestochen hatte. »Nein, wohl kaum. Wie könnte ich? Ich bin der Probst dieses Stifts ...«

»... und nach Eurem Tod ein Heiliger«, fügte ich hinzu.

»Ein Heiliger«, wiederholte er gedankenverloren. Und, plötzlich, wie aus einem bösen Traum erwacht, fragte er: »Habt Ihr den Jungen getötet, Robert von Thalstein?«

»Nein«, entgegnete ich und machte keinen Versuch, seinem Blick auszuweichen.

Statt meine Antwort in Zweifel zu ziehen, nickte er nur.

– 206 –

»Ich glaube Euch – zumindest im Augenblick.« Er gab den beiden Wachen einen Wink, und ich hörte, wie sie sich von mir abwandten und die Treppe ins Erdgeschoss hinabstiegen. Ich wagte nicht, aufzuatmen.

»Der Adler des Herzogs muss nichts bedeuten«, sagte er leise. »Jeder kann ihn an die Wand gemalt haben. Um ehrlich zu sein, ich halte ihn für einen reichlich plumpen Versuch, den Verdacht auf Euch zu lenken.«

Zu meinem Glück wusste niemand, nicht einmal von Wetterau, dass der Dolch im Gesicht des Jungen mir gehörte. Ich hatte ihn nie offen bei mir getragen: Es handelte sich vielmehr um jene zweite Klinge, die während der ganzen Zeit in meinem Bündel gesteckt hatte. Der Dolch aber, den ich stets im Gürtel gehabt hatte, lag jetzt vor dem Probst auf dem Tisch. Einer der Wachmänner hatte ihn mir abgenommen und von Wetterau übergeben. Der Probst griff danach, holte Schwung und schob ihn mir herüber. Mit einem Scheppern rutschte die Klinge der Länge nach über die Tafel und blieb vor mir liegen.

»Nehmt«, sagte er. »Er gehört Euch, und ich wüsste keinen Grund, weshalb Ihr ihn nicht tragen solltet.«

»Habt Dank«, erwiderte ich, ließ die Waffe aber vorerst liegen.

»Habt Ihr einen Verdacht, wer es gewesen sein könnte?«, fragte von Wetterau.

Ich schüttelte den Kopf. »Warum macht Ihr Euch überhaupt Gedanken darüber? Ist die Aufrechterhaltung von Recht und Ordnung in dieser Stadt nicht Sache des Bürgermeisters?«

Der Probst verneinte. »Nicht in diesem Fall. Wir glauben, dass der Tod des lahmen Jungen mit dem Verschwinden der Kinder zu tun hat.«

Natürlich, nichts lag näher. Und doch war die Art der Verbindung zwischen diesen Vorfällen rätselhaft. Während die übrigen Kinder spurlos verschwunden waren, hatte man die Leiche des Jungen offen liegen lassen, ja durch den Blutadler sogar noch für besondere Aufmerksamkeit gesorgt. Beides mochte schwerlich zueinander passen.

»Euch ist doch klar, dass es noch einen zweiten Diener des Herzogs in Hameln gibt«, sagte ich behutsam.

Von Wetterau nickte, seine Züge formten ein schmerzliches Lächeln. »Ihr meint Graf von Schwalenberg?«

»Allerdings.«

»Er kann es nicht gewesen sein – abgesehen davon, dass auch er keinen Grund gehabt hätte.«

»Er ist wahnsinnig.«

»Trotzdem kann er nicht der Mörder sein.«

»Was macht Euch da so sicher?«

Das Lächeln verschwand von seinem Gesicht, nur in seinen Augen blieb ein schalkhaftes Glitzern. »Schwalenberg hat gestern Morgen einen seiner Flugversuche gewagt. Er ist mitsamt seiner Erfindung vom Turm gestürzt und hat sich beide Beine gebrochen. Er liegt daheim im Bett und kann nicht einmal die nötigsten Zwänge des Lebens verrichten – geschweige denn nachts kleine Kinder ermorden.«

Ich atmete tief durch. »Was ist mit dem Henker? Auch er ist ein treuer Anhänger Heinrichs, wie der Graf mir sagte.«

»Ihr liefert Eure eigenen Leute ans Messer, edler Ritter«, stellte von Wetterau belustigt fest. »Ist das Eure Art?«

»Nein«, entgegnete ich heftig und durchaus erzürnt. Sein Vorwurf mochte nicht ernst gemeint gewesen sein, trotzdem fuhr mir die Beleidigung tief in die Knochen. »Ich lie-

— 208 —

fere niemanden ans Messer. Doch bedenkt, dass ich hier bin, um das Verschwinden der Kinder zu klären. Es ist meine Pflicht, möglichen Spuren nachzugehen.«

Er nickte müde. »Verzeiht mein loses Mundwerk. Um Eure Frage aber zu beantworten: Der Henker wurde verhört, ebenso seine Frau und seine sechs erwachsenen Töchter. Sie alle beschwören, dass der Alte die ganze Nacht über in seiner Hütte lag. Zudem ist der Mann fast blind. Er würde mit seinem Beil einen Hals nicht treffen, wenn Ihr ein rotes Kreuz darauf maltet.«

Darauf versanken wir beide in brütendes Schweigen. Schließlich, nachdem wir eine ganze Weile stumm vor uns hin gestarrt hatten, sagte ich: »Darf ich Euch eine Frage stellen?«

»Gewiss«, erwiderte er neugierig.

»Es geht um Eure Schwester, um Liutbirg.«

Sein Gesicht schien von einem Moment auf den nächsten zu versteinern. »Ihr wart bei den Wodan-Jüngern«, stellte er fest.

»Natürlich. Auch das war meine Pflicht, nach allem, was Ihr mir über sie berichtet habt.«

Er nickte. »Was wollt Ihr wissen?«

»Weshalb Eure Schwester eine der ihren wurde.«

»Sie ist ihre Priesterin«, sagte er knapp, als sei das Antwort genug.

Ich schwieg und wartete darauf, dass er fortfuhr.

»Es gibt nicht viel zu erzählen«, sagte er langsam. »Wir wurden in Hameln geboren, doch während ich von hier fortzog, um mein Glück an den Höfen zu suchen, blieb Liutbirg in der Stadt. Sie kam in Berührung mit heidnischem Brauchtum – vielleicht durch reisende Händler und Scharlatane, ich weiß es nicht. Der Glaube unserer Ahnen ist verbreiteter, als Ihr denken mögt. Überall im Land gibt es Gruppen wie diese. Liutbirg und ihre Anhänger sind keine Ausnahme. Nachts, hinter verschlossenen Türen und an prasselnden Feuern werden noch immer die alten Riten vollzogen. Die Menschen haben jahrhundertelang an die Götter um Wodan geglaubt. Anders als die christliche Kirche hat er ihnen keine Kreuzzüge aufgezwungen, keine gestrengen Sitten und Gesetze. Die Verlockung, ihm zu verfallen, ist groß.«

»Liutbirg sagt, Ihr hasst sie.«

Von Wetterau lächelte grimmig. »Da hat sie nicht Unrecht. Es ist meine feste Überzeugung, dass ihre Leute für das Verschwinden der Kinder verantwortlich sind, und Liutbirg ist ihre Anführerin. Sie gibt ihnen Befehle, sie bestimmt, was zu tun ist. Das Unglück, das unsere Stadt heimgesucht hat, ist allein ihr Werk.«

»Ihr geht hart mit Eurer Schwester ins Gericht«, entgegnete ich, »obgleich es doch keine Beweise gibt.«

»Beweise!«, spie der Probst mir entgegen. »Was bedeuten Beweise? Wenn es allein danach ginge, müsste ich Euch in den nächstbesten Kerker werfen, Ritter Robert, denn die Beweise im Fall des ermordeten Jungen sprechen gegen Euch.«

Darauf schwieg ich beschämt. Vielleicht hatte von Wetterau Recht. Vielleicht waren es nicht allein Beweise, nach denen es zu suchen galt. Möglicherweise gab es eine höhere, eine reinere Form von Wissen, um die Ereignisse aufzuklären.

»Was ist mit dem Baumeister der Mysterienbühne?«, fragte ich nach einer Weile, in welcher der Probst brütend schwieg. »Ihr müsst ihn gekannt haben. Wer hätte einen Grund gehabt, ihn zu töten?«

Von Wetterau seufzte. »Ihr wisst, dass ich ihm den Auftrag gab, die Bühne zu errichten. Und, glaubt mir, seine Leistung ist wahrlich ein Meisterwerk, die größte Bühne, die je diesseits des Rheins erbaut wurde. Habt Ihr die Dreiteilung bemerkt, die drei Etagen? Das ergibt eine Gesamtzahl von neun Spielebenen! Ich glaube kaum, dass selbst in Frankreich je ein solcher Aufwand betrieben wurde.«

»Das beantwortet nicht meine Frage«, gab ich zu bedenken.

Er nickte. »Natürlich nicht. Wie ich sagte: Nikolaus Meister war ein Genie. Aber er war auch eine verdorbene Existenz mit Schulden bei mehr Menschen, als Ihr und ich beim Namen kennen. Seine Leidenschaft war das Würfelspiel, der Suff und – Gott bewahre uns davor – die Hurerei. Er hat sich in seinen wenigen Monaten in Hameln zahllose Feinde gemacht, vor allem bei den durchreisenden Händlern, die er um manches Silberstück betrog. Es war nicht schwer, die Spur seines Mörders aufzunehmen und den Schuldigen zu stellen.«

»Dann habt Ihr den Mörder gefangen?«, fragte ich verblüfft.

»Noch in derselben Nacht«, bestätigte von Wetterau nicht ohne Stolz. »Wir zogen ihn aus dem Bett einer Dirne im Marktviertel. Nikolaus' Blut klebte noch an seinem Dolch.«

Erregt erinnerte ich mich an die schauderhaften Laute, die ich in der Mordnacht vernommen hatte – und an das Blut an meinen eigenen Händen. War mein Bangen, ich selbst könnte der Mörder gewesen sein, nichts weiter als ein Hirngespinst? Ich hätte jubeln mögen vor Freude.

»Wo ist der Mann?«, wollte ich wissen. »Kann ich mit ihm sprechen?«

»Ich bin erstaunt über Eure große Anteilnahme«, sagte der Probst.

»Verzeiht«, antwortete ich mit gelinder Empörung, »doch als Nikolaus Meister starb, trennte mich nur eine dünne Wand von ihm und seinem Mörder. Wie könnt Ihr annehmen, solch ein Vorfall ließe mich kalt?«

Von Wetterau beschwichtigte mich mit einer Handbewegung. »Nichts liegt mir ferner, werter Freund. Und doch muss ich Euren Wunsch leider abschlagen. Meisters Mörder ist tot. Er versuchte zu fliehen, da streckte ihn ein Kerkerknecht mit der Lanze nieder. Sein Leichnam wurde bereits in ungeweihter Erde verscharrt.« Er muss mir meine Enttäuschung angesehen haben, denn er fügte eilig hinzu: »Lägen die Dinge anders, hätte ich Euch umgehend zu ihm bringen lassen. Meister Nikolaus war eine Persönlichkeit, die jeder in dieser Stadt kannte. Ein Fall wie dieser erforderte drastische Maßnahmen. Der Mörder wäre ohnehin in Kürze gerichtet worden.«

Ich nickte, immer noch betrübt, aber durchaus einsichtig. »Erzählt mir mehr über das Spiel.«

Dies wiederum schien dem Probst zu gefallen. »Diese Bühne zu errichten war ein Wagnis. Keiner unserer Helfer war je an einem solchen Werk beteiligt, und doch vollbrachten sie das Unmögliche, denn der Glaube an Gott und die Arbeit zu seinen Ehren gaben ihnen Kraft.« Er verstummte und nahm einen Schluck Wein aus einem schweren Zinnbecher. Ich nahm an, er würde fortfahren, deshalb blieb ich still.

Es dauerte eine Weile, bis der Probst erneut das Wort ergriff. Er schien mir ein Mann, der gern in Erinnerungen schwelgte, als hätte er ein Dasein in der erlebten Vergangenheit jenem in der Gegenwart vorgezogen. Vielleicht gefiel ihm einfach der Gedanke, bereits Erfahrenes neu zu durchleben, denn das Wissen um die Ereignisse gab ihm zugleich die Allmacht darüber.

»Seit Monaten fiebert die Aufführung ihrem Höhepunkt entgegen«, fuhr er fort. »In drei Tagen ist das Werk vollbracht, Christus stirbt am Kreuz.«

Ich nahm all meinen Mut zusammen und fragte: »Haltet Ihr es nicht für vermessen, selbst in die Rolle des Heilands zu schlüpfen?«

Von Wetterau sah mich lange an, sein Blick schien jede Kerbe, jede Erhebung meines Gesichts zu studieren. Ich glaubte bereits, ihn erzürnt zu haben, als er plötzlich ganz ruhig fragte: »Wisst Ihr überhaupt, was diesen Menschen ein Heiliger in ihrer Stadt bedeutet, edler Ritter? Könnt Ihr ermessen, welche Begünstigung vor dem Angesicht des Herrn sie sich davon versprechen? All diese Reliquien« – dabei wies er mit beiden Händen auf die Regale voller Knochen, Schädel und Stofffetzen – »wiegen nichts im Vergleich zur greifbaren Gegenwart eines Schutzheiligen. In Euren Augen mag es vermessen sein, dass ich die Bühne als Erlöser betrete, doch die Menschen Hamelns erwarten es von mir. Für sie bin ich bald der Erlöser.«

Ich wusste, dass er die Wahrheit sprach. In der Vergangenheit hatten Städte um die Überreste eines Heiligen blutige Schlachten geschlagen. Plötzlich begriff ich, welche Macht von Wetterau besaß. Längst schon hatte er den Vogt, sogar den Bischof an Bedeutung übertroffen. Jeder hier kannte das Versprechen, das der Papst ihm gegeben hatte, und für diese Ehre nahm man freudig die Anstrengungen eines wochenlangen Mysterienspiels auf sich. Von Wetterau war der wahre Herrscher dieser Stadt; Bürgermeister,

Vogt, Bischof und Herzog – sie alle verblassten in seinem Licht zu machtlosen Schemen.

Einen Augenblick lang erwog ich, ihn noch weiter zu seiner Rolle in Hameln, insbesondere aber im Spiel zu befragen. Dann jedoch entschied ich mich anders und fragte stattdessen: »Wann wird Herzog Heinrich eintreffen?«

»Übermorgen – wie auch der Bischof. Es wird reizvoll sein, diese beiden beisammen zu sehen«, erwiderte er lächelnd.

»Ihr befürchtet einen Streit?«

»Nun, Grund genug gäbe es, nicht wahr? Dem Herzog wird schwerlich entgehen, wer in Hameln das Sagen hat.«

»Vielleicht tätet Ihr gut daran, Euch in seinem Beisein zurückzuhalten«, empfahl ich versöhnlich.

Von Wetterau lachte. »Oh, das werden wir, habt keine Sorge. Niemandem ist an einem offenen Streit gelegen, mir selbst am allerwenigsten.«

Natürlich, von Wetteraus Bestreben war ein reibungsloser Abschluss des Mysteriums, politische Dünkel waren ihm dabei nur im Wege.

»Wisst Ihr, mit welchem Gefolge der Herzog einreiten wird?«, fragte ich.

Der Probst hob die Schultern. »Mit seiner Leibgarde, nehme ich an. Vielleicht ein, zwei Beratern. Und seiner Astrologin. Ich bin sicher, dass dieses Heidenweib dabei sein wird. Sie weicht kaum von seiner Seite. Doch Ihr kennt Euch besser mit den Gepflogenheiten Heinrichs aus als ich.«

Althea würde nach Hameln kommen! Die Nachricht raubte mir den Atem. Die holde, herrliche Althea. Lange schon vermisste ich ihr Lächeln, ihr schillernd schwarzes Haar, ihr sanftes Flüstern im Dunkeln. Wie von selbst fuhr

– 214 –

meine Hand hinauf zum Oberarm, ertastete unter dem Stoff die Hasenpfote. Altheas Talisman.

Von Wetterau bemerkte die Bewegung und runzelte die Stirn. Dann schenkte er sich Wein ein und bot auch mir welchen an, doch die freudige Erwartung von Altheas Kommen berauschte mich stärker als jeder Trunk. Ich lehnte ab und bat, mich für die Nacht zu entlassen.

Von Wetterau willigte sofort ein, begleitete mich zur Tür und verabschiedete sich aufs Herzlichste. Er war ein merkwürdiger Mann – mal rau, mal höflich, in seiner Härte getrieben vom unbedingten Wunsch nach Gerechtigkeit. Ich musste mir eingestehen, dass ich ihn auf seine Art mochte.

Der Morgen dämmerte über den Hügeln, als ich hinaus auf die Straße trat und mich entlang des Flussufers auf den Weg zur Herberge machte. Sanfter Nieselregen überzog die ruhige Wasseroberfläche mit Pockennarben. Ein weiterer Tag, an dem es nicht wirklich hell werden würde. Mir war es gleichgültig; ich wollte nur schlafen und die Schreckensbilder von blutigen Händen, sprechenden Bronzeköpfen und geisterhaften Nonnen durch Träume von Althea verdrängen.

Ich passierte das Hamelner Loch und schlug den Weg nach rechts ins Gewirr der alten Dorfgassen ein. Kurz darauf betrat ich die Herberge, stieg unbemerkt hinauf in meine Kammer und öffnete das Fenster, um frische Luft einzulassen. Der Geruch nach dem verbrannten Fleisch des Baumeisters hing immer noch schwer und Übelkeit erregend im Zimmer. Ich erwog, ob es besser sei, die Wirtin um eine neue Kammer zu bitten oder in eine andere Herberge zu ziehen.

Ich verschob diese Erwägungen auf einen späteren Zeitpunkt und wollte vom Fenster ans Bett treten, als ich am äußeren Rande meines Blickfeldes einer Bewegung gewahr wurde. Noch einmal sah ich aus dem Fenster. Das Auf und Ab der Hüttendächer erstreckte sich bis zum Fluss, dahinter wuchsen die bewaldeten Hänge in die Höhe. Zwischen den Giebeln erkannte ich ein Stück des gegenüberliegenden Ufers. Ich streckte mich auf die Zehenspitzen, um mehr davon sehen zu können, denn wenn mich meine Sinne nicht täuschten, hatte ich dort eine Gestalt erkannt. Ein Mensch in schwarzen Gewändern. Die verschleierte Frau.

Mein Herz raste vor Aufregung. Umso ärgerlicher war, dass jener Teil des Ufers, den ich von hier aus zu sehen vermochte, nun plötzlich verlassen dalag. Ich fasste einen Entschluss. Mit schnellen Schritten verließ ich die Kammer, stieg die Leiter am Ende des Ganges hinauf und öffnete eine Luke zum Speicher. Er war düster wie in einer Erdhöhle, abgesehen von einigen Lichtfingern, die sich quer durch die Schatten spannten wie Goldgeschmeide. Staubwolken stoben bei jedem meiner Schritte auf, und ich war über und über von Spinnweben bedeckt, ehe ich nach einigem Suchen eine Dachluke fand. Unter meinen heftigen Stößen gab sie nach und schwang klappernd nach außen. Ich zog mich an ihrem Rand in die Höhe und kauerte schließlich oben auf dem Giebel des Hauses. Von hier aus bot sich mir eine weite Sicht über die ganze Stadt. Die Herberge war mit ihren zwei Stockwerken eines der höchsten Gebäude des Dorfbezirks, und ihr Dach eignete sich prächtig als Aussichtspunkt.

Ich blickte hinüber zur anderen Flussseite, und da war sie. Reglos stand die Frau in Schwarz da und blickte mir entgegen. Ich sah weder ihr Gesicht noch andere Einzelheiten, kaum mehr als ihren dunklen Umriss. Trotzdem war ich sicher, dass sie es war. Dieselbe Frau, die ich oben im

Wald und bei Nacht in meiner Kammer gesehen hatte. Sie stand starr am Ufer, die verschleierten Züge in meine Richtung gewandt. Wüsste ich nicht besser, dass es unmöglich war, so würde ich behaupten, ich hätte ihr Lachen gehört. Ein boshaftes Lachen hinter schwarzer Seide.

Da wusste ich endgültig, dass sie der Schlüssel zu Hamelns Geheimnis war.

So schnell ich konnte, sprang ich durch die Luke zurück ins Haus, rannte hinunter zum Stall und löste hastig die Fesseln meines Pferdes. Ich sprang auf seinen ungesattelten Rücken und galoppierte los. Durch die Gassen zum Ufer und zur Steinbrücke im Süden. Ich wagte nicht, den Blick auf die Stelle zu lenken, wo ich die Frau gesehen hatte, aus Angst, sie könne sich als weiteres Trugbild erweisen. Erst als ich die Brücke halb überquert hatte, schaute ich erneut zu ihr hinüber.

Sie war fort. Von Verzweiflung getrieben, trat ich den Rappen zu schnellerem Galopp, bis ich endgültig die Stelle erreichte, an der ich sie zu sehen vermeint hatte. Der Boden der Flussaue war sumpfig, hohes Gras bog sich in einer aufkommenden Brise. Bei jedem Hufschlag des Pferdes spritzte Wasser bis zu meinen Hüften.

Ich ließ das Tier anhalten und versuchte mit aller Mühe, einen klaren Gedanken zu fassen. Hier gab es keine Frau, wahrscheinlich war nie eine da gewesen. Diese Erkenntnis ließ mich erneut an meinem Verstand zweifeln. Herrgott, was geschah mit mir? Hatte ich nicht gerade geglaubt, zur Besinnung zu kommen?

Ich blickte hinüber zur Stadt und suchte das vorspringende Dach der Herberge. Was ich sah, erschütterte mich bis ins Mark.

Die Frau in Schwarz stand aufrecht oben auf dem Giebel

wie ein schwarzes Gespenst, genau dort, wo ich selbst eben noch gekauert hatte. Ihre Gewänder flatterten im Wind. Einen Herzschlag lang hob sich ihr Schleier. Da blickte ich erstmals in ihr Gesicht, und obgleich die Entfernung zu groß war, um ihr wahres Antlitz zu erkennen, so bemerkte ich doch, dass sie mich anstarrte. Ihr Gesicht schimmerte weiß wie das einer Toten, und ihr schwarzer Mund war aufgerissen in irrem, höhnischem Gelächter.

Der Bronzekopf tickte leise, und es dauerte eine Weile, bis er zu mir sprach: »Die Antwort liegt längst in deinem Inneren verborgen. Begib dich auf die Suche in dir selbst, und du wirst fündig werden.«

Ich starrte das metallene Ding an und verstand nicht, was es mir sagen wollte. »Das klingt, als wüsstest du die Lösung aller Rätsel bereits.«

Der Schädel schwieg.

»Sag mir, was du weißt!«, rief ich erzürnt und legte erneut beide Hände an den Bronzekopf, um ihn kräftig zu schütteln. Das Surren und Brummen fuhr bei der Berührung durch meine Fingerspitzen hinauf in Hand und Arm. Voller Ekel ließ ich den Schädel wieder los.

»Ungestüm wird dich nicht zum Ziel bringen«, sagte er so salbungsvoll, als sei Sokrates selbst in ihn gefahren. Meine Wut auf ihn stieg mit jedem seiner Worte. Das Fenster stand noch immer offen, und obgleich mir die Müdigkeit den Blick verschleierte, war ich sicher, mit dem Schädel noch recht gut danach zielen zu können.

Ich zügelte meinen Zorn, legte mich stattdessen aufs Bett und starrte den Kopf, der auf dem Tisch stand, finster an. Seine Antworten waren nichts als Geschwafel, das mir nicht weiterhalf. Bei meiner Ankunft in der Herberge war die Frau natürlich fort gewesen, und mir kamen Zweifel, ob irgendjemand sonst sie auf dem Dach gesehen hatte. Es war, als gieße ein böser Geist all meine Albträume in fleischliche Gestalt, als wechselten die Schöpfungen meines Hirns allmählich hinüber auf die Seite der Lebenden. Und doch schien ihr Anblick mir alleine vorbehalten.

Die Antwort liegt in deinem Inneren. Waren die Worte des Schädels wirklich leeres Gefasel, oder steckte mehr hinter seinem Hinweis? Was hatte das Verschwinden der Kinder mit mir zu tun? Oder gab es noch ein zweites Rätsel, auf das der Bronzekopf anspielte? Und falls ja, wo war die Verbindung zwischen beiden?

Ich erwog, ihm diese Fragen zu stellen, doch ahnte ich sehr wohl, dass er mir keine Antwort geben würde. Der Schädel gefiel sich in der Rolle des Geheimniskrämers.

Verwirrt von all den Mysterien fiel ich in unruhigen Schlaf. Gelegentlich erwachte ich von meiner eigenen Rede, von Worten, die sich aus meinen Träumen ins Wachsein stahlen. Ich schwitzte und hegte erneut die Befürchtung, dass mich ein Fieber befallen hatte. Der Tag verging in einem Taumel aus Schlaf und trägem Wachen, und in all dieser Wirrsal aus Fragen und unausgesprochenen Antworten fasste ich endlich einen Entschluss.

Es war später Abend, als ich die Herberge verließ. Ich hatte Dantes Mantel übergezogen, denn obgleich mir bewusst war, dass jedermann ihn mittlerweile kennen musste, schützte er mich doch vor der Kühle der Nacht. Ich fürchtete, dass man jeden meiner Schritte beobachten würde, immerhin galt ich als Verdächtiger. Ich mochte von Wetterau von meiner Unschuld überzeugt haben; dass aber das gemeine Volk seiner Ansicht war, stand zu bezweifeln. Fast schien mir die Ruhe verdächtig, die man mir gelassen hatte. Irgendetwas schien die Menschen in ihrem Zorn zu zügeln, und dies musste etwas sein, das mehr wog als die Stimmen der Stadtoberen.

Ich eilte ohne großes Bemühen, mich zu verbergen, durch die Gassen. Falls man mich in der Tat verfolgte, konnte ich ohnehin nichts dagegen tun.

Ein jeder hätte den Dolch aus meiner Kammer stehlen können, angefangen von Maria und Hollbeck bis zu jedwedem Hamelner Bürger. Was blieb, war das Blut an meiner Kleidung. Konnte es das Blut des lahmen Jungen sein? Und machte mich das zum Mörder? Was war mit dem toten Baumeister? War nicht auch er von fremder Hand gestorben? Weshalb sollte es dem Kind nicht ebenso ergangen sein?

Ich erreichte das Kloster der Klarissen ohne Zwischenfälle. Der kreuzförmige, zweistöckige Bau hob sich als schwarzer Klotz vom kaum helleren Himmel ab. Am Tor brannten zwei Fackeln, doch ich mied ihren Lichtkreis in weitem Bogen und schlich zur Rückseite der Anlage. Die Mauer, die den Garten des Klosters umgab, war hoch, aber nicht allzu schwer zu erklimmen. Breite Fugen und grobes Gestein boten Händen und Füßen ausreichend Halt, und schon nach wenigen Augenblicken spähte ich vorsichtig über den Rand hinweg nach innen.

Hohes, dichtes Strauchwerk war meinen Blicken im Weg. Ich vermochte nicht zu erkennen, was dahinter lag. Die dornigen Büsche mussten den ganzen Garten umfassen, denn sie setzten sich rechts und links in der Dunkelheit fort. Mir blieb keine andere Wahl, als die Mauer gänzlich zu ersteigen und von ihrer Krone aus in einem hohen Satz über das Geäst zu springen. Die Vorstellung missfiel mir zutiefst, da ich nicht wusste, was mich auf der anderen Seite erwarten würde.

Ich verdrängte alle Vorbehalte, zog mich hinauf und stieß mich dann mit beiden Beinen ab. Meine Füße streiften Dornenranken, doch durch die Stiefel hindurch vermochten sie meine Haut nicht zu verletzen. Der Augenblick des freien Falls dehnte sich ins Unendliche. Dann kam der Aufprall und mit ihm der Schmerz. Ich landete zwar auf beiden Füßen, wurde jedoch durch die Wucht sogleich von denselben gerissen und fiel kopfüber nach vorne. Mein Schädel schlug auf. Hätte nicht dichtes Gras den Sturz aufgefangen, wären mir vielleicht die Sinne geschwunden; so aber war mir jede Einzelheit meiner furchtbaren Schmerzen bewusst. Ich spürte, wie die Brandwunde an meiner Brust spannte und aufbrach. Zudem fühlten sich meine Hüften an, als hätte mir jemand beide Beine bis zu den Knien in den Rumpf geschlagen. Gequält lag ich da und konnte mich eine ganze Weile lang kaum rühren, bis die schlimmste Pein verflogen war. Dann erst blickte ich mich um.

Ich befand mich auf einer Wiese, die an zwei Seiten an den westlichen und südlichen Flügel des Klosters stieß. Die beiden anderen Seiten waren von Dornenbüschen begrenzt. Niemand war zu sehen, auch in den Fenstern brannte kein Licht. Ich fragte mich, ob ein Nonnenkloster aus Furcht vor männlichen Eindringlingen keine Bluthunde halten würde, doch bislang war nichts dergleichen zu sehen. Ich hoffte innigst, dass es dabei blieb. Mit einem Rudel zähnefletschender Bestien würde ich es schwerlich aufnehmen können.

Ich schlich entlang der Sträucher zum Haus. Die unteren Fenster waren vergittert, ein Eindringen schien unmöglich. Erst nachdem ich die Hoffnung auf dieser Seite des Klosters fast aufgegeben hatte, stieß ich auf eine Treppe, die an der Mauer hinab zu einer Kellertür führte. Diese bestand aus schwerem Eichenholz mit eisernen Beschlägen und war von innen verriegelt. Ohne die gesamte Schwesternschaft zu wecken, würde ich auch hier nicht hineinkommen. Enttäuscht stieg ich die Stufen wieder hinauf und wollte den Westflügel bereits nach Norden hin umrunden, als mir aus dieser Richtung ein Lichtschein entgegenfiel. Fackeln – und Stimmen! Zwei Knechte der Klarissen patrouillierten ums Haus. Ich sah sie in der Finsternis näher kommen.

Falls sie mich erkannten, war mein Schicksal besiegelt. Wer sonst außer einem Verbrecher schleicht bei Nacht um fremde Häuser? Da ich zudem im Verdacht stand, ein Mörder zu sein, würde ich kaum jemanden vom Gegenteil überzeugen können. Von Wetterau würde mich in aller Eile aburteilen; ihm blieb gar keine andere Wahl. Da wurde mir klar, dass es von nun an um mein Leben ging. Allzu eilfertig hatte ich es aufs Spiel gesetzt. Nun bereute ich meinen Leichtsinn.

Die beiden Männer – der eine kaum jünger als ich, der andere um einiges älter – kamen näher. Einer trug einen Weinschlauch in der Hand, aus dem er alle paar Schritte einen tiefen Zug nahm und ihn dann seinem Gefährten reichte. Ihr Gang war nicht mehr vollkommen gerade, und ihre Aufmerksamkeit litt erheblich unter ihrem Rausch. Das kam mir zugute, als ich zurück zur Kellertreppe eilte und mich dort vor ihren Blicken und dem Fackellicht verbarg. Sie traten bis auf wenige Schritte an mich heran. Ich sah Dolche in ihren Gürteln und hörte, wie sie miteinander flüsterten. Der Ältere berührte den Jüngeren am Arm, eine vertraute, mehr als freundschaftliche Geste. Ich verstand nur wenig von dem, was sie sagten, doch schienen sie sich mit leisen Berichten an der Schönheit einzelner Schwestern zu ergötzen. Sie hatten mein Versteck fast erreicht, als der eine plötzlich grinste und den anderen mit sich in eine dunkle Lücke im Gebüsch zog. Das Licht ihrer Fackeln drang durchs Geäst, sie selbst aber waren nicht zu sehen. Ich hörte raues Lachen, dann das Rascheln abgestreifter Kleidung. Schließlich vernahm ich gedämpftes Röcheln und Stöhnen. Keinesfalls schmerzerfüllt, o nein, eher – Gott im Himmel! – lüstern und voller Leidenschaft. Ich vermochte mir kaum auszumalen, was die beiden Männer dort im Dickicht trieben. Abscheu ließ mich am ganzen Körper erbeben, Ekel vor ihrer Tat und, schlimmer noch, dem Umstand, dass sie ihr unzüchtiges Treiben auf geheiligtem Boden vollführten.

Nichtsdestotrotz nutzte ich den Moment ihrer Sünde, um ungesehen mein Versteck zu verlassen und auf demselben Weg, über den die beiden Knechte gekommen waren, auf die andere Seite des Hauses zu laufen. Ich fragte mich, was die Äbtissin tun würde, wenn sie von der Blasphemie ihrer Diener erführe, verdrängte den Gedanken daran jedoch sogleich, als ich eine offene Seitentür fand. Durch sie mussten die Männer das Kloster verlassen haben. Mich wunderte, dass sie überhaupt Zugang zu den Hallen der Schwestern hatten. Umso schlimmer wog ihr Vertrauensbruch.

Ich betrat einen steinernen Flur, fensterlos und finster, an dessen Ende eine einsame Fackel in einer Wandhalterung brannte. Ihr Schein hatte den Kampf gegen die Dunkelheit längst verloren, das Licht, das sie verbreitete, reichte kaum weiter als drei, vier Schritte. Ich horchte, bemerkte aber keinerlei Anzeichen von Leben. Ich wusste nicht, wo ich mit der Suche nach Julia beginnen sollte. Es lag nahe, dass sich die Kammern der Schwestern im oberen Stockwerk befanden, allerdings kamen mir Zweifel, ob ich mich im richtigen Flügel befand. Falls die beiden Knechte wirklich durch diese Tür ins Freie getreten waren, mussten in diesem Teil des Hauses die Quartiere der Dienstboten liegen. Es gehörte nicht viel dazu, sich auszumalen, dass sie vom Trakt der Nonnen streng getrennt lebten, deshalb fürchtete ich, schon nach wenigen Schritten erneut vor einer verschlossenen Tür zu stehen. Und dem war in der Tat so, denn als ich mich von der Fackel abwandte und in entgegengesetzte Richtung schritt, wäre ich in der Dunkelheit beinahe mit Gepolter gegen einen verriegelten Durchgang gelaufen. Um Haaresbreite entging ich dem Zusammenstoß. Ich sah kaum die Hand vor Augen. Hinter der Tür mussten die Unterkünfte der Schwestern liegen.

Ich tastete nach beiden Seiten und bemerkte zu meiner Rechten eine Öffnung, aus der mir kühle Luft entgegenschlug. Ich blieb stehen und wartete eine Weile, bis sich meine Augen vollständig an das Dunkel gewöhnten. Dann erkannte ich, dass dort hinter einem Steinbogen eine Treppe hinunter in die Tiefe führte. Also doch der Keller. Von seinem Grund schien mir ein zartes Flackern entgegenzuschimmern. Hoffnung auf eine weitere Fackel beschleunigte meine Schritte, als ich die Stufen nach kurzem Zögern hinabstieg.

Ein merkwürdiges Gefühl ergriff mich, eine Unruhe, die mich auf einen Schlag von Kopf bis Fuß erfüllte. Es war Furcht, gewiss, aber da war noch mehr, als verschöbe sich erneut die Grenze der Wirklichkeit und gewähre etwas von der anderen Seite Einlass in ihr Reich. Es war der Eindruck, dass sich etwas näherte, ohne dass ich es sehen oder gar erkennen konnte. Ich fuhr herum, doch hinter mir war nichts. Treppe und Flur waren verlassen. Sollte da eine Gefahr sein, die mir drohte, so musste sie vor mir lauern, tiefer unten im Gewölbe.

Am Ende eines Gangs brannte eine Fackel. Auf sie ging ich zu, näherte mich Schritt um Schritt, ohne jemandem zu begegnen. Es gab keine Abzweigungen und Türen, nur feuchtes Gestein. Ich nahm die Fackel aus der Halterung, folgte dem Gang um eine Ecke und sah, dass er sich schließlich zu einem Raum ausweitete. Je näher ich der Kammer kam, desto mehr Licht kroch hinein, bis es schließlich die unteren Stufen einer weiteren Treppe aus der Schwärze meißelte. Sie führte nach oben. Ich atmete auf.

Trotzdem wollte das merkwürdige Gefühl nicht weichen. Gänsehaut überzog meinen Körper wie Raureif. Ich fror plötzlich, als streife der unterirdische Luftzug meinen Körper mit treibenden Eiskristallen. Die Flammen zuckten wie ein lebendiges Wesen, als versuchten sie, dem seltsamen Wechsel der Stimmung entgegenzuwirken. Ihr Licht geisterte über die Wände und durch mehrere Nischen im Gestein.

In einer davon stand eine Gestalt. Unfähig, mich zu rühren, starrte ich in ein fahles, zahnloses Frauengesicht, alt und eingefallen, mit stechenden, bösen Augen. Es war Waldrada, die Äbtissin, und sie war nackt. Ihre Haut war wie Kalk, ihr Körper von gespenstischer Blässe, ein dürres Gerippe von Frau, faltig und ohne ein Haar. Ihre Brüste hingen wie ausgepresste Wasserschläuche bis zum Bauch, durchzogen von dunklen Adern. Meine Hand mit der Fackel zitterte, ich stand da wie versteinert, nicht in der Lage zu laufen, zu sprechen, gar zu denken. Dann löste sich die Erscheinung plötzlich auf, die bleiche Hexe zerfaserte wie

Nebelschwaden. Zuletzt war die Mauernische leer, nichts deutete darauf hin, was eben hier geschehen war.

War ich erneut einem Streich meiner Einbildung zum Opfer gefallen? Einem grässlichen Spuk, gewachsen in mir selbst, wie vor Tagen, als ich die Mannen des Vogts für gehörnte Dämonen hielt? Der Irrsinn verfolgte mich mit Riesenschritten, holte von Tag zu Tag weiter auf. Manchmal griff er nach mir, packte mich an der Schulter, so wie jetzt, und ließ mich seinen grässlichen Atem spüren. Er verstärkte all meine Gefühle, ließ meine Angst ins Bodenlose wuchern. Aus jeder Furcht schuf er Bilder, ließ Gestalten in meinem Schädel erstehen, wo es keine gab, allein weil ich fürchtete, es *könnte* sie geben.

Ich erwachte aus meiner Erstarrung, fuhr herum und rannte los. Die Treppe hinauf, immer drei Stufen auf einmal, die Fackel umklammert wie ein Schwert. Oben angekommen, stolperte ich über die letzte Stufe, stürzte, schlug mir den Schädel an und rollte mich zur Seite. Keuchend lag ich da, steckte mit der Fackel fast meine eigene Kleidung in Brand und konnte mich erst nach einigen Augenblicken aufraffen. In meinem Kopf hämmerte es wie in einer Waffenschmiede.

Es grenzte an ein Wunder, dass mich abermals niemand bemerkte. Fast war mir, als sei das Kloster ausgestorben, als befinde sich kein Mensch mehr in den verriegelten Kammern und Hallen. In diesem Teil des Gebäudes brannten mehr Fackeln an den Wänden, sodass ich meine eigene austrat und die Treppe hinabwarf. Ganz in der Nähe entdeckte ich weitere Stufen, die hinauf ins Obergeschoss führten. Irgendwo dort musste Schwester Julia in ihrer Kammer schlummern. Dabei stellte sich mir eine weitere Schwierigkeit. Nicht nur hatte ich keine Ahnung, welche Kammer ihr gehörte – ich wusste auch nicht, wie Julia aussah. Was geschehen würde, wenn ich einen Blick in jede Kammer werfen würde, vermochte ich mir allzu gut vorzustellen. Doch immerhin war ich bis ins Innere des Klosters gelangt, daher war ich zuversichtlich, dass mir auch der Rest meines Vorhabens gelingen würde. Ich musste mit Julia sprechen. Ein ganz und gar unvernünftiger Teil meiner Selbst sagte mir, dass sie wusste, was in Hameln geschah.

Was aber, wenn sich herausstellen sollte, dass sie in der Tat Juliane war, meine totgeglaubte Schwester?

Nein, sagte ich mir, das konnte nicht sein. Juliane war tot. An Pilzgift und Wahnsinn elend verreckt. Der Gedanke brachte wenig Linderung meiner Zweifel. Die Vision Waldradas stand mir wieder vor Augen, ihr nackter, hässlicher Körper. Meine Abscheu verwandelte sich in Ekel vor mir selbst. Wenn ihr Bild meinem Geist entsprungen war, hatte nicht ich selbst es dann erschaffen? War es nicht eine Vorstellung, die tief in mir schlummerte wie ein böses Geheimnis?

Zaghaft näherte ich mich der Treppe nach oben, setzte langsam einen Fuß auf die unterste Stufe. Ich war nicht mehr sicher, was ich erwartete – vielleicht eine Gestalt, die hinter einer Ecke hervorsprang. Einen schrillen Schrei der Empörung darüber, dass ein Mann es wagte, seine Schritte in diese der heiligen Weiblichkeit vorbehaltenen Räume zu lenken. Doch nichts dergleichen geschah. Ich erklomm die Treppe ungehindert und gelangte auf einen weiteren Flur. Von ihm zweigten zu beiden Seiten zahlreiche Türen ab, die Kammern der Klarissenschwestern. Spätestens jetzt war der Augenblick gekommen, in dem ich mir über mein weiteres Vorgehen klar werden musste.

Da vernahm ich einen Laut. Angestrengt lauschte ich ins

Zwielicht. Es war ein gedämpftes Klatschen, das sich in kurzen Abständen wiederholte. Dazu gesellte sich ein leises Wimmern. Beides kam aus einem Raum, der links von mir am Ende des Flurs lag. Seine Tür stand einen Spaltbreit offen, flackernder Kerzenschein fiel nach außen. Leise schlich ich darauf zu, schob ein Auge vor den Türspalt und schaute ins Innere.

Was ich sah, ließ mein Herz aussetzen. Drei entblößte Frauen lehnten mit den Handflächen gegen die Wand, ihre Körper waren vollkommen nackt. Über ihre weißen Rücken zog sich ein Netzwerk blutiger Striemen. Waldrada stand, als Einzige von schwarzen Gewändern verhüllt, hinter den dreien. In der Rechten hielt sie eine Geißel mit zahlreichen Lederriemen. Wortlos hob sie das schreckliche Instrument ein ums andere Mal und zog es mit brutaler Gewalt über die schutzlosen Rücken der Frauen. Entsetzt wollte ich mich abwenden, doch irgendetwas fesselte meinen Blick an das furchtbare Geschehen. Ich zweifelte nicht daran, dass die drei Schwestern gesündigt hatten und nun ihre gerechte Strafe empfingen – Geißelung war keine unübliche Weise, die Vergebung des Herrn zu erflehen –, und doch zog mich der Anblick der geschundenen Frauen ebenso an, wie er mich zugleich auch abstieß. Immer wieder ließ die Äbtissin die Riemen auf das Fleisch der Sünderinnen sausen, und während zwei von ihnen die Strafe in Ruhe und Demut empfingen, vergoss die dritte bittere Tränen. Dafür erhielt sie sogleich weitere Schläge.

Plötzlich ließ die Äbtissin die Geißel sinken und wandte sich zur Tür. Einen Augenblick lang glaubte ich, sie hätte mich entdeckt. Doch obgleich ihr Blick in meine Richtung wies, war es, als schaute sie durch mich hindurch. Ich stand weit genug im Dunklen, um für sie unsichtbar zu sein. Trotzdem machte sie erst einen, dann einen zweiten Schritt auf mich zu. Ihre Augen schienen die Schatten zu durchdringen, Schicht um Schicht abzustreifen wie die Schalen einer Zwiebel, bis sie mich zum Schluss doch noch erblicken würde. Ganz langsam, um sie nicht durch eine schnelle Bewegung aufzuschrecken, zog ich mein Gesicht von dem Spalt zurück und suchte nach einem Versteck. Es blieb keine Zeit, lange zu zögern. Auf leisen Sohlen huschte ich zur nächstbesten Tür, drückte sie sachte auf und schob mich ins Innere der Kammer. Drinnen war es stockfinster. Ohne mich umzuschauen, presste ich die Tür wieder zu – gerade noch rechtzeitig, denn nur einen Herzschlag später hörte ich Waldradas Schritte auf dem Gang. Ich erstarrte, wagte kaum Luft zu holen. Irgendwo aus der Dunkelheit der Kammer erklangen leise, regelmäßige Atemzüge. Zu jedem anderen Zeitpunkt hätte mich die Vorstellung verwirrt, bei Nacht allein mit einer schlafenden Betschwester zu sein. Jetzt aber war meine größte Sorge die grausame Äbtissin, deren Schritte in diesem Augenblick vor der Tür verhielten. Ich blieb totenstill. Die Äbtissin schien zu spüren, dass jemand in der Nähe war. Der Gedanke ließ mich erzittern. Waldrada horchte nicht – sie nahm Witterung auf.

Eine Ewigkeit schien sie dazustehen, schweigend und starr. Das einzige Geräusch war das Wimmern der weinenden Nonne.

Schließlich hörte ich, wie Waldrada auf dem Absatz kehrtmachte und zurück in das erleuchtete Zimmer ging. Sie zischte einige Befehle, dann stolperten zwei der drei gegeißelten Schwestern davon. Nur die dritte, jene, die weinte, blieb zurück. Die Äbtissin befahl ihr, die Nacht über in unveränderter Stellung auszuharren, die Hände gegen die Wand gepresst, mit unversorgten Wunden, als Strafe für den Bruch ihres Schweigegelübdes. Zuletzt wurde die Tür zugezogen und verriegelt. Waldrada eilte mit festem Schritt den Gang hinunter, das Rauschen ihrer Gewänder verklang in der Ferne.

Einen Moment lang erwog ich, die schlafende Schwester, in deren Zimmer ich mich befand, in näheren Augenschein zu nehmen. Doch, nein – der Zufall, ausgerechnet in Julias Kammer Zuflucht gefunden zu haben, war undenkbar. So blieb ich noch eine Weile stehen, dann schob ich mich lautlos hinaus auf den Gang. Er war leer. Keine Spur von Waldrada oder einer der Schwestern.

Ich schloss die Tür hinter mir, überlegte einen Augenblick, dann wandte ich mich zu dem erleuchteten Raum. Vielleicht gab es hier eine Möglichkeit, Julias Aufenthaltsort zu erfahren.

Ich öffnete vorsichtig, damit niemand mich sah oder hörte, die Tür der Zelle und schlüpfte eilig hinein. Die Schwester, ein junges Ding in Marias Alter, lehnte noch immer nackt an der Wand, mit dem Rücken zur Tür. Sie wagte nicht, sich umzudrehen, wohl in der Gewissheit, Waldrada sei zurückgekehrt, um ihre Bestrafung fortzusetzen. Sie hatte aufgehört zu weinen, doch ihr Körper bebte noch immer vor Schmerzen. Man hatte ihr Haar auf Fingerbreite kurz geschoren, ihr Leib war mager, fast knochig. Die Spuren der Geißel hoben sich leuchtend rot von ihrem weißen Rücken ab. An einigen Stellen war die Haut aufgerissen, und ein paar einsame Blutstropfen hatten sich aus den Wunden gezwängt.

Ich war unsicher, wie ich sie auf meinen Anblick vorbereiten sollte. Ich erwog erst, sie anzusprechen, dann schien es mir besser, gleich neben sie zu treten, damit sie sehen konnte, wer zu ihr sprach. Doch bei beidem bestand die Gefahr, dass sie um Hilfe schreien würde. Blieb also nur eine Möglichkeit, dies zu verhindern. Ich trat von hinten an sie heran, legte ihr blitzschnell eine Hand auf den Mund und zog sie zurück. Sie begann heftig um sich zu treten, doch ich hielt sie fest im Griff. Als ihre nackte Haut meinen Körper berührte, ging ein Beben durch meine Glieder. Nur Althea war ich bislang so nahe gekommen.

»Ruhig«, zischte ich ihr ins Ohr, »seid ganz ruhig. Ich will Euch nichts Böses. Habt keine Angst.«

Sie trat nur noch heftiger um sich, aber dann schien sie sich zu besinnen. Sie verharrte, nur ihr Keuchen verriet, wie aufgeregt sie war.

»Versprecht mir, nicht zu schreien, dann lasse ich Euch los.«

Nun weiß ein jeder, wie viele tapfere Männer durch zu großes Vertrauen in ihre Gefangenen bereits ihr Schicksal ereilte, und wäre das Mädchen nicht eine Tochter Gottes und zum Schweigen vereidigt gewesen, so wäre es mir vielleicht genauso ergangen. Sie aber nickte, und als ich sie freiließ, blieb sie tatsächlich still. Sie wich lediglich vor mir bis zur Wand zurück und bedeckte verzweifelt mit den Armen ihre Blößen.

Ich versicherte ihr, dass es mir keineswegs um ihre körperlichen Reize ginge. Auch sei mir nicht an ihrer Gott versprochenen Jungfräulichkeit gelegen. Vielmehr wolle ich sie, so es ihr recht sei, aus ihrer misslichen Lage befreien. Als Zeichen meiner guten Absichten reichte ich ihr Dantes Mantel, damit sie sich damit vor meinen Blicken verhüllte.

»Schlägt sie Euch oft?«, fragte ich, denn sie tat mir Leid,

und mir war nicht entgangen, dass unter den frischen Wunden auf ihrem Rücken die Narben älterer, abgeheilter Verletzungen schimmerten.

Die Betschwester sah mich aus großen Augen an, unsicher und verstört ob meiner Anwesenheit. Einen Moment lang liebäugelte sie mit der geschlossenen Tür und schmiedete wohl Fluchtpläne, doch als ich ihr mit einem ruhigen Schritt den Weg vertrat, gab sie auf. Dann erst fiel mir ein, dass sie womöglich mit der Rückkehr Waldradas rechnete. Ihre Strafe angesichts meiner Gegenwart würde schlimmer ausfallen als jede zuvor.

Sie nickte stumm, um meine Frage zu beantworten.

Ich seufzte. »Ihr habt Euer Gelübde bereits gebrochen. Glaubt Ihr nicht, Ihr könntet nun zu mir sprechen? Beichtet es später, wenn Ihr mögt.« Der Vorschlag war eigennützig. Sie würde ihren Fehltritt niemals beichten können, denn zweifellos war es Waldrada, die ihren Schäfchen die Absolution erteilte. Und ganz gleich, ob Gott ihr verzieh – die Äbtissin würde es nicht tun.

Wie kaum anders zu erwarten, schüttelte die Betschwester heftig den Kopf und presste ihre Lippen aufeinander. Sie war leidlich hübsch, wenngleich auch ihr Gesicht ein wenig Fülle hätte vertragen können. Der Schmerz musste immer noch unvermindert in ihrem Körper toben, denn in ihren Augen blitzten Tränen.

»Nun gut«, sagte ich und gab mich geschlagen, »dann schweigt. Ich kann mir kaum vorstellen, dass es Euch hier im Kloster gefällt. Ich werde Euch aus dieser Kammer befreien und laufen lassen. Geht fort, ehe Waldrada es bemerkt. Niemand hat es verdient, so gequält zu werden. Zuvor aber erweist mir einen Dienst.«

Ihre großen Augen weiteten sich noch mehr, einen Moment lang sah es aus, als würden neue Tränen über ihre Wangen rinnen.

»Nein«, beschwichtigte ich sie eilig. »Ich will nur eine Auskunft, nichts sonst. Wo finde ich die Kammer von Schwester Julia?«

Sie schloss erleichtert die Augen, dann nickte sie. Offenbar war sie bereit, mir den Weg zu zeigen.

»Gut«, sagte ich erfreut, »dann lasst uns gehen.«

Wir verließen die Kammer mit aller Behutsamkeit, schlichen leise den Gang hinunter und bogen an seinem Ende nach rechts. Entlang eines weiteren Flurs führte unser Weg an einem Dutzend Türen vorbei, bis die junge Klarissin plötzlich stehen blieb und auf die nächstliegende Kammer deutete.

»Hier ist es?«, fragte ich leise.

Sie nickte und blickte dabei zugleich über meine Schulter den Weg zurück, den wir gekommen waren. Ihre Furcht vor Entdeckung ließ sie am ganzen Körper erzittern.

Die Aufregung, endlich am Ziel zu sein, schwächte meine Aufmerksamkeit, denn im gleichen Moment huschte das Mädchen an mir vorüber und hastete leise den Gang hinunter. Der einzige Laut war das Rauschen von Dantes Mantel, den sie mit sich nahm. Ich ließ sie laufen und wünschte ihr in Gedanken alles Gute. Ich hoffte aufrichtig, dass sie unentdeckt aus dem Kloster entkommen und irgendwo ihr Glück finden würde.

Ein letztes Mal blickte ich mich um, entdeckte niemanden und legte schließlich eine Hand an das Holz der Tür. Mit einem leichten Ruck gab sie nach und schwang nach innen. Ein leises Quietschen drang an mein Ohr, als die Scharniere aus ihrem Schlaf erwachten. Die Kammer besaß kein Fenster, nur einen winzigen Schlitz im Mauerwerk, ei-

— 233 —

ne Handbreit unter der Decke. Vom Gang fiel der schmutzig gelbe Lichthauch einer fernen Fackel herein und ließ mich die groben Umrisse einer Pritsche erkennen. Etwas lag reglos darauf, doch ob es ein Mensch oder nur zerknüllte Decken waren, blieb mir vorerst verborgen. Alles Übrige war in Dunkelheit getaucht. Ich wagte nicht, die Tür länger offen stehen zu lassen, aus Angst vor Entdeckung. So also trat ich ein und drückte die Tür hinter mir zu. Mein Herz raste, seine Schläge klangen in meinen Ohren wie Trommelschläge.

Ich rief mich selbst zur Ruhe und lauschte in die Schwärze. Ja, da waren leise Atemzüge.

»Julia?«, flüsterte ich leise und machte dabei einen zaghaften Schritt nach vorne.

Die Decke raschelte. »Ich muss mich wundern, edler Ritter. Ein Besuch zu dieser Stunde, an diesem Ort?«

Ich erkannte ihre Stimme sofort, obgleich ich ihr Gesicht nicht sehen konnte. Selbst der sanfte Spott war der gleiche. Sie musste wachgelegen haben.

»Großer Gott, Julia, ich habe Euch tatsächlich gefunden ...« Ich gab mir keine Mühe, meine Erleichterung zu verbergen. Schon bei unserer ersten Begegnung im Klosterkeller war mir klar geworden, dass sie jeden meiner Schritte voraussah, die Wahrheit hinter jedem Wort durchschaute.

»Was wollt Ihr?«, fragte sie, nun ein wenig barscher. »Wisst Ihr, was geschieht, wenn man Euch hier entdeckt? Habt Ihr nur ein einziges Mal daran gedacht, welche Folgen das für mich haben könnte?«

Ich hatte mir fest vorgenommen, die Unsicherheit, die mich bei unserem ersten Gespräch übermannt hatte, keinesfalls erneut aufkommen zu lassen. Doch wie so oft bei solchen Vorhaben erwies sich auch dieses als Selbsttäuschung. Ich spürte, wie mein Widerstand allein durch ihre Anwesenheit zerbarst. Ich war ihr schutzlos ausgeliefert, schlimmer noch als damals, denn ihre Worte verstanden es zudem, ein Schuldgefühl in mir zu wecken. Sie hatte Recht: Keinen Gedanken hatte ich daran verschwendet, die Folgen für sie abzuwägen. Allein meine eigene Sicherheit war mir wichtig gewesen. Mit dieser Erkenntnis trieb sie mich in die Enge. Plötzlich war wieder ich derjenige, der die Fragen beantwortete.

Weil ich mich nicht anders zu wehren wusste, machte ich einen müden Versuch, Gleiches mit Gleichem zu vergelten: »Euch scheint wenig an Eurem Schweigegelübde zu liegen.«

»Wäre das denn in Eurem Sinne?«, fragte sie spitz. »Seid Ihr vielleicht gar nicht hier, um mit mir zu sprechen? Doch was, so frage ich Euch, wollt Ihr dann?«

»Macht Euch nicht über mich lustig.« Was als scharfe Erwiderung gedacht war, kroch mir lahm und stumpf von den Lippen. Es klang wie eine Bitte – was alles nur noch schlimmer machte.

»Weshalb seid Ihr gekommen?«, fragte sie noch einmal. Ihr Stimme klang weicher als vorhin, fast als habe sie Mitleid mit mir.

Ich atmete tief durch. »Ich glaube, dass Ihr viel mehr wisst, als Ihr zugebt. Ihr müsst mir die Wahrheit sagen. Was geschah wirklich in Hameln? Wo sind die Kinder?«

»Ich habe Euch schon einmal gesagt, dass ich nichts darüber weiß«, erwiderte sie leise.

»Das war eine Lüge.«

»Was macht Euch da so sicher?«

»Mein Gefühl«, sagte ich schwach.

Sie lachte auf. »Und das hat Euch ja schon immer den

richtigen Weg gewiesen. Wie damals, beim Pilzesammeln im Wald.«

Wieder trafen mich ihre Worte mit grausamer Macht. »Ich weiß nicht, was Ihr meint«, stammelte ich.

Noch immer war sie in der Dunkelheit nicht zu sehen. Nur ihre Stimme schwebte in der Finsternis wie ein großer schwarzer Vogel, der mit dem Schnabel nach meinen Augen hackte. »Wart nicht Ihr es, der die vergifteten Pilze auflas und sie zwischen die übrigen mischte?« Das war eine Feststellung, keine Frage. Großer Gott, sie wusste alles über mich.

Lange schwieg ich, ungewiss, was sie von mir hören wollte. Hoffte sie, dass ich zusammenbrach? Dass ich flehte und weinte und um Vergebung bat? Diesen Gefallen würde ich ihr nicht tun.

Schließlich sagte ich: »Dann bist du wirklich Juliane. Du bist nie gestorben.«

»Deine Schwester starb«, widersprach sie voller Sanftmut. »Juliane ist tot. Ich bin Julia. Ich bin Margarete Gruelhot. Ich bin nichts als eine Tochter des Herrn, zum Schweigen verdammt, gefangen in diesen Mauern.«

»Du bist unsichtbar. Ich sah dich nicht im Keller, und ich sehe dich auch jetzt nicht. Vielleicht gibt es dich gar nicht, vielleicht bist du eine Vision wie all die anderen.«

»Du kannst mich fühlen«, flüsterte sie, und plötzlich berührte etwas meine Hand. Wie ein warmer Windhauch strichen ihre Fingerspitzen über meine Haut. Ich hatte nicht bemerkt, dass sie näher gekommen war. Die Schwärze war so undurchdringlich wie die Tiefe eines stillen Sees, und Julia durchglitt sie mit der schlafwandlerischen Sicherheit einer Wassernixe, lautlos, atemlos, ein Wesen, dessen Anblick den Menschen auf ewig verwehrt bleiben muss. Sonst wird seine Schönheit vergehen und der Glaube verkümmern.

Wie es geschehen konnte? Weshalb ich mich nicht wehrte? Ich weiß es nicht. Der Wunsch dazu war in mir, wie kann ich das verleugnen. Er traf mich ohne Widerstand, sprengte den Kerker meines engen Selbst, zerbrach alle Ketten der Keuschheit. Ich geriet in doppelte Bedrängnis – von außen Julia, die meine Hand hielt und sich mir fordernd entgegenschob, bis ich ihren Leib an meinem spürte, und von innen der Zwang, ihr noch näher zu kommen und endlich von ihrer herrlichen Anmut zu kosten.

Sie zog mich zurück auf das harte Lager. Noch immer sah ich nichts von ihr, keine Züge, keine Formen. Und doch erlag ich ihrer Versuchung. Es war ein Schweben in der Finsternis, dem wir uns hingaben, ein berauschender Flug durch die Nacht, beherrscht von ihrer geschickten Führung. Der Dämon in mir, ein Janusgesicht: Als ich Furcht empfand, gab er ihr Gestalt und schürte meine Ängste. Nun aber lernte ich seine zweite, seine verborgene Seite kennen. Denn nicht allein das Übel hob er ins Überlebensgroße, auch die Wonne, mein Begehren, das Verlangen nach Julias vollendetem Leib. Nie hätte meine Leidenschaft größer, meine Liebesglut lodernder brennen können als im Zustand dieses Wahns, der sich selbst jetzt meines Geistes bemächtigte. Doch wie er mich bisher mit Fratzen bedrohte, hob er mich nun in den Himmel empor, höher, immer höher, dem Licht und der Lust und Verzückung entgegen. Ich ertastete, was ich nicht sah, schmeckte die Süße unserer Sünde. Wie hätte ich da zu denken vermocht? Wie das Gewicht unseres Tuns erwägen? Ich taumelte in meiner Blindheit, stammelte Schwüre, ließ meinen Geist Gedichte schmieden, doch als sie mir von den Lippen quollen, jauchzend, jubelnd, da waren sie nichts als verstörtes Gestammel, wirre Gesänge an die Schönheit einer Unsichtbaren.

Erst später, als wir reglos beieinander lagen, fragte ich sie noch einmal, wer sie war.

»Du weißt es doch längst«, sagte sie flüsternd.

Ich aber wusste nichts und fragte doch nicht länger.

7. Kapitel

Ich verließ das Kloster auf demselben Weg, den ich gekommen war. Niemand begegnete mir, weder Mensch noch Traumgestalt. Ich zwängte mich durch das Dornengestrüpp im Klostergarten, erklomm die Mauer und sprang von ihrer Krone zurück in die Wirklichkeit.

Erster Morgendämmer schwoll über den Giebeln zu einer grauen Glocke, als ich die Hintertreppe der Herberge hinaufstieg und das Haus betrat. Maria wollte hinunter in den Schankraum gehen, als sie mich bemerkte. Sie schenkte mir einen merkwürdigen Blick, fragte aber nicht, weshalb meine Haut zerkratzt und die Kleidung beschmutzt war. Ich schloss mich in meiner Kammer ein, ließ mich aufs Bett fallen und schlief bis zum Mittag.

Später machte ich mich auf zum Marktplatz. Schon von weitem bemerkte ich, dass die Mysterienbühne mit großer Fertigkeit umgestaltet worden war. Die drei Kreuze standen noch immer im Zentrum der gewaltigen Kulissen, doch nun war auch der Rest der biblischen Landschaft weitgehend fertig gestellt. Die Kreuze, und mit ihnen der Berg Golgatha, nahmen das Mittelstück der neun Spielebenen ein. Rechts und links davon hatte man die Zwischenwände herausgenommen und den Raum für die Kreuzigung erweitert – wohl um die zahllosen Darsteller unterzubringen. Im Stockwerk darüber hatte man Wolken aus Holz angebracht, in ihrer Mitte stand ein mächtiger Thron. Hier oben würde Gottes Zorn toben, wenn die Menschen seinen Sohn ans Kreuz nagelten. Ganz unten, in den unteren drei Spielebenen, sollten aufgemalte Flammen, riesige Kochtöpfe und allerlei Folterinstrumente die Hölle verdeutlichen. Ich erinnerte mich nicht an eine entsprechende Erwähnung im Evangelium; zweifellos ging man hier über den Bericht der Bibel hinaus und bezog auch die Horden des Leibhaftigen ins Spiel mit ein – alles, um das Spektakel noch prächtiger, noch gottgefälliger zu gestalten. Gunthar von Wetterau sparte nicht an Aufwand, um sein Seelenheil zu sichern.

Rund zwei Dutzend Tagelöhner sägten, hämmerten und malten an der Bühne, schufen neue Wolkenformationen und Höllenfeuer, trugen das Buschwerk rund um den Richtplatz mal hier-, mal dorthin. Einige hingen in verknoteten Seilen, an denen man sie über Winden auf und ab lassen konnte, sodass sie auch die schwer zugänglichen Stellen des Bühnengerüsts erreichen konnten. Andere kletterten mühelos über die höchsten Balken, die den künstlichen Himmel nach oben hin abschlossen, besserten aus, schmückten und malten.

Ich muss gestehen, ich war beeindruckt. Falls dies alles von Wetteraus Verdienst war, hatte er sich seine Ehrung durch den Abgesandten des Papstes redlich verdient. Er hatte ein wahres Wunderwerk zum Lob unseres Herrn erschaffen. So hingerissen war ich von der aufwändigen Gestaltung der Bühne, dass ich sogar für einen Moment meine Grübelei über die Geschehnisse der Nacht verdrängte und mich ganz meiner Bewunderung für dieses Meisterwerk hingab. Keine Frage, dass die Bürger Hamelns auch Herzog Heinrich und den Bischof mit ihrem Spiel begeistern würden.

Ich überquerte den Marktplatz und vermisste schmerzlich Dantes warmen Mantel, denn der Regen wurde von eisigem Windhauch vorangetrieben, drang durch jede Öffnung der Kleidung und ließ mich zittern. Ich fragte mich, ob das Wetter in Hameln überhaupt jemals umschlagen würde.

In einigem Abstand von der Bühne standen zwei Männer und beobachteten das Treiben der Tagelöhner mit prüfenden Blicken. Es musste sich um die Nachfolger des toten Baumeisters handeln, gewiss seine Gesellen, die nun die Fertigstellung überwachten. Der Ruhm ihres Meisters würde zweifellos auch ihnen zum Vorteil gereichen. Später würde man ihre Namen mit seinem in Gleichklang bringen, wenn man über das ehrwürdige Mysterienspiel von Hameln sprach.

»Jetzt die Wappen!«, rief einer der beiden an der Bühne hinauf.

Ich folgte seinem Blick und bemerkte zwei Tagelöhner, die am oberen Rand des Gerüsts über die Balken liefen. Einer trug das Wappen der Herzogs in der Hand, der andere das des Bischofs von Minden. Jetzt machten sie sich daran, die mannsgroßen Stoffbahnen weithin sichtbar am Holz zu befestigten.

»Nein, nein!«, schrie der zweite Baumeister aufgebracht. »Andersherum, ihr Schwachköpfe. Den Bischof auf die linke, den Herzog auf die rechte Seite. Das bischöfliche Wappen muss als Erstes ins Auge fallen.«

Ich stand nah genug bei den beiden, um zu hören, wie der andere leise sagte: »Aber ist rechts nicht die Seite, die schwerer wiegt? Muss Gottes Statthalter nicht zur Rechten seines Throns stehen statt zur Linken?«

Der zweite, ein baumlanger Jüngling mit strohblondem

Haar, schüttelte den Kopf und seufzte. »Begreifst du denn nicht? Was von hier aus wie rechts erscheint, ist von Gottes Thron aus links. Umgekehrt, verstehst du?«

»Sprich nicht zu mir wie mit einem Kind«, erregte sich sogleich der andere. Er war ein wenig älter und mindestens einen Kopf kleiner. Sein braunes Haar lichtete sich bereits.

»Du bist ein Dummkopf, Aribo, ein wahrer Dummkopf.«

»Schweig!« Es sah aus, als wollte er den Jüngeren am Hals packen, doch im letzten Augenblick ließ er die Hände wieder sinken.

Der Blonde grinste. »Nichts werde ich tun. Der Meister wusste schon, wen von uns beiden er vorzog.«

»Und wer wäre das?«, rief Aribo drohend.

»Jenen, der rechts von links und links von rechts unterscheiden kann.« Offenbar wollte der Geselle es nur zu gern auf einen Streit ankommen lassen.

Doch Aribo verkniff sich die Handgreiflichkeiten – vielleicht weil er wusste, dass der andere Recht hatte. »Hör auf, Ludwig. Die Tagelöhner können uns hören.«

Der Jüngere zuckte mit den Schultern und wandte sich wieder zur Bühne. Oben hatten die Tagelöhner begonnen, die Wappen ans Holz zu nageln.

Aribo rief: »Herrgott, das Wappen des Bischofs hängt zu niedrig. Seid ihr von allen guten Geistern verlassen?«

Ludwig lächelte, weil er wusste, dass Aribo seine Wut nun an den Tagelöhnern auslassen würde, drehte sich um – und erblickte mich, der ich ihn unverwandt ansah.

»Was wollt Ihr?«, fragte er grob.

Auch Aribo fuhr herum und erkannte mich. Sein Blick verriet harsche Ablehnung; zumindest darin waren sich die beiden Streithähne einig. »Ihr solltet Euch nicht so offen an

Orten wie diesen zeigen«, sagte er. »Man mag Euch hier nicht.«

»Ich bezweifle, dass man Euch hier mag, Meister Aribo«, erwiderte ich gelassen. »Und was Euch angeht, Meister Ludwig – was glaubt Ihr wohl, wird der Herzog von Eurer Anordnung der beiden Wappen halten?«

Ludwigs Augenbrauen zuckten verächtlich. »Er wird es nicht bemerken.«

»Natürlich nicht«, antwortete ich. »Vorausgesetzt, man trägt es ihm nicht zu.«

Beide verstanden die Drohung, doch während Aribo verbissen schwieg, fragte Ludwig zum zweiten Mal: »Was wollt Ihr?«

Ich trat einen Schritt auf die beiden zu. »Wie lange habt Ihr mit Eurem Meister gearbeitet?«

»Weshalb wollt Ihr das wissen?«, fragte Ludwig gereizt.

»Ich bin ein Ritter des Herzogs, und Ihr tätet besser daran, meine Fragen zu beantworten, statt selbst welche zu stellen.«

»Acht Jahre«, sagte Aribo düster.

»Drei«, fügte Ludwig hinzu. Kein Wunder, dass es Streit unter den beiden gab, falls Nikolaus den Jüngeren tatsächlich vorgezogen hatte. Und daran bestand kein Zweifel, besaß Ludwig doch offenbar den schärferen Verstand.

»Kanntet Ihr seinen Mörder?«, fragte ich.

Beide schüttelten den Kopf. Ludwig ergriff das Wort: »Meister Nikolaus war mit vielen Männern bekannt. Es ist kein Geheimnis, dass er dem Spiel mit den Würfeln zugetan war. Jeder hier wusste, dass sein Geldbeutel locker saß.«

»Ihr scheint keine hohe Meinung von Eurem Herrn gehabt zu haben«, stellte ich fest.

Ludwigs Blick verdüsterte sich, seine Lippen bebten vor

— 243 —

Wut. »Wie könnt Ihr es wagen? Nikolaus war ein Baumeister wie kein zweiter. Sein Können war vollkommen, er beherrschte seine Kunst besser als jeder andere. Es war stets eine Ehre, für ihn zu arbeiten.«

»Ach ja?«, fragte ich, und ich muss gestehen, allein um ihn zu reizen. »Nikolaus ist jedenfalls tot, sein Mörder gerichtet. Wir werden ihn in dieser Sache nicht mehr zu Rate ziehen können.«

»In welcher Sache?«, fragte Aribo.

Ich gab darauf keine Antwort und fragte stattdessen: »Wie lange war Nikolaus schon in der Stadt? Drei Monde, vielleicht vier?«

»Fast fünf«, erwiderte Ludwig.

»Warum hat er kurz vor seinem Tod die Herberge gewechselt? Gewiss hat er doch als Gast des Probstes im Marktviertel gewohnt. Wie kam es, dass er plötzlich eine Kammer in der ärmlichen Herberge bezog?«

»Woher sollen wir das wissen?«, fragte Aribo trotzig.

Ludwig, dem tatsächlich am Andenken seines toten Meisters gelegen schien, sagte versöhnlicher: »Er sprach nicht mit uns darüber. Wir haben uns gewundert, aber wir fragten ihn nicht danach. Vielleicht wollte er jenen entgehen, bei denen er Schulden hatte.«

»Ohne Erfolg, wie es scheint«, bemerkte ich.

Ludwigs Miene erstarrte, er trat aufgeregt vor und zurück. »Ich frage Euch ein letztes Mal, Ritter. Was wollt Ihr? Ist es Euer Bestreben, Euch über den Meister lustig zu machen? Das zeugt von wenig Geschmack. Die Männer hier haben ihn geliebt. Ihr solltet es nicht auf die Spitze treiben mit Euren Fragen, sonst könnte sich manch einer weniger in der Beherrschung haben als wir.«

»Gut gesprochen«, stimmte Aribo zu.

»Ihr wollt mir drohen?«, fragte ich.

»Geht – und lasst uns in Ruhe unsere Arbeit tun«, sagte Ludwig, wohlweislich ohne meine Frage zu beantworten. »Die Zeit drängt, morgen erwarten wir hohen Besuch. Bis dahin muss alles vollendet sein.«

Ich verstand nicht recht, ob er damit mein Mitgefühl für seine schwere Aufgabe erringen wollte oder einfach nur glaubte, mich mit der Erwähnung der Gäste beeindrucken zu können. Beides schlug fehl.

»Ich bin niemand, der das Andenken der Toten missachtet«, erwiderte ich. »Und nichts liegt mir ferner, als den Ablauf des Spiels zu verzögern. Doch beantwortet mir noch eine Frage: Wisst Ihr etwas über das Verschwinden der Hamelner Kinder?«

Täuschte ich mich, oder verlor Aribos Gesicht bei meinen Worten an Farbe? Ludwig zumindest blieb gelassen. »Wir kamen beide erst danach in die Stadt.«

»Ist das die Wahrheit?«

»In der Tat. Und wie Ihr gewiss bemerkt habt, spricht man hier nicht gerne über das, was vorgefallen ist. Niemand redet darüber, auch nicht mit uns. Doch wenn Ihr meine Meinung hören wollt: Ich glaube, dass es die Heiden vom Friedhof waren. Viele unter ihnen sind Mörder und Verbrecher. Ihnen ist es zuzutrauen, unbemerkt nachts in fremde Häuser zu schleichen und die Kinder aus den Betten zu reißen. Ich bin sicher, eines Tages wird man ihre toten Körper finden, und das Rätsel wird sich lösen.«

»Ihr sagtet, Meister Nikolaus sei bereits vor fünf Monaten nach Hameln gekommen.«

»Das stimmt – um die Arbeiten vorzubereiten.«

»Dann war er bereits hier, als die Kinder verschwanden.«

»Ja.«

»Haltet Ihr es denn für möglich, dass er mehr darüber wusste? Mehr als Ihr und ich?«

Ludwigs Ausdruck blieb feindselig. »Sicher trug der Meister keine Schuld an den Ereignissen«, sagte er scharf.

»Niemand hat das behauptet«, entgegnete ich. »Doch könnte es nicht sein, dass er wusste, was geschah? Vielleicht machte er eine Beobachtung oder hörte etwas von den Tagelöhnern. Es gibt viele Möglichkeiten, etwas zu erfahren, das nicht für die eigenen Ohren bestimmt ist.«

»Ihr seid offenbar wenig erfolgreich darin«, bemerkte Aribo mit einer Heftigkeit, die ich ihm kaum zugetraut hatte.

Ich überging seinen Einwurf und hielt meinen Blick unverwandt auf Ludwig gerichtet. »Nun?«

»Falls er etwas wusste, so sprach er nicht darüber.«

Ich erlaubte mir ein Lächeln. »Ihr sprecht stets für Eure ganze Zunft, Meister Ludwig. Dabei hat Euer Freund hier doch selbst eine freche Zunge.«

Aribo schnaubte verächtlich. »Der Meister sprach selten mit mir.«

Ich nickte. »Das nahm ich an.«

Aribo wollte auffahren, doch Ludwig hielt ihn mit einer Handbewegung zurück. »Glaubt Ihr, man habe Meister Nikolaus getötet, weil er zu viel wusste? Ist das Euer Verdacht, edler Ritter?«

»Möglicherweise.«

Darauf schwiegen die beiden jungen Baumeister. Konnte es wirklich sein, dass ihnen dieser Gedanke noch nicht selbst gekommen war?

Eine Antwort blieben sie mir schuldig, denn im selben Augenblick erklang aus der Richtung der Bühne ein hoher, schriller Schrei. Unsere Köpfe ruckten herum. Erst glaubte ich, einer der Arbeiter habe sich verletzt, sei vielleicht von einem der Balken in die Tiefe gestürzt. Doch nichts dergleichen war geschehen. Imma, die Frau des Hufschmieds, stand am Fuße der Bühne, die dürre Knochengestalt hoch aufgerichtet, und wies mit ausgestrecktem Arm auf – mich!

»Da ist er!«, rief sie, und alle, die bei ihrem ersten Schrei verstummt waren und ihre Arbeit abgebrochen hatten, blickten nun in meine Richtung. Schweigen breitete sich über den Markt und das Gerüst der Mysterienbühne. Zahllose Augenpaare starrten mich an. Ludwig gab Aribo einen Wink, und die beiden traten zurück.

Ein Gegenstand sauste durch die Luft und schlug mit hellem Klappern wenige Schritte vor mir aufs Pflaster. Es war ein Hammer; einer der Tagelöhner am oberen Rand der Bühne hatte ihn geschleudert. Noch immer sagte niemand ein Wort. Imma stand da wie erstarrt, den Arm anklagend in meine Richtung gereckt – fast so, als sei ich selbst schuldig am Verschwinden ihrer Kinder.

Einen Herzschlag lang erwog ich, das Gespräch mit der bedrohlichen Menge zu suchen, dann verwarf ich den Gedanken. Niemand wollte mit mir reden. Und ein zweites Wurfgeschoss würde vielleicht sein Ziel nicht mehr verfehlen. Ich machte erst einen, dann einen zweiten und dritten Schritt zurück.

Ein leises, anschwellendes Grollen ging durch die Menge. Mehrere Tagelöhner glitten an ihren Seilzügen zu Boden. Es wäre Ludwigs oder Aribos Aufgabe gewesen, sie zur Ordnung zu rufen, doch die beiden verharrten reglos. Sie ließen es geschehen, dass immer mehr Männer von der Bühne stiegen und dabei nach einem Werkzeug griffen. Plötzlich sah ich mich einem ganzen Arsenal von Hämmern, Knüppeln und Beilen gegenüber. Hass und Wut griffen um sich wie ein Waldbrand, steckten einen nach dem anderen an. Von Wetteraus Befehl, mich in Frieden zu lassen, verlor mit jedem Schritt, jedem Blick an Bedeutung.

»Er hat seine eigenen Eltern vergiftet!«, stachelte Imma die Menge an. »Und nun kommt er her, um über uns zu richten!«

Die Frau hatte Recht. Ich hatte sie vergiftet. Vater, Mutter und Juliane. Aber damals war ich ein Kind, und nichts von dem, was passierte, geschah mit Absicht.

Es war ein Versehen, wollte ich den Menschen entgegenbrüllen, und ehe ich mich versah, hatte ich die Worte herausgeschrien.

»Ein Versehen«, rief Imma höhnisch. »Hört ihr, wie er leugnet? Hört ihr, wie er winselt? Ich sage: Greift ihn euch!«

In einer einzigen Bewegung stürmten die Arbeiter auf mich los, und das Letzte, was ich sah, bevor ich die Flucht ergriff, war das hämische Grinsen auf Ludwigs Gesicht. Dann rannte ich los, fort vom Markt, auf das Rathaus zu. Dort wollte ich Schutz suchen, doch als ich in die Gesichter der Wachtposten sah, wusste ich, dass sie mir keinen Einlass gewähren würden. Fluchend und in nackter Todesangst schlug ich einen Haken, wich ihnen aus und lief entlang eines Trampelpfades durch die Bauwüste nach Süden. Vielleicht konnte ich bei von Wetterau Zuflucht finden; wenn nicht bei ihm, dann beim Graf von Schwalenberg.

Schlamm spritzte, Wasser durchnässte meine Kleidung. Ich lief eine ganze Weile den offenen Weg hinunter, gefolgt vom Gröhlen und Brüllen der Menge. Ich begriff, dass ich

— 248 —

verloren war, falls es mir nicht sogleich gelingen würde, mich vor den Verfolgern zu verbergen. Ich zweifelte, dass ich bis zum Marktviertel kommen würde, trotz aller Flinkheit meiner Beine. Eine List, zumindest aber ein Versteck, waren das Einzige, das mich retten konnte.

Ich bog nach rechts, mitten in den breiten Ruinenstreifen zwischen Weg und Weser. Der schwarze Sumpf zerrte an meinen Füßen, verlangsamte meine Schritte als auch die meiner Verfolger. Ich hörte, wie sie sich untereinander etwas zuriefen, das über Verwünschungen und Flüche hinausging. Sie teilten sich. Einige Männer blieben auf dem Weg, um die Bauruinen zu umrunden und mich auf der anderen Seite in Empfang zu nehmen. Auf dem Weg waren sie schneller als ich, und meine Aussicht, vor ihnen den Fluss zu erreichen, war denkbar gering. Vielleicht würde es mir gelingen, in einer der Gruben Unterschlupf zu finden. Wenn ich tief genug in das schmutzige Wasser eintauchte und meinen Leib mit Schlamm beschmierte ...

Im selben Moment sah ich die Ratten. Sie waren überall. Längst hatte ich mich an ihr Wimmeln und Zucken rechts und links der Wege gewöhnt, doch hier, in diesem Ödland, ging eine besondere Bedrohung von ihnen aus. Hier fühlten sie sich zu Hause, hier war ich es, der ihr Herrschaftsgebiet betrat, unerlaubt, unerwünscht. Ihre Blicke aus hundert schwarzen Augenpaaren funkelten mir voller Kampfeslust entgegen. Wohin ich auch sah, überall suhlten sie sich im Schmutz. Vor mir, neben mir. Und hinter mir tobte der schreiende Pöbel. Ich hatte keine andere Wahl, als tiefer ins Reich der Rattenbrut zu irren.

Ich bog um eine Ecke und betrat das Netz von Brettern, das den Schlamm wie Stege durchkreuzte. Das Holz war nass und schlüpfrig, und schon nach wenigen Schritten musste ich einsehen, dass das Laufen darauf schwieriger war als im zähen Morast. So sprang ich wieder hinunter, versank bis zu den Knöcheln, hörte hinter mir die Schreie der Verfolger und bemerkte zugleich, dass ich an dieser Stelle nicht weiterkommen würde. Panisch raste mein Blick durch die Umgebung. Neben mir, an der Seitenwand eines halb fertigen Hauses, führte ein Bogenfenster hinab in ein Kellergewölbe. Ohne nachzudenken, warf ich mich zur Seite. Die Wucht löste meine Füße mit einem Schmatzen aus dem Schlamm. Kopfüber fiel ich durch die Öffnung. Ich stürzte durch die Dunkelheit und landete schließlich in hüfthohem Wasser. Auch hier unten hatte die Nässe keinen Widerstand gefunden. Oben am Fenster hastete die aufgebrachte Menge vorüber. Mein Verschwinden war offenbar unbemerkt geblieben. Sicher nahm man an, dass ich über die Bretter hinweg tiefer ins Labyrinth der Bauruinen geflohen war. Zumindest einen Moment hatte ich gewonnen, um Luft zu holen und mein weiteres Vorgehen zu bedenken.

Ehe ich aber einen klaren Gedanken fassen konnte, spürte ich, dass ich mich nicht allein in diesem Gewölbe befand. Um mich herum herrschte vage Bewegung, etwas streifte meine Beine im eiskalten Wasser. Das Licht, das durch das Fenster hereinfiel, beleuchtete einen Umkreis von einem, höchstens zwei Schritten. Alles, was dahinter lag, versank in der Finsternis. Das eiskalte Wasser reichte mir fast bis zum Nabel. Es wimmelte nur so von Ratten. Noch duldeten sie mein Eindringen, ohne mich anzugreifen. Doch allein der Gedanke ihrer schwarzen, struppigen Leiber, die mich auf allen Seiten umgaben und geisterhaft meine Glieder umspielten, versetzte mich in haltloses Grauen. Ein Entsetzen überkam mich, jenseits aller Angst vor der Henkersmeute; diese Furcht war anderer Natur, sie stieg herauf aus den Schlünden der Abscheu, ein furchtsames Erbe aus den Zeiten unserer Väter – damals, als der Mensch dem Tier noch ausgeliefert war.

Ich wagte kaum mich zu bewegen. Ich wusste, dass die rasende Menge nicht aufgeben würde. Die Männer würden ausschwärmen und das ganze Gebiet absuchen. Diesmal war es keineswegs mit einem Sprung in den Fluss getan. Ich ahnte bereits, dass sich meine Zeit in Hameln dem Ende zuneigte, und doch war ich nicht gewillt, einfach aufzugeben. Der Gedanke an die Ankunft des Herzogs hielt mich aufrecht. Er hatte mich hierher gesandt, seinen Auftrag galt es zu erfüllen, und er würde nicht dulden, dass sich eine ganze Stadt gegen seinen Willen erhob. War er erst einmal hier, so war auch ich in Sicherheit. Und langsam, ganz langsam kam ein Verdacht in mir auf. Es gab keinen Beweis für meine Ahnung, nichts, das ich dem Herzog zu Füßen legen konnte. Und doch – der Schädel hatte Recht behalten: Die Antwort lag längst in mir.

Ich spürte ein plötzliches Zwicken an meinem rechten Bein, und ehe ich mich versah, wurde es zu einem reißenden, lodernden Schmerz. Meine Hand fuhr hinab ins Wasser, umklammerte die Ratte, die sich in meinem Fleisch verbiss, und zerrte an ihr mit aller Kraft. Die Pein, die dabei mein Bein durchraste, war noch schlimmer als der Biss. Ich hielt das strampelnde, schreiende Tier in der Hand und schleuderte es mit Wucht in die Schwärze. Mit einem ekelhaften Bersten krachte es gegen die Wand und sackte ins Wasser.

Die Wunde blutete, ohne Zweifel, und es würde nicht mehr lange dauern, bis auch die übrigen Ratten ihren letzten Respekt vor meiner Größe überwinden und zum Abgriff übergehen würden. Ich wusste nicht, wie viele von ihnen sich in diesem Loch befanden, doch ich rechnete mit dem Schlimmsten. Es mochten Dutzende sein, vielleicht Hunderte. Verfielen sie erst in einen Blutrausch, gab es für mich keine Hoffnung mehr. Ich musste hinaus. Doch dort draußen erwartete mich ein Schicksal, das nicht weniger ungewiss war. Die Menge würde sich nicht die Zeit lassen, mich anzuhören. Beschreibungen des Wappenvogels aus Blut über der Leiche des Kindes mussten durch die Stadt gerast sein wie ein Lauffeuer. Für die Menschen gab es keinen Zweifel daran, dass ich der Mörder war.

Und wenn sie Recht hatten?

Ich verdrängte alle weiteren Gedanken, Zweifel und Überlegungen. Mein einziges Streben musste meiner Flucht aus diesem Keller gelten. Alles andere mochte sich später ergeben.

Das Gewölbefenster klaffte einen Schritt über mir. Ich streckte beide Hände danach aus, ging unter Wasser in die Knie und stieß mich mit aller Kraft vom Boden ab. Ich bekam den Fensterrand zu fassen, stemmte mich trotz des Gewichts meiner nassen Kleidung in die Höhe und versuchte, ein Knie nachzuziehen und auf der Kante abzustützen. Kaum war es mir gelungen, als im gleichen Augenblick ein feuriger Schmerz durch das andere Bein schoss, das immer noch bis zur Wade im Wasser hing. Gleich zwei Ratten hatten sich in meinem Fleisch verbissen. Ich unterdrückte mit aller Willenskraft einen Schrei und zog das Bein stattdessen ganz nach oben, bis ich vollends im Fenster hockte. Angewidert schlug ich auf die beiden Tiere ein, die immer noch an meiner Wade hingen, und schleuderte sie zurück in die nasskalte Schwärze. Ein grelles Kreischen drang herauf, als sie unter ihresgleichen fielen. Ich flehte zu Gott, dass die Laute der wütenden Tiere nicht bis ins Freie drangen.

Das Mauerwerk war breit genug, um mir den nötigsten Schutz zu bieten. Ich wagte kaum, den Kopf nach vorn zu schieben, aus Angst, man könne mich entdecken. Die Rufe meiner Jäger waren in der Ferne deutlich zu hören, trotzdem mochte es sein, dass einige von ihnen sich ganz in der Nähe aufhielten, vielleicht lautlos durch die Ruinen schlichen und schweigend nach mir Ausschau hielten.

Mir blieb keine Wahl. Je länger ich tatenlos in der Fensternische saß, desto größer war die Gefahr, entdeckt zu werden. Ich musste von hier verschwinden und ein besseres Versteck ausfindig machen. Vielleicht konnte ich später, nach Anbruch der Nacht, zur Herberge schleichen und meine Besitztümer packen. Ich war keineswegs bereit, meine größten Schätze dieser Meute zu hinterlassen. Schwert, Bibel und Bronzekopf, außerdem mein Pferd, waren alles, was ich mein eigen nannte. Ich musste sie zurückerlangen – obgleich ich, zumindest was den Rappen anging, wenig Hoffnung hegte. Es war nahezu unmöglich, ihn ungesehen aus dem Stall zu holen.

Und dann? Was, wenn es mir wirklich gelänge?

Von Schwalenberg musste mir als Mann des Herzogs Unterschlupf gewähren, ob er wollte oder nicht. Doch hatte ich einige Zweifel, ob ich in seinem Haus wirklich in Sicherheit war. Wer sollte die aufgebrachten Bürger daran hindern, es zu stürmen? Ich allein war ein erbärmlicher Gegner für Dutzende von ihnen, und der alte Statthalter war nicht nur wahnsinnig, sondern noch dazu verletzt. Beide Beine habe er sich bei seinem letzten Flugversuch gebrochen, hatte von Wetterau gespottet. Nein, der Alte würde mir keine Hilfe sein. Also hieß es ausharren bis zur Ankunft des Herzogs. Dann, und davon war ich überzeugt, würde sich alles richten.

Bis dahin aber sollte noch viel Zeit verstreichen. Ein halber Tag, eine Nacht und noch ein halber Tag würden vergehen, ehe Heinrich und Althea Hameln erreichten. Zeit genug, mir durch die Folter ein Geständnis abzuringen – vorausgesetzt, man brachte mich nicht gleich zur Strecke.

Unendlich behutsam blickte ich um die Mauerkante nach rechts und links. Niemand war zu sehen. Erstmals fiel mir auf, dass heute keiner an den Häusern arbeitete. Von Wetterau musste alle Männer zur Fertigstellung der Bühne abgezogen haben.

In weitem Umkreis standen zerklüftete Bauruinen. Zwischen ihnen mochte es ein Versteck geben, an dem ich sicherer war. Einen Platz ohne Ratten. Mir gegenüber lag ein hoher Holzstapel, dahinter ragten die Mauern eines Hauses empor, dessen Dachstuhl zur Hälfte mit Ziegeln gedeckt war. Vielleicht gelang es mir, mich dort oben im Gebälk zu verbergen. Man würde als Erstes alle möglichen Verstecke am Boden durchstöbern, also Gruben, Keller und Mauerwinkel. Hinzu kam, dass der Bau der Bühne weitergehen musste. Sollte man wirklich weiter nach mir suchen, würden Ludwig und Aribo kaum mehr als eine Hand voll Männer entbehren können, ohne dass von Wetterau es bemerkte. Er hatte mir geglaubt und mich vorbehaltlos laufen lassen; er würde nicht zulassen, dass die Jagd nach einem Unschuldigen sein Werk gefährdete.

Mit dem Rücken zur Mauer schob ich mich langsam aus der Hocke nach oben, bis ich aufrecht stand. Die Strecke bis zum Holzstapel und dem Haus dahinter mochte etwa vier Mannslängen betragen. Bis ich sie überquert hatte, war ich schutzlos allen Blicken ausgeliefert, die mich aus einer Vielzahl von Richtungen treffen mochten. Meine Verfolger konnten überall sein.

Ich sprang vorwärts, machte einen gewaltigen Satz und glaubte bereits, leichtes Spiel zu haben, als ich mir plötzlich von neuem der Wunden in meinen Beinen bewusst wurde. Der Schmerz beim Laufen war entsetzlich. Ich strauchelte, fing mich gerade noch ab und warf mich hinter den Holzstapel. Dabei entrang sich meinen Lippen ein gequältes Stöhnen. Mit geschlossenen Augen, unfähig mich zu regen, blieb ich im Schlamm liegen. Ich betete, dass niemand in der Nähe war. Das Stöhnen und mein Aufprall im Dreck waren weithin zu hören gewesen.

Die aufgestapelten Holzbalken boten mir nach vornehin Schutz. In meinem Rücken befand sich die Mauer des Hauses, in dessen Giebel ich mich verbergen wollte. Von den Seiten her aber war ich für jeden, der vorbeikam, deutlich zu sehen. Mir blieb keine andere Wahl, ich musste fort von hier.

Es gelang mir, mich erneut auf die Füße zu ziehen, die vordere Mauer zu umrunden und mich an der Innenseite gegen den schattigen Stein zu lehnen. So verharrte ich eine Weile, betrachtete die grellen Schlieren, die von innen über meine Lider tanzten, und kam schließlich so weit zu Kräften, dass ich mir zutraute, hinauf ins Gebälk zu steigen. Ich schlug die Augen auf –

– und sah die Frau.

Sie blickte mir direkt ins Gesicht, wenngleich ihr eigenes im Schatten einer weiten Kapuze verborgen war. Sie trug einen schwarzen Umhang, den sie gegen die Kälte eng um ihren schlanken Körper gezogen hatte.

Zuerst glaubte ich, es sei die gespenstische Erscheinung, die mich schon seit Tagen quälte, die Frau mit dem schwarzen Schleier. Sie war zurückgekommen, um mich zu verhöhnen. Doch als sie nun die Kapuze zurückzog, hätte mein Erstaunen nicht größer sein können.

»Ich will Euch helfen«, sagte Maria und kam langsam auf mich zu. In dem schwarzen Mantel hätte niemand sie für eine einfache Dienstmagd gehalten, vielmehr brachte er ihre Schönheit erst zu voller Geltung. Ihr helles Gesicht und die strohblonde Mähne hoben sich ab wie Seerosen von einem dunklen Teich. Wie sie nun vor mir stand, strahlte sie etwas Edles, fast Erhabenes aus. Doch ihr Gesicht strafte diesen Eindruck lügen: Ihre Lippen bebten vor Aufregung, ihre Augen waren weit geöffnet. Sie hatte Angst. Angst, dass man sie mit mir entdecken könnte.

»Sie dürfen dich hier nicht sehen«, stieß ich leise hervor und fühlte mich plötzlich für sie verantwortlich wie für ein Kind. Ihre Liebe zu mir mochte sie geradewegs ins Unglück führen.

»Ich will Euch helfen«, wiederholte sie. »Hier seid Ihr vorerst in Sicherheit. Die meisten Männer sind zum Marktplatz zurückgekehrt. Sie werden erst später wieder nach Euch suchen.«

Ich überlegte einen Augenblick, dann entschied ich mich, ihr Angebot anzunehmen. »Wenn du mir wirklich helfen willst, dann bring mir meine Sachen aus der Herberge. Mein Bündel, den Bronzekopf, vor allem das Schwert. Führe mein Pferd hinauf zum Waldrand am Kopfelberg. Dort ist es in Sicherheit, und ich kann damit entkommen, wenn es nötig ist.«

Sie stand jetzt nur noch einen halben Schritt von mir entfernt, und auf einmal begriff ich, dass sie nicht allein die anderen fürchtete. Ich war es, der ihr Angst machte. Ehe ich sie danach fragen konnte, sagte sie schon: »Sie behaupten, Ihr hättet den lahmen Walther getötet.«

Ich senkte den Blick. »Und nun willst du wissen, ob sie die Wahrheit sagen.«

»Nein«, erwiderte sie. »Ich kann nicht glauben, dass Ihr es wart. Als der Baumeister starb, da waren Eure Hände voller Blut, und trotzdem war ein anderer der Schuldige. Weshalb sollte es jetzt nicht genauso sein?«

Ihre Folgerung war so eigentümlich, dass ich gar nicht erst widersprach. Sie wollte glauben, was sie sagte, und das allein zählte. Erneut kam sie mir zuvor und sagte: »Versteckt Euch hier bis zur Dunkelheit. Ein paar von ihnen streifen noch umher, doch sie werden die Suche bald aufgeben und sich zu den anderen gesellen. In der Dämmerung werde ich Euch Eure Sachen bringen, auf dass Ihr Hameln verlassen könnt.«

»Ich danke dir«, sagte ich ehrlich berührt.

»Werdet Ihr mich mit Euch nehmen?«, fragte sie. Aus ihren Augen sprach eine wesenlose Traurigkeit, als hätte sie alle Hoffnung längst verloren. Sie kannte die Antwort.

Ich streckte die Rechte aus und griff nach ihrer Hand. Meine schlammbedeckten Finger beschmutzten ihre weiße Haut. Plötzlich hatte ich das Gefühl, das Gleiche schon einmal erlebt zu haben, doch meine Erinnerung galt Julia. Sie hatte sich genauso angefühlt. Der Gedanke an sie war schmerzlich, trotz der gemeinsamen Nacht. Was, wenn sie wirklich meine Schwester war? War dies die Strafe für unsere Sünde?

Ich besann mich und streichelte Marias Hand. »Es geht nicht«, sagte ich, »und du weißt das.«

Sie nickte, viel zu schnell, als dass es ihr damit hätte ernst sein können, und wandte sich ab. »Wartet hier auf mich. Ich komme zurück.«

Sie wollte gehen, doch ich hielt sie zurück. »Maria!«

»Ja, Herr?«

»Willst du mir eine Frage beantworten?«

»Sicher, Herr.«

Das Gefühl der Nähe, das uns noch vor einem Herzschlag verbunden hatte, schwand dahin. Ich hätte nicht sagen können, weshalb. »Du weißt, was mit den Kindern geschah, nicht wahr?«

Sie zögerte sehr lange, und sie musste wissen, dass sie sich damit verriet. Trotzdem sagte sie: »Nein, ich weiß es nicht. Es war der Rattenfänger, sagen die Leute.«

»Aber du kennst die Wahrheit«, entgegnete ich.

»Die Wahrheit?«, fragte sie. »Ich war nicht hier, als es geschah. Ich war oben im Berg, bei Vater Johannes. Ich bin oft bei ihm.«

War das ein Lüge? Es fiel mir schwer, Maria zu durchschauen. »Selbst wenn du bei ihm warst – sicher hat man dir erzählt, was passierte. Herrgott«, fuhr ich auf und wusste zugleich, dass dies ein Fehler war, »natürlich hat man es dir erzählt. Hundertdreißig Kinder sind verschwunden, davon wird man noch in Jahren sprechen! Wie kann es da sein, dass man nur wenige Monde später nichts mehr darüber erfahren kann? Aus Angst?«

»Nein, Herr«, erwiderte Maria. »Das hat nichts mit Angst zu tun. Nicht das Geringste. Aber vielleicht werdet Ihr das nie verstehen.«

»Was muss ich tun, um die Wahrheit zu erfahren? Menschen bedrohen? Menschen foltern? Muss ich dich foltern, Maria?«

Sie lächelte schwach. »Ihr wisst, dass Ihr trotzdem nichts erfahren werdet. Das Schweigen ist die Waffe der armen Leute, mein Ritter. Es ist ihre einzige.«

»Dann hilf mir, es aus eigener Kraft herauszufinden.«

Sie nickte langsam. »Vielleicht werde ich das, mein Ritter. Vielleicht. Wartet bis heute Abend. Wartet auf meine Rückkehr.«

Dann ging sie, und ihr schwarzer Mantel wehte hinter ihr her wie die ferne, lange Nacht, mit der sie zurückkehren wollte.

Sie kam, wie sie es versprochen hatte. Ich ließ mich aus den Dachbalken herab, wo ich die vergangenen Stunden verbracht hatte. Jeder Teil meines Körpers schmerzte, angefangen von den Gelenken bis hinauf zum Kopf. In meinem Schädel schien ein wütender Wespenschwarm zu toben, ich hörte ein Summen und Pochen in den Ohren, und etwas schien von innen auf mich einzustechen wie mit glühenden Eisen. Allein die Wunden an meinen Beinen hatten sich gebessert. Entgegen meiner Erwartung hatten sie sich nicht entzündet. Weshalb sollte nicht auch mir ein wenig Glück beschieden sein?

Meine Freude über Marias Rückkehr legte sich, als ich bemerkte, dass sie weder Bündel noch Schwert bei sich trug. Als ich sie danach fragte, sagte sie: »Meine Großmutter hat über Eure Kammer gewacht wie ein bissiger Köter. Niemand durfte herein, weder die Männer, die Zutritt verlangten, noch ich selbst. Ich glaube, sie hält große Stücke auf Euch.«

»Kaum zu glauben«, seufzte ich. In meiner Lage wäre es mir lieber gewesen, die Alte hätte alles aus dem Fenster geworfen, sodass Maria es nur noch einsammeln musste.

Aber, vergebens – ich würde also noch einmal zurück zur Herberge gehen müssen.

»Und das Pferd?«, fragte ich.

Sie lächelte stolz. »Am Waldrand, wie Ihr es verlangt habt.«

»Das ist gut. Ich danke dir, Maria.«

Sie trat auf mich zu und hauchte mir einen Kuss auf die Lippen. »Ich weiß, dass ich Euch nicht für mich gewinnen kann, Herr, verzeiht mir. Doch einen Kuss werdet Ihr mir nicht verübeln, oder?«

Ich drückte sie in einer Aufwallung von Freundschaft an mich und umarmte sie. Ich küsste sie nicht, aber ich spürte, wie sie in meinen Armen erbebte. »Dies ist schwerlich die Zeit für Leidenschaft«, sagte ich sanft.

Sie löste sich von mir und nickte. »Ihr habt Recht.«

Vorsichtig fragte ich: »Was meintest du am Nachmittag, als du sagtest, vielleicht würdest du mir helfen?«

Sie erstarrte, von einem Augenblick zum nächsten. »Ich ...«, sagte sie, stockte und begann von neuem: »Ich werde Euch etwas zeigen. Doch falls man Euch je fragen sollte, wie Ihr davon erfahren habt, nennt nicht meinen Namen. Hört Ihr – niemals!«

»Du hast mein Wort darauf«, erwiderte ich. »Ich schwöre es bei meiner Ehre.«

Sie nickte, zögerte trotzdem noch einen weiteren Augenblick, dann drehte sie sich um und schlug dabei die Kapuze über ihren Kopf. Haar und Gesicht verschwanden im Schatten. Ich folgte ihr, als sie das Gebäude verließ. Draußen herrschte tiefe Nacht. Vereinzelte Sterne schienen durch Risse in der Wolkendecke, und der Mond glühte als weiße Sichel über der Stadt. Das Licht, das sie spendeten, reichte eben aus, um nicht gegen die Mauern zu laufen, die

— 260 —

ohne ersichtliche Ordnung aus dem Schlamm ragten. Maria sprach kein Wort, während sie mich zielsicher über das Gelände führte. Stille hing zwischen den Bauruinen, nur hier und da raschelte es im Wasser, wo Rattenschwärme in der Dunkelheit jagten.

Nach einer Weile blieb Maria stehen und hielt mich mit einer Handbewegung zurück. Ich wollte fragen, warum wir anhielten, doch sie bedeutete mir zu schweigen. »Still!«, zischte sie leise.

Wir hatten den befestigten Weg erreicht, der den Bausumpf von Norden nach Süden durchschnitt und den Marktplatz mit dem Händlerviertel verband. In der Finsternis waren leise Stimmen zu hören.

Maria beugte sich an mein Ohr. Der Stoff der weiten Kapuze streifte mein Gesicht. »Man sucht noch immer nach Euch«, flüsterte sie. »Wir müssen Acht geben.«

Plötzlich war sie es, die sagte, was zu tun war. In meiner Lage, gejagt von einer ganzen Stadt, war ich froh, eine ortskundige Führerin zu haben. Ich war bereit, jede ihrer Anordnungen zu befolgen.

Behutsam schlichen wir weiter, ganz leise, ganz vorsichtig. Die Stimmen entfernten sich auf dem Weg nach Süden, und es gelang uns, unbemerkt auf die andere Seite zu wechseln. Dort setzte sich die von Menschenhand geschaffene Wildnis des Bausumpfes fort, und wir beeilten uns, in seinen Schatten unterzutauchen.

Zur Linken sah ich in weiter Entfernung den Turm der Marktkirche, der sich ehern vom Nachthimmel abhob. Mir schien, dass wir den Platz in weitem Kreis umrundeten.

»Das stimmt«, antwortete Maria auf meine Frage. »Was ich Euch zeigen will, liegt im Nordosten, nahe der Stadtmauer.«

Das bedeutete, dass wir mindestens noch eine weitere Straße überqueren mussten, jene vom Marktplatz zum Osttor. Über sie war ich vor scheinbar zahllosen Tagen in Hameln eingeritten, ahnungslos und blind angesichts der Schrecken, die meiner harrten. Was war geblieben von meinem Ritterstolz? Alles, was mich jetzt noch aufrecht hielt, war die Hoffnung auf die baldige Ankunft des Herzogs. Und dann? Sollte ich mich unter seinem Mantel verkriechen? Meine Hoffnungslosigkeit beschämte mich.

Auch auf der Oststraße patrouillierten bewaffnete Männer. Ein halbes Dutzend zog gen Rathaus an uns vorüber, während wir uns hinter einer Mauer versteckten. Ich fragte mich, weshalb sie nicht in einer Treibjagd das ganze Gelände durchkämmten. Es dauerte eine Weile, ehe ich auf die Antwort kam: Morgen stand die Ankunft von Bischof und Herzog bevor, und noch waren letzte Arbeiten an der Bühne zu vollenden. Man konnte es sich nicht leisten, alle Männer die Nacht über auf den Beinen zu halten, denn damit bestand die Gefahr, dass die Bühne nicht rechtzeitig fertig wurde. Den Stadtvätern blieb keine andere Wahl, als lediglich kleine Gruppen für die Suche nach mir abzustellen. Vielleicht glaubten sie auch, ich hätte mich längst davongemacht. Ich fragte mich, wie von Wetterau über die Ereignisse denken mochte. Er war ein kluger, weltgewandter Mann und zumindest am Vortag von meiner Unschuld am Tod des Kindes überzeugt gewesen. Duldete er nun, dass man mich als Mörder jagte? Oder wusste er überhaupt nichts davon?

»Kommt, es ist nicht mehr weit«, flüsterte Maria mir zu und beschleunigte ihre Schritte. Dann, plötzlich, blieb sie stehen.

Ich erkannte sogleich den Grund ihrer Vorsicht. Vor uns

— 262 —

ragte eine kleine Kapelle aus den Ruinen, selbst nicht viel
größer als die höchsten Mauern, die sie umgaben, doch
schien sie weitgehend fertig gestellt. Der Bau war schlicht
und schmucklos, allein der niedrige Spitzturm und ein
Kreuz über dem Tor zeichneten ihn als Haus Gottes aus.
Vor dem zweiflügeligen Eingang standen zwei Wachtposten. Die Tür war einen Spalt weit geöffnet, dahinter glühte
Kerzenschein. Einer der Wächter sagte etwas, und aus dem
Inneren antwortete ihm eine männliche Stimme. Sie waren
also zumindest zu dritt.

»Dort hinein?«, fragte ich leise.

Maria nickte stumm.

»Was erwartet uns dort?«, wollte ich wissen.

»Nicht uns – nur Euch allein. Ich verlasse Euch hier.
Dringt in die Kapelle ein, steigt hinab in die Krypta. Dort
findet ihr eine Antwort auf Eure Fragen.«

»Was ist mit dir?«, fragte ich.

Sie senkte betreten den Blick. »Ich werde zurückgehen
zu meiner Großmutter und so tun, als habe es diese Nacht
nie gegeben. Erwartet keine weitere Unterstützung von
mir. Ich bin schon viel weiter gegangen, als ich je gedurft
hätte. Seht, was Ihr in der Krypta findet, und tut mit Eurem
Wissen, was ihr wollt. Verlasst die Stadt, reitet davon – oder
bleibt. Wie es Euch beliebt.«

Damit drehte sie sich um und wollte gehen.

»Warte«, bat ich.

»Ich verlange keinen Abschiedskuss, mein Ritter«, sagte
sie traurig. »Ich weiß, dass Ihr mir dankt. Belasst es einfach
dabei.«

Ich wollte ihr die Hand drücken, doch sie entwand sich
meinem Griff und huschte davon. Ich blieb allein zurück.

Etwas raschelte zu meinen Füßen. Angewidert bemerkte

ich, dass es eine Ratte war, die an meinem Stiefel nagte. Ich trat nach ihr, und sie wieselte im Dunkeln davon. Dann zog ich meinen Dolch und begann, die Kapelle in gebührendem Abstand zu umrunden. Das Gebäude maß etwa acht mal vier Mannslängen. Es besaß nur den einen, bewachten Eingang und zwei Fenster, die man mit grobem, gelbem Glas versiegelt hatte. Ich fragte mich, weshalb man die Wächter hier postiert hatte. Sicherlich nicht wegen mir; niemand konnte damit rechnen, dass ich den Weg hierher finden würde. Demnach musste sich in der Tat etwas von Wichtigkeit in dem bescheidenen Gotteshaus befinden.

Nachdem ich die Kapelle von allen Seiten betrachtet hatte, kam ich zu dem leidigen Entschluss, dass ich die Wächter wohl oder übel überwinden musste. Rund um das Gebäude gab es keine weiteren Posten, es blieb bei diesen dreien. Zweifellos genug, um einem verletzten, erschöpften Mann wie mir den Garaus zu machen. Mir blieb nur, sie durch einen Trick fortzulocken und so ins Innere zu gelangen.

Gehetzt ließ ich meinen Blick über den Boden schweifen. Es dauerte nicht lange, da fand ich, was ich suchte. Zwei Ratten kauerten in den Schatten und beobachteten mich aus ihren schwarzen Augen. Es gelang mir, eine zu ergreifen und in hohem Bogen über die Köpfe der Wächter auf die andere Seite der Kapelle zu schleudern. Unter Gekreische und Getöse fiel das strampelnde Tier dort in den Schlamm. Sogleich wurden die Wachtposten aufmerksam, griffen nach ihren Keulen und Messern und eilten in die Richtung, aus der das Kreischen der Ratte an ihre Ohren drang. Der dritte Wächter sprang ebenfalls ins Freie und folgte seinen Gefährten bis zu den nächstgelegenen Mauern, hinter denen die beiden anderen verschwunden waren.

Dort blieb er stehen und starrte ins Dunkel. Alle drei waren schlichte Gemüter. Dies kam mir nun zugute.

Ich bewältigte die wenigen Schritte von meinem Versteck bis zur Seitenwand der Kapelle innerhalb weniger Herzschläge. Dort drückte ich mich flach an die Mauer, schob mich bis zur Vorderseite und wagte einen Blick um die Ecke zum Portal. Der dritte Wächter unterhielt sich nun mit den beiden anderen, die unsichtbar in der Finsternis hantierten.

Ich wagte alles, huschte um die Ecke bis zum Tor und durch den Spalt ins Innere. Niemand bemerkte mich. Allerdings hörte ich noch im gleichen Moment, wie sich die Schritte der drei wieder näherten. Die Ratte hatte sie weniger lange beschäftigt, als ich gehofft hatte. Ich sah mich angestrengt um und bemerkte vor dem Altar eine hölzerne Falltür. Ich öffnete sie, hörte zugleich, wie jemand von außen gegen das Portal drückte, glitt mit stockendem Atem hinab in die Tiefe und zog die Falltür hinter mir zu. Vor mir führten steinerne Stufen tiefer hinab in die Krypta. Ich verharrte eine Weile und wartete, ob man mein Eindringen bemerkt hatte. Niemand kam. Doch selbst wenn keiner mich gesehen hatte, war ich fürs Erste gefangen. Die Wächter waren wieder auf ihren Posten. Mit ihnen würde ich mich später wieder befassen müssen. Erst einmal war ich am Ziel.

Es war nicht so dunkel hier unten, wie ich angstvoll erwartet hatte. Zahllose Kerzen brannten an den Wänden einer unterirdischen Halle, die in keinem Verhältnis zu der kleinen Kirche darüber stand. Die Ausmaße der Krypta übertrafen die der Kapelle um ein Vielfaches. Mich überraschte, dass hier unten kein Wasser eingedrungen war; offenbar hatte man Boden und Wände sorgsam mit Lehm oder Harz abgedichtet. Trotzdem bemerkte ich einige Ratten, die durch die Halle jagten. Mochte der Teufel wissen, wie sie hereingelangt waren.

Jemand musste regelmäßig darauf Acht geben, dass die vielen Kerzen nicht erloschen. Wahrscheinlich kam einer der Wächter in bestimmten Abständen her und machte sich daran, sie zu erneuern. Ich sah, dass einige kaum höher als ein Fingerbreit waren. Es stand zu befürchten, dass schon bald jemand nach den Kerzen sehen würde. Bis dahin musste ich mir eine Möglichkeit zur Flucht zurechtgelegt haben.

Erst einmal aber stieg ich die Stufen hinab bis zum Grund der Halle. Zu meiner Enttäuschung war sie vollkommen leer. Die Kerzenflammen erhellten ein prächtiges Wandgemälde, das rund um den ganzen Raum verlief. Zahlreiche Kinder waren darauf abgebildet, die durch ein Stadttor einem Mann mit spitzer Mütze und Flöte folgten – der Rattenfänger. Im Hintergrund stand ein König mit seinem Gefolge und betrachtete den Auszug wohlwollend. Vor ihm tanzte eine junge Frau und hielt ein Tablett mit einem abgeschlagenen Kopf in Händen. Salome mit dem Schädel des Täufers. Dann musste der König Herodes sein. In welcher Beziehung aber standen sie zu den Kindern Hamelns? Oder war dies gar ein ganz anderer Ort? Ich untersuchte den Hintergrund des Gemäldes genauer und entdeckte unter den Häusern der Stadt einen Stall mit Krippe. Darüber schwebten die Engel des Herrn. Also war dies Bethlehem, das Dorf, in dem der Heiland zur Welt gekommen war. Die Künstler, die das Bild geschaffen hatten, hatten Herodes' Kindermord mit der Legende vom Rattenfänger gleichgesetzt.

Was hatte Maria gemeint, als sie sagte, dass sich ein Teil

des Rätsels hier für mich lösen würde? Meinte sie das Gemälde? Sollte es mir Aufschluss über die Ereignisse geben?

Ich betrachtete den Raum genauer. Die Decke war aus schmucklosem Granit, der Boden bestand aus Steinplatten mit einer Kantenlänge von einem oder anderthalb Schritt. Ich schätzte, dass sich ein gutes Dutzend Ratten hier unten aufhielt. Ich fragte mich, wovon sie sich ernährten. Vielleicht fraßen sie einfach einander auf.

Aufmerksam durchschritt ich die Halle, betrachtete das gesamte Gemälde und wurde doch immer wieder vom Wimmeln der Tiere abgelenkt. Es schien mir eigenartig, dass die Hüter dieser Krypta zwar darauf achteten, dass die Kerzen nicht ausbrannten, zugleich aber zuließen, dass sich die Ratten hier unten tummelten und vermehrten. Es sei denn, es gab ein Schlupfloch für die hässlichen Nager. Vielleicht ein unterirdischer Gang, durch den auch ich von hier entkommen konnte.

Nachdem ich die Einzelheiten des Gemäldes studiert und doch nichts Näheres über das Schicksal der Kinder erfahren hatte, folgte ich deshalb den Wegen der Ratten und bemerkte schließlich, dass sie in einer dunklen Öffnung am Rand einer Bodenplatte verschwanden. Diese Platte lag nahe der Treppe und war an einer Seite gesplittert, sodass ein faustgroßes Loch entstanden war. Dieses Loch diente den Tieren als Zugang zur Krypta, und zweifellos fanden sie hier auch Zuflucht vor den Wächtern. Vielleicht, so dachte ich, war dies der Einstieg zu einem Stollen.

Ich machte mich daran, die Platte anzuheben. Dazu musste ich mit den Fingern meiner Rechten in die Öffnung fassen, was ich nur mit Widerwillen über mich brachte. Zu meiner Verwunderung wagten sich die Ratten jedoch nicht an meine Hand.

Die Platte war schwer, und meine größte Angst bestand darin, dass sie mir beim Heben entgleiten und zu Boden krachen könnte. Zweifellos wären sofort die Wächter zur Stelle gewesen. Doch es gelang mir, die Platte an der gesplitterten Seite hochzuziehen und wie den Deckel eines Buches aufzuklappen. Mit aller Sorgfalt ließ ich sie auf der anderen Seite niedersinken, ohne dass ein verräterischer Laut entstand. Dann blickte ich in die Öffnung. Mein Herz setzte aus. Nur mit Mühe unterdrückte ich den Schrei, der mir in der Kehle brannte.

Ich blickte in eine Grube, die in Länge und Breite den Maßen der Platte entsprach. Mit ausgestrecktem Arm hätte ich den Boden berühren können. Es war kein geheimer Eingang zu einem Stollen, keine versteckte Kellerkammer.

Es war ein Grab. Und darin lag eine Leiche.

Die Leiche eines Kindes.

Das Fleisch war pechschwarz, als habe es in einem Feuer geschmort, der Brustkorb zerfetzt von Rattenbissen. Darunter suhlten sich die Tiere in faulem Gedärm. Der Gestank, der mir entgegenschlug, war teuflisch. Weite Teile der Leiche waren kaum mehr als blankes Gebein.

In den Seitenwänden des Grabes klafften Löcher, die sich die Ratten mit scharfen Krallen gegraben hatten. Offenbar, um in angrenzende Grabkammern zu gelangen.

Wie rasend blickte ich durch die Krypta. Zählte die Bodenplatten. Ich kam bis zur Hälfte, verdoppelte die Zahl. Es waren hundertdreißig. Vielleicht eine mehr oder weniger.

Unter jeder Platte musste eine Leiche liegen. Die Leiche eines der verschwundenen Kinder. Sie waren alle hier. Keines hatte die Stadt je verlassen.

Immer noch sagte mir etwas in meinem Inneren, dass es nicht sein konnte, nicht sein *durfte*. Ich zerrte an der Platte neben jener, die ich bereits geöffnet hatte. Ich hatte sie kaum einen Spaltbreit gehoben, da strömte bereits ein halbes Dutzend Ratten aus der Öffnung. Und dann bot sich mir der gleiche Anblick wie beim ersten Grab. Ein totes Kind, verfallen, halb aufgefressen, der Rest schwarz verfärbt. Als hätte der Körper in einem Feuer gelegen.

Dantes Worte fielen mir ein. Der Rattenfänger habe die Kinder in die Feuer der Hölle geführt.

Und es bestand kein Zweifel: Die Körper waren verbrannt.

Ich keuchte, ich weinte, ich raufte mir das Haar. Ich hatte die Kinder gefunden. Endlich. Doch die Wahrheit war so vielfach entsetzlicher, als ich erwartet hatte. Nicht die Erkenntnis, dass die Kinder tot waren, drohte mir schier die Sinne zu rauben; das hatte ich längst geahnt, denn niemand hatte es abgestritten. Doch dass ich selbst ihre Leichen finden würde, halb zerfleischt von Rattenrudeln, das war mehr, als ich in diesem Augenblick ertragen konnte.

Die Tiere hatten die Gräber durch ein Labyrinth von Gängen miteinander verbunden. Ich wagte mir kaum vorzustellen, wie viele von ihnen sich noch unter den Platten befinden mochten, reißend, nagend, beißend. Es mussten Hunderte sein.

Ich öffnete noch zwei Gräber, ohne jedoch auf den Lärm zu achten, den ich dabei verursachte. Die Platten krachten zur Seite, eine splitterte. Unzählige schwarze Körper rasten um meine Füße, aufgeschreckt aus ihrem Fraß, die spitzen Schnauzen verschmiert, die Wänste fett, die Krallen stumpf vom Schaben an totem Gebein.

Ich hatte die Kinder gefunden. Hier waren sie. Jedes einzelne. Alle tot. Verbrannt. Verfault. Zerfleischt.

Irgendwann wurde die Falltür aufgerissen, und mehrere Gestalten sprangen die Stufen hinab in die Krypta. Einige krümmten sich in dem entsetzlichen Gestank, den ich selbst kaum mehr wahrnahm. Durch Wogen aus Staub sah ich, wie sie mit blanken Waffen auf mich zuliefen, spürte, wie sie mich packten und über die Treppe nach oben zerrten. Mit ihnen strömten Dutzende von Ratten aus der Falltür, manch einer trat danach, doch die meisten Männer verhielten sich still und ließen die Tiere entkommen, wussten sie doch, was sich in ihren Bäuchen befand.

Die Kapelle war voller Bewaffneter, Knechte der Stiftsherren und Wachen des Stadtrats. Die drei Posten mussten die Geräusche in der Krypta gehört und gleich Alarm geschlagen haben. Vielleicht glaubten sie, die toten Kinder erhöben sich aus ihren Gräbern, vielleicht fürchteten sie den Zorn und die Rache der Toten. Welche Erleichterung musste es für sie gewesen sein, dass nur ich es war, der sich dort unten wie ein Teufel gebärdete, schreiend, taumelnd, vom Wahnsinn geschüttelt.

Man zerrte mich ins Freie. Draußen wartete von Wetterau. Der Probst schenkte mir einen langen, traurigen Blick. »In den Kerker mit ihm!«, befahl er schließlich.

Ich lachte ihm lauthals ins Gesicht. »Wollt Ihr mich endlich zum Schweigen bringen? Weil ich doch noch fand, was ich suchte?«

Von Wetterau hatte sich bereits abgewandt, doch nun drehte er sich noch einmal zu mir um. Erstaunen lag in seinen Zügen. Er schüttelte traurig den Kopf. »Ich wusste, dass Ihr sie früher oder später entdecken würdet. Glaubt Ihr denn, ich ließe Euch deshalb verhaften?«

»Warum sonst?«, schrie ich ihm entgegen.

Der Probst sah mich mitleidig, dann wütend an. »Ihr habt gemordet, Robert von Thalstein. Erneut. Und nicht nur einmal. Gleich zwei Kinder starben heute unter Eurer Klinge. Ihr braucht es nicht abzustreiten. Wir kennen Euch längst, teurer Ritter. Wir kennen Euch nur zu gut.«

8. KAPITEL

Man mag sich meine Verstörung, meine Wut und Verzweiflung vorstellen. Sie warfen mich in ein feuchtes Loch unter dem Rathaus, halb unterirdisch, begrenzt von nacktem, feuchtem Stein. Die Decke war so niedrig, dass ich eben noch aufrecht stehen konnte, und in einer Ecke lag ein grober, mit Stroh gefüllter Sack als Schlaflager. Es gab ein schmales, eng vergittertes Fenster, durch das ich – welch grausamer Hohn! – gute Aussicht auf den Marktplatz und die Mysterienbühne hatte. Vielleicht glaubte man, die Aufführung würde meiner sündigen Seele Frieden bringen.

Es war immer noch Nacht, und auf dem Markt brannten zahllose Fackeln. Die Arbeiten an der Bühne gingen weiter ohne Unterlass. Ich hatte mich getäuscht: Von Wetterau ließ seine Männer bis zum Morgen durcharbeiten.

Im Verlies stank es erbärmlich nach menschlichem Abfall, nach feuchtem Stein und Pilzbefall. Es mochte in den Gewölben noch drei oder vier weitere Kerkerkammern geben, nicht mehr. Der Weg herunter führte durch einen düsteren, von Fackellicht beschienenen Raum, in dem sich eine stattliche Sammlung von Marterwerkzeugen befand. Die stämmigen Wächter in ihren ledernen Schürzen sahen aus, als vermochten sie gut damit umzugehen.

Bisher hatte man mir kein Leid zugefügt, gewiss auf von Wetteraus Befehl. Den Mienen der Knechte und Bürger war anzusehen, dass sie mir am liebsten gleich den Garaus gemacht hätten. Doch der Probst hatte andere Pläne. Vielleicht pochte er auf eine Anhörung nach dem Spiel. Möglicherweise wollte er mich gar dem Herzog vorführen. Mein Herr würde mich retten, würde mich freisprechen von jedem Verdacht und den Probst für seine Dreistigkeit bestrafen. Doch konnte von Wetterau das wagen? Was, wenn ich dem Herzog von den Kindergräbern in der Krypta berichtete? Wie wollte der Probst das verhindern?

Zwei weitere Kinder waren ermordet worden – beide, wie schon der lahme Junge, von körperlichen Gebrechen geplagt. Fraglos war ihr Leiden der Grund, dass sie nicht schon länger das Schicksal der übrigen Kinder teilten. Ihre Missbildungen mussten sie davor bewahrt haben, schon vor drei Monden zu sterben. Doch wer ging nun um und mordete die Überlebenden? Und weshalb?

Warum nutzte er dazu meinen Dolch und hinterließ dabei das Wappen Heinrichs?

Schwermut überkam mich in heftigem Schwall, das drohende Unheil machte mich rasend. Der Herzog musste mir glauben. Er hatte mich nach Hameln geschickt, um dem Verschwinden der Kinder auf den Grund zu gehen. Wie hätte ich da selbst zum Mörder werden können? Doch je länger ich über die Gnade meines Herrn nachdachte, desto unwahrscheinlicher schien mir, dass der Probst einem Treffen zustimmen würde. Zu groß war für ihn die Gefahr, sich selbst durch meine Aussage zu belasten.

Da kam mir ein Einfall. Maria wusste, wo ich den gestrigen Tag verbracht hatte. Sie kannte mein Versteck, hatte mich selbst dort aufgesucht. Sie allein konnte meine Unschuld bezeugen.

Ich hämmerte gegen die schwere Verliestür, bis einer der

— 273 —

Wächter durch eine schmale Durchreiche im Holz zu mir hereinsah. Ich bat ihn, er möge zum Probst eilen und in meinem Namen eine Begegnung mit Maria, der Enkelin der Wirtin, erflehen. Der Kerkerknecht brummte eine unverständliche Erwiderung und schloss das Türloch.

Ich hätte schreien mögen vor Verzweiflung. Niemals würde meine Botschaft bis zum Probst gelangen.

Doch ich täuschte mich.

Am Morgen erhielt ich Besuch.

Maria wirkte krank und übermüdet. Sie hatte ihren Kapuzenmantel eng um den Körper geschlungen, als könne sie damit die begehrlichen Blicke der beiden Wächter abwehren. Durch das schmale Kerkerfenster fiel nur spärliches Licht, und die Fackel, die einer der Kerle hielt, brannte hinter Marias Rücken, sodass ihr Gesicht fast im Dunkeln lag. Ihr langes Haar war zerzaust, unter ihren Augen schwollen dunkle Ringe. Hatte man sie geschlagen? Blickte sie deshalb so gequält? Nein, es musste mein eigener Zustand sein, der sie in solche Verzweiflung trieb. Als sie an von Wetteraus Seite eintrat, spiegelte sich für einen winzigen Augenblick Licht in einer Träne auf ihrer Wange. Sie wischte sie eilig mit dem Ärmel ab und behielt sich fortan eisern im Griff. Kein Schluchzen, kein Jammern, kein Weinen. Sie ertrug die Lage mit aller Kraft und Ruhe.

Von Wetterau hatte gleichfalls einen Mantel übergeworfen, aus wertvollem, dunkelrotem Stoff. Er trug prunkvolle Kleidung, wie es sich zum Besuch des Bischofs geziemte. Er musterte mich mit seltsamer Miene, halb mitleidig, halb abgestoßen. Bei aller Feindschaft, die er mir nun entgegenbringen mochte, musste ich ihm Marias Anwesenheit hoch anrechnen. Es war unüblich, die Wünsche eines Gefangenen, falls überhaupt, so eilig zu erfüllen.

Ich erwartete, dass Maria nach meinem Befinden fragen würde, doch sie sprach kein Wort, so lange man sie nicht direkt ansprach.

»Ihr seid ein Mörder, Robert von Thalstein«, sagte der Probst. »Ihr habt als Kind Eure Eltern vergiftet, und nun habt Ihr unsere Kinder gemordet.«

Ich schüttelte matt den Kopf. Meine Kleidung stank nach Schmutz und Schweiß, ich fühlte mich elend. »Ihr wisst, dass das eine mit dem anderen nichts zu tun hat. Es war ein unglückliches Versehen, dass meine Familie starb. Ich wusste nicht, dass die Pilze giftig waren. Wollt Ihr mir allen Ernstes vorwerfen, ich hätte es mit Absicht getan? Als achtjähriges Kind?«

»Ihr seid krank, Ritter«, entgegnete von Wetterau, als sei das Erklärung genug, mir allein alle Schuld zu geben. »Ich ahnte es, als Ihr in die Stadt kamt und man mir berichtete, was mit Eurer Familie geschah. Ich behandelte Euch mit Respekt, weihte Euch gar in meine Untersuchungen ein, um mich dem Herzog gefällig zu zeigen. Ihr schient mir weit weniger gefährlich, als jedermann behauptete. Selbst als der lahme Junge ermordet wurde, ließ ich Euch frei, weil ich glaubte, nicht einmal ein verwirrter Geist könne so offensichtliche Spuren hinterlassen. Ich nahm sogar an, man wolle Euch fälschlich die Schuld zuweisen.« Er holte tief Luft, als fiele es ihm schwer, das eigene Versagen einzugestehen. »Als aber gestern zwei weitere Kinder in ihrem Blut gefunden wurden, da begriff ich, welche Gefahr Ihr für Eure Nächsten bedeutet. Die Suche nach den verschwundenen Kindern hat Euch in den Wahnsinn getrieben, Ritter.

Äbtissin Waldrada berichtete mir von Eurem Zusammenbruch im Kloster, die Wirtin Eurer Herberge sprach von seltsamem Verhalten und Wutausbrüchen. Ich bin nicht sicher, ob Ihr selbst wisst, wie es um Euch steht. Ich werde Euch deshalb die Folter ersparen, denn nicht einmal Schmerzen können einem Kranken ein Geständnis entlocken, der nicht um seine Krankheit weiß. Ich habe Mitleid mit Euch, Ritter Robert. Und ich fürchte Euch.«

Was sollte ich tun? Widersprechen? Hatte nicht schon der alte Hollbeck behauptet, ich litte an einer Krankheit? Hatte ich nicht selbst bereits an meinem Verstand gezweifelt? Ich erinnerte mich an das Blut an meinen Händen und an meiner Kleidung. Stets hatte ich geschlafen, als die Morde an den Kindern geschahen. Oder glaubte ich nur zu schlafen?

»Ihr maßt Euch an, über mich zu richten, von Wetterau?«, fragte ich voll triefender Häme. »Ihr, der Ihr den Tod von hundertdreißig Kindern verheimlicht?«

Er fuhr zusammen. Die Worte trafen ihn tief. »Ich habe ihren Tod nie verschwiegen. Erinnert Euch, Ritter. Sprach ich nicht gleich von meinem Verdacht, sie seien ums Leben gekommen?«

»Ihr schobt den Verdacht auf Eure eigene Schwester«, verbesserte ich ihn entrüstet.

»Für sie hätte es keine Folgen gehabt«, sagte er und zuckte mit den Schultern. »Jeder hier weiß, dass der Tod der Kinder von Gott gewollt war. Sie starben, während sie ihm seine Ehre erwiesen.«

»Wie starben sie, von Wetterau?«, fragte ich. »Warum sagt Ihr nicht endlich die Wahrheit?«

Der Probst bemerkte, dass Maria ihn unverwandt anstarrte, und schüttelte den Kopf. Statt einer Antwort sagte er: »Ich habe Euch das Mädchen gebracht, nach dem Ihr verlangt habt. Das sollte Euch beweisen, dass ich nicht gedenke, Euch zu hintergehen.«

»Dann führt mich dem Herzog vor.«

»Ihr wisst, dass das unmöglich ist.«

»Er weiß, dass ich in Hameln bin. Er wird mit mir sprechen wollen.«

»Wir werden sehen«, sagte der Probst und wandte sich an Maria. »Weißt du, mein Kind, was der Ritter von dir will?«

Sie senkte betroffen den Blick und schwieg. Von Wetterau sah es mit Verblüffung, dann drehte er sich zu mir um. »Sagt, warum Ihr sie sehen wolltet.«

»Maria«, begann ich, ohne den Probst weiter zu beachten. »Du musst ihm sagen, dass du mich gestern getroffen hast. Du weißt, dass ich die Kinder nicht ermorden konnte. Du kanntest mein Versteck.«

Ihr Abschied fiel mir ein: *Ich werde tun, als habe es diese Nacht nie gegeben.*

Unmöglich. Das konnte sie nicht tun. Nicht sie.

Nach einem Augenblick des Zögerns brach Maria ihr Schweigen und sagte zu meiner Erleichterung: »Ihr habt Euch draußen in einem halb fertigen Haus verborgen. In einem Dachstuhl, oben im Gebälk.«

Der Probst starrte sie eindringlich an. »Hast du selbst ihn dort gesehen?«

»Ja.«

»Du warst dabei, als er sich dort versteckte?«

»Ja.«

»Und du bliebst während des ganzen Tages bei ihm?«

Sie sah erst mich, dann den Probst an. Ihr Blick war kläglich. Es schien, als wolle sie die Frage nicht beantworten,

— 277 —

deshalb sagte von Wetterau: »Sprich, Kind. Bliebst du den Tag über bei ihm?«

»Nein«, erwiderte sie leise.

»Was tatest du stattdessen?«

»Ich führte sein Pferd hinauf zum Waldrand, so wie er es mir auftrug.«

»Weshalb?«

»Er ist ... er war der Gast meiner Großmutter. Ich muss tun, was die Gäste befehlen.«

»War das der einzige Grund?«

»Ja.«

Wie konnte ich erwarten, dass sie ihre Liebe zu mir gestand? Ihre Liebe zu einem Mörder! Bei Gott, ich glaubte selbst schon an die Vorwürfe des Probstes.

»Und später gingst du zu ihm zurück?«

»Ja.«

Ihre knappen Entgegnungen erzürnten den Probst. »Himmel, Mädchen, kannst du nicht von selbst den Mund aufmachen?«

»Ich ...«, begann sie stockend, »ich sollte ihn im Schutze der Dunkelheit aus der Stadt führen.«

»Warum bist du nicht zum Rathaus oder zu mir gekommen und hast gesagt, wo er sich befindet?«

»Da wusste ich ja nicht, dass auch Ihr ihn sucht, Herr«, entgegnete sie eilig. »Er wurde von einer wilden Meute gejagt, aber doch noch nicht von Euren Soldaten. Wie sollte ich da Recht von Unrecht unterscheiden?«

Von Wetterau brummte etwas, sagte aber nichts dazu. Stattdessen fragte er: »Wie lange ließt du ihn allein?«

»Fast den ganzen Nachmittag.«

In meiner Verzweiflung wollte ich auffahren, ihr eine Lüge in den Mund legen. Sie sollte sagen, dass sie bei mir war, die ganze Zeit über, dass ich unmöglich fort gewesen sein konnte, um die Kinder zu ermorden. Doch wie konnte ich von diesem Mädchen, das schon so viel für mich gewagt hatte, verlangen, dass es jetzt gar den Probst belog? Es ging um mein Leben, gewiss, doch damit hätte sie auch das ihre aufs Spiel gesetzt.

Ich gab mich geschlagen. Wer auch immer die Morde unter dem Deckmantel meines Namens begangen hatte, er hatte gesiegt. Sein Ziel war erreicht.

Von Wetterau schenkte Maria noch einen letzten durchdringenden Blick, dann sagte er: »Du kannst gehen.« An die Wächter gewandt, fügte er hinzu: »Bringt sie hinauf. Sie soll zurück zu ihrer Großmutter gehen und vergessen, was gewesen ist.«

Maria öffnete den Mund, um etwas zu sagen, doch dann blieb sie stumm. Ihre Augen hingen an den meinen. Sie schrien um Vergebung für die Wahrheit. Ich zwang mich zu einem Lächeln, nickte und sah ihr nach, als ein Wächter sie aus der Zelle schob. Der zweite wollte stehen bleiben, doch der Probst gab ihm einen Wink: »Lass uns allein!«

Sie gingen, Maria voran. Der Probst und ich blieben zurück.

»Ihr wart den ganzen Nachmittag über allein, Ritter«, stellte er fest, obwohl es längst nicht mehr nötig war. Die Kerkertür schlug zu und wurde von außen verriegelt. Von Wetterau stand mir gegenüber und starrte mich an. »Ihr hattet genug Zeit, die Kinder zu töten und in Euer Versteck zurückzukehren.«

»Ihr sagtet, Ihr fürchtet mich.« Ich versuchte noch einmal zu lächeln, doch es misslang. »Wie groß kann Eure Furcht sein, wenn Ihr ohne Wachen allein mit mir bleibt?«

»Wollt Ihr mir drohen?«, fragte er überrascht.

— 279 —

»Nein, und das wisst Ihr. Aber ich zweifle an Euren Worten, Herr von Wetterau. Ihr wusstet genau, was geschehen würde, hätte die Nachricht, dass Eure Schwester und ihre Leute die Kinder töteten, den Hof erreicht. Denn das allein war der Grund, weshalb Ihr angeblich so aufrichtig zu mir wart. Ihr habt gehofft, der Herzog würde die Wodan-Jünger bis auf den letzten niedermachen. Ist es nicht so?«

Die Augenbrauen des Probstes rückten zusammen, seine Stirn legte sich in Falten. Die helle, unbewegliche Narbe, die seine Züge teilte, wurde dadurch noch auffälliger. »Weshalb hätte das mein Wunsch sein sollen? Liutbirg ist meine Schwester, trotz allem.«

»Sie befleckt Euer Ansehen«, widersprach ich. »Sie bringt Euren Namen in Verruf. Ein Heiliger, dessen Schwester heidnischen Göttern opfert – lieber Himmel! Wusste der Papst davon, als er Euch seinen Segen versprach?«

Von Wetterau wurde unruhig, behielt sich aber in der Gewalt. »Wenn es mein Wunsch gewesen wäre, sie zu töten, hätte ich es selbst tun können. Das Hamelner Stift hat genug Krieger, um es mit ein paar Heiden aufzunehmen.«

Ich lächelte böse. »Das wäre dann fast ein Kreuzzug gewesen, nicht wahr? Die Helden des Herrn gegen die Ungläubigen. Mich wundert, dass Ihr nicht früher auf diesen Einfall gekommen seid.«

»Es wird Euch nicht helfen, mich zu beleidigen, Ritter. Ihr glaubt, dass –«

Ich fiel ihm barsch ins Wort: »Nein, von Wetterau. Ich weiß, dass Ihr Liutbirg und ihre Anhänger nicht angreifen konntet. Denn es verstößt gegen die Gesetze des Himmels, die eigene Schwester in die Verdammnis zu führen, sie vielleicht gar mit eigener Hand zu töten. Ihr befandet Euch in der Zwickmühle. Liutbirg musste verschwinden, doch Ihr selbst durftet Euch dieser Aufgabe nicht annehmen. Da kam Euch meine Ankunft in Hameln gerade recht. Und das Verschwinden der Kinder noch dazu.«

»Was wagt Ihr!«, rief von Wetterau aufgebracht. »Eure Unterstellungen sind niederträchtig. Ihr glaubt, von Eurer eigenen Schuld abzulenken, indem Ihr solche Ungeheuerlichkeiten gegen mich erfindet. Versteht Ihr nun, weshalb ich Euch nicht dem Herzog vorführen kann? Wer weiß, welche Lügen noch in Eurem kranken Hirn brüten!«

Ich drehte mich um und ging zum Fenster, blickte hinaus auf die Mysterienbühne, an der die letzten Arbeiten vollendet wurden. Die Wappen des Bischofs und des Herzogs flatterten im Wind.

»Ihr könnt natürlich nicht zulassen, dass der Herzog mich anhört. Ich weiß zu viel. Ich weiß, wo Ihr die Kinder verscharrt habt und –«

»Die Kinder wurden nicht verscharrt«, unterbrach mich der Probst. Seine Stimme war gefährlich leise, ihr Ton eine merkliche Drohung. »Wir erbauten eine Kapelle auf ihren Gräbern. Wer will, kann dort für ihr Seelenheil beten.«

»Ja, natürlich.« Ich wusste, dass von Wetterau mich früher oder später beseitigen würde. Es war gleichgültig, was ich jetzt noch sagte; meine Lage konnte es schwerlich verschlimmern. »Ich bin nicht sicher, was genau den Kindern zustieß. Aber ich glaube, dass es mit dem Mysterium zu tun hat, mit Eurem Spiel, mit dem Ihr Euch Euer Seelenheil erkauft.«

Der Probst lachte auf. Es klang hart und bösartig. »Als Nächstes werdet Ihr behaupten, ich selbst hätte die Kinder getötet – so wie Ihr es mit den übrigen getan habt.«

Ich schüttelte den Kopf. »O nein, verehrter Probst. Ihr

habt kein Messer geschwungen und hundertdreißig Kindern die Kehlen durchgeschnitten. Etwas anderes geschah. Die Leichen sind verbrannt. Starben die Kinder im Feuer? Oder ließt Ihr sie später verbrennen?«

Von Wetterau zögerte. Ich spürte, dass er nahe daran war, die Wahrheit zu sagen. Dann aber nahm er sich zusammen und schüttelte den Kopf. »Hier geht es nicht um meine Schuld, sondern allein um die Eure. Ihr habt drei Kinder getötet, mit eigener Hand. Und ich will Euch noch etwas verraten, das Euch überraschen wird.«

Ich sah ihn an und fühlte einen Anflug von Unsicherheit. Ich hatte geglaubt, ihn durchschaut zu haben. Gab es etwas, das ich übersehen hatte?

Von Wetterau lächelte und trat auf mich zu. Sein heißer Atem traf mich wie ein Vorbote seines Triumphs. »Der Baumeister starb nicht wegen seiner Spielschulden«, sagte er leise. »Ihr habt ihn getötet, Ritter, Ihr allein! Erstaunt Euch das? Glaubt Ihr mir nicht?«

Meine Überlegenheit geriet ins Schwanken. »Was meint Ihr? Ihr sagtet, dass –«

»Dass ein Halunke auf der Durchreise ihn ermordete?« Sein Lachen war voller Hohn. »In der Tat, das sagte ich. Ich habe gelogen. Und wisst Ihr, weshalb? Um Euch zu schützen!«

Ich taumelte zurück, als hätte er mir ins Gesicht geschlagen. Ich spürte die Wand in meinem Rücken, stützte mich ab. Das Blut an meinen Händen! Ich sah wieder das Blut an meinen Händen, fühlte das Messer in den Fingern.

»Ja, es ist wahr!«, rief der Probst aus. »Ich wollte, dass Ihr die Kunde von Liutbirgs Verbrechen am Hofe vorbringt. Euch hätte man geglaubt. Deshalb musstet Ihr, koste es, was es wolle, zurück nach Braunschweig gelangen.

— 282 —

Selbst als Ihr in den Verdacht gerietet, den Baumeister getötet zu haben, hielt ich meine schützende Hand über Euch, damit nichts Eure Mission gefährdet – nicht einmal Ihr selbst.«

»Aber das ist ...«

»Unmöglich? Keineswegs.« Er trat auf mich zu und packte mich an den Oberarmen. »Ihr seid ein Mörder, Robert von Thalstein, und Ihr habt es die ganze Zeit gewusst! Und ganz gleich, was ich selbst getan haben mag – Ihr seid um keine Unze besser. Ihr seid ein armseliger Kranker. Ihr, edler Ritter, seid dem Wahnsinn anheim gefallen!«

Damit ließ er mich los, trat zur Tür und pochte dagegen. Sofort öffnete man und ließ ihn gehen.

Ich blieb allein zurück.

Krank, erniedrigt, erfüllt von schrecklicher Gewissheit.

Den Vormittag über beobachtete ich das Treiben auf dem Marktplatz. Doch die Ankunft des Herzogs blieb aus. Ich hatte mich dem schwachen Trost verschrieben, den einreitenden Hofstaat durch Rufe aus dem Fenster auf mein Unglück aufmerksam zu machen. Ich wusste selbst, wie erbärmlich diese Hoffnung war.

Die Sonne mochte ihren höchsten Stand schon überschritten haben, als mir der Rattenkönig erschien. Seine verwachsenen Leiber krochen schwerfällig über den Kerkerboden, die verzogenen Kiefer schnappten und spuckten. Es sah aus, als wollte er zu mir sprechen. Die beiden Köpfe wanden sich lahm an den Schultern, die blanken Schwänze peitschten im Staub. Ich glaubte, dass er mir einen Fluchtplan erklären wollte, deshalb beugte ich mich näher zu ihm hinunter, wollte mein Ohr an seine Schnauzen legen. Doch als ich so dahockte, den Kopf seitlich auf den Boden gepresst, da begriff ich, dass der Rattenkönig verschwunden war. Lautlos hatte er sich in Luft aufgelöst, ohne dass ich seine Botschaft begriff.

Allzu gerne hätte ich den Bronzekopf zu diesem merkwürdigen Vorfall befragt. Aber der Schädel war fern, in der Herberge, vielleicht sonst wo.

Irgendwann, ich war in traumschweren Halbschlaf gefallen, hörte ich ein Scharren am Eingang. Jemand machte sich am Riegel zu schaffen, unbeholfen, wie mir schien, denn es dauerte einige Augenblicke, bis die Tür nach innen schwang. Ich erwartete erneut von Wetterau, vielleicht gar den Bürgermeister, umso größer war mein Erstaunen.

Ein Mann trat ein, dürr, gebückt, mit ausgezehrten, bärtigen Zügen. Er trug Kleidung, die vor Dreck nur so starrte, aus Stoffen, die früher bunt gewesen sein mochten, nun aber nur noch braun und fleckig ihrem Verfall entgegenfaulten. Es war die Tracht eines Spielmanns, und auf seinem Kopf saß eine zerschlissene Mütze.

Es war der Rattenfänger.

Der Mann öffnete den Mund, doch im selben Moment trat hinter ihm eine zweite Gestalt durch die Tür, jemand, der mir ungleich vertrauter war.

Als er sprach, klang seine Fröhlichkeit gezwungen: »Und ich glaubte, wir könnten unser Wiedersehen mit bestem Florentiner Wein begießen.«

»Dante!«, rief ich und sprang dem Freund entgegen.

Wir umarmten uns herzlich, dann löste ich mich abrupt von ihm und fragte: »Wo sind die Wachen?«

»Sie schlafen«, erwiderte Dante, doch er ließ sich keine Zeit, die Worte zu erläutern. »Wir müssen fort von hier.«

»Wie seid Ihr überhaupt hereingekommen?«, fragte ich, während ich hinter ihm und dem seltsamen Spielmann aus der Zelle taumelte.

Dantes Miene verhieß Bitterkeit. »Auf demselben Weg wie Ihr, teurer Freund – nur ein wenig früher.«

Fassungslos starrte ich ihn an. »Ihr wart während der ganzen Zeit im Kerker?«

Er nickte. »Ich schrieb den Brief an Euch und verließ die Herberge, um nach Süden zu reiten. Doch ich kam nicht einmal bis zum Stadttor. Von Wetteraus Männer fingen mich ab und steckten mich in dieses Loch. Hier unten traf ich den Spielmann.«

Die dürre Gestalt an unserer Seite grinste zahnlos. Als er sprach, waren seine Worte kaum zu verstehen. »Bin seit Monaten hier. Verhaftet, eingesperrt auf ewig. Seit die Kinder starben.«

Ich wartete auf weitere Erklärungen, doch der Mann schwieg und eilte mit uns den Gewölbegang hinunter. Dante bemerkte meine Neugier und sagte: »Er ist nicht allzu gesprächig, doch ohne ihn säßen wir beide noch in unseren Löchern. Ihr werdet kaum glauben, mein Freund, wie wir aneinander gerieten, heute Morgen erst. Plötzlich brachen Steine aus der Wand meiner Zelle, und der Spielmann stand neben mir. Die Wände dieses Kellers sind feucht und schlecht gemauert. Diesem dreisten Kerl ist es gelungen, einige Steine zu lockern. Als wir schließlich zu zweit waren, war es nicht schwierig, die beiden Wächter zu übertölpeln. Ich rief einen herein, und unser Gefährte schlug ihm von hinten einen Stein über den Schädel. Mit dem zweiten ging es ähnlich, beide liegen in meiner Zelle. Als wir uns umsahen, bemerkten wir, dass nur ein weiteres Verlies belegt war. Da ahnte ich schon, dass Ihr der neue

Nachbar seid. Und, wie Gott es will, hier sind wir wieder vereint.«

Ich mühte mir ein Lächeln ab und deutete auf den Spielmann, der jetzt einige Schritte vor uns ging: »Hat er keinen Namen? Wo kommt er her?«

»Einen Namen?«, fragte Dante. »Den wird er haben, aber verraten hat er ihn nicht. Er spricht nicht viel. Bedenkt, dass ich ihn kaum länger kenne als Ihr selbst. Seine Einkerkerung scheint mit dem Verschwinden der Kinder einherzugehen.«

Wir hatten jetzt den großen Vorraum erreicht, von dem aus eine Treppe nach oben führte. Die Tür an ihrem Ende war geschlossen. Um uns herum standen zahllose Foltergeräte. Peitschen und Kettengeißeln, Fasspranger und Brustkrallen, Streckbank und Rad; Hamelns Kerker war gut bestückt. Der Gedanke, all dem zu entgehen, beflügelte meine Schritte, als wir zur Treppe eilten.

»Wie wollen wir an den Wachmännern vorm Rathaus vorbeigelangen?«, fragte ich, während wir die Stufen erklommen.

Dante schnaubte. »Woher soll ich das wissen? Ich bin Student und Dichter, kein Krieger, und – glaubt mir, in der Kunst der Kerkerflucht wenig bewandert. Ihr seid der Ritter, mein Freund. Nun beweist uns Eure Kampfkraft.«

Das hatte er sich freilich fein ausgedacht. Dante hatte uns befreit, mir oblag alles Weitere. Für ihn ging diese Rechnung herrlich auf. Ich unterdrückte einen Widerspruch und lenkte mein Augenmerk auf das, was noch bevorstand. Unsere Lage war aussichtslos – drei Männer gegen eine ganze Stadt –, und ich sah uns schon wieder im Kerker darben. Doch was blieb mir, als mich darauf einzulassen?

Der Spielmann wollte die Tür öffnen. Ich hielt ihn im

letzten Augenblick zurück. »Wartet!«, zischte ich und rannte noch einmal die Stufen hinunter.

Im Folterkeller sah ich mich suchend um, entdeckte zwei Eisenspieße und ein Kurzschwert und lief alsdann mit meinem Fund erneut nach oben. Das Schwert behielt ich selbst, die Spieße reichte ich den Gefährten. Beide blickten die Waffen verständnislos an.

»Nun«, brachte Dante kleinlaut hervor, »Ihr mögt ja damit umzugehen wissen. Ich selbst leider nicht. Und ich fürchte, den Kampf müsst Ihr allein übernehmen.« Der Spielmann schloss sich dieser Meinung nickend an.

»Wunderbar«, brummte ich, schob beide barsch zur Seite und öffnete ohne weiteres Zögern die Tür. Das Glück war uns hold, denn die beiden Wachmänner, die von außen auf den kleinen Kerker Acht gaben, standen einige Schritte entfernt und unterhielten sich mit einem jungen Marktweib. Ich trieb Dante und den Spielmann zur Eile. Die beiden eilten davon und überquerten unbemerkt die kurze Strecke bis zum Rand des Bausumpfs. Ich selbst hielt mich damit auf, die Tür so leise als möglich zuzuziehen, damit unsere Flucht länger unentdeckt bliebe. Doch als ich ansetzte, den Freunden zu folgen, kreischte das Weibsbild auf und zeigte mit dem Finger auf mich. Sogleich fuhren die Wächter herum und drangen Schwerter schwingend auf mich ein. Die Entbehrungen der vergangenen Tage hatten mich entkräftet. Es war unmöglich, zwei Gegnern gleichzeitig standzuhalten. Ich parierte ihre ersten Attacken, dann gab ich mich geschlagen.

Ich warf Dante und dem Spielmann einen letzten Blick hinterher, doch sie waren schon verschwunden. Während man mich entwaffnete, wünschte ich den Gefährten schweigend Glück. Dann ließ ich mich hinab in den Kerker führen.

Was war Traum, was Wirklichkeit?

Der Rattenkönig erwartete mich und peitschte hämisch mit den Schwänzen.

Wimpel und Fahnen flatterten im Wind. Rüstzeug rieb klirrend aneinander. Pferdehufe klapperten auf Pflastersteinen. Immer wieder gellten Hochrufe über den Platz. Vor dem Rathaus spielten Musikanten, fiedelten und sangen so laut sie nur konnten. Das gemeine Volk drängte sich am Rande des Marktes, brüllte, lachte, als trübe nichts sein reines Gewissen. Die Stimmung war auf dem Höhepunkt, man tobte und tanzte sich die Schuld von der Seele.

Herzog Heinrich und sein Gefolge ritten ein, und es war ein Anblick von grenzenloser Wonne und Pracht. Durch einen Tränenschleier sah ich zu, wie die hohen Herren und Damen auf ihren Rössern an meinem Kerkerloch vorüberzogen. Die Hufe stampften nur eine Armlänge entfernt über den Boden. Schmutz spritzte durch das Gitter in mein Gesicht, und doch konnte ich den Blick nicht abwenden, hing glotzend an den Eisenstäben, die Finger verkrallt, die Züge verzerrt. Meine Augen suchten Althea, doch sie war nirgends in dem Trubel zu entdecken. Die schöne Astrologin musste an der Seite des Herzogs reiten, vorne an der Spitze des Zuges, die längst an mir vorübergezogen war.

An die vierzig Höflinge und Ritter begleiteten meinen Herrn. Viele erkannte ich. Ich sah Freunde und Gefährten, vertraute Gesichter, die nicht ahnten, welches Leid mir widerfuhr. Sie zu rufen war zwecklos. Niemand würde meine Schreie hören. Der Probst hatte es nicht für nötig befunden, mich zu knebeln oder mir anderweitig das Mundwerk zu stopfen. Der Hohn, der in solch falscher Freiheit lag, war mit das schlimmste aller Gräuel.

Das wahre Gaukelspiel war nicht das Mysterium in seinem biblischen Pomp, sondern die kunstvolle Fassade der Hamelner Bürger. Da jubelten sie einem entgegen, der ihnen weniger als nichts bedeutete. All ihre Demut galt allein dem Bischof, das hatte man mir unmissverständlich zu verstehen gegeben. Trotzdem feierten die Männer und Frauen den Herzog und die seinen, als gelte es, sie von Plünderungen abzuhalten. Ich zweifelte nicht, dass mein Herr ihren freudigen Mienen, ihren Rufen und gereckten Händen Glauben schenkte. Es war so einfach, ihn gnädig zu stimmen.

Dabei war der Jubel auf dem Markt nicht einmal die größte Verstellung der Hamelner Brut. Ihre Kinder lagen unweit der Feier in einer stinkenden Gruft. Und keiner war unter ihnen, der offen um sie trauerte. Keiner, der mir in all den Tagen hatte sagen wollen, was geschehen war. Von Wetteraus Wort war ihr Gesetz. Für sein Wohl taten sie alles!

Noch immer wusste ich nicht, was den Kindern zugestoßen war. Und es mochte nur in von Wetteraus Sinne sein, dass niemand je die Wahrheit erfuhr. Er wusste, dass die Bürger der Stadt ihr Schweigen nicht brachen, mehr noch, sie fieberten dem großen heiligen Spiel entgegen, das der Probst für sein und ihr Seelenheil gab.

Und seine Sünden? Wer sah seine Sünden?

Nur Gott. Und der war längst verstummt.

9. KAPITEL

In der Nacht brach ein Unwetter von solcher Gewalt über das Land herein, als hätte jemand unseren heiligen Gott erzürnt. Das Heulen des Windes übertönte selbst die Donnerschläge, und das gleißende Flimmern der Blitze sprühte weißes Eislicht in mein Verlies. Ich glaubte, das Rathaus über mir ächzen zu hören. Seine Wände und Balken stemmten sich gegen die grausame Macht des Sturms und mühten sich, den eisigen Klauen Widerstand zu leisten.

Der Herzog musste, ganz nach üblicher Sitte, in einer Zeltstadt vor den Toren Quartier bezogen haben. Sein Tross war zu groß, um alle Männer und Frauen in Hameln unterzubringen. Zelte waren demnach die einzige Möglichkeit, und ich konnte nur erahnen, wie viele von ihnen von den Winden aus dem Boden gezerrt und davongewirbelt wurden. Niemand dort draußen würde in dieser Nacht ein Auge zutun. Es war nicht abzusehen, welche Folgen das Unwetter für das morgige Mysterienspiel haben würde. Ich bemühte mich, durchs Fenster einen Blick auf die Bühne zu werfen, doch der Regen peitschte in dichten Schlieren über den Markt, und die nächtliche Finsternis tat ein Übriges, die Sicht zu verschleiern. Nur ein einziges Mal vermochte ich etwas zu erkennen: Ein Blitzgeäst durchschnitt den Himmel und tauchte die Bühne in fahles Weiß. In seinem Licht wirkte das Gerüst wie ein heidnischer Knochenaltar.

– 290 –

Ich dachte an die toten Kinder in ihren Grüften, an das Labyrinth aus Rattengängen, welches die Gräber durchzog. Bei diesem Wetter würden sich Tausende der Aasfresser dort unten verkriechen und zum Festmahl vereinen.

Ich legte mich auf dem feuchten Lager nieder und gab mir alle Mühe zu schlafen. Es muss mir, wenigstens für einen Augenblick, gelungen sein, denn ein besonders lauter Donner ließ mich plötzlich erschrocken auffahren. Jemand stand neben mir und griff nach meiner Hand.

»Hoch mit Euch!«, zischte eine Stimme.

Da begriff ich, dass das Geräusch kein Donner gewesen war. Jemand hatte die Tür aufgestoßen, sodass sie unter Getöse gegen die Mauer gekracht war.

Ich blickte auf und erkannte in der Dunkelheit ein hartes Männergesicht, das mir vollkommen fremd war.

»Nun kommt schon«, trieb mich der Kerl von neuem an.

Als ich immer noch mit meiner Benommenheit kämpfte, riss er mich kurzerhand nach oben. »Wir haben keine Zeit zu warten, bis Ihr Euch von aller Unbill erholt habt«, brummte der Mann voller Ungeduld und zog mich zur Tür. Draußen stand ein zweiter Unbekannter mit einer Fackel.

»Wer seid Ihr?«, fragte ich benommen.

»Eure Freunde«, gab man mir zur Antwort und stieß mich weiter den Gang entlang. In der Folterkammer lagen die beiden Kerkerknechte mit durchschnittenen Kehlen. Ihr Blut pulste noch in schwachen Stößen aus den klaffenden Hälsen. Ein dritter Toter, einer der beiden Wächter am äußeren Verliestor, lag nahe der Treppe. Man hatte seine Leiche achtlos die Stufen hinabgestoßen. Weiter oben, kurz vor dem Ausgang, hing der Leichnam des zweiten Wachtpostens. Kopf und Arme baumelten über die geländerlose Seitenkante der Treppe. Sein Blut floss in einem fremdartigen Muster die Mauer herab und hatte fast schon den Boden erreicht. Er musste als Erster gestorben sein.

»Sagt mir, wer Ihr seid«, verlangte ich erneut von meinen wortkargen Rettern.

»Wodans Zorn«, sagte einer, ohne mich anzusehen, und eilte als Erster die Stufen hinauf.

Liutbirg!, schoss es mir durch den Kopf, während ich den beiden folgte. Ihre Worte fielen mir ein: *Wodan wird den Sturm über diese Stadt bringen. An der Spitze seiner wilden Jagd wird er durch die Gassen preschen und die Schuldigen mit sich nehmen.* Weshalb aber setzte die Priesterin das Leben ihrer Leute für das meine aufs Spiel?

Die Antwort auf diese Frage musste Zeit haben bis später. Erst galt es, endgültig aus dem Verlies zu entkommen.

Wir erreichten den Ausgang und liefen hinaus auf den Markt. Der Sturm riss mit unsichtbaren Händen an meinen Gliedern, und ich musste die Augen wegen des prasselnden Regens fast schließen. Blindlings folgte ich den Männern zum Rande des Bausumpfes. Einmal sah ich mich um und erkannte, dass rund um die Mysterienbühne zahlreiche Gestalten Aufstellung bezogen hatten, als sei es von Nutzen, Wachtposten gegen das Wetter aufzuziehen. Dann aber erkannte ich, dass die Männer und Frauen eine Eimerkette von der Bühne bis zum nächstliegenden Brunnen gebildet hatten. Von Wetterau hatte wahrlich an alles gedacht; falls wirklich der Blitz in das hölzerne Gerüst einschlagen sollte, waren die Retter gleich zur Stelle. Der Probst war nicht bereit, auch nur die Spur einer Gefahr außer Acht zu lassen.

Zu unserem Glück beschäftigte von Wetteraus Wachsamkeit die Menschen vollauf, sodass niemand mein Entkommen bemerkte. Die Männer und Frauen, die dort frierend im Gewitter ausharrten, hatten wahrlich andere Sorgen.

So durchquerten wir ungestört das schwarze Gelände der Bauruinen, stapften kniehoch durch Schlamm und Wasserlöcher, bis wir die befestigte Straße am Ufer der Weser erreichten. Ihr folgten wir nach Süden bis zur Brücke.

»Geht gebückt, während wir den Fluss überqueren«, rief einer meiner Führer durch den tosenden Sturm, »sonst erschlägt Euch noch der Blitz.«

Mit gekrümmten Rücken eilten wir über die Brücke, während sich der Regen mehr und mehr mit Hagelkörnern mischte, die schmerzhaft auf dem Körper brannten. Blitze ästelten sich durch die Schwärze. Auf der anderen Seite angekommen, nahmen wir denselben Weg, auf dem ich den Friedhof der Wodan-Jünger schon Tage zuvor erreicht hatte. Wir folgten der alten Heerstraße, gelangten über den aufgeweichten Pfad zum Waldrand und eilten schließlich zwischen den Bäumen einher, die um uns aufragten wie Säulenalleen in einer finsteren Halle.

Meine Sinne waren wie betäubt. Alles, was ich wahrnahm, waren der Lärm des Gewitters, die eisige Nässe und immer wieder die antreibenden Rufe der Männer. Fluchend liefen sie vornweg, bis wir endlich den Friedhof erreichten. Aus den Portalen der Grüfte und Beinhäuser fiel sanfter Schimmer wie von Fackeln in der Tiefe, doch zeigte sich niemand, der uns empfing.

Die Männer geleiteten mich zu einer steinernen Kuppel, unter der zwischen brüchigen Marmorsäulen eine Treppe hinab in den Berg führte. Der Einstieg befand sich unweit des Platzes, auf dem die junge Esche heranwuchs, sodass ich annahm, dass es sich um den Zugang zu Liutbirgs Unterkunft handelte. Die Stufen führten hinab auf einen bemerkenswert reinlichen Gang, dessen Ende sich zu einer weitläufigen Kammer ausdehnte. An der Wänden der Gruft gab es eine stattliche Anzahl von Nischen. In einigen flackerten Kerzen aus Talg, andere dienten als Fächer für Kultgegenstände, Schüsseln und Fässer. Sogar einige ledergebundene Schriften erkannte ich in den Schatten.

In einer Ecke befand sich ein Lager aus Fellen, Liutbirgs Schlafstatt. Die schwergewichtige Hohepriesterin der Wodan-Jünger hatte ihre Körpermassen in die Höhe gewuchtet und auf einer Art Thron Platz genommen, der nichts anderes war als ein Steinblock zur Aufbahrung von Toten. In den oberen Teil hatte man einen Sitz gemeißelt. Die Ränder waren geschmückt mit Sträußen aus Ähren und getrockneten Blumen.

Liutbirg, die gefallene Schwester von Wetteraus, blickte mir voller Zufriedenheit entgegen. »Ich hoffe, Ihr wisst zu schätzen, welch hohen Einsatz ich für Euer Leben geleistet habe, Ritter Robert«, sagte sie und deutete mit einem Kopfnicken auf meine beiden Begleiter. »Dies sind meine besten Männer. Ich hätte mir nie verziehen, wenn ihnen etwas zugestoßen wäre.«

»Eure besten Mörder, nehme ich an«, entfuhr es mir trotzig, doch ich bereute die Worte sofort.

Die beiden lächelten nur. Einer nickte. »Ihr seid in guter Gesellschaft, Ritter.«

Liutbirg gab ihnen einen Wink. »Wodan sieht eure Dienste mit Freuden, ich danke euch. Doch nun geht. Der Ritter und ich müssen reden.«

Die beiden verneigten sich und verließen die Gruft. Einer schenkte mir im Hinausgehen ein vertrauliches Augenzwinkern, bei dem es mir kalt über den Rücken lief. In der Tat, das Gesindel betrachtete mich als seinesgleichen.

»Warum habt Ihr mich gerettet?«, fragte ich und wählte versehentlich das ehrenvolle »Ihr«.

Liutbirg kicherte leise. »Warum habt Ihr mich gerettet«, ahmte sie mich in höhnischem Tonfall nach. »Muss ich dir das wirklich erklären, Robert von Thalstein?«

»Ich bin unschuldig«, sagte ich fest.

Die Priesterin schüttelte sich vor Lachen. »Verzeih mir, ich will dich nicht demütigen. Aber waren es nicht ganz ähnliche Worte, die ich sprach, als wir uns das letzte Mal trafen? Auch ich wollte dich von unserer Unschuld überzeugen. Ich bin nicht sicher, ob mir das gelungen ist.«

Ich schloss einen Herzschlag lang die Augen und öffnete sie wieder. Noch immer drehte sich mein Denken im Kreis. »Ich habe die toten Kinder gesehen.«

»Mich wundert, dass Gunthar das zuließ.«

»Ich geriet erst in seine Gewalt, nachdem ich die Leichen entdeckt hatte. Er konnte es nicht verhindern.«

»Und als ihm das klar wurde, ließ er dich in den Kerker werfen«, folgerte sie. »Sein Streben, deine Rückkehr zum Herzog zu unterstützen, damit du die Soldaten auf uns hetzt, hatte sich als fruchtlos erwiesen. War es nicht so?«

»Ja«, gab ich zu, erstaunt über ihr Wissen. »Er konnte nicht mehr riskieren, dass ich mit meinem Herrn spreche. Er wusste, dass ich die Wahrheit längst ahnte.«

»Demnach weißt du, wie die Kinder ums Leben kamen?«, fragte sie.

»Nein, nicht wirklich. Aber es muss mit dem Mysterienspiel zu tun haben. Und mit Gunthar selbst.«

Liutbirg holte tief Luft. Ihr mächtiger Busen hob sich wie ein Blasebalg beim Waffenschmied. Dann nickte sie. »Das hat es. Und es ist sogar ein großer Teil Wahrheit daran, dass die Kinder zur Hölle fuhren.«

»Dann hatte Dante Recht«, flüsterte ich, mehr zu mir selbst.

»Allerdings«, sagte Liutbirg und überraschte mich erneut. Sie schien den Florentiner zu kennen. »Wenn auch in anderem Sinne, als er glaubte. Es gibt keinen Eingang zum Reich des Leibhaftigen im Kopfelberg, zumindest ist mir keiner bekannt.« Sie lächelte und entblößte gelbe Zahnreihen. »Trotzdem verschlug es die Kinder an einen Ort, welcher der Hölle durchaus ähnlich ist – in gewisser Weise.«

»Es gibt keinen Grund mehr, in Rätseln zu sprechen«, sagte plötzlich eine Stimme aus dem Hintergrund, und ich erkannte sie gleich am schweren Akzent.

»Dante!«, entfuhr es mir, noch ehe ich ihn sah. Ich wirbelte herum. Der junge Dichter stand breitbeinig im Eingang der Gruft. Das flackernde Kerzenlicht ließ sein schmales Gesicht noch eingefallener und ungesünder wirken.

Wir eilten aufeinander zu und umarmten uns zum zweiten Mal innerhalb weniger Stunden, ganz so, als wären wir seit Jahren Freunde und hätten uns lange Zeit nicht mehr gesehen. Meine Erleichterung, ihn hier und in Sicherheit zu wissen, war noch größer als das Glücksgefühl, das ich verspürt hatte, als ihm die Flucht aus dem Kerker gelang.

»Ihr habt Liutbirg dazu gebracht, mich aus dem Verlies zu befreien.« Plötzlich begriff ich einige Zusammenhänge.

Er nickte zögernd. »Es ist wahr, dass ich mich sofort auf den Weg hierher machte. Ihr hattet mir und dem Spielmann die Flucht ermöglicht – wie hätte ich da tatenlos verschwinden können? Aber es ist falsch, dass die ehrwürdige Liutbirg nur auf meinen Wunsch hin handelte.«

»Weshalb hätte ich das auch tun sollen?«, meldete sich

die heidnische Priesterin zu Wort, doch mein Blick verharrte auf Dante.

»Ich glaube«, fuhr er fort, »Euer Leben ist ihr ebenso teuer wie mir. Wenn auch aus anderen Gründen.«

Daraufhin wandte ich mich doch noch zur Priesterin um. »Und welche sind das?«

»Ich hege ähnliche Pläne wie mein Bruder«, sagte sie. »Ich will, dass du zum Herzog zurückkehrst und ihn von unserer Unschuld überzeugst. Denn ich weiß, dass Gunthar seine Pläne nicht aufgeben wird. Im Gegenteil: Er wird dem Herzog so lange zusetzen, bis auch er glaubt, dass wir die Kinder getötet haben. Und dann ist unser Schicksal besiegelt, ganz gleich, ob dieser Ort ein Friedhof ist und wir vor dem Gesetz hier sicher sein müssten.« Sie senkte bekümmert den Kopf, sodass ihr Doppelkinn hervorquoll wie ein Kropf. »Du bist der Einzige, auf den der Herzog hören wird.«

Ihre Verzweiflung rührte mich, und ich wusste, dass sie Recht hatte. Gunthar von Wetterau würde niemals von seinem Vorhaben ablassen. Er dachte an sein Seelenheil und seine Heiligsprechung, und er betrieb zugleich die Vernichtung der Wodan-Jünger mit aller Macht. Ich ahnte, dass Heinrich ihm glauben würde.

»Ich werde für euch zum Herzog gehen – wenn du mir endlich die Wahrheit sagst. Ohne Rätsel und Ausflüchte.« Ich trat einen Schritt auf sie zu. »Was ist wirklich vor drei Monaten in Hameln geschehen?«

»Es war ein Unglück«, erwiderte Liutbirg zögernd. »Niemand hat gewollt, dass die Kinder sterben, wenngleich es einen – nein, zwei – Schuldige gibt. Es geschah, als das Mysterienspiel begonnen hatte. Mein Bruder hatte alle Jungen und Mädchen auf der Bühne versammelt, um Herodes' Mord an den Kindern Bethlehems nachzuvollziehen. Du hast gesehen, wie die Bühne aufgeteilt ist? Oben der Himmel, in der Mitte die Erde ...«

»... und unten die Hölle.« Allmählich begann ich zu begreifen.

Liutbirg nickte. »Unten die Hölle. Der Baumeister der Bühne hatte sich etwas Besonderes einfallen lassen, um dieses Spektakel so imposant wie möglich zu gestalten. Sämtliche Balken im unteren Teil waren mit Wasser getränkt, was es erlauben sollte, am Boden mehrere Feuer zu entfachen. All das, damit die Hölle dem Bild eurer Pfaffen entspricht.«

Ich ahnte jetzt, was geschehen war. Ich sah aufgeregt hinüber zu Dante, doch der Florentiner blieb ruhig. Liutbirg hatte ihm die Geschichte bereits erzählt.

Die Priesterin fuhr fort: »Die Kinder – mit Ausnahme jener, die an körperlichen oder geistigen Gebrechen litten – hatten sich auf der Bühne versammelt. Alles war bereit. Das Spiel sollte jeden Augenblick beginnen. Die Bürger der Stadt standen auf dem Marktplatz, um zuzuschauen. Die Spielleute verstummten, die Kinder setzten sich in Bewegung. Und im gleichen Moment ertönte ein grässliches Geräusch, ein Krachen und Brechen und Donnern, als habe sich der Boden aufgetan, um die Menge zu verschlingen.«

»Die Bühne stürzte zusammen«, flüsterte ich atemlos.

»Die feuchten Balken, die dem Feuer, aber nicht der zersetzenden Kraft der Nässe standgehalten hatten, gaben unter der Last nach, sie splitterten und rissen alles, was sich darüber befand, in die Tiefe. Die Kinder, die allein auf der Bühne standen, stürzten nach unten in das lodernde Feuer. Und bevor irgendwer etwas zu ihrer Rettung unternehmen konnte, brach auch der Rest der Aufbauten in sich zusammen und begrub Kinder und Flammen unter einer Unzahl schwerer Eichenbalken. Diese fingen ebenfalls Feuer, und der Marktplatz verwandelte sich in der Tat in die schlimmste aller Höllenvisionen. Alles brannte, nicht ein Kind entkam dem Inferno. Ihre Eltern rannten um das eigene Leben, und als sie zurückkehrten, waren ihre Jungen und Mädchen längst tot. Nur jene Kinder, die nicht an dem Spiel hatten teilnehmen dürfen, jene wenigen, die mein Bruder wegen ihrer Krankheiten ausgesondert hatte, überlebten.«

Meine Stimme klang fremd in meinen eigenen Ohren, als ich nach einem Augenblick des Schweigens sagte: »Aber warum gab es niemanden, der mir schon früher die Wahrheit sagte?«

»Die Menschen hatten Angst«, sagte Dante, doch Liutbirg strafte ihn mit einem verächtlichen Lachen.

»Angst?«, schrie sie aufgebracht. »O nein, Dante Alighieri, nicht einer von ihnen hatte Angst. Diese Menschen dachten nur an ihr eigenes Wohl, jeder Einzelne von ihnen. Die Macht eines Heiligen ist groß in eurer Religion. Alles, was geschehen ist – die Sklavenarbeit, um die Bühne in kürzester Zeit zu errichten, all die Entbehrungen in den Armenhütten, obwohl die neuen Häuser längst hätten fertig sein müssen, ja sogar der Tod der eigenen Kinder – all das wurde in Kauf genommen, damit Hameln seinen eigenen Heiligen erhält. Die Menschen sind bereit, zu seinen Ehren zu morden. Und mit der Ehre allein ist es nicht getan: Von seiner Aura versprechen sie sich gute Ernten, Reichtum, die Gnade Gottes und ihre Erlösung im Leben nach dem Tod. Die Menschen tun alles für ihren Heiligen. Alles!«

»Aber ... die eigenen Kinder!«, stammelte ich.

Liutbirg schnaubte und spie abfällig aus. »Was sind Kinder im Tausch für ein Leben im Wohlstand – und, wichtiger

— 299 —

noch, für die Ewigkeit? Nichts, Ritter Robert, nichts sind sie wert. Ihr habt gesehen, wie die Menschen hier und in anderen Städten leben. Sie kennen nichts als die Armut, nichts als Krankheit, Elend und Tod. Und plötzlich kommt einer – mein Bruder – und verspricht ihnen das Paradies auf Erden, wenn sie zum Ruhme Gottes und zu seinen Ehren ein Mysterienspiel aufführen. Und wenn dabei ihre Kinder zu Grunde gehen, was bedeutet ihnen das? Nur ein paar Mäuler weniger zu stopfen und die Möglichkeit, ein paar neue in die Welt zu setzen, die in besseren Umständen aufwachsen. Nicht Gunthar hat die Hamelner Kinder getötet. Auch nicht der versoffene Baumeister, dessen Bühne zusammenbrach. Euer Glaube hat es getan.«

»Niemand wollte das verheißene Glück aufs Spiel setzen«, murmelte Dante wie zu sich selbst. »Deshalb haben sie alle geschwiegen, ohne Ausnahme.«

In meinem Kopf flackerten Bilder aus den vergangenen Tagen, Eindrücke und Erlebnisse, die plötzlich in völlig neuem Licht erschienen. Jetzt erst begriff ich, wessen ich Zeuge geworden war. Der Heilige Vater und seine Gesandten durften nichts von dem Unglück erfahren, denn das hätte als Zeichen, als Gottesurteil gegen ihr Spiel aufgefasst werden können. Und von Wetteraus schändlicher Plan, seine Heiligsprechung, wäre für alle Zeiten durchkreuzt worden. Deshalb hatte der Probst jeden Bewohner Hamelns zum Schweigen verpflichtet. Die ganze Stadt war verflucht bis auf den Jüngsten Tag.

»Wer aber tötete den Baumeister?«, fragte ich schwach, beinah nur, um die schreckliche Stille zu übertönen und den Wirbel der Bilder zu beenden.

»Gunthars Leute«, entgegnete die Priesterin, »vorausgesetzt, er machte seinem Leben nicht selbst ein Ende.«

Ich schwieg, befangen von allerlei düsteren Gedanken.

Liutbirg fuhr fort: »Seit Monaten war er auf der Flucht vor sich selbst. Er floh aus der Stadt, gleich nach dem Unglück, kam schließlich wieder, als Gunthar ihn rufen ließ, arbeitete sogar noch eine Weile an der Bühne. Dann aber verlor er sich endgültig in einem Taumel aus Suff und Spiel, schlief mal hier, mal dort und schien doch unfähig, Hameln zu verlassen. Etwas hielt ihn am Ort seines Versagens. Vielleicht wollte er gutmachen, was durch seinen Fehler geschehen war. Dabei war es längst zu spät. Seine Schüler hatten die Aufsicht über die Arbeiten schon an sich gerissen.«

»Aber warum zog er gerade in meine Herberge? Weshalb gleich ins Nebenzimmer?«

Die Priesterin lachte bitter. »Sicherlich auf Gunthars Rat hin. Damals wusste mein Bruder bereits, dass er Nikolaus töten musste. Er war einer der wenigen von außerhalb der Stadt, der die Wahrheit über die Kinder kannte. Er hätte reden können. Über ihn besaß Gunthar keine Macht.«

»Dann war es auch dein Bruder, der den Zauberbeutel mit dem Rattenkönig in meine Kammer bringen ließ«, flüsterte ich. Mir war, als erwachte ich aus tiefer Ohnmacht.

Liutbirg hob die Schultern. Sie wusste nichts von dem Beutel.

Für mich aber bestand kein Zweifel mehr. Gunthar selbst hatte mir all das angetan. Ihm hatte ich die Anflüge des Wahnsinns zu verdanken, die mich seither quälten.

Das brachte mich auf eine weitere Frage, die mir glühend auf den Lippen brannte, doch Dante kam mir zuvor:

»Verzeiht, wenn ich mich nun verabschiede«, sagte er. »Diesmal endgültig«, fügte er mit einem kurzen Lächeln hinzu.

»Ihr wollt fort?«, fragte ich.

»So schnell wie nur möglich. Nichts bindet mich mehr an Hameln – außer den Ketten, die der Probst für mich bereithält.« Er reichte mir die Hand, zog mich heran und umarmte mich von neuem. »Mein Pferd wartet, das Bündel ist geschnürt. Doch vergesst nicht, mein Angebot gilt weiterhin, heute mehr denn je. Besucht mich in Florenz. Vielleicht können wir dann über die Ereignisse lachen.«

Ich zwang mich zu einem faden Grinsen. Der Abschied fiel mir schwer. »Wir werden viel Wein trinken müssen, bis es so weit kommt.«

»Das werden wir«, sagte er mit gespielter Fröhlichkeit und drehte sich um.

Ich blickte ihm nach, als er den Gang hinunterging und im Treppenschacht verschwand. Kurz darauf drang das Wiehern seines Pferdes bis herab in die Gruft, als Dante sich hinaufschwang und durch den Wald davonritt.

Als ich mich wieder umwandte, stand Liutbirg unmittelbar hinter mir. Ich hatte nicht gehört, dass sie näher gekommen war. Ein säuerlicher Geruch ging von ihr aus, den ich bislang nicht wahrgenommen hatte.

Ich blickte in ihre schmalen, von Fleischwulsten umlagerten Augen und fragte: »Was ist mit den Kindern, die in den vergangenen Tagen starben? Wer hat sie ermordet? Ebenfalls dein Bruder?«

Sie musterte mich eingehend. »Warum hätte er das tun sollen?«

»Wenn nicht er, wer war es dann?«

Sie kam noch näher. »Weißt du es nicht selbst am besten?«

Was ich seit meiner Ankunft auf dem Friedhof an Zuneigung verspürt hatte, löste sich mit einem Schlag in Nichts auf. Übrig blieb allein die schreckliche Ahnung, dass sie alle Recht hatten, so ungeheuerlich, so entsetzlich die Wahrheit auch sein mochte.

Ich senkte den Blick, schüttelte dann den Kopf, um meine Gedanken zu klären, und fragte statt einer Antwort: »Was soll ich tun?«

Die Wodan-Priesterin holte tief Luft und wandte sich abrupt ab, mit einer Behändigkeit, die ich ihr nicht zugetraut hatte. »Geh zum Herzog. Sprich mit ihm. Erkläre ihm unsere Unschuld. Du kannst ihm sagen, was du über Gunthar weißt. Doch gib Acht, dass das Wort meines Bruders nicht schwerer wiegt als deines.«

»Und weiter?«

»Verlasse Hameln. Geh fort von hier, weit fort. Dorthin, wo niemand dich kennt. Besuche Dante in Florenz. Und bete, dass dort nicht Ähnliches geschieht. Die Südländer sind bekannt für ihre guten Ärzte. Vielleicht können sie dir die Hilfe geben, die du brauchst.«

Ich schloss die Augen und ließ die Dunkelheit in meinen Schädel fluten. »Wann soll ich gehen?«

»Im Morgengrauen«, erwiderte sie. »Während der Nacht wird man dich ohnehin kaum zum Herzog vorlassen. Nicht so, wie du aussiehst.«

Ich blickte an mir herab. Von meiner Kleidung war kaum mehr geblieben als schmutzige Lumpen. »Habt ihr saubere Sachen für mich?«

Sie nickte. »Sicher. Aber vorher schlaf ein wenig. Du hast die Ruhe nötig.«

»Hier?«

»Am Eingang stehen Wachen. Du bist hier unten sicher. Niemand wird dir etwas zu Leide tun.«

Ich wusste, was das bedeutete. Ich hatte ein Gefängnis

gegen ein anderes getauscht. Liutbirg würde nicht zulassen, dass ich mich frei auf dem Friedhof bewegte. Auch unter den Wodan-Jüngern gab es Kinder.

Nachdem sie gegangen war, rollte ich mich in einer Ecke am Boden zusammen. Ich hätte Liutbirgs Lager benutzen können, doch allein der Gedanke, dass ihr fetter Leib dort gelegen und ihren sauren Schweiß verbreitet hatte, ließ mich vor Ekel erschaudern. Trotz des kalten Steins gelang es mir, Zuflucht in einem diffusen, traumschweren Halbschlaf zu finden.

Als ich erwachte, lagen vor mir ein sauberes Wams und frische Beinkleider. Dazu hatte man mir einen schmalen Dolch mit langer Klinge und ein paar abgetragener Stiefel gebracht. Liutbirg saß auf ihren Fellen und blickte mich an.

»Zeit zu gehen«, sagte sie.

Ich kämpfte mich auf die Füße und begann, ohne Scham vor ihren Augen die Kleidung zu wechseln. Doch wahre Nacktheit spürte ich nur in meinem Inneren. Liutbirg schenkte meiner Blöße keine Beachtung.

Als ich fertig war, fragte ich sie: »Wie willst du verhindern, dass ich mich auf dem schnellsten Weg davonmache?«

Sie lächelte, und es wirkte beinahe gütig. »Du magst eine dunkle Seite in dir haben, Robert von Thalstein. Aber du bist auch ein Ritter, einer der einen Schwur auf Ehre und Gewissen geleistet hat. Du wirst nicht zulassen, dass Dutzende Menschen grundlos sterben – nicht, wenn du es verhindern kannst.«

Ich ging ohne Abschied und ließ mich von zwei Männern zum Rande des Friedhofs begleiten. Dort wünschten sie mir Glück und kehrten zurück zu den ihren. Von da an war ich auf mich allein gestellt.

Ich fand nach einiger Umschau die Spur, die Dantes Pferd ins Unterholz geschlagen hatte, und beschloss, ihr zu folgen. Ich hätte den ausgetretenen Pfad nehmen können, der geradewegs zur Heerstraße hinunterführte, doch etwas sagte mir, dass es nicht klug sei, auf geheimer Mission den offensichtlichsten aller Wege zu nehmen. So schlug ich mich durchs Dickicht, umrundete steile Gefälle und blieb immer wieder in scharfen Dornenranken hängen, die meinen Abstieg erheblich erschwerten. Unter dem Dach des vergilbenden Herbstlaubes herrschte noch Dunkelheit, obgleich ich durch Lücken im Geäst erkennen konnte, dass außerhalb des Waldes der Morgen graute. Nicht mehr lange, und das erste Licht des Tages würde auch meinen Weg erleichtern.

Da vernahm ich leise Geräusche. Ein Knacken von brechendem Holz, ganz in meiner Nähe, das sich in kurzen Abständen wiederholte.

Schritte!, fuhr es mir lodernd durch den Sinn.

Ich blieb stehen, hörte auf zu atmen. Schloss die Augen und horchte.

Es waren mehrere. Vier, fünf Menschen, die sich durchs Unterholz zwängten. Sie bewegten sich langsam, als wollten sie unbemerkt bleiben. Und je länger ich auf ihre Schritte und ihren stoßweisen Atem lauschte, desto mehr von ihnen wurden es. Aus fünf wurden acht, daraus ein Dutzend. Und ihre Zahl wuchs weiter. Es schien, als sei der ganze Wald zu wimmelndem Leben erwacht.

Es gab nur eines, was das bedeuten konnte.

Gunthar hatte schneller gehandelt, als wir alle erwartet hatten. Der Herzog war seinen Einflüsterungen noch in der Nacht verfallen und hatte sein Gefolge in Gang gesetzt. Ritter und Landsknechte waren auf dem Weg zum Fried-

— 305 —

hof, um dem heidnischen Treiben ein Ende zu setzen. Die Wodan-Jünger waren längst verloren.

Langsam ging ich hinter einem Baum in die Hocke. Jetzt konnte ich einen von ihnen sehen. Es war ein Krieger des Herzogs, der sich mit gezogenem Schwert einen Weg durch Äste und Buschwerk bahnte. Er mochte etwa zehn Schritte von mir entfernt sein. Heinrichs Befehlshaber ließen ihre Männer in einer weiten Kette den Berg hinaufsteigen, um die Wodan-Jünger wie wehrloses Wild in die Enge zu treiben.

Verzweiflung bemächtigte sich meiner. Ich wollte aufschreien und loslaufen, Liutbirg und ihre Getreuen vor dem Verderben warnen, das langsam den Berg heraufkroch; ich wollte zu ihnen eilen und ihnen im Kampf gegen die Übermacht beistehen. Doch welchen Sinn hätte das gehabt? Ich wäre als Verräter von meinen eigenen Leuten getötet worden.

Die einzige Möglichkeit, die mir blieb, war, den einmal gefassten Plan zu Ende zu bringen. Ich musste die Reihe der Soldaten durchbrechen und hinab ins Tal zum Herzog, nein besser noch zu Althea eilen. Sie würde meinen Worten Glauben schenken und sich bei Heinrich für die Wodan-Jünger einsetzen. Vielleicht ließ sich so das bevorstehende Schlachtfest auf dem Friedhof verhindern.

Aber ich musste schnell sein. Der Weg nach Hameln war nicht weit, doch zu allem Übel musste ich ins Lager des Herzogs gelangen, schwieriger noch, in Altheas Zelt. Unsere Treffen hatten stets im Geheimen stattgefunden, niemals vor aller Augen. Man würde mich nicht zu ihr vorlassen – falls ich zuvor nicht ohnehin als gesuchter Mörder gefangen und eingesperrt wurde.

Hastig schlich ich weiter. Angst schnitt mir mit scharfen

Krallen ins Herz. Panik regierte meinen Verstand. Ich spürte, wie meine Glieder sich wie von selbst bewegten, als gehorchten sie nicht meinem Willen, sondern allein der Zielsetzung, ins Tal zu gelangen. Nun lag das Leben Dutzender Menschen wahrhaftig allein in meiner Hand.

Ich weiß nicht, ob es die Verantwortung war, die mich all meiner Vorsicht beraubte.

Plötzlich wuchs neben mir eine Gestalt aus dem Dunkel. Ich sah noch, wie sie ausholte, warf mich vergeblich zur Seite. Da traf mich etwas mit Wucht am Schädel, und ein höllischer Schmerz raubte mir die Sinne.

Ein stechender Geruch nach Feuer und Gebratenem weckte mich aus meiner Ohnmacht. Ich blickte auf und sah in das Gesicht eines Jungen. Seine Züge muteten mich bekannt an, doch ehe ich noch über die Gründe meiner Gewissheit grübeln konnte, kam die Erinnerung mit all ihrer Macht über mich.

Benommen riss ich den Oberkörper hoch und versuchte, auf die Beine zu kommen.

»Herr!«, rief der Junge besorgt. »Nicht, Herr! Ihr müsst noch eine Weile ruhen. Euer Kopf –«

»Schweig!«, fuhr ich ihn an, denn nun wusste ich, woher ich ihn kannte. Es war ein Knappe aus dem Hofstaat des Herzogs, und nach dem Knüppel zu schließen, der zu seinen Füßen lag, war er derjenige, der mich niedergeschlagen hatte.

Düsteres Tageslicht fiel durch die Baumkronen. Ich musste eine ganze Weile am Boden gelegen haben.

»Ich dachte, Ihr wärt einer von ihnen«, verteidigte sich der Junge. Offenbar hatte er mich als Ritter erkannt.

»Ihr wart zu weit vorn«, plapperte er weiter. »Wie konnte ich ahnen, dass Ihr es seid, wo doch der Befehl lautete, in einer Reihe zu bleiben. Ich sah Euch hinter dem Baum, glaubte, Ihr wärt ein Angreifer und schlug –«

»Schweig still!«, rief ich erbost. Ich versuchte, das Dickicht mit Blicken zu durchdringen, doch alles, was ich sah, waren das wild wuchernde Unterholz und ein feiner, grauer Nebel.

Plötzlich hörte ich die Schreie. Frauen, Männer und Kinder, die um ihr Leben brüllten, weiter oben im Wald.

»Gütiger Gott, was geschieht da?«, fragte ich den Knappen.

Als er mich nur erstaunt ansah, packte ich ihn an den Schultern, versetzte ihm eine schallende Ohrfeige und zischte: *Was geschieht dort oben?*

»Aber, Herr«, stammelte er verstört, »Ihr wisst es doch.«

»Was weiß ich?«

»Ihr kennt den Befehl des Herzogs. Ihr seid doch mit uns gemeinsam aufgebrochen, oder?« Waren da leise Zweifel in seiner Stimme? Ich prügelte sie ihm mit zwei Faustschlägen aus dem Sinn.

Heulend, das Gesicht voller Rotz und Tränen, ging er auf die Knie. »Ich habe ... ich habe Strafe verdient, Herr. Ich habe Euch geschlagen, einen Ritter des Herzogs. Aber, bitte, habt Gnade mit mir. Meldet es meinem Meister, aber prügelt mich nicht weiter.«

»Ich werde dir den Schädel einschlagen, wenn du mir nicht bald eine Antwort gibst«, fuhr ich ihn an. »Was geschieht dort oben?«

Er wischte sich die Tränen aus den Augen. »Sie verbrennen sie, Herr. Sie verbrennen sie alle.«

Fassungslos starrte ich auf die undurchdringliche Wand

aus Holz und Blättern. Der Rauch, die Schreie. Kein Zweifel. Die Wodan-Jünger brannten.

Meine erste Regung war, den Berg hinaufzurennen, ganz gleich, was mich oben auf dem Friedhof erwarten mochte. Schon hatte ich einige Schritte gemacht, als ich mich schlagartig eines Besseren besann. Es war zwecklos. Dort oben konnte ich nichts tun. Die einzige Chance, wenigstens einige der Menschen zu retten, war, so schnell wie möglich zu Althea und zum Herzog zu gelangen.

Ich drehte mich um und lief den Berg hinab.

»Herr, was tut Ihr?«, rief mir der jammernde Knappe hinterher, doch ich schenkte ihm keine Beachtung.

Ich musste schnell sein. So schnell wie noch nie in meinem Leben. Ich brach durch Büsche und Geäst, zerschnitt mir Gesicht und Kleidung, stolperte, fiel, rappelte mich wieder auf und eilte weiter, immer weiter dem Tal entgegen.

Ich erreichte den Waldrand, lief den Pfad und die Heerstraße entlang zur Brücke und überquerte den Fluss. Ich hatte das andere Ufer erreicht, als mir klar wurde, welch tödlichen Fehler ich beging. Ich lief dem Feind direkt in die Arme. Von Wetterau und seine Leute würden mich auf der Stelle töten.

Auf der Straße war niemand zu sehen. Das Mysterienspiel hatte bereits begonnen. Jeder Einwohner Hamelns befand sich auf dem Marktplatz.

Ich brauchte dringend einen Mantel, irgendetwas, das zumindest den gröbsten Blicken standhielt. Ich trat kurzerhand die Tür des nächstliegenden Hauses ein, stürmte ins erstbeste Zimmer und wühlte solange in einer schweren Eichentruhe, bis ich einen Kapuzenmantel und ein dichtes Fell entdeckte. Beides warf ich mir über die Schultern und

— 309 —

trat zurück ins Freie. Dabei fiel mein Blick auf den Berg am anderen Ufer.

Aus dem Wald stieg schwarzer Rauch und verteilte sich am grauen Himmel. Ich bezweifelte, dass die Männer des Herzogs sich die Mühe gemacht hatten, Scheiterhaufen aufzuschichten. Wahrscheinlich hatte man die Bewohner des Friedhofs in einigen Grüften zusammengetrieben und im Inneren Feuer entfacht. So starben die Kinder mit den Erwachsenen. Keiner der Ketzerbrut würde überleben. Von Wetterau hatte allen Grund zur Freude.

Voller Abscheu und mit heißen Tränen in den Augen wandte ich mich vom Anblick der Rauchwolke ab und eilte Richtung Marktplatz. Auf meinem Weg dorthin traf ich keine Seele. Die Stadt war wie ausgestorben. Westwind wehte den Rauch der Menschenfeuer hinab über die Dächer und Ruinen. Der Geruch war der eines Festmahls im Freien, nach erfolgreicher Jagd in den Wäldern. Der Gedanke erfüllte mich mit Übelkeit und Hass.

Als ich den Markt fast erreicht hatte, quoll mir der Lärm zahlloser Menschen entgegen. Der Platz war erfüllt vom frohen Geist des Mysterienspiels. Spielleute machten Musik, die Menschen feierten und lachten, aßen Gebratenes und tranken Bier, während auf der anderen Seite des Flusses die Ketzer in den Flammen starben. Offenbar ahnte niemand etwas von der entsetzlichen Abschlachterei auf dem Friedhof; der eine oder andere hätte das Spiel sicherlich Spiel sein lassen und sich dem Reiz der grausamen Wirklichkeit zugewandt. Selbst das hatte von Wetterau bedacht. Er ließ seine Schwester und deren Getreue ermorden und sorgte doch zugleich dafür, dass ihm keiner der Zuschauer abhanden kam.

Ich trat an den äußeren Rand des Marktes und warf einen

ersten Blick auf die Bühne. Zahllose Männer und Frauen hatten sich darauf versammelt, Himmel und Hölle waren gleichsam bevölkert. Um die drei Kreuze im Mittelteil der Bühne sammelten sich Dutzende von Menschen, einige in nachgefertigten Rüstungen aus Holz. Sie stellten die römischen Soldaten dar, der Rest gab das Volk der Juden.

Der größte Hohn aber war von Wetterau selbst, der vor dem mittleren und größten der drei Kreuze stand. Er trug ein weißes Büßergewand. Auf seinem Kopf thronte ein geflochtenes Band – die Dornenkrone. Er ging sichtlich in seiner Rolle als Heiland auf, blickte abwechselnd mit Leidensmiene und väterlichem Verständnis über die Menge und harrte seiner Hinrichtung am Kreuz.

Der Darsteller Gottvaters im künstlichen Himmel fluchte lautstark und schleuderte Blitze aus Holz hinab in die Tiefe. Derweil begossen einige seiner falschen Engel die Menschen aus riesigen Fässern mit Wasser. So also stellte der Probst sich das Unwetter auf Golgatha vor. Wenn es eines gab, das dem abscheulichen Schauspiel den Rest gab, so war es von Wetteraus Mangel an Einfallsreichtum und Geschmack.

Die Menge aber nahm es gelassen und erfreute sich angesichts der gebotenen Attraktionen. Immer wieder kamen Beifall und Hochrufe auf, vor allem dann, wenn ein besonders heftiger Wasserschwall einen der irdischen Darsteller tränkte.

Auf der anderen Seite des Platzes, gleich vor der Mauer des Rathauses, hatte man eine Tribüne errichtet. Ich hatte sie aus meinem Verlies heraus nicht sehen können, daher überraschte mich der ungewohnte Anblick. Rechts hockte auf Sitzbänken der Hofstaat des Herzogs, links das Gefolge des Bischofs. Die beiden Würdenträger saßen unter samtenen, wappengeschmückten Baldachinen, umgeben von ihren engsten Getreuen. An der Seite des Bischofs von Minden erkannte ich den Hamelner Vogt, Ludwig von Everstein, der den Geistlichen selbst eskortiert hatte. Um Herzog Heinrich drängten sich so viele Menschen, dass es unmöglich war, unter ihnen Altheas Gesicht zu erkennen.

Bestimmt, aber doch so unauffällig wie möglich, schob ich mich durch die jauchzende Menschenmenge. Niemand beachtete mich. Alle waren vollauf mit dem Mysterium und dem Genuss ihrer Speisen und Getränke beschäftigt. Schwitzende, schmutzige Leiber rieben an meinem Körper, raue Stimmen schrien mir ins Ohr. Der Gestank der Feuer wurde hier unten von den Ausdünstungen der feiernden Masse vertrieben. Ich blickte nach oben und bemerkte, dass die zerfasernden Ränder der schwarzen Rauchwolke selbst von hier aus zu erkennen waren. Trotzdem schenkte ihnen keiner Beachtung.

Ich näherte mich der Bühne und entdeckte ohne großes Erstaunen, dass sie von mehreren Bewaffneten bewacht wurde. Und dann erspähte ich Althea. Sie saß gleich neben dem Herzog, und ich fragte mich, wie ich sie hatte übersehen können. Ihr schwarzes, schimmerndes Haar war wie ein Stück sternenklarer Nacht, das sich zwischen den Menschen verfangen hatte, und ihr schmales, dunkles Gesicht verriet auf anmutigste Weise ihre arabische Herkunft. Sie trug ein rotes, eng geschnürtes Kleid, das mit fremdartigen Zeichen bestickt war. Als ich sie einst gefragt hatte, was sie bedeuteten, da hatte sie nur gelacht und geflüstert: »Nichts. Aber man erwartet derlei Dinge von mir.«

Dabei war ihr Rang als Astrologin nicht unumstritten.

Kirche und Hofgeistliche intrigierten Tag und Nacht gegen sie, und manch einem wäre es lieb gewesen, sie als Hexe brennen zu sehen. Doch Heinrich war ihr vom ersten Tag an verfallen und hielt seine schützende Hand über sie. Natürlich hatte er nie erfahren, dass sie ihn mit einem gemeinen Ritter betrog.

Manches Mal hatte ich mich gewundert, warum sie gerade mich erwählt hatte, ihr in den Nächten Gesellschaft zu leisten. Ich hatte nie gewagt, die Frage laut auszusprechen; ich hatte Angst, dadurch den Bann zu brechen und sie für immer zu verlieren.

Nun saß sie da, jene, die alles entscheiden konnte, in deren Hand es lag, nicht nur die Wodan-Jünger, sondern auch mich selbst zu retten. Ich war ihr nahe genug, um sie rufen zu können, und doch war das in der Menge unmöglich.

Während ich noch überlegte, wie ich an den Wachen vorbeikommen und auf die Tribüne gelangen konnte, geschah das Wunderbare.

Althea wandte sich plötzlich um, löste den Blick von der Bühne – und sah mir direkt in die Augen. Dabei huschte ein Lächeln über ihre schönen Züge. Es war, als hätte sie meine Anwesenheit gespürt.

Vielleicht war die Angst der Pfaffen vor ihrer Macht nicht unbegründet.

Sie beugte sich zum Herzog hinüber und flüsterte ihm etwas ins Ohr. Heinrich trug farbenfrohe Kleidung aus edlen Stoffen, einen purpurnen Überwurf und einen schwarzen Hut mit langer, schillernder Feder. Er starrte wie gebannt auf die Bühne, wo man von Wetterau soeben Schlingen um Arme, Beine und Oberkörper legte, um ihn damit ans Kreuz zu binden. Der Herzog nickte Althea ab-

— 313 —

wesend zu, und die Astrologin erhob sich und kam über die Tribüne auf mich zu. Sie ging mit gemessenen, huldvollen Schritten – wohl, um sich vor den Höflingen Heinrichs keine Blöße zu geben –, schenkte aber den bewundernden Blicken, die ihren schlanken Körper trafen, keine Beachtung. Ich wusste, dass ihr die Doppelzüngigkeit der Edelmänner zuwider war. In Gesellschaft beschimpfte man sie hinterrücks als Hexe, insgeheim aber begehrte ein jeder ihr vollendetes Fleisch.

Althea gab mir einen Wink, ihr in einigem Abstand zu folgen. Sie trat zwischen den Bewaffneten hindurch, ging entlang der Rathausmauer zum nunmehr unbewachten Eingang und verschwand im Inneren. Ich drängte mich durch die hinteren Reihen der johlenden Zuschauer und lief mit schnellem Schritt hinter ihr her.

Im Rathaus erklang der Lärm vom Marktplatz nur gedämpft, fast unwirklich durch die festen Mauern. Ich gelangte in einen Vorraum, von dem links eine offene Tür abzweigte. Durch sie trat ich in eine Kammer, die offenbar zum Empfang minderer Gäste diente. Die groben Steinmauern waren weitgehend schmucklos, bis auf einen geknüpften Wandbehang, der das Wappen des Bischofs zeigte. Althea stand am einzigen Fenster, blickte hinaus auf die Mysterienbühne und hatte mir den Rücken zugewandt.

»Schließ die Tür«, sagte sie leise.

Ich tat, was sie verlangte, und eilte auf sie zu, um sie in die Arme zu nehmen. Sie ließ es geschehen, strich gar flüchtig mit ihren zarten Händen über meinen Rücken. Dann aber löste sie sich von mir. Ihr Gesicht verriet Anspannung und seelischen Schmerz. Bebend wich sie einen Schritt zurück.

Es blieb keine Zeit, über ihr Verhalten nachzudenken.

— 314 —

Ich trat an ihr vorbei ans Fenster und deutete auf den schwarzen Rauch am Himmel. »Du weißt, was das ist?«, fragte ich.

Sie sah nicht einmal hin. »Heinrich gab Befehl, die Ketzer zu verbrennen.«

»Aber sie sind unschuldig«, beharrte ich.

Sie hob eine Augenbraue. »Sie sind keine Ketzer?«

Ich seufzte, schüttelte den Kopf und lief aufgeregt einige Schritte auf und ab. »Ja, sie sind Heiden. Und sie verehren Wodan und vielleicht auch allerlei andere Götter. Aber mit dem Verschwinden der Kinder haben sie nichts zu tun.«

Altheas dunkle Augen blitzten. »Wenn sie heidnische Götter verehren, haben sie den Tod verdient – zumindest in den Augen der Kirche und des Herzogs.«

»Aber begreifst du denn nicht? Von Wetterau behauptet, sie hätten die Hamelner Kinder ermordet. Deshalb werden diese Menschen verbrannt. Aber sie waren es nicht.«

»Robert«, sagte sie sanft und sah mich eindringlich an, »nichts und niemand kann diese Männer und Frauen noch retten. Die Feuer brennen. Und ganz gleich, was sie getan haben oder auch nicht, sie sind Ketzer.« Sie deutete auf den Rauch. »Tote Ketzer.«

Ich wollte etwas erwidern, doch da begriff ich plötzlich und verstummte. Althea konnte mir nicht helfen – und sie wollte es nicht. Welche Gründe sie auch immer für ihren Entschluss haben mochte, sie wogen schwerer als all meine Überredungskünste. Liutbirg und ihre Leute waren verloren.

»Da oben verbrennen Kinder«, flüsterte ich schwach, und die Erkenntnis traf mich wie ein Schlag. Haltsuchend griff ich nach der Fensterkante.

»Kinder«, wiederholte Althea gedankenverloren. Und nach einer Pause fügte sie hinzu: »Weißt du, was mit den Hamelner Kindern geschah?«

Ich nickte und erzählte ihr alles, was ich wusste. Die Worte sprudelten förmlich aus meinem Mund hervor. Mir war fast, als spräche sie ein anderer. Ich hatte erneut versagt. Liutbirg hatte von Anfang an auf den falschen Mann gesetzt. Ich hatte ihr Vertrauen enttäuscht, denn niemand schenkte meinen Worten Glauben. Niemand rührte auch nur einen Finger, um die Verbrennung der Heiden aufzuhalten. Ich hätte es wissen müssen.

Ich berichtete Althea jede Einzelheit. Allein zwei Dinge ließ ich aus: Ich erwähnte Schwester Julia mit keinem Wort. Und ich verheimlichte ihr, dass ich es selbst gewesen sein sollte, der die kranken Kinder erdolcht hatte.

Umso erstaunter, ja entsetzter war ich, als sie schließlich sagte: »Dann hast du es also wieder getan.«

Die Welt schien zu erbeben. Schuld krampfte mir den Magen zusammen. Ich spürte, wie das Blut aus meinen Gliedern wich. Eiskalt und aschfahl rutschte ich mit dem Rücken an der Mauer zu Boden. Dort, in der Ecke, blieb ich mit angewinkelten Knien sitzen, das Gesicht zwischen den Armen verborgen. Lange Zeit kauerte ich so da, und ebenso lange sprach keiner ein Wort. Schließlich aber hob ich den Kopf, unendlich schwer, unsagbar langsam, und blickte Althea an, mit aller Festigkeit, die ich noch aufbringen konnte.

»Auch du glaubst, dass ich ein Mörder bin?«

Sie ging vor mir in die Knie und ergriff meine zitternde Hand. Ihre Berührung fühlte sich angenehm an, doch die Wärme drang mir nicht bis ins Herz.

»Ich muss dir etwas gestehen«, sagte sie leise. Sanftmut

— 316 —

lag in ihrer Stimme, und in ihren Augen entdeckte ich einen Abglanz jener Regung, die ich dort in so mancher Nacht gesehen hatte. Es war keine Liebe, und doch verhieß ihr Blick eine Zuneigung, die tiefer ging als einfache Freundschaft.

»Erinnerst du dich noch an den Tag, an dem ich dir den Auftrag des Herzogs überbrachte?«, fragte sie. Draußen johlte die Menge, doch es klang seltsam fern und nebensächlich.

Ich mühte mich zu einem Nicken. »Du kamst zum ersten Mal bei Tag in meine Kammer. Es war das erste Mal, dass wir nicht im Verborgenen sprachen.« In der Tat war dies ein besonderer Augenblick gewesen. Unser erstes Treffen, das mit dem Segen Heinrichs stattfand – obgleich es freilich anderer Natur war als all die vorherigen.

»Ich überbrachte dir den Auftrag, nach Hameln zu reiten«, erinnerte sich Althea. »Ich sagte dir, Heinrich habe von den Gerüchten gehört und wolle erfahren, was es damit auf sich habe. Und ich übergab dir das Schreiben, das du seinem Statthalter aushändigen solltest.«

Ich nickte erneut, wenngleich ich nicht ahnte, auf was sie hinauswollte.

»Hat Heinrich je selbst mit dir über diese Angelegenheit gesprochen?«, fragte sie, gab sich die Antwort aber gleich darauf selbst: »Nein, natürlich nicht.«

»Ich stand ihm nur ein einziges Mal gegenüber, als er mich zum Ritter schlug«, sagte ich. »Ich bin zu jung, um in seiner persönlichen Gunst zu stehen.«

»Aber du hattest keinen Grund, an meinen Worten zu zweifeln«, sagte Althea und schlug die Augen nieder.

»Ich verstehe nicht, was du mir sagen willst.«

Sie schüttelte den Kopf. Das schwarze Haar wirbelte locker um ihre Schultern. Ihre Stimme klang jetzt unsagbar traurig, fast verzweifelt. »Ich habe dich belogen, Robert. Es gab keinen Auftrag des Herzogs. Heinrich hat nie erfahren, dass du dich in Hameln aufhältst.« Tränen standen jetzt in ihren Augen. »Verstehst du nicht? Ich habe diesen Auftrag erfunden. Ich habe dich nach Hameln geschickt, ohne dass irgendjemand davon wusste.«

Ich starrte sie an, unfähig, den wahren Sinn ihrer Worte zu begreifen. Kein Auftrag? Keine Mission des Herzogs?

»Warum sagst du das?«, fragte ich und hatte Mühe, meine eigene, heisere Stimme zu hören. »Warum lügst du mich an?«

»Ich lüge nicht, Robert«, erwiderte sie und umfasste meine Hand noch fester. »Was ich sage, ist die Wahrheit. Damals habe ich gelogen, heute nicht.«

»Aber warum?«, fragte ich stockend.

»Um dich aus Braunschweig fortzulocken. Du durftest nicht länger am Hof bleiben.«

»Das ist doch Unsinn.«

»Nein, das ist es nicht. Es ist die Wahrheit, Robert. Ich habe dich nach Hameln geschickt, mit diesem angeblich geheimen Auftrag, damit du zu keinem davon sprichst. Du musstest noch am selben Tag aufbrechen. Ich wollte, dass du so schnell wie möglich verschwindest.«

Ich spürte, wie meine Wangen zuckten, ganz gegen meinen Willen. »Aber aus welchem Grund?«

»Du warst in Gefahr. Und nicht nur du. Es hatte Morde gegeben, am Hof und in der Stadt. Kinder waren getötet worden, insgesamt ein halbes Dutzend. Heinrich hat es verheimlicht, um die Ermittlungen seiner Berater nicht zu behindern. Jeder, der davon wusste, wurde zum Schweigen verpflichtet. Sogar die Eltern der Opfer. Und insgeheim suchten Heinrichs Leute nach Spuren, nach einer Fährte, die den Mörder verriet. Tagelang, wochenlang. Dann aber deuteten alle Hinweise in dieselbe Richtung, auf dieselbe Person. Auf einen Ritter des Herzogs. Heinrich verriet es mir, ohne selbst den Namen zu kennen.«

»Du glaubst, dass ich derjenige –« Die Erschütterung verschlug mir die Sprache.

»Ja. Ich war vollkommen sicher. In deiner Kammer entdeckte ich blutige Kleidung.«

»Ich hätte mich verletzt haben können.«

»Es war nicht *deine* Kleidung, Robert«, widersprach sie. »Es waren die Hemden und Hosen von Kindern. Und alle durchtränkt von Blut. Sie lagen in einer Kiste unter deinem Bett.«

Ein Schwindel, schlimmer als jeder zuvor, bemächtigte sich meiner. »Ich weiß nicht, wie sie dorthin gelangten. Ich kenne keine Kinderkleidung, habe sie nie gesehen.«

Althea nickte ernst. »Und ich glaube dir jedes Wort. Du weißt es nicht, weil du dich nicht daran erinnerst. Du weißt nicht, dass du ein Mörder bist, weil du dich nicht deiner Taten entsinnst. Du mordest, ohne es zu wissen. Nachts, vielleicht im Schlaf, vielleicht auch in einem krankhaften Wahn. Du bist besessen, Robert – wer weiß, wovon.«

Ich hatte Althea immer vertraut, tat es selbst jetzt noch. Hegten nicht so viele andere den gleichen Verdacht? Der alte Hollbeck. Gunthar von Wetterau. Sogar Liutbirg. Jeder ohne Beziehung zum anderen, verfeindet gar. Und doch waren sie alle überzeugt, dass ich die drei Kinder getötet hatte.

Und nun noch ein halbes Dutzend mehr.

Mir wurde übel. Doch alles, was meiner Kehle entstieg, war ein schreckliches Röcheln. Es klang so fremd wie Altheas Enthüllungen.

»Als ich begriff, wie es um dich stand, da schickte ich dich fort aus Braunschweig«, sprach sie weiter. »Ich konnte dir nicht die Wahrheit sagen. Trotz allem hielt ich noch zu dir. Ich fürchtete, du würdest dir ein Leid antun, wenn du alles erfahren würdest. Und als ich hörte, was in Hameln geschehen war, da glaubte ich, dass du hier vorerst in Sicherheit wärst.«

Ich begriff, was sie meinte. »Weil es hier keine Kinder mehr gab.«

»Weil sie alle verschwunden waren«, bestätigte sie und gab sich keine Mühe mehr, ihre Tränen zurückzuhalten.

Schweigen erfüllte die Kammer, nur von außen drang ungebrochen der gedämpfte Lärm der Menge herein.

»Wieso aber sollte ich die Kinder ermorden?«, fragte ich. »Weshalb hätte ich das tun sollen? Ich kann mich an nichts erinnern.«

Althea hob langsam die Schultern. Das Haar fiel ihr ins Gesicht. Ihre Augen verschwanden hinter einem schwarzen Vorhang. »Eine Krankheit, vielleicht. Oder Besessenheit.«

»Vom Teufel?«

»Das muss ein Priester entscheiden.«

»Du willst mich ausliefern?«

Sie stand auf. Es sah aus, als fiele ihr jede Bewegung unendlich schwer. »Das habe ich bereits«, sagte sie leise, trat an die Tür und klopfte.

Sofort wurde geöffnet, und eine Hand voll Bewaffneter trat ein. »Nehmt ihn fest«, wisperte Althea traurig, dann drehte sie sich mit gesenktem Kopf um und ging langsam davon.

Ich rief ihren Namen. Einmal, zweimal.

Vergeblich. Sie verschwand wortlos im Vorraum und kam nicht mehr wieder.

Ich leistete keinen Widerstand, als die Männer mich in Gewahrsam nahmen und schweigend aus der Kammer führten.

10. KAPITEL

Gunthar von Wetterau hing am Kreuz, Handgelenke, Oberkörper und Beine ans Holz gezurrt. Ich sah ihn, als sie mich hinaus ins Freie brachten. Der Gesandte aus Rom stand zu seinen Füßen, eingehüllt in weite, schwarze Gewänder, auf dem Kopf einen breitkrempigen Hut. Er hielt einen langen Stab in der Hand, dessen Ende in einem Kreuz auslief. Damit wies er in von Wetteraus Richtung und sprach lateinische Worte. Die Zuschauer waren ehrfürchtig verstummt. Alles starrte wie gebannt zur Bühne. Keiner wollte auch nur einen Augenblick der lang ersehnten Besiegelung des Paktes zwischen Papst und Probst verpassen. Es war, als verspräche der Gesandte nicht nur dem Probst, sondern ihnen allen das Himmelreich. Gerne hätte ich von Wetterau ins Gesicht geblickt, jetzt, im Augenblick seines größten Triumphs, doch die Bühne war zu weit entfernt, um seine Züge zu erkennen. Aber ich musste ihn nicht sehen. Ich wusste auch so, was er empfand.

Niemand achtete darauf, als mich die Soldaten des Herzogs vom Markt aus Richtung Osttor führten. Althea war nirgends zu sehen. Wahrscheinlich war sie zurück zu Heinrich auf die Tribüne gestiegen. Aus den Wäldern jenseits des Flusses quoll immer noch Rauch, doch der Gestank nach verbranntem Fleisch drang nicht mehr bis zur Stadt. Die Feuer würden noch bis zum Abend brennen, dann würde man den Friedhof dem Erdboden gleichmachen. Mit den Ketzern musste auch die Erinnerung an sie sterben.

Sie brachten mich ins herzogliche Lager vor der Stadt. Rund dreißig große Zelte, die meisten rund und geräumig, waren hier aufgeschlagen worden. Wimpel und Planen raschelten leise. Ein paar Bewaffnete hielten Wache. Ansonsten war alles wie ausgestorben. Alle wohnten noch dem Spiel auf dem Marktplatz bei.

Ich wurde in ein kleines Zelt am Südrand des Lagers gestoßen. Offenbar sollte ich hier ausharren, bis sich der Herzog oder einer seiner Befehlshaber meiner widmen mochte. Vor dem Eingang bezogen drei Wachtposten Stellung, die übrigen gingen davon.

Mir war längst gleichgültig, was mit mir geschah. Sollten sie mich einsperren, foltern oder hinrichten.

Damals dachte ich daran, meinem Leben ein Ende zu setzen. Dass ich es nicht tat, lag weniger an meinem Willen als an mangelnder Gelegenheit. Das Zelt war vollkommen leer. Es gab nichts, das mir bei meinem Vorhaben hätte nützlich sein können.

Also wartete ich ab.

Dachte nach.

Und schlief ein.

Das schwache Licht, das tagsüber durch die Zeltplanen schimmerte, ließ schließlich nach, und der Abend kam über das Land. Draußen herrschte reges Treiben. Der Herzog ließ das Lager abbrechen. Offenbar wollte er noch in dieser Nacht den Heimweg antreten, um möglichst schnell zurück bei Hof zu sein. Heinrich war ein Mann, der ungern auf die Geborgenheit seiner Gemächer verzichtete. Eine Nacht im Zelt bereitete ihm Knochenschmerzen. Kein Wunder, dass es ihn nun zum Aufbruch drängte. Eine Verzögerung würde er nicht dulden.

Für mich mochte das bedeuten, dass man sich meiner erst in Braunschweig annehmen wollte. Lieber wäre mir gewesen, man hätte meinem Dasein auf Erden gleich hier ein Ende bereitet, als mich in Ketten nach Hause zu schleppen.

Nach Hause. War nicht Hameln meine Heimat? Nach all den Ereignissen mehr denn je?

Ich ergab mich ganz jener Wirrnis, die all mein Denken beherrschte, und wartete, dass irgendwer kommen und zu mir sprechen würde. Insgeheim hoffte ich, dass Althea erscheinen und mir verraten würde, dass dies nur Teil eines ausgeklügelten Fluchtplans war, doch zugleich schalt ich mich einen Narren. Warum fliehen? Wohin? Ich hatte jede Strafe verdient, mit der man mich bedachte.

Irgendwann, ich dämmerte bereits in neuerlichem Halbschlaf dahin, wurde die Plane am Eingang zurückgeschlagen, und eine Gestalt trat ein. Es war dunkel im Zelt, ich sah nicht mehr als den groben Umriss der Person. Sie trug einen weiten Kapuzenmantel. Sie blieb stehen und sagte kein Wort.

»Wer seid Ihr?«, fragte ich unwirsch.

»Ich bringe Euch den letzten Segen«, antwortete eine weibliche Stimme, laut genug, dass die Wachen vor dem Eingang es hören mussten. Ich erkannte sie sofort.

»Julia!«, flüsterte ich erregt und sprang auf.

Sie machte zwei schnelle Schritte auf mich zu und legte mir einen Finger an die Lippen.

»Sei still!«, zischte sie. »Sag jetzt nichts. Hör mir einfach nur zu.« Ihr Gesicht war in der Finsternis nicht zu erken-

— 324 —

nen. Beinahe war es, als umwehe sie stets ein Stück Dunkelheit, um sie vor den Augen anderer zu verhüllen. Ich hatte sie berühren dürfen in jener Nacht im Kloster. Das musste genügen.

Ich wollte widersprechen, doch sie kam mir zuvor. »Du wirst fliehen, jetzt gleich. Die Wachen glauben, man habe dich zum Tode verurteilt. Ich habe ihnen gesagt, man werde dich bald abholen, und ich sei hier, um dir Absolution zu erteilen.«

Fliehen! Gerade noch hatte ich jeden Gedanken daran verworfen. Jetzt aber rückte die Möglichkeit in greifbare Nähe. Noch einige Tage in Freiheit, dann selbst entscheiden, ob die Zeit für das Ende gekommen sei. Eine verlockende Aussicht.

Aber die Kinder. Was war mit den Kindern? Was mochte noch geschehen, wenn ich länger auf freiem Fuß war?

»Es geht nicht«, flüsterte ich niedergeschlagen.

»O doch«, entgegnete sie bestimmt. »Du musst fliehen. Jetzt gleich. Alles Weitere wird sich ergeben.«

Sie zog sich den Kapuzenmantel von den Schultern und hielt ihn mir entgegen. Sie trug ihre Nonnentracht darunter, so viel vermochte ich zu erkennen. Noch immer kein Gesicht.

»Ich ... ich will das nicht«, widersprach ich schwach. Dabei war die Verlockung längst zu groß.

Julia setzte ihre Schwesternhaube ab und reichte sie mir zusammen mit dem Mantel. »Das müsste als Tarnung ausreichen«, sagte sie leise. »Niemand wird vermuten, dass man versucht, dich zu befreien. Die Wachen werden dir keine große Aufmerksamkeit schenken. Sieh einfach zu Boden und geh an ihnen vorüber. Draußen im Lager herrscht Aufbruchstimmung. Du wirst nicht weiter auffallen.«

— 325 —

»Und du?«, fragte ich zögernd. Dabei war die Entscheidung längst gefallen.

Ein schwacher Schimmer huschte über ihr kurz geschorenes Haar, machte aber Halt vor ihrer Stirn, als habe sie selbst dem Licht ihren Willen aufgezwungen. »Ich bleibe hier«, erwiderte sie fest. »Ich werde behaupten, du hättest mich überwältigt. Niemand wird einer Tochter Gottes misstrauen.«

Ich hob die Hand, um ihre Wangen zu streicheln, doch sie trat hastig zurück. »Du musst gehen.«

Ich blickte auf die Kleidung in meinen Händen, dann erneut auf sie. Schließlich begann ich wortlos, Haube und Mantel überzuziehen.

Bevor ich ging, fragte ich leise: »Warum tust du das, Julia? Wer bist du wirklich?«

Ich hatte keine klare Antwort erwartet, und sie gab mir auch keine. »Ganz gleich, wer ich bin – mein Ziel ist erreicht. Denn bin ich Margarete Gruelhot, so habe ich dich befreit und meinem Vater geschadet. Damit bin ich zufrieden. Bin ich aber in Wahrheit deine Schwester Juliane, so habe ich dich durch die Nacht der Unzucht im Kloster mit Gottes Fluch beladen, womit sich meine Rache erfüllt. Es ist so einfach: Wie du es drehst, ich habe alles erreicht, was es zu erreichen galt. Gleichgültig, wer ich bin und aus wessen Sicht du es betrachtest.« Sie zog sich noch tiefer zurück in die Schatten. »Und nun geh endlich. Wir werden uns nicht wieder sehen.«

Sie hatte Recht. Was immer ihr eigentlicher Plan, ihr wahres Ziel gewesen war, sie hatte den Weg dorthin vollendet. Selbst meine Befreiung war nur Folge der beiden möglichen Pfade, auf die sie mein Schicksal gelenkt hatte.

Ich drehte mich um und ging. Die Wachen ließen mich anstandslos passieren. Niemand bemerkte, dass sich unter der wallenden Tracht ein anderer befand. Ich durchquerte den äußeren Bereich des Lagers und verließ es ruhigen Schrittes. Als die Zelte hinter mir zurückfielen, da war mir, als hebe sich auch der Vorhang, der sich um meinen Geist geschlossen hatte.

Ich wusste, dass Heinrich es viel zu eilig hatte, als dass er lange nach mir suchen würde. Ich musste ein Versteck finden, wo man mich vorläufig nicht vermutete. Und es dauerte nicht lange, da erkannte ich, an wen ich mich wenden musste.

Die Gassen waren wie ausgestorben. Keine Menschenseele begegnete mir auf dem Weg zum Haus des Grafen von Schwalenberg. Sie alle mussten sich noch auf dem Marktplatz oder aber in ihren Betten befinden. Die Schwesterntracht leistete mir gute Dienste, als ich unerkannt durch die Dunkelheit schritt und beim Grafen mit leisem Klopfen Einlass begehrte. Niemand antwortete, und mir fiel ein, dass der Statthalter des Herzogs seit einem letzten Flugversuch mit gebrochenen Beinen darniederlag. Ich trat also zur Seitenwand des Gebäudes, vorbei an den blasphemischen Malereien von fliegenden Menschen, und drang kurzerhand durch eines der Fenster ein.

Von Schwalenberg wohnte allein in dem Haus. Wer hätte mich daran hindern können, seine Schlafkammer aufzusuchen?

Der alte Mann lag auf einem Lager aus Decken und Fellen, neben sich ein flackerndes Talglicht. Er blickte mir entgegen, als ich eintrat. Er erschrak nicht. Er sah aus, als hätte er mich längst erwartet.

»Euer Auftrag ist beendet, wie mir scheint«, sagte er krächzend. Seine Stimme klang, als hätte er sie seit Tagen nicht benutzt.

Ich nahm Haube und Mantel ab und ging neben ihm in die Knie. »Verspottet mich nicht«, sagte ich. »Es gab nie einen Auftrag, und Ihr habt es gewusst.«

Der Alte lächelte müde. Er trug ein weißes Nachtgewand und hatte die Decke hinauf bis zur Brust gezogen. Sein graues Gesicht wirkte noch eingefallener als bei meinem ersten Besuch. Er hatte Schmerzen, das war deutlich zu erkennen. Er würde sich von dem Sturz nicht mehr erholen, würde nie wieder laufen können. Ich las in seinen Augen, dass er wusste, welches Schicksal ihm bevorstand. Die Menschen ließen ihn in seinem Haus verrotten.

»Warum seid Ihr nicht mit dem Herzog fortgezogen?«, fragte ich.

»Er war nicht einmal bei mir«, erwiderte er müde. »Weiß Gott, was von Wetterau ihm erzählt hat. Vielleicht, dass ich tot bin. Oder schwachsinnig. Für den Herzog existiere ich nicht mehr.«

»Ihr scheint es ihm nicht zu verübeln.«

»Ich bin sein gehorsamer Diener. Sein Wille ist auch der meine. Sagt er, ich bin tot, dann bin ich es. Ich habe immer jedem seiner Befehle gehorcht.«

»Auch jenen in dem Brief, den ich Euch brachte?«

»Auch jenen«, bestätigte er.

»Wo habt Ihr ihn?«

»Verbrannt. Gleich nachdem Ihr fort wart.«

»Was stand darin?«

Von Schwalenberg schloss für einen Moment die Augen,

dann lächelte er gequält. »Dass ich Euch keinerlei Hilfe reichen darf. Und dass Ihr krank seid und man Euch für eine Weile nicht am Hof zu sehen wünscht.«

»Habt Ihr Euch nie nach den Gründen gefragt?«

»Der Brief stammte nicht vom Herzog selbst, wenn er auch sein Siegel trug und damit weisend für mich war. Aber er war verfasst in der Handschrift einer Frau. Seiner Gattin, glaubte ich. Ich dachte an ein missglücktes Schäferstündchen mit Euch, nahm an, dass sie Euch deshalb loswerden wollte. Und, um ehrlich zu sein, mir kam dieses Schreiben ganz gelegen. Das Verschwinden der Kinder war Sache von Wetteraus. Warum also hätte ich Euch helfen sollen?«

Ich hob die Schultern. »Vielleicht, weil Ihr selbst ein Ritter seid.«

Er bemühte sich, den Kopf zu schütteln. Sein weißgelbes Haar klebte ihm fettig am Schädel. »Ich war ein Ritter. Ihr selbst habt das gesagt. Und Ihr hattet Recht: Unsere Zeit – meine, Eure, die von allen Männern unseres Standes – ist abgelaufen. Die Ritter sterben aus. Es ist vorbei mit uns. Wer schert sich noch um Ruhm, um Anstand? Die Geschichten über uns leben weiter, in den Köpfen der Menschen, im geschriebenen Wort. Aber wir selbst, die lebenden, atmenden Vorbilder, sind längst ausgerottet. Wir haben es nur noch nicht begriffen.«

Ich schwieg, deshalb fuhr er fort: »Sie geben Euch noch immer den Ritterschlag und hochfliegende Namen. Aber die Wahrheit ist, dass Ihr alle nur noch Schemen seid, blasse, farblose Schemen, die sich nach dem Willen Eurer Herren ausrichten wie der Schatten nach dem Stand der Sonne.«

»Ihr seid nur ein alter, gekränkter Mann«, entgegnete ich leise.

»Natürlich bin ich alt. Und ganz sicher bin ich gekränkt. Aber ich werde hier, in dieser Kammer sterben. Ich kann nicht mehr laufen. Alles, was ich noch kann, ist denken. Ich gehe an meinen eigenen Gedanken zu Grunde. Welch ein Schicksal für einen Ritter.« Und dabei lachte er so laut und misstönend, dass ich mir nichts lieber wünschte, als dass er gleich auf der Stelle verreckte und endlich, endlich Ruhe gab.

»Ihr seid hergekommen, um Euch bei mir zu verstecken, nicht wahr?«, sagte er schließlich.

»Ja«, erwiderte ich knapp.

»Ihr müsst mir einen Dienst erweisen.«

»Welcher ist das?«

Von Schwalenberg knirschte mit den Zähnen, legte dann den Kopf schräg und zauberte ein schalkhaftes Blitzen in seine Augen. »Ihr müsst mich töten. Denn nicht einmal das kann ich selbst. All meine Waffen liegen oben im Haus. Aber ich kann dieses Lager nicht mehr verlassen.«

Ich nickte müde. »Man sagt, ich hätte Erfahrung im Töten.«

»Daran besteht kein Zweifel.«

Ich stand auf, ging nach oben und suchte ein scharfes Messer aus der Waffentruhe. Damit kehrte ich zurück an sein Bett.

»Wie wollt Ihr es tun?«, fragte er.

»Sagt Ihr es mir.«

Er lächelte, aber es wirkte nicht traurig. »Wenn Ihr es nicht tut, werde ich in diesem Haus verhungern und verdursten. Niemand wird sich darum kümmern. Vorher treiben mich vielleicht die Schmerzen in den Wahnsinn. Deshalb macht es schnell und ohne großen Umstand.«

Daraufhin schloss er die Augen und sagte nichts mehr.

Also tat ich, was er verlangte. Ein Stich tief ins Herz, ein Schnitt durch die Kehle. Dann war es vorbei.

Seine Hand umklammerte mein Knie. Eine Geste der Dankbarkeit.

Ich verließ die Kammer, suchte mir einen Umhang und Hut und wartete eine Weile. Schließlich machte ich mich im Schutze der Dunkelheit auf den Weg. Es galt, einen weiteren alten Bekannten zu treffen.

Das Haus lag still und finster da. In der Herberge brannte kein Licht. Ich stieg über die Hintertreppe und betrat leise das obere Stockwerk. Der Flur vor den Gästezimmern war verlassen und dunkel. Ich lauschte auf Geräusche, doch nichts war zu hören. Wer immer sich in der Herberge aufhalten mochte, er schlief. Ich setzte vorsichtig einen Fuß vor den anderen, bis ich vor der Tür meiner einstigen Kammer stand. Noch einmal hielt ich den Atem an und horchte, ob sich etwas regte. Gut möglich, dass das Zimmer bereits an den nächsten Gast vergeben war. Trotzdem musste ich nachsehen, ob sich mein Hab und Gut darin befand. Niemand, nicht einmal Gunthar von Wetterau, würde damit rechnen, dass ich hierher zurückkehrte.

Ich schob die Tür einen Spalt auf und blickte ins Innere.

In der Tat, auf dem Bett lag jemand. In der Dunkelheit waren kaum mehr als die groben Umrisse einer Gestalt auszumachen.

Unendlich vorsichtig öffnete ich die Tür. Nur so weit, dass ich leise hineinschlüpfen konnte. Ich zog meinen Dolch und sah mich aufmerksam um. Der Fensterladen war geschlossen. Mit leichten Schritten schlich ich zum Tisch.

— 331 —

Der Bronzekopf war fort. Nur mein geschnürtes Bündel lag auf dem Hocker. Auch das Schwert war noch da.

Doch wo war der verdammte Schädel?

Ich ergriff die Reste meiner Habe und hatte plötzlich Mühe, mich mit vollen Händen durch den Türspalt zu drücken. Während ich mich vollends verrenkte, um die Öffnung mit dem Knie zu verbreitern, fiel mein Blick noch einmal auf den Schläfer. Eine Strähne strohblonden Haars war unter der Decke hervorgerutscht.

Maria musste gehofft haben, dass ich zurückkehrte. Ich sah, wie sich die Decke über ihrem zarten Körper unmerklich hob und senkte.

Ich zögerte, überlegte kurz und legte schließlich Bündel und Schwert auf den Boden. Lautlos und mit angehaltenem Atem trat ich ans Bett und beugte mich vorsichtig über das Mädchen, bis ich ihr Gesicht erkennen konnte. Ihre Augen waren gerötet, als hätte sie vor dem Schlafen geweint, doch ihre Züge wirkten entspannt. Sie schlief so sanft und lieblich wie ein Kind.

Ganz langsam schob ich mein Gesicht näher an das ihre.

Der Drang, sie mit den Händen zu berühren, war allesbeherrschend; und doch tat ich es nicht.

Leicht, so leicht, legte ich meine Lippen an ihre Wange und küsste sie. Sie schlief weiter.

Ich zog mich zurück und nahm meine Sachen.

Im selben Augenblick erwachte sie.

»Ihr ... Ihr seid es«, entfuhr es ihr stockend. Blitzschnell saß sie aufrecht.

Ich legte den Zeigefinger an meinen Mund und bedeutete ihr, leise zu sein. »Ich muss fort, Maria. Und ich war niemals hier. Verstehst du? Du hast mich hier nicht gesehen.«

»Natürlich nicht«, erwiderte sie beinah empört. »Ich

glaubte, man habe Euch hingerichtet. Alle sagen, Ihr hättet die Kinder getötet.« Dabei sprang sie auf und umarmte mich stürmisch. »Verzeiht mir, dass ich im Kerker nicht für Euch gelogen habe.«

Ich streichelte sanft ihr langes Haar. »Wie hättest du lügen können? Nein, Maria, ich habe nichts anderes erwartet.«

Das schien sie nicht wirklich zu beruhigen, denn sie presste sich nur noch fester an mich. »Nehmt mich mit, Herr. Ganz gleich, wohin Ihr geht – aber nehmt mich mit Euch.«

Sanft löste ich mich aus ihren Armen und trat einen Schritt zurück. »Man wird mich suchen, überall im ganzen Land. Wie könntest du da mit mir gehen?«

Tränen schossen aus ihren Augen und rollten ihr über die glatten Wangen. »Es ist mir gleich, was alle sagen. Ihr seid kein Mörder. Niemals. Und ich will immer bei Euch bleiben.«

Ich schüttelte erneut den Kopf und wandte mich zur Tür. »Ich muss jetzt gehen.«

Sie schluchzte leise, machte aber keine Anstalten, mir zu folgen. Da fiel mir etwas ein.

»Maria, wo ist der Bronzeschädel? Weißt du, was damit geschehen ist?«

Sie nickte und wischte sich mit dem Handrücken über die Augen. »Er ist fort. Vater Johannes hat ihn geholt. Er sagte, wenn Ihr ihn nicht mehr braucht, dann sei er bei ihm gut aufgehoben.«

»Wann hat er ihn abgeholt?«

»Kurz bevor alle anderen zum Spiel aufbrachen.«

»Du warst nicht dort?«

»Ich habe hier auf Euch gewartet.«

— 333 —

Ich schenkte ihr ein Lächeln und kämpfte einen Augenblick lang mit der Versuchung, sie erneut zu küssen. Dann überwand ich mich und trat hinaus auf den Flur.

»Leb wohl, Maria«, sagte ich leise. »Ich hoffe sehr, dass du jemanden triffst, der deiner würdiger ist als ich.«

Sie gab keine Antwort. Zerbrechlich und niedergeschlagen blieb sie in der Kammer zurück, und schon nach kurzem hörte ich ihr Weinen nicht mehr, denn ich eilte die Treppe hinunter und lief davon in die eiskalte Nacht.

Ich gelangte ungehindert bis zum Waldrand östlich der Stadt und stieg den Kopfelberg hinauf. Mein Pferd war fort. Männer des Probstes oder Diener des Herzogs mussten es fortgeführt haben. Über dem fernen Horizont graute der Morgen, ein schmaler Streifen blasser Helligkeit, der in Finsternis versank, nachdem ich den Wald betreten hatte. Eine fremdartige Stille hing zwischen den mächtigen Stämmen. Kein Zwitschern, kein Rascheln drang an mein Ohr. Die Vögel befanden sich längst auf ihrem Flug nach Süden.

Ich ging eilig voran, das Bündel über die Schulter geworfen, das Schwert in der Hand wie ein Wanderstab. Der Bronzekopf war mir teuer. Ohne ihn wollte ich Hameln nicht verlassen.

Es dauerte länger als erwartet, ehe ich den Rand der Senke erreichte, in der sich einer der Einstiege zu Hollbecks Höhlenheim befand. Der Einsiedler war nirgends zu sehen. Als ich über die Kante hinabstieg, verhakte sich mein Fuß in einer Wurzel, ich stolperte und stürzte polternd in die Tiefe. Das Bündel öffnete sich, und sein Inhalt verstreute sich am Boden der Senke. Ich selbst fiel mit dem Knie auf die Schwertscheide und keuchte auf vor Schmerz.

— 334 —

Ehe ich noch aufstehen konnte, ertönte von irgendwo aus dem Dunkel die schallende Stimme des Einsiedlers: »So fallt Ihr also erneut vor meiner Schwelle auf die Knie, Ritter Robert.« Gutmütige Belustigung klang aus seinen Worten. Als ich mich umsah, war er nirgends zu sehen.

»Hier bin ich«, sagte der Alte. Seine Stimme verlor an überirdischem Hall, und er trat vor mir aus den Schatten. Dort musste sich in der Schwärze der Eingang zum Grottenlabyrinth befinden. Ein kühler Luftzug, der mir aus der Tiefe ins Gesicht blies, bestätigte meine Vermutung.

Hollbeck reichte mir die Hand und half mir beim Aufstehen. »Ich bin froh, Euch lebend wieder zu sehen. Ja, es ist wahr, ich freue mich, dass Ihr lebt.«

Ich wusste nicht recht, was ich darauf hätte entgegnen können. Stattdessen schwieg ich und überließ ihm das Reden.

»Ihr seid gekommen, um Euer Eigentum einzufordern«, stellte er fest. »Nun, das ist Euer gutes Recht.«

»Gebt mir den Schädel«, verlangte ich knapp. Dabei suchte ich meine Besitztümer beisammen und steckte sie zurück ins Bündel. Ich vermochte Hollbecks Benehmen nicht einzuschätzen. Wusste er denn nicht, wer ich war? Ahnte er nicht, was ich verbrochen, welches Leid ich anderen zugefügt hatte? Unmöglich. Er war der Erste gewesen, der meine Krankheit entdeckte. Weshalb gab er sich nun so höflich und gelassen?

»Den Schädel«, sagte er gedankenverloren. »Ja, den habe ich in der Tat. Und natürlich sollt Ihr ihn zurückbekommen.«

»Wo habt Ihr ihn?«, fragte ich.

Statt einer Antwort strich er sich mit den Fingern durchs filzige Haar, das ihm stärker als sonst in alle Richtungen abstand. Je länger ich ihn betrachtete, desto mehr wurde ich gewahr, welch unheimlichen Anblick er abgab. Seine blank polierten Zähne blitzten im Dunkeln wie die eines Raubtiers.

Ohne meine Frage zu beachten, sagte er: »Wisst Ihr, was auf dem Marktplatz geschah?«

»Ihr meint das Mysterienspiel?«

»Ich meine sein Ende«, erwiderte er.

»Von Wetterau erhielt vom Gesandten des Papstes den Segen«, sagte ich, denn so viel hatte ich mit eigenen Augen gesehen. Auf meinem Weg vom Hause Schwalenbergs zur Herberge hatte ich einen Umweg durch den Bausumpf gewählt, weil ich befürchtete, auf dem Markt zu viele Menschen anzutreffen. War mir deshalb etwas entgangen?

Doch was immer es auch sein mochte, auf das Hollbeck so mysteriös anspielte, für mich war es nicht länger von Bedeutung. Meine Zeit in Hameln war abgelaufen.

»Den Schädel, bitte«, sagte ich, denn ehe es vollends Tag wurde, wollte ich die Stadt weit hinter mir gelassen haben. »Ihr wart immer gut zu mir, Vater Johannes. Zweimal habt Ihr mir die Gesundheit, wenn nicht gar das Leben gerettet. Doch den Bronzekopf muss ich zurückfordern. Er ist eine Erinnerung an einen treuen Freund.«

Hollbeck nickte. »Natürlich.«

Er drehte sich um und versank in den Schatten wie ein leckgeschlagenes Boot in einem schwarzen See. »Folgt mir hinab in den Berg, dort bewahre ich den Schädel für Euch auf.«

Seine Schritte schepperten über den Stein, und ich beeilte mich, ihm nachzugehen. Ohne seine Führung war ich dort unten verloren. Mir war keineswegs wohl bei dem Gedanken, mit ihm allein hinab in die Tiefe zu steigen. Etwas sagte mir, dass es ratsam sei, auf ihn und sein Tun Acht zu geben. War es denkbar, dass ihm der Bronzekopf viel mehr bedeutete, als ich bislang angenommen hatte? Oder würde der Alte nur die Möglichkeit nutzen, einen gesuchten Mörder in die Falle zu locken? Die Gefahren waren vielfältig, und doch war mir klar, dass der Schädel nur so zu erlangen war. Er war mein Eigen, niemand sonst hatte das Recht, ihn zu besitzen. Ich würde seinen Ratschlag noch brauchen.

Als ich durch den Höhleneingang trat, flackerte wenige Schritte vor mir plötzlich eine Fackel auf. Hollbecks wirrer Haarkranz leuchtete in ihrem Licht wie ein Heiligenschein.

»Kommt nur, kommt!«, forderte er erneut und ging voran.

Ich folgte ergeben, Schwert und Scheide mit beiden Händen umklammernd. Das Bündel hing an einer Schnur um meine Schulter. Rüstzeug und Bibel schienen ihr Gewicht zu verdoppeln, als laste mit ihnen auch die Masse des Berges auf meinem Körper. Ich begann zu frieren.

Wir nahmen denselben Weg wie bei meinem ersten Abstieg in den Kopfelberg. Nach einer Weile erreichten wir den unterirdischen See. Das Plätschern an seinen eisigen Gestaden klang wie Flüstern und Murmeln in meinen Ohren. Schatten, groß wie Häuser, krochen über die kantigen Wände. Die zahllosen Abzweigungen in den Felsen glotzten leer auf uns herab. Nachdem wir den See passiert hatten, stiegen wir die Stufen hinauf, die zum zweiten Zugang des Labyrinths führten. Irgendwo jenseits der Öffnung lag der dunkle Tannenhain und in ihm Hollbecks Alraunenzucht.

Statt aber wieder ins Freie zu treten, wandte sich der Alte kurz vor dem Ausgang nach rechts und führte mich entlang eines abfallenden Ganges nach unten in eine hohe, domartige Kammer, die er offenbar als Heimstatt nutzte. Die Einrichtung war karg: ein Lager aus Decken und Fellen, ein Tisch, zwei Schemel, drei kleine Truhen und ein Brettergerüst, auf dem er allerlei Gefäße, Schriften und andere Gegenstände aufbewahrte. An einer Seite des runden Raumes stießen Wände und Boden nicht glatt aneinander; stattdessen führte eine Geröllhalde hinauf zu einem vorspringenden Felsen, etwa zwei oder drei Mannslängen über unseren Köpfen. Das Licht der Fackel beleuchtete ein mächtiges Kreuz, das Hollbeck dort oben aufgestellt hatte. Die Flamme warf den Schatten des Kreuzes schwarz und gewaltig über die gesamte Kuppeldecke. Es sah aus, als kralle sich ein riesiges Tier an den Fels, bereit, sich jederzeit auf uns herabzustürzen.

Mit jedem Herzschlag wurde das Gefühl der Hilflosigkeit in meinem Inneren stärker. Ich forschte in mich hinein, bemüht, die Ursache meiner Unruhe zu entdecken, aber all mein Streben blieb zwecklos. Der Eindruck einer Gefahr war allgegenwärtig, und doch konnte ich die Quelle derselben nicht ausfindig machen – was mich in nur noch größeres Unbehagen stürzte.

Auf dem Tisch standen zwei Krüge, ganz so, als hätte Hollbeck mich erwartet.

»Nehmt Platz«, bat er höflich. Derweil trat er mit der Fackel nacheinander an drei Feuerbecken und entzündete sie. Es wurde nun heller, wenngleich auch nur schwerlich behaglicher. Die verschiedenen Lichtquellen ließen das Schattentier an der Höhlendecke tanzen. Sein Zucken verstörte mich mehr, als ich mir eingestehen mochte.

Widerwillig setzte ich mich auf einen der Hocker und blickte mich um.

Es dauerte nicht lange, bis ich den Bronzekopf entdeckte. Der seltsame Gefährte des Albertus von Bollstädt stand auf einem der Regale, inmitten von Schalen, niedergebrannten Kerzen und einigen Bündeln mit getrockneten Kräutern. Wie üblich schien er mich mit seinen goldfarbenen Augen anzustarren.

Ich wollte aufspringen und zu ihm hinübereilen, als Hollbeck sagte: »Bleibt sitzen!« Seine Stimme klang nicht schneidend, und doch waren die Worte ein unmissverständlicher Befehl.

Ich stand trotzdem auf, ging aber noch nicht zum Regal hinüber. Stattdessen fragte ich scharf: »Was habt Ihr vor, Vater Johannes? Ich hoffe, Ihr wollt mich nicht daran hindern, mein Eigentum an mich zu nehmen.«

Hollbeck blieb unbeeindruckt. Er griff nach einem Krug und füllte roten Wein in die beiden Becher auf dem Tisch. »Keineswegs«, sagte er und lächelte. »Und, um Eure Zweifel und Ahnungen gleich vorab zu ersticken, ich habe auch nicht vor, Euch hier festzuhalten, bis die Knechte der Stadtherren Euch bei mir abholen. Ich habe ihnen keine Botschaft geschickt, und es ist nicht mein Bestreben, Euch auszuliefern. Mögt Ihr nun ein Mörder sein oder auch nicht.«

»Warum gebt Ihr mir dann den Kopf nicht einfach?«, fragte ich, keineswegs beruhigt.

Er zuckte mit den Schultern. »Ja, warum eigentlich nicht?« Damit trat er an das Regal, nahm den Schädel mit beiden Händen hervor und stellte ihn hart auf den Tisch, gleich neben meinen Becher. »Hier habt Ihr ihn, Ritter.« Und zornig fügte er hinzu: »Es ist nicht meine Art, den Besitz anderer zu stehlen.«

»Weshalb holet Ihr den Kopf dann aus der Herberge?« Noch während ich sprach, bemerkte ich bereits, dass mir kaum noch an der Antwort lag. Allein die Tatsache, dass der Schädel wieder bei mir war, brachte mir Entspannung.

Das Schattentier erbebte.

Hollbeck sah mich an, und anstelle seines Zorns trat Niedergeschlagenheit. »Ihr solltet sterben. Euer Tod war, so sagte man mir, beschlossene Sache. Ich hatte den Schädel früher schon in Eurem Zimmer gesehen. Da es aussah, als würdet Ihr ihn nicht mehr brauchen können, glaubte ich ihn bei mir gut aufgehoben.«

»Ähnlich wie den Zauberbeutel?«, fragte ich spitz und sprach damit erstmals einen Verdacht aus, der mich seit langem schon beschäftigte. »Das wart doch Ihr, Hollbeck, nicht wahr?«

Er senkte den Blick und ließ sich auf dem Schemel nieder. »Ich muss es gestehen. Ich nahm ihn, um seinen Inhalt zu erforschen.«

»War das nötig?«

»Wie meint Ihr das?«

»Wusstet Ihr nicht längst, was sich darin befand?«, fragte ich und hob meine Stimme. »Wart nicht Ihr derjenige, der ihn zusammenpackte und in meine Kammer brachte?«

Hollbeck lächelte gütig und schüttelte den Kopf. »Wann hätte ich das tun sollen? Nein, mein Freund, ich betrat Eure Kammer zum ersten Mal, als Maria mich um Hilfe rief. Und ich glaube nicht, dass Ihr Grund hättet, dies zu bereuen.«

Seine Anspielung auf meine Heilung war überflüssig. Ich wusste, dass ich in seiner Schuld stand.

Der Alte erhob sich, trat erneut an das Regal und zog den Beutel zwischen allerlei Kleinkram hervor. Nachdem er wieder Platz genommen hatte, schüttete er den Inhalt auf die Tischplatte. Der spröde Kadaver des Rattenkönigs rollte bis an meinen Becher und blieb dort liegen. Die beiden verwachsenen Tierkörper hatten plötzlich viel von ihrer Bedrohlichkeit verloren.

»Was Ihr hier seht«, sagte Hollbeck, »ist nichts als ein Zeugnis tumben Aberglaubens. Mag sein, dass diese Dinge einmal Macht besaßen, doch heute sind sie wertlos. Eine tote Missgeburt, ein Stock Holz, ein wenig getrockneter Mist ... Es bedarf stärkerer Zauber, um Macht über einen Menschen zu erlangen.«

»Wart denn nicht Ihr derjenige, der Maria zu den Liebeszaubern riet?«

Er lachte laut auf. »O ja, das war ich. Aber nicht, weil ich an diese Spielereien glaubte. Ich hielt es vielmehr für nötig, dem armen Kind in seiner Liebestrunkenheit ein wenig seelischen Beistand zu leisten. Und wenn Maria auf die Wirksamkeit der Zauber vertraute, bitte schön – vielleicht hätte ihr das unter anderen Umständen den Mut gegeben, Euch ihre Gefühle ehrlicher und freier zu gestehen.« Er nahm einen Schluck Wein und ließ ihn genießerisch durch die Kehle rinnen. »Nicht alles, was sich Zauber nennt, wirkt auf den Wegen des Übersinnlichen, mein Freund, und doch kann es seine Wirkung tun. Der Glaube daran bewirkt das Wunder, nicht das hier ...« Er deutete mit abfälliger Miene auf den Inhalt des Beutels, dann fegte er ihn mit einer harschen Handbewegung vom Tisch. Der Rattenkönig verschwand irgendwo am Boden.

»Mögt Ihr nicht trinken?«, fragte er schließlich mit einem Nicken in die Richtung des Weines.

Ich schüttelte den Kopf. »Habt Dank. Aber mir ist nicht danach zu Mute.«

»Natürlich nicht«, sagte Hollbeck. »Was habt Ihr nun vor?«

Ich zuckte mit den Achseln. Es widerstrebte mir, ihm das

— 341 —

Ziel meines Weges zu nennen. »Ich gehe fort, vielleicht weiter gen Osten. Dort soll es Bedarf an guten Männern geben.«

»Ihr wollt Euch als Söldner verdingen?«, fragte er überrascht.

»Wer weiß«, erwiderte ich und erhob mich vom Schemel. Ich nahm das Bündel von der Schulter, zwängte den Bronzekopf hinein und schnürte es wieder zusammen. Reisefertig sah ich Hollbeck an. »Wollt Ihr mich hinausbegleiten?« Die Frage war als Aufforderung gedacht.

Er hob den Becher und lachte, als wäre er bereits berauscht. »Geht nur, Ihr findet den Weg auch ohne mich. Nehmt eine Fackel mit – und fallt mir nicht in den See.«

Seine Gleichgültigkeit erstaunte mich. War es Unhöflichkeit, die ihn davon abhielt, mich zu führen, oder trieb ihn etwas anderes?

»Gut«, sagte ich bestimmt. »Dann werde ich gehen. Gehabt Euch wohl.« Ich griff nach der Fackel, drehte mich um und verließ den Höhlendom, ohne mich noch einmal nach dem alten Einsiedler umzusehen. Wohl horchte ich, ob er sich von seinem Platz am Tisch erhob, doch Hollbeck blieb sitzen. Trotzdem war mir, als folgte mir etwas, als ich den finsteren Gang entlangtappte, vorwärts, immer vorwärts, dem Tageslicht entgegen.

Ich kam zu jener Abzweigung, wo es rechts hinunter zum Höhlensee ging, links aber ins Freie. Freilich war dies eine andere Seite des Berges als jene, an der ich aufgestiegen war, doch die Vorstellung, endlich wieder frische Luft zu atmen und dem Labyrinth der Gänge und Kavernen zu entkommen, war übermächtig. Und weshalb sollte ich den Berg nicht hier verlassen? Ich war nun ein freier Mann, der seinen Weg allein bestimmte.

Ich wollte die Fackel eben zur Seite schleudern, als ich mich eines Besseren besann. So behielt ich sie bei mir, auch als ich hinaus in den Wald trat. Es war kühl, aber nicht unangenehm, und seit Tagen war es das erste Mal, dass der Morgen ohne Regen anbrechen würde. Nicht mehr lange, und erstes Licht würde durch die Zweige fallen. Das Innere des Berges verlor seinen Schrecken.

Ich ging in weiten Schritten hinüber zum schwarzen Tannenhain, der mit seinen verwobenen Zweigen wie ein Nest aus Dunkelheit inmitten des Waldes kauerte. Bedrohlich wuchsen die spitzen Bäume vor mir empor. Unter ihren Ästen herrschte völlige Finsternis.

Mit einem letzten tiefen Atemzug verdrängte ich jede Warnung, die mir mein Geist entgegenschrie, und trat, die lodernde Fackel im Anschlag, zwischen den äußeren Tannen hindurch. Schon nach wenigen Schritten war mir, als befände ich mich nicht länger im Freien, sondern erneut in einer von Hollbecks Höhlengrüften. Die Erinnerung an das letzte Mal, als ich in solch einem Grab gefangen war, stieg in mir auf. Ich sah mich wieder in der Krypta, durchlebte erneut die bangen Augenblicke, als ich die erste der Bodenplatten anhob und eine Leiche darunter entdeckte. Ich erinnerte mich, wie mehr und mehr Körper zum Vorschein kamen, und mit ihnen die Ratten, die sich von ihren fauligen Gliedern nährten.

Furcht überkam mich mit siedender Hitze. Ich wollte nichts als umkehren, mich herumwerfen und fliehen, fort von diesem entsetzlichen Dunkel, hinaus ins Tageslicht, hinfort in die Freiheit. Doch meine Neugier war trotz allem stärker. Einen letzten Blick wollte ich auf das werfen, was hier heimlich im Schatten gedieh.

Und dann sah ich sie, ein Feld von Alraunen. Die gottlosen Pflanzen waren gewachsen, seit ich sie in Hollbecks Beisein entdeckt hatte. Es war, als hätten sie in der kurzen Zeit das Doppelte ihrer vorherigen Größe erreicht, vielleicht gar das Dreifache. Die breiten, abgerundeten Blätter der seltsamen Pflanzen reichten mir bis fast ans Knie. Ich war versucht, eine von ihnen aus dem feuchten Erdreich zu ziehen und ihren menschengleichen Wuchs von neuem zu betrachten, doch da fiel mein Blick auf etwas, das mich innehalten ließ.

Rechts von mir, am äußeren Rand der Bodensenke, gab es drei Alraunenpflanzen, die kleiner waren als die übrigen. Offenbar waren sie erst vor kurzem aus dem Boden gebrochen. Eilig machte ich mich daran, die übrigen zu zählen, und nach mehreren Anläufen kam ich auf die gefürchtete Zahl. Hundertunddreißig. Eine für jedes verbrannte Kind.

Was die drei Nachzügler bedeuten mussten, wurde mir noch im gleichen Augenblick klar. Hollbeck hatte sie angepflanzt, nachdem ich die drei kranken Kinder getötet hatte. Er musste schnell vorgegangen sein, da sie schon jetzt solche Größe erreicht hatten.

Ich beugte mich zu den blasphemischen Pflanzen herab und schüttelte schweigend den Kopf. Die drei Alraunen waren kleiner als die übrigen, und doch reichten sie mir bereits bis über die Knöchel. Selbst wenn man ihren geisterhaft schnellen Wuchs in Betracht zog, schienen sie mir doch zu groß für so kurze Zeit. Zudem hatten alle drei die gleiche Höhe, so als seien sie zur selben Stunde gesät worden. Wie aber war das möglich, wo doch zumindest eines der Kinder Tage vor den beiden anderen gestorben war? Die beiden letzten hatten ihr Leben erst vor zwei Nächten gelassen. Unmöglich, dass alle drei Alraunen erst danach ausgesät worden waren.

Das aber bedeutete, dass die Pflanzen schon vor dem Tod der Kleinen zu wachsen begonnen hatten. Jemand musste demnach den Mord an den Kindern vorausgesehen haben. Wie aber konnte das sein, wo doch nicht einmal ich selbst davon gewusst hatte? Ich, der ich das Messer geführt hatte!

»Ich ahnte, dass Ihr hierher kommen würdet«, sagte Hollbeck hinter meinem Rücken.

Aufgeschreckt wirbelte ich herum. Der Einsiedler stand starr in der Düsternis und hob sich kaum von den schwarzen Baumstämmen ab. In seinen Händen lag eine gespannte Armbrust. Ihr Bolzen wies auf meine Brust.

»Warum habt Ihr es zugelassen?«, fragte ich. Meine Stimme klang trocken und brüchig wie altes Pergament. Ich spürte, wie sich meine Kehle zusammenschnürte, als ich die Wahrheit begriff. Fackel und Schwert bebten in meinen Händen.

Hollbeck zuckte unmerklich mit den Schultern. »Was hatte ich zu verlieren? Vielleicht wollte ich, dass Ihr alles versteht. Ich konnte Euch nach all dem unmöglich laufen lassen. Mir war klar, dass Ihr der Versuchung, hierher zu kommen, nicht widerstehen würdet. Ich brauchte Euch nur in einigem Abstand zu folgen.«

Ich starrte unverwandt auf die Armbrust. Der Bolzen würde meinen Oberkörper durchschlagen und einen Baumstamm obendrein, so straff war die Sehne gespannt. Die tödliche Spitze aus Eisen funkelte im Fackelschein wie ein tückisches Auge.

»Ich habe niemanden getötet«, stieß ich atemlos hervor. »Ihr wart es! Ihr habt die Kinder ermordet!«

Hollbeck lachte leise. »Das wäre einfach, nicht wahr? Einen alten Mann zum Mörder machen, der ohnehin die längste Zeit seines Lebens hinter sich hat. Doch so schlicht

— 345 —

ist die Wirklichkeit nie, mein Freund. Die Zusammenhänge lassen sich nie auf so wenige Worte verkürzen, erst recht nicht bei Ereignissen wie diesen.«

Die Eisenspitze wies völlig reglos auf mein Herz. Hollbeck zitterte nicht im Geringsten. Er war sich seiner Sache vollkommen sicher. Er stand zu weit entfernt, als dass ich ihn mit einem schnellen Sprung hätte erreichen können. Ich war ihm ausgeliefert.

»Wenn nicht Ihr, wer war es dann?«, fragte ich leise.

Der Einsiedler seufzte. »Gemach, edler Ritter. Alles wird sich klären. Noch einen Augenblick, und derjenige, nach dem ihr so eifrig verlangt, wird hier bei uns eintreffen. Ich bin sicher, dann werdet Ihr vieles klarer sehen.« Er lächelte im Dunkeln. »Derweil lasst bitte Euer Schwert fallen.«

Ich tat, was er verlangte, hielt aber immer noch die Fackel in der Hand. Daran schien er sich keineswegs zu stören, sicher, weil sie die einzige Lichtquelle im Tannenhain war. Selbst wenn es mir gelungen wäre, sie in weitem Bogen fortzuschleudern, wäre Hollbeck mir noch zuvorgekommen. Mein schnellster Sprung war nicht schneller als der eiserne Bolzen.

Ich deutete auf die drei Alraunen. »Erklärt es mir«, bat ich tonlos.

Hollbeck zögerte einen Augenblick, dann aber nickte er gefällig. »Natürlich«, begann er, »Ihr sollt alles erfahren. Ihr erinnert Euch an das, was ich Euch über den Kreuzzug der Kinder erzählte? Dass Tausende von uns im Jahre unseres Herren 1212 nach Palästina aufbrachen, um die Heiden mit den Waffen der Unschuld zu schlagen? Ich berichtete Euch von unserem Versagen und dass nur wenige jemals wiederkehrten. Ich habe Jahrzehnte gebraucht, um all das zu verwinden, und noch länger, um zu begreifen, was die

– 346 –

wahre Ursache war. Nicht die Sklavenhändler auf ihren stinkenden Schiffen, nicht die kindsgeilen Feilscher auf den Basaren trugen die Schuld.« Er atmete tief durch, als könne er so den Albdruck der Erinnerung aus seinem Schädel verbannen. »Wir selbst waren es, die die Saat des Versagens in unseren Leibern trugen. Waffen der Unschuld, ha! Welch Lug und Trug die Prediger in unsere Herzen säten! Sie redeten uns ein, unsere Gedanken, unser Fleisch und unser Glauben seien rein, unberührt von den Mächten der Verdammnis, von Lust und Sünde und Schmutz. Herrgott, wie sehr sie uns überschätzten! Denn keiner ist rein, nicht ein Einziger von uns, nicht damals, nicht heute. Wir, die wir aus dem Geschlecht der Weiber ans Tageslicht bluten, gezeugt aus Sünde, aufgewachsen in Abschaum und Armut. Wir, die wir stehlen und Gott, den Allmächtigen, lästern. Die wir schon als Kinder um unser Fressen kämpfen, die wir uns schlagen und schimpfen und morden.« Er lachte schrill auf, und der Laut durchschnitt die dunkle Stille der Wälder wie der einsame Schrei eines Habichts. »Wie hätte auch nur einer von uns von wahrer Reinheit sein können? Verdorben durch den Akt der Geburt, und verderbter mit jedem folgenden Tag. Nichts als Gebilde aus sündigem Fleisch, durch und durch faulig im Inneren.«

Ich lauschte Hollbecks Worten, hörte, was er sagte, und war in Gedanken doch längst viel weiter. Ich verstand, welchen Schluss er unter seine Tiraden ziehen würde, begriff den Zusammenhang, noch bevor er ihn aussprach.

»Mein Ziel wurde es, wahre Reinheit zu schaffen«, fuhr er fort, immer lauter vor Erregung. Allein die Armbrust blieb starr und ruhig in seinen Händen. »Ich erforschte das Geheimnis der Alraunen, erlernte alles über ihre Aussaat und Pflege. Ich wollte mir meine eigene Armee von Kin-

— 347 —

dern schaffen, um das zu beenden, was wir so erfolglos begannen. Doch selbst, wenn es mir damals schon gelungen wäre, hundert oder zweihundert oder gar tausend dieser Wesen heranzuzüchten, wie hätte ich ihre Herkunft erklären sollen? Ich wusste, dass man bemerken würde, wenn plötzlich Hunderte von Kindern durch die Wälder zögen. Man würde sie fangen, befragen, vielleicht gar einsperren – alles Umstände, die ihre Unschuld zerstört, ihre Reinheit befleckt hätten. Alles wäre umsonst gewesen.

Doch dann geschah, wovon ich niemals zu träumen wagte: Die Hamelner Kinder starben in den Flammen der Bühne. Hundertdreißig an der Zahl, die für alle Welt spurlos verschwunden waren. Was lag näher, als sie durch meine Alraunen neu zu erschaffen? Ich hätte mit ihnen nach Süden, ins Heilige Land ziehen können, und jeder, der nach der Herkunft der Kinder gefragt hätte, hätte zur Antwort bekommen: ›Habt Ihr denn nicht von den Hamelner Kindern gehört? Hier sind sie, auf dem Weg, die Heiden zu vertreiben und Gott großen Ruhm und Ehre zu bereiten‹!«

Ich blickte hinab auf das Alraunenfeld zu meinen Füßen und fragte mich unwillkürlich, ob Hollbeck Recht hatte. War es möglich, aus diesen Pflanzen Menschen von vollkommener Unschuld zu züchten?

»Ich musste also dafür sorgen«, sprach der Alte weiter, »dass die Hamelner Kinder verschwunden blieben. Gleichzeitig wollte ich auch die Überlebenden, drei an der Zahl, nicht in meiner Armee missen. Auch sie mussten sterben, damit ich sie durch meine Pflanzen ersetzen konnte. Ich begann, einen Plan zu entwickeln, wie sie verschwinden konnten, ohne dass ein Verdacht auf mich fallen oder zu viel Aufhebens um die übrigen hundertdreißig gemacht würde. Ein Mann musste als ihr Mörder gelten, der von au-

– 348 –

ßerhalb der Stadt kam und der allen Grund dazu hatte, sie zu töten. Dieser Mann wart Ihr, Ritter Robert. Euer vermeintlicher Wahnsinn, der Tod der kranken Kinder – all das war von mir geplant, in meinem Geist entworfen, zum höheren Zwecke des Herrn.«

Hollbecks Worte tanzten einen irren Reigen durch meine Gedanken. Ich begriff alles und doch nichts. Da waren Lücken in dem, was er sagte, und obgleich ich spürte, wie sie im Fluss seiner Schilderung klafften, so war ich doch zu verwirrt, um gezielt danach zu fragen. Fest stand für mich nur eines: Ich hatte nicht ein einziges der Kinder ermordet. Ich war unschuldig! Ein anderer hatte es getan. Einer, den ich zwangsläufig kennen musste. Denn wenn Hollbeck nicht selbst der Mörder, sondern allein der Planer im Hintergrund war, so musste jemand, der ihm nahe stand, die Kinder getötet und dabei alles so eingerichtet haben, dass der Verdacht unweigerlich auf mich fallen musste.

Wer aber kam dafür in Frage? In meinem Kopf türmte sich Verdacht auf Verdacht, nur um gleich darauf verworfen zu werden. Erst langsam, viel zu langsam stieg eine entsetzliche Ahnung in mir auf.

Ich kam nicht dazu, länger darüber zu grübeln, denn Hollbeck forderte mich auf, ihm mein Bündel hinüberzuwerfen. Ich tat, was er verlangte, und sah zu, wie der Alte mit beachtlichem Geschick die Schnüre löste, ohne die Armbrust dabei auch nur für einen Augenblick abzuwenden. Schließlich warf er das offene Bündel mit der Linken in einem weiten Halbkreis herum und starrte neugierig auf die Dinge, die sich zwischen seinen und meinen Füßen am Boden verteilten. Da lagen die Bibel, der Bronzekopf, das Wappen des Herzogs, meine Handschuhe, ein paar Kleidungsstücke und der Feuerstein. Außerdem bohrte sich mein Dolch in den Boden. Hollbeck nahm ihn sogleich an sich.

Mein Blick fächerte über jeden der Gegenstände am Boden, während ich eilig überlegte, was davon als Waffe zu verwenden war. Hoffnungslos. Selbst die Heilige Schrift war kein geeigneter Schutz gegen den blitzenden Bolzen der Armbrust.

Dann aber entdeckte ich etwas, das ich lange schon verloren glaubte. Tatsächlich hatte ich längst vergessen, es überhaupt zu besitzen.

Kaum eine halbe Handspanne von meiner Ferse entfernt lag die winzige Wachskugel, die einst dem verbrannten Ketzer gehört hatte. Eine jener Kugeln, die bei seiner Hinrichtung so verheerende Wirkung gezeigt hatte. Ich hatte sie in Einhards Beisein geöffnet, um das Pulver in ihrem Inneren zu studieren. Anschließend hatte ich die Öffnung im Wachs wieder verknetet. Maria musste das Teufelsding zusammen mit meinen übrigen Sachen ins Bündel gepackt haben. Gelobt sei ihre Weitsicht! Nun lag es da, gleich neben mir am Boden, unweit des Alraunenackers.

»Warum tötet Ihr mich nicht gleich?«, fragte ich, während mein Fuß unmerklich zur Seite scharrte.

Hollbeck lächelte. »Ich bin immer noch Priester. Ein Stellvertreter des Herrn auf Erden. Wie sollte es in meiner Macht stehen, Euer Leben zu nehmen? Wie könnte ich mir eine solche Tat je verzeihen? Nein, ich habe nicht die Kinder ermordet, und ich werde Euch nicht ermorden.«

Ich schnaubte abfällig. »Ihr macht Euch die Finger nicht schmutzig, nicht wahr? Ihr überlasst das Töten einem anderen.«

»Natürlich müsst Ihr es dergestalt auslegen, mein

Freund.« Der Alte lächelte gütig. »Doch bedenkt, all dies dient einem höheren Streben. Die Suche nach Reinheit erfordert Opfer. Ich bringe meines, Ihr das Eure.«

Ich trat von einem Fuß auf den anderen und hoffte, Hollbeck würde es als Erregung oder Furcht auslegen. Tatsächlich stieß ich damit die kleine Wachskugel mitten unter die Alraunen.

Und dann ging alles ganz schnell.

Ich ließ die Fackel fallen und versetzte ihr einen leichten Stoß, sodass sie gleichfalls in die Pflanzen stürzte. Sogleich veränderte sich das Licht. Die riesigen Schatten der Alraunenblätter flackerten über die Stämme und Hollbecks verzerrtes Gesicht. Der Einsiedler schrie auf, als er die Fackel zwischen seiner Zucht verschwinden sah, wurde aber ruhiger, als die Gewächse kein Feuer fingen.

»Das war ein hehrer Versuch, edler Ritter«, sagte er und bemühte sich redlich, seinen Zorn zu unterdrücken. »Die Pflanzen sind feucht vom Tau, der Boden durchnässt, und Eure Fackel kann ihnen wenig anhaben. Trotzdem möchte ich Euch bitten, Euch langsam zu bücken und sie wieder aufzu –«

Ein grässlicher Donnerschlag verschluckte den Rest seiner Rede. Ein Feuerball erblühte inmitten der Alraunen, und eine unsichtbare Macht, wie ein gottgesandter Windstoß von überirdischer Kraft, schleuderte mich mehrere Schritt weit über den Rand der Senke hinaus und durch das Geäst der vorderen Tannen. Zweige und Nadeln bohrten sich in meine Haut, etwas schrammte feurig durch mein Gesicht, dann sank ich stöhnend zu Boden. Mühsam stemmte ich mich auf die Ellbogen und sah über die Erdkante hinweg, dass es am Fuß der Senke brannte. In den umstehenden Bäumen hingen die Blätter der Alraunenge-

— 351 —

wächse wie leblose Vögel. Die Wunde auf meiner Brust war aufgebrochen und nässte. Ein feuchtes Kreuz erschien auf meinem Wams.

Mein Blick suchte nach Hollbeck und fand ihn auf der anderen Seite des Alraunenackers. Er lag reglos am Boden, seine Finger noch immer um die Armbrust gekrallt. Wie durch einen bösen Scherz Gottes hatte sich der Bolzen nicht gelöst. Die Waffe war noch immer gespannt und deutete von mir fort in die Finsternis des Tannenhains. Der alte Mann bewegte sich nicht. Das Flackern des Feuers schuf Leben auf seinem Gesicht, doch seine Augen blieben geschlossen. Ich glaubte nicht, dass er tot war, doch schien er ohne Besinnung zu sein.

Ich stand auf, überwand die Schmerzen, die meine geprellten Glieder quälten, und schleppte mich näher an das prasselnde Feuer.

Die Zauberkugel des Ketzers hatte sich an der Fackel entflammt und ein gehöriges Loch in das Pflanzenbeet gerissen. Die meisten Alraunen lagen im Schmutz, viele ohne Blätter. Mit Entsetzen sah ich, dass ihre unterarmlangen Wurzeln eindeutig menschliche Form besaßen. Beine, Arme, sogar fingerlose Hände und ein grobschlächtiger Kopf waren den meisten gewachsen. Man hätte die schrecklichen Gewächse für fremdartige Rübenknollen halten mögen, doch ich wusste es besser. Hollbecks Kinderheer hatte kurz vor der Vollendung gestanden. Noch wenige Wochen, vielleicht nur noch Tage, dann wäre er am Ziel seines teuflischen Strebens gewesen.

Oder war all das doch nur ein Hirngespinst? Die Antwort verbrannte mit den Pflanzen. Viele waren in Stücke gerissen. Aus den Öffnungen und Bruchstellen tropfte zäher, dunkler Saft. Höchstens ein Dutzend steckte noch im

Boden. Ich würde sie herausziehen und mit den übrigen verbrennen.

Erst aber galt es, sich um Hollbeck zu kümmern. Mit schwankenden Schritten trat ich neben ihn und bückte mich zögernd nach der Armbrust. Fast erwartete ich, dass er im selben Augenblick erwachen und den Bolzen auf mich abschießen würde. Doch der Einsiedler rührte sich nicht. Aus einer Wunde oberhalb seiner Schläfe floss Blut. Die Macht der Feuerkugel hatte ihn mit dem Schädel gegen einen Baumstamm geschleudert.

Ich nahm die Waffe an mich und stand eine Weile lang zögernd da. Ich war nicht sicher, was zu tun war. Sollte ich Hollbeck töten und dem Zauber so ein Ende bereiten?

Ich legte mit dem Bolzen auf seine Brust an, schwankte noch in meiner Entscheidung, als plötzlich hinter meinem Rücken ein Aufschrei ertönte.

»Vater!«

Aufgeschreckt fuhr ich herum – und sah noch, wie sich ein tiefschwarzer Schatten auf mich warf, dann stürzte ich schon zu Boden, während mir eine Hand die Armbrust entriss und eine zweite auf mein Gesicht einschlug. Eine Faust traf meine Oberlippe. Sie platzte auf, und warmes Blut schoss in meinen Mund. Dann packten zwei Hände meinen Kopf, und ich spürte, wie sich ihre Daumen in meine Augen bohrten. Ich konnte nichts sehen, fühlte nur den grauenvollen Schmerz und schlug in Panik um mich. Ehe die Fingernägel meine Lider durchstoßen und mir das Augenlicht nehmen konnten, trafen meine eigenen Hände auf Widerstand. Ich schlug meinem Gegner blind in die Seite, er schrie schrill auf und ließ von meinem Gesicht ab. Ich blickte auf, sah wegen des nachklingenden Drucks auf meinen Augen nichts als bunte Schlieren und erkannte mit Mühe eine schwarze Gestalt. Sie rollte sich zur Seite und wollte offenbar nach der Armbrust greifen.

Ich warf mich auf sie, bekam einen erstaunlich zarten Körper zu fassen und schlug mit aller Wucht auf ihn ein. Allmählich klärte sich meine Sicht, doch während ich mich noch bemühte, meinen Gegner zu erkennen, rammte der mir schon ein Knie in den Unterleib. Atemlos keuchte ich auf. Ein Faustschlag streifte mein Gesicht, ging jedoch fehl. Zusammengekrümmt warf ich mich nach vorn, mein Schädel rammte in den Bauch des anderen und brachte uns beide zu Fall. Gleichzeitig schlugen wir auf den Boden, jetzt unweit des lodernden Feuers, und da endlich sah ich, wer es war.

Die Frau in Schwarz. Die verschleierte Gestalt, die ich erstmals im Wald, dann in meiner Kammer und schließlich auf dem Dach des Gasthofs gesehen hatte. Sie war keineswegs ein Wahngespinst.

Sie trug jetzt keinen Schleier mehr, doch das lange Haar war ihr ins Gesicht gefallen und verdeckte ihre Züge.

Ich erkannte sie trotzdem.

Gerade wollte ich sie beim Namen nennen, ihr Fragen stellen, auf sie einreden, als sie sich auch schon herumdrehte, hastig nach einer brennenden Wurzel griff und sie mir mit aller Kraft entgegenwarf. Die lodernde Alraune prallte gegen meine Wange. Ich brüllte auf vor Schmerz. Mein Haar fing Feuer. Einige Herzschläge lang war ich vollauf damit beschäftigt, es mit den Händen zu löschen. Die Flammen verschwanden, doch mit ihnen auch meine Gegnerin. Erneut stolperte sie in die Richtung der Armbrust, ich setzte ihr nach, bekam sie an den Haaren zu fassen und schleuderte sie mit einem wilden Aufschrei zur Seite.

Sie heulte auf, prallte mit der Schulter gegen einen Baum

und blieb neben dem reglosen Hollbeck liegen. Ihre blutunterlaufenen Augen starrten mich hasserfüllt an. Ich ergriff die Armbrust und legte zitternd auf sie an.

»Warum ... warum du?«, stammelte ich mühsam. »Warum von allen ausgerechnet du?«

Althea gab keine Antwort. Zorn und Schmerz raubten ihr die Stimme. Stattdessen schob sie bebend eine Hand auf die Brust des Alten und fühlte besorgt, ob sein Herz schlug.

»Er lebt«, sagte ich und taumelte einen Schritt auf sie zu. Jeder Teil meines Körpers schmerzte. Meine Haut war aufgerissen und verbrannt, meine Lippe blutig und geschwollen. Die Armbrust zitterte so stark in meinen Händen, dass es unmöglich schien, ein Ziel damit zu treffen.

Althea zog eilig die Hand zurück.

»Du hast ihn Vater genannt«, brachte ich heiser hervor. »Weil er ein Geistlicher ist oder weil er wirklich –«

Ihre Stimme, die so viel lebendiger klang als meine eigene, schnitt mir das Wort ab. »Ich bin seine Tochter, seine leibliche Tochter«, sagte sie, und es war, als triumphiere sie angesichts meiner Ahnungslosigkeit. »Und ich war auch sein Werkzeug. Das ist es doch, was du zu wissen begehrst – mehr noch als meinen Körper in all den Nächten, mehr noch als meine Zunge, meine Lippen, meine Finger. Du willst es endlich wissen, nicht wahr? Oh, Robert, du bist so erbärmlich.«

»Du warst die ganze Zeit über hier. Du hast die drei Kinder ermordet. Und der Beutel unter meinem Bett, auch das warst du, in jener Nacht, als ich dich zu sehen glaubte.« Ich hörte mir selbst beim Sprechen zu, als sei ich ein anderer, der ohne mein Zutun Worte bildete, langsam und schwerfällig wie Figuren aus trockenem Lehm.

Sie spie mir ein bitteres Lachen entgegen. »Der Beutel –

— 355 —

lieber Himmel, Robert, das war nichts als eine Kleinigkeit, um dich zu erschrecken, um deine Unsicherheit und Zweifel an dir selbst zu schüren. Das wahre Gift aber, das deinen Geist verwirrte und dir selbst am Tag böse Träume bereitet, trägst du schon viel länger bei dir. Die Liebe hat dich blind gemacht.«

Meine Gedanken überschlugen sich. Plötzlich begriff ich, was sie meinte. Ich wechselte die Armbrust in die andere Hand und fuhr mit der Rechten hinauf zum linken Oberarm. Durch den zerfetzten Stoff meines Wamses packte ich die Wölbung der getrockneten Hasenpfote und riss sie herunter.

Althea triumphierte. »Sie ist getränkt mit Rosenblut. Es verwirrt die Sinne. Man riecht es nicht, und doch dringt es in dein Inneres. Noch ein, zwei Wochen, und du hättest endgültig den Verstand verloren.«

Ich schleuderte die Pfote angewidert von mir. »Aber warum das alles?«, fragte ich, obschon ich es längst ahnte.

Althea blickte auf die zitternde Spitze meiner Armbrust, dann sah sie mir in die Augen. »Vater traf meine Mutter während seiner Reisen im Orient. Sie verfiel ihm, und er zeugte mit ihr eine Tochter. Als er nach einigen Jahren weiterziehen wollte, verhinderte die Familie meiner Mutter, dass sie mit ihm ging. Auch ich sollte bei ihnen bleiben, doch Vater raubte mich aus den Händen meiner Verwandten und nahm mich mit zurück in seine Heimat. Hier wuchs ich auf und verdingte mich beim Herzog als Astrologin. Heinrich war mein mit Haut und Haaren. Ebenso wie du selbst.«

»Und all das nur, um mich nach Hameln zu locken?«, fragte ich mit schwerer Zunge.

»Dich oder einen anderen«, erwiderte sie. »Doch du erzähltest mir, was mit deiner Familie geschah, und du bist hier zu Hause. Schließlich wurde mir klar, dass keiner der Braunschweiger Ritter so geeignet war wie du. Keiner hätte so leichtfertig an sich gezweifelt und den Mord an den Kindern für sich selbst akzeptiert. Du warst die natürliche Wahl.«

Lieber wäre es mir gewesen, ich hätte die Wahrheit nie erfahren, wäre weiterhin liebestoll und blind durchs Leben getaumelt. So aber gab es nur einen Weg, die erlittene Schmach zu schmälern.

»Ich werde dich töten«, sagte ich leise.

Das Flackern des Feuers verbarg ihre wahren Gefühle, und doch glaubte ich, für einen Moment Furcht in ihren Zügen zu entdecken. Sie blickte auf die verwüstete Alraunenzucht und begriff endgültig, dass das Werk ihres Vaters zerstört war. Ihr Leben war es längst.

»Hast du den Mut dazu?«, fragte sie, und jetzt klang ihre Stimme wieder sanft wie schon so oft zuvor. Die Flammen drohten allmählich zu verlöschen. Die Schatten gewannen an Tiefe. »Ich habe Angst im Dunkeln«, sagte sie leise.

Ich nickte und schoss ihr den Bolzen in die Stirn. Die Wucht riss sie nach hinten. Sie fiel über den Körper ihres Vaters. Blut floss in ihre aufgerissenen Augen.

Ich trat vor, starrte in das Gesicht des besinnungslosen Alten, dann schlug ich so lange mit der Armbrust auf ihn ein, bis kein Leben mehr in ihm war.

Ich verbrannte die Leichen zusammen mit den Resten der Alraunen.

Als die Wurzeln zu Asche zerfielen, da war mir, als hörte ich aus den Flammen das Schreien heller Kinderstimmen. Doch als ich näher ans Feuer trat, da verstummten sie und schrien niemals wieder.

EPILOG

Manchmal sehe ich am Wegrand seltsame Pflanzen und Blätter. Dann steige ich vom Pferd und grabe, bis mir die Finger bluten, grabe, bis ich sicher bin, dass dort keine Wurzel im Erdreich gedeiht, heranwächst zu einem Wesen, das aussieht wie ein Mensch und doch keiner ist.

Einmal nur fand ich eine Alraune. Einsam wuchs sie an der Straße zwischen Piacenza und Parma, im Schatten einer Eiche, an der man, so verriet mir ein Schäfer, seit Jahrzehnten die Räuber und Mörder hängt. An Orten wie diesem gedeiht das Böse wie nirgends sonst auf der Welt. Ich riss die Wurzel aus dem Boden und gab sie meinem Pferd zu fressen.

In Florenz trank ich Rotwein, bis mir der Schädel brummte, und dort traf ich Dante wieder. Ich will meine Geschichte hier beenden, vielleicht mit meinem Ritt durch die langen Schatten der florentinischen Türme, Schatten, an deren Ende ein Sonnenlicht strahlt, das heller ist als jedes, das ich aus der Heimat kenne. Alles, was danach geschah, widersetzt sich der Feder. Es steht in keiner Verbindung zu den Ereignissen von Hameln.

O ja, Hameln. Ein letzter Teil meines Berichts steht aus, und ich will ihn keineswegs verschweigen. Noch sind Fragen offen, und einige werden es bleiben. Ich kenne die Antworten, viele, nicht alle, doch dies ist die wichtigste, jene, auf die es am Ende ankommt.

Ich bedeckte die Schlacke der Toten mit Erde, auf dass ihnen der Tannenhain zu einem würdigen Grabe wurde. Es kostete mich Überwindung, ein Kreuz aufzupflanzen, denn mit ihren verkohlten Gebeinen ruhten dort auch die Reste der Alraunen. Ich bin bis heute nicht sicher, ob den Pflanzen ein christliches Grabmal gebührte.

Schließlich stieg ich den Berg hinunter, dort, wo er an die Straße nach Braunschweig stößt. Mein Plan war, von hier aus weiter nach Süden zu ziehen, doch etwas hielt mich zurück. Ich erinnerte mich an Hollbecks Worte:

»Wisst Ihr, was auf dem Marktplatz geschah?«

Ich wusste es nicht, doch die Neugier brannte heiß in mir, trotz allem, was geschehen war, und sie trieb mich entlang der Straße zurück in die Stadt. Ein Stück des Weges begleitete mich eine Fremde, gestützt auf einen Wanderstab, doch eines ihrer Beine war lahm, und so blieb sie am Stadttor zurück.

Die Sonne ruhte noch hinter den Hügeln, wenngleich die Dämmerung stetig an Himmel gewann. Häuser, Hütten und Ruinen lagen eingehüllt in fahles Zwielicht. Sie hatten die Farbe von Asche.

Kaum ein Mensch war auf den Beinen, die meisten ruhten noch im Rausche des Vortags. Allein die Ratten krochen durch den Schlamm, hinterließen winzige Spuren auf den befestigten Wegen. Ungehindert gelangte ich zum Marktplatz.

Die Tribüne, auf der Herzog und Bischof mit ihrem Gefolge gesessen hatten, war verlassen, ebenso der Rest des Platzes. Scherben von Tonbechern, Essensreste und andere Überbleibsel der Festlichkeiten lagen verstreut auf dem Pflaster. Ein streunender Hund jagte einem Stück Stoff hinterher, das der Wind durch die Leere trieb. Er bellte kurz,

– 359 –

als er mich sah, dann machte er sich kleinlaut hinterm Rathaus davon.

Auf der Bühne regte sich kein Leben. Die langen Wimpel flatterten in der kühlen Morgenbrise. Sie waren das Einzige, was sich bewegte.

Nirgends war ein Mensch zu sehen.

Die Kreuze standen aufrecht wie ein erhobener Dreizack. Am mittleren hing von Wetteraus Leichnam. Das, was davon übrig war.

Seinen Kopf hatte man als Erstes gestohlen. Die klaffende Wunde oberhalb seiner Kehle war bereits schwarz und verkrustet. Auch seine Arme waren fort, ebenso das rechte Bein. Vom linken war nur noch ein Stück des Oberschenkels zu erkennen. Zweifellos würde auch dies im Laufe des Vormittags einen neuen Besitzer finden. Jemand hatte den Torso des Probstes entblößt und einen groben Schnitt vom Hals bis hinab an die Scham geführt. Allein das Seil, mit dem man den Oberkörper unterhalb des Brustbeins ans Kreuz gebunden hatte, war unversehrt geblieben. Die Öffnung klaffte feigenförmig, und dahinter war nichts als rote Leere. Sein Herz war das begehrteste aller Stücke gewesen, doch auch die übrigen Organe hatten längst Ehrenplätze in den Häusern und Hütten gefunden. Heilig war von Wetterau erst nach seinem Tod, und seine Reliquien verhießen göttlichen Schutz.

Ob er begriffen hatte, wie ihm geschah?

Von Wetterau war noch nicht alt gewesen; bis zu seinem Ende hätten noch Jahrzehnte vergehen können. So lange aber wollten die Menschen nicht warten.

Hatte der Probst nicht ahnen müssen, dass sein Schicksal längst besiegelt war? Oder nahm er für seinen Wahnsinn gar den Tod in Kauf?

Die Heiligsprechung galt ihm mehr als das Leben der Hamelner Kinder; galt sie auch mehr als sein eigenes?

Eines zumindest ist sicher: Die Menschen haben ihn nicht aus Rache getötet. Von Wetterau musste sterben, weil er sein Ziel erreichte. Weil mit seinem Tod jedes seiner Glieder heilig war. Am Ende war nicht er der Gewinner, sondern jene, die den Verlust seines vermeintlichen Sieges zu tragen hatten – die Eltern der toten Kinder.

Die Menschen mussten im Rudel über ihn hergefallen sein. Ich vermochte mir die Szene auszumalen. Den Aufruhr, das Geschrei, gleich nachdem Herzog und Bischof aus der Stadt und die Gesandten des Papstes gen Rom gezogen waren. Die verzerrten Gesichter, die blutigen Leiber. Jeder mit einer Klinge bewaffnet, mit Säge und Sense, bemüht, sich seinen Teil der Erlösung zu sichern.

Ich stand da und starrte in den entleerten Kadaver, als plötzlich der Hund zurückkam und vor mir auf die Bühne sprang. Winselnd wälzte er sich im Blut, bis sein Fell in der Farbe des Leichnams erstrahlte.

Ich stieg die Treppe zur Bühne hinauf und brach eine Rippe aus von Wetteraus Brustkorb. So viel war mir der vermeintliche Heilige schuldig, ein wenig Schutz auf meinem Weg nach Süden.

Dann machte ich mich auf und schritt eilig zum Südtor der Stadt. Manch einer mochte mich durchs Fenster erkennen, doch keiner vertrat mir den Weg. Vielleicht war ihr Blutdurst gestillt. Vielleicht gab es Besseres zu tun an diesem Morgen, nun, da mancher begreifen mochte, was tatsächlich geschehen war.

Der schmutzige Streuner folgte mir. Kläffend sprang er um meine Füße, mal träge, mal geschwind, das braune Fell starrend von geronnenem Blut. Schulterzuckend betrach-

— 361 —

tete ich die heilige Rippe, dann warf ich sie dem Köter ins Maul. Er packte sie geschickt mit den Zähnen, drehte um und rannte zurück in die Stadt. Wehmütig sah ich ihm nach, sah zu, wie er hechelnd verschwand, seine Beute zwischen den Kiefern, schwanzwedelnd, stolz.

Ein Wesen beglückt mit dem Segen des Herrn.

NACHWORT DES AUTORS

*Der Leser, dem man zumutet, sich durch et-
was Wunderbares täuschen zu lassen, versteht sehr gut, was man von ihm fordert;
und ist er ein williger Leser, so nimmt er
leicht die geeignetste Stimmung an, dem
Trugbild, das zu seiner Unterhaltung aufgestellt wird, Glauben zu schenken.*

Walter Scott (1811)

Kaum eine historische Epoche wurde so gründ-
lich erforscht wie das Mittelalter. Ist die Handlung dieses
Romans auch fiktiv, so stimmt doch ihr Hintergrund mit
der Wirklichkeit überein. Die Menschen waren so rau wie
ihre Zeit; der Glaube an Gott und das Vertrauen in die
Kirche bestimmten ihr Leben. So mag der Umgang der
Hamelner mit ihrem Heiligen, wie er hier beschrieben
wird, frei erfunden sein – ähnliche Ereignisse aber gab es
zuhauf.

Das Verschwinden der hundertdreißig Mädchen und
Jungen ist historisch verbürgt. Wie eingangs erwähnt, hat
man bis heute nicht schlüssig beweisen können, was wirklich mit ihnen geschah. Die Legende vom Rattenfänger kennt freilich jedes Kind; über die Jahrhunderte hin-

— 363 —

weg hat sie nichts von ihrer Faszination verloren. Sie hält das Interesse am Schicksal der Verschollenen wach; vielleicht wird man in Zukunft mehr über ihr Verbleiben erfahren.

Die politische Situation Hamelns – die Zerrissenheit zwischen dem Mindener Bischof und dem Herzog von Braunschweig – entspricht der geschichtlichen Wirklichkeit. Die meisten der in diesem Zusammenhang auftretenden Personen haben tatsächlich gelebt: Herzog Heinrich und sein Statthalter Graf Albert von Schwalenberg, Bischof Volkwin und der Hamelner Vogt Ludwig von Everstein, Bürgermeister Heinrich Gruelhot, selbst der Dechant Johann von Lüde. Überliefert wurden vielfach allein ihre Namen, nicht aber die genauen Lebensumstände; ich habe mir erlaubt, solche Löcher zu stopfen.

Dante Alighieri gilt als bedeutendster Dichter des Mittelalters. Zum Zeitpunkt dieser Erzählung war er neunzehn Jahre alt. Die älteste bekannte Handschrift seiner *Divina Commedia* mit ihren grotesken Höllenvisionen ist datiert auf das Jahr 1336.

Der Bronzekopf des Albertus von Bollstädt soll, schenkt man der Legende Glauben, tatsächlich existiert haben. Albertus (den Beinamen Magnus erhielt er erst im 14. Jahrhundert) nutzte ihn angeblich zum Zwiegespräch. Es heißt, Thomas von Aquin habe den Schädel zerschlagen, weil sein Geschwätz ihn beim Studieren störte.

Hamelns Aufteilung in den reichen Marktbezirk im Süden, das Urdorf im Norden und ein weitläufiges Bauland im Zentrum entspricht historischen Beschreibungen. Allerdings war der exakte Zeitpunkt der städtischen Neugestaltung nicht mehr festzumachen. Auch hier war ich auf Spekulation angewiesen.

Der Kinderkreuzzug von 1212 ist historisch belegt. Sein tragischer Ausgang und die Gründe dafür sind dokumentiert. Unsicher ist, ob das Schicksal seiner Teilnehmer von vornherein geplant war oder sich erst im Laufe ihrer Reise ergab.

Gesetzliche Immunität auf Friedhöfen war im Mittelalter weit verbreitet. Verbrecher, Einsiedler und Prostituierte flohen in den Schutz der Grüfte, gründeten auf den Gebeinen der Toten ganze Siedlungen und Städte. Der Historiker Philippe Aries hat dieser makaberen Kuriosität in seinem Werk *Geschichte des Todes* ein ganzes Kapitel gewidmet.

Das feurige Pulver, mit dem die Figuren dieses Romans Bekanntschaft machen, wurde vom deutschen Mönch Berthold Schwarz in der zweiten Hälfte des 13. Jahrhunderts entwickelt. Man hat es später nach ihm benannt.

Neben den Lehren der Kirche hatte vor allem das alte Wissen um heidnische Naturmagie eine besondere Bedeutung für die Menschen des Hochmittelalters. Marias Liebeszauber und der Wodan-Kult entsprechen daher ebenso zeitgenössischen Überlieferungen wie der magische Beutel in Roberts Kammer oder Hollbecks Alraunen. Letztere sind heute unter dem Namen Mandragora bekannt. Noch immer vertrauen Wunderheiler auf ihre magische Macht.

Besonderen Dank hat wie üblich mein Lektor Reinhard Rohn verdient. Und auch den Folgenden ein Dankeschön: Rene Strien, dem Väterlichen; Peter Blumenstock, der mein Interesse am Rattenfänger schürte; Burkhard Zinner, dem Grübler (über den Schluss und überhaupt); der Pressestelle des Verlages Rütten & Loening; außerdem Lars Albaum und Manfred Sarrazin für frühe Publicity. Und, klar, einen dicken Dank an Steffi, die mit nach Hameln fuhr und auch ansonsten keine Ratten fürchtet.

Kai Meyer, Mai 1995

Das gewagte und irritierende Doppelleben eines Mädchens, das nur ein Junge sein durfte.

Daniela Wander
SIMONETTA
Roman
528 Seiten
ISBN 3-404-15273-5

Als in Prato im Jahre 1381 der Familie Tagliatori die sechste Tochter geboren wird und schon wieder nicht der heiß ersehnte Sohn, läßt die Mutter aus diesem Mädchen offiziell einen Jungen werden. Simone wächst in den ersten Lebensjahren in ungebrochenem Glauben an seine Männlichkeit auf. Erst im jungen Erwachsenenalter drängen die Probleme, die sich aus diesem seltsamen Zwitterdasein ergeben, an die Oberfläche. Simonetta beginnt, ein gewagtes und irritierendes Doppelleben zu führen: Sie bleibt im Alltag für jedermann erkennbar Simone, der Erbe des Hauses Tagliatori, schlüpft aber allzu gern in Frauenrollen, die ihr ungeahnte Einblicke und Freiheiten verschaffen und die Möglichkeit, sich selbst und ihre Stadt aus neuer Sicht zu erforschen. Bis sie eines Tages auf den schönen, aber undurchsichtigen Michele Rossiorossi trifft, der sie anzieht – und verwirrt ...

Bastei Lübbe Taschenbuch

»Eine herrliche Schauergeschichte von furiosem Tempo« FAZ

Unruhige Zeiten im ehrwürdigen Weimar von 1805. Erst bricht ein Schauspieler tot zusammen, als Goethe seinen »Faust« aufführt, dann liegt Schiller sterbenskrank danieder. Und mitten in der Szenerie die Brüder Grimm, die den beiden Dichterfürsten ihre Aufwartung machen wollen – und stattdessen in ein finsteres Komplott um ein geheimnisvolles Manuskript geraten.

ISBN 3-404-14842-8